내가 키운 S급들

근서 장편소설

6

내가 키운 S급들

근서 장편소설

JAYPLEMEDIA

내가 키운
S급들

CONTENTS

1장　　　한유진 소장님　　　7p

2장　　　브레이커 길드　　　75p

3장　　　　상자　　　　107p

4장　　　　이상현상　　　143p

5장　　　　일본행　　　207p

6장　　　　대결　　　　271p

7장　　　언젠가의 어느 세상　309p

[외전]　　　수영장　　　355p

[외전]　　햄스터 쳇바퀴　　375p

1장 한유진 소장님

1장
한유진 소장님

"뒷산 갈매기라고 실력은 확실해. 주로 실종된 가족, 애들 위주로 찾는 사람인데 나한테 종종 도움 받아 갔거든. 요샌 애들도 휴대폰 많이 가지고 다니니까. 그 밖의 사람 정보 조사도 하긴 하는데 내가 보기엔 돈 많은 녀석이 취미 생활 하는 거 같더라."

도하민이 손가락 끝으로 안경을 추켜올리며 말했다.

"그러니 정보를 되팔 가능성도 적지. 뭣보다 나한테 신세 많이 졌으니까. 나랑 끊어지면 그쪽이 아쉬울 거고."

내가 찾는 사람들에 대한 조사를 아무에게나 맡겼다간 나중에 뒷말이 나올 가능성이 컸다. 페이크로 몇 명 더 넣긴 했지만, 이왕이면 입이 무거운 사람이 조사를 맡아 주길 바랐다.

"확실히 믿을 만한 거지?"

"일단 내 정보는 안 팔았으니까. 길게 거래하다 보니까 내 스킬에 대해서 알고 있거든, 그 녀석."

회귀 전의 도하민이 갈매기란 녀석은 욕 안 했던 걸로 보아 끝까지 배신하지 않은 모양이었다. 그럼 믿을 수 있겠군.

"가능한 한 자세히 조사 부탁한다고 전해 줘. 다양한 방면으로 폭넓게."

내가 이미 겪어 본 사람들이라 해도 현재의 환경에 따라선 달라질 수도 있었다. 정에 묶여 휘둘릴 수도 있고, 남모르게 위협을 받고 있을 수도 있다. 좋은 사람이기에 도리어 함정에 빠져 배신을 선택하기도 하였고.

그러니 그럴 일 없도록 안전한 환경과 믿음을 주는 것이 필수였다. 월급 넉넉하고 복지 좋고 평생 안정성 있게 몸담을 수 있다는 믿음이 있으면 회사를 위해서가 아닌 자신의 평온을 위해서라도 신뢰를 버리지 않을 테니까. 욕심이 과하고 어긋난 성격이 아니라면 말이다. 평균치만 되어도 웬만해선 허튼 도전 하지 않고 양심 아플 일 없이 풍족한 안전을 선택하기 마련이다.

주위의 위험을 살피고 필요하다면 제거한 다음에 포근한 둥지에 넣어 줘야지. …일은 좀 많을 수도 있겠다만. 일단은 스타트업이라.

"그런데 골드 햄스터는 언제 오는 거야?"

"아, 그게 이번에 테이밍 시도한 해외 길드가 있었던 모양인데 팀을 상급 헌터만으로 구성했더니 힘 조절을 못 해서 죽여 버렸다나."

내 말에 도하민이 경악으로 입을 떡 벌렸다.

"우리 금동이가!"

…이름 좀 촌스럽지 않나.

"계속 공략될 던전의 보스 몬스터니까 너무 신경 쓰지 마. 길들이기 전엔 그냥 유해 동물이나 다름없다고."

"그래도……."

"아마 두 번째 공략 땐 성공할 거야. 던전 리셋 시간이 있으니 좀 걸리겠지."

던전 등급이 낮을수록 리셋 시간이 짧은 편이니 오래는 걸리지 않을 것이다. 그럼 첫 해외 길드 기승수 의뢰가 되려나. 이미 새끼 몬스터를 구한 해외 길드가 몇 있다고 들었으니 바로 맡겨 오겠지.

블루는 곧 내 새끼 스킬 재적용하면 완전히 성장하지 싶고, 코메트와 유니콘들도 빨리 키워야지. 벨라레도 키워드 적용은 끝난 상태였다.

'블루가 다 크면 정원에 계속 둬도 괜찮을지 모르겠네.'

지금도 가끔 민원이 들어오는데 덩치가 배 이상 커질 테니 위협적으로 느끼는 사람이 훨씬 많아질 것이다. 상급 헌터 훈련소 근처에 성체 몬스터 사육장을 따로 만들까. 그 근처는 민가도 거의 없고 산도 많으니 마음대로 돌아다녀도 된다. 거기에 블루 성격상 훈련소를 방문하는 헌터들과도 잘 놀 테고.

물론 제일 좋은 건 파트너를 찾아서 던전 공략 다니는 거겠지만. 아니면 피스처럼 유체화 스킬을 얻거나.

"그럼 잘 부탁할게."

"옙, 주님."

자리에서 일어난 도하민이 뒤를 돌아보더니 버럭 소리쳤다.

"민의야! 찍순이 자꾸 건드리지 말랬잖아!"

"우리 순이가 나오고 싶다고 신호를 보냈다고요."

"방금 감춘 거 뭐냐. 또 드롭스 줬지!"

민의 쟤는 왜 여기서 시키지도 않은 아르바이트생 짓을 하고 있는 걸까. 소문에 의하면 빌딩을 방문하는 헌터들 사이로 햄스터 키우기가 유행이라고 했다. 심지어 석하야도 한 마리 입양한 모양이었다.

분양자 대상으로 던전 공략 시 호텔링 해 줘야 한다면서 도하민이 옆의 공실을 하나 더 차지하기도 했다. 인터넷에서 재분양이란 명목하에 버려지는 햄스터들을 능력 되는 대로 데리고 오는 도하민이다 보니 분양 보내는 거야 나쁘지 않지만.

"햄스터 하나 책임지지 못하는 헌터는 기승수는 물론 명우 장비도 못 받을 거라는 협박은 적당히 해라."

"협박이라니! 강제로 떠맡긴 적은 단 한 번도 없어! 먼저 키우고 싶다고 나섰으면 책임감을 지니는 건 기본이고. 얘들이 살면 얼마나 산다고!"

하긴 인성 확인하기 좋을 수도 있겠다.

"분양받은 헌터 다 기록해 놨지?"

"당연하지. 호텔링 올 때마다 애들 상태와 대하는 태도도 다 적어 놨다고."

"…그건 좀 무서운데."

그래도 평가 잘 받은 헌터라면 상대적으로 믿을 만하지 않을까. 사육 시설 헌터 고용할 때 도하민 기록 좀 참고해야겠다.

사육 시설 관련 법적 문제는 석시명에게 맡겨 두고 있었기에 해연으로가 그를 만났다. 몬스터 사육 시설을 독립적으로 운영하고 싶다는 내심을 비치자 석시명은 의외로 반기는 눈치였다. 해연과 합치고 싶어 할 줄 알았는데.

"팔은 안으로 굽는 법이니까요."

"…네?"

"달걀을 담을 바구니가 둘이 되면 더 좋고 말입니다. 일단 사육 시설은 공식적으로는 기승수 사육소로 등록되어 있습니다."

"몬스터가 아니라요?"

"단순히 몬스터를 사육하는 시설은 전 세계적으로 이미 여럿 있으니까요. 덧붙여 이번에 브레이커까지 S급 몬스터를 맡겼으니 본격적으로 이미지 변화를 시도하시는 걸 추천드립니다. 던전 속의 몬스터와는 다르게 인간에게 도움이 되고 친근한 이미지로요. 일본에서는 캐릭터 상품도 여럿 나온 모양이더군요."

그런 공식 캐릭터 상품을 내세우는 것도 좋은 방법이라며 석시명이 말했다. 피스 인형이 귀엽긴 했지.

"하지만 무엇보다도, 우선 명함부터 뽑아야죠."

석시명이 휴대폰을 꺼내 들며 씨익 웃었다.

"기승수 사육소 소장 한유진. 던전 부산물로 만든 종이류 물품 제작 전문 업체가 있습니다. 내일쯤이면 나올 겁니다."

소장이라고 하니 조금 부담스럽다. 구체적인 직함을 듣자 갑자기 어깨가 무거워지는 느낌도 들었다. 이래서 명함부터 뽑아야 한다는 건가.

"일반인 직원도 여럿 필요하게 되실 텐데요."

"생각해 둔 사람들이 몇 있습니다. 전문가는 따로 구해야겠지만요."

"한동안은 해연에서 계속 협조해 드릴 테니 급하게 구하지 마시고 믿을 만한 사람인지를 확실하게 살피십시오. 그리고 한유진 소장님께서도 본격적인 관리 들어가셔야죠."

"저요? 아, 전체적으로 코디 관리를 맡아 줄 인력이 필요하기는 합니다."

"그것도 물론 중요합니다만 한유진 씨 자체를 관리해야 한다는 겁니다."

석시명이 자신의 얼굴을 가리켰다.

"외모 말이지요."

…해야 하나.

"다행히 피부는 깨끗하시고 크게 손댈 곳은 없지만 그걸 계속 유지하려면 신경을 써야 합니다. 이왕이면 피부도 좀 더 맑고 화사해지는 편이 이미지에 도움 될 것이고요."

"…개인적으로는 어두운 편이, 그러니까 건강해 보이는 편이 더 좋은데요."

"안 어울립니다."

석시명이 딱 잘라 말했다.

"물론 몸도 마찬가지입니다. 전문가의 도움을 받아 보기 좋게 유지하십시오. 중요한 건 미추가 아닙니다. 자기 관리가 이루어지고 있느냐 아니냐의 문제지요. 첫 대면에서 가장 먼저 눈에 들어오는 것은 시각적인 정보입니다. 상대의 외양을 보고 성격과 환경, 능력 등을 무심코라도 짐작하게 되는 법입니다."

틀린 말은 아니지만 벌써부터 피곤해지기 시작했다. 회귀할 때는 꿀 빨 생각을 했었던 것도 같은데. 물론 그전과 비교하면 몸도 마음도 꿀 빠는 게 맞긴 하다만.

"세성 길드장과는 모레 만나기로 약속되어 있다고 하셨지요."

"네."

"우선은 해연에서 지원해 드리겠지만 전용 차량과 수행원도 뽑으셔야 할 겁니다. 헌터 관련 업계이니 던전 부산물 특수 제작 차량이 기본이고요. 수행원은 상급 헌터 둘 이상을 꼭 포함시키십시오. 노아 헌터가 그림이 정말 좋기는 할 겁니다. 하지만 항상 동행하긴 힘들 테니 예비로 더 고용하셔야 합니다."

"아… 예."

"그렇게 피곤해하실 필요 없습니다. 비서실이 생기면 그쪽에서 알아서 챙길 테니까요. 다만 제반 지식을 어느 정도는 알고 있어야 아래쪽에서 일 처리를 제대로 하는지 파악 가능합니다. 아무것도 모른 채 휘둘려서야 곤란하지 않겠습니까."

정말 옳으신 말씀이시다. 맞는 말이긴 한데, 왜 자꾸 송태원 실장님이 떠오르는 것일까. 과로 동지라거나…….

"유현이에겐 석 팀장님이 계셔서 다행이에요."

덕분에 애가 고생을 덜 했겠지. 내 말에 석시명이 조금 멋쩍게 미소 지었다.

"길드장님께야 누가 붙었든 큰 문제는 없었을 겁니다. 실질적인 힘을 가지고 계셨으니까요."

"그래도 믿을 만한 사람이 일찍이 생겨서 여러모로 편했을걸요. 어쩌다 유현이를 돕게 되신 건지 혹 여쭤봐도 될까요?"

전부터 궁금하긴 했다. 각성 전의 유현이는 평범한 고등학생이었으니까. 성인에 사회적 기반을 갖춘 다른 S급 헌터들과는 시작부터가 달랐다. 그런 S급 헌터들이 만든 거대 길드들도 성현제를 제외하곤 대기업의 도움을 받았고.

"간단히 말씀드려 제가 먼저 접근했습니다. 세상에 큰 변화가 일어났는데 가만히 앉아 지켜볼 수만은 없었으니까요. 그전에 다른 S급 헌터들도 모두 만나 보았지요."

"그중에서 유현이를 선택한 이유가 뭔가요?"

"첫 번째야 당연히 가능성입니다. 세성 길드장은 도움이 필요 없는 상태였고 다른 S급 헌터들도 반쯤 자리를 잡아 가고 있었으니까요. 이왕 시도할 거면 크게 봐야죠. 그리고… 또 하나는 한유진 씨 때문이기도 합니다."

"저요?"

뜻밖의 말이었다. 유현이는 나와 절연한 것처럼 굴었었는데, 왜 여기서 내가 나오는 거지. 설마 형제도 단호하게 끊어 내는 결단력 때문이라거나.

"분명 다른 어떤 헌터들 이상으로 강한 힘을 지니고 있고 그것을 휘두르는 데에 망설임이 없었지만, 외로워 보였습니다. 평소 모습에선 전혀 그럴 것 같지 않았는데 말이지요. 이따금 휴대폰을 멍하게 들여다보기도 하고 딴생각에 빠져 있기도 했었죠."

과거의 유현이를 떠올리며 석시명이 씁쓸하게 웃었다.

"그래서 곁에서 도와줄 만하다고 생각했습니다. 그때는 그것이 길드장님의 어린애다운 면이라고 여겼었지요. 같은 인간이 아닌 듯한 위화감을 눌러 주는 모습이었습니다. 저런 사람도 쓸쓸해하고 무언가를 걱정하고 불안해하고 이따금 슬퍼 보이기도 한다는. 흔들리는 모습이 있기에 길드의 창설과 유지도 그리 어렵지 않았습니다. 두려움만으로는 건강한 조직을 만들어 나가기 힘들거든요."

작게나마 공감 가는 감정이 있었기에, 저 완벽하다 해도 좋을 어린 청년이 실은 타인을 필요로 한다는 작은 틈을 내보였기에. 그래서 더욱 끈끈하게 뭉칠 수 있었다고 석시명이 말했다.

"대단한 사람이 자신의 도움을 필요로 한다는 것은 기분 좋은 일이니까요. 심지어 어리기도 했잖습니까. 길드장님의 나이는 약점이기도 했지만 동시에 강점으로도 작용했습니다. 그래서 한유진 씨에게 좋지 못한 감정을 품은 사람들이, 더 많았지만요. 길드장님을 힘들게 만드는 원인 중 하나로 생각되었거든요."

석시명이 나를 향해 머리를 숙였다.

"그 점에 있어서는 진심으로 사과드립니다."

"아뇨, 석 팀장님께서도 몰라서 그런 거고, 유현이를 생각하셨기 때문이잖아요."

그리고 이 시점까지는 그렇게 심하진 않았다. 내가 각성한 뒤부터 본격적으로 험악해졌지. …나는 모두 기억하고 있기에 솔직히 아직 껄끄러운 마음이 남아 있었다. 그래도, 유현이를 위해서였으니까.

그렇게 생각하면 미소가 맺혀졌다.

"저야말로 동생을 잘 보살펴 주셔서 감사합니다."

"그거야 한유진 씨만 할까요. 요즘 길드장님께서는 누가 봐도 행복해 보이시더군요."

"그런가요?"

"길드장님의 웃는 모습을 지난 삼 년간보다 한유진 씨가 옆에 있는 반나절간 훨씬 더 많이 보았습니다. 두 분께서 화해하시게 되어 정말 다행입니다. 어떻게 삼 년이나 참으셨는지 모르겠어요."

석시명은 흐뭇한 얼굴을 했지만 내 미소는 도리어 흐려졌다. 그 두 배가 넘는 8년이었다. 8년간.

"…힘든 일, 많았겠죠."

"쉽지는 않았지요. 그래도 결국은 이렇게 자리 잡지 않았습니까. 지금은 한유진 소장님까지 든든한 힘이 되어 주실 테고요."

"…네. 앞으로도 잘 부탁드리겠습니다."

"저야말로 잘 부탁드리겠습니다. 물론 한 소장님께서 길드장님을 챙기지 않으실 리 없지만요."

믿고 있다면서 자리에서 일어난다.

"점심시간인데 간단히 드시고 계속 이야기하지요."

"예."

밖에 나갈 것 없이 길드 내 식당을 이용하기로 했다. 가는 길 도중에도 해연과의 협력에 관한 이런저런 이야기가 오갔다.

"그런데 송태원 실장님 말입니다, 많이 바쁘신 모양이지요?"

자세한 상황을 묻고 싶었는데 연락을 받질 않았다. 오늘까지도 답장이 없었다. 민간인 피해가 없어서 그리 힘들진 않을 거라 했었는데.

"해외 S급 헌터들의 귀국 상황을 살펴야 할 테니 바쁘긴 하실 겁니다."

"아, 그렇군요."

성현제 생일 파티 참가자들 감시도 해야 하지. 다음번엔 그냥 해외에서 하면 안 되나. 송태원 씨 좀 쉬시게 해 줘라.

"아저씨!"

그때 예림이가 폴짝폴짝 이쪽으로 뛰어왔다. 유현이도 있었다.

"해연에 와 있었네요? 점심 먹으러 집에 가려고 했는데!"

"그냥 여기서 먹으려고. 석 팀장님이랑······."

···내 옆에 있던 석시명이 어느새 사라지고 없었다. 뭐지.

"그럼 저도 같이 가요!"

예림이가 내 팔에 답삭 달라붙었다. 어느새 다가온 유현이도 반대쪽으로 붙었다.

"너희는 맨날 날 가운데 두더라."

"같은 S급과 가까이 붙는 거 거슬려."

유현이의 말에 예림이도 고개를 끄덕였다.

"무방비하게 닿는 거잖아요. 그거 꽤 신경 쓰여요. 그래도 믿을 만한 사람 상대면 괜찮은데, 현아 언니도 괜찮고··· 길드장님도 뭐, 요새는 아주 나쁘진 않지만-"

"난 형 말고는 다 싫어."

유현이가 딱 잘라 말하고 예림이의 표정이 팍 일그러졌다.

"아, 진짜 한유현 저거 진짜."

"예림아, 손가락 내려야지."

기분 상한 건 알겠다만 그래도 그런 손짓은 안 되지.

"박예림은 다른 사람도 괜찮다지만 나한테는 형밖에 없어."

"으웨에엑. 밥 먹기도 전에 체하겠네."

하하, 이것 참.

"배고프다. 밥 먹으러 가자."

다른 사람들도 이용하는 식당이니 거기서는 싸우지 말고.

휙-

밤공기를 가르며 나이프가 날아왔다. A급 헌터 루카스는 다리를 교묘하게 비틀어 제 발목을 노리는 나이프를 부츠 아래로 흘려 냈다. 날이 아슬아슬하게 스치는 것만으로도 A급 장비인 부츠의 굽이 길게 깎여 나갔다. 이어 콰득, 벽에 큰 파형을 그리며 나이프가 깊숙이 박혔다.

"젠장!"

그는 욕설을 내뱉으며 손을 앞으로 뻗었다. 투명한 방어막이 손 앞에 나타나기가 무섭게, 순식간에 치달아 온 남자가 루카스를 향해 주먹을 내질렀다.

콰아앙!

폭음과도 같은 소리가 울려 퍼졌다. 그리고 이내 방어막이 산산조각 나듯 사라졌다. S급 몬스터의 공격도 웬만한 것이라면 충분히 버텨 주는 S급 방어 스킬이다. 그것이 맥도 못 추고 파괴되고 말았다.

루카스는 코앞까지 다다른 주먹에 일렁이는 검은 그림자를 보고 이를 악물었다. 재빠르게 몸을 낮추었지만 그것을 기다렸다는 듯이 상대, 송태원이 무릎을 세워 루카스의 상체를 가격했다.

"컥!"

무릎 차기에 이어 스쳐 지나간 주먹이 펼쳐지며 아래로 툭 떨어져 루카스의 뒷머리를 움켜잡았다. 그대로 자신 쪽으로 끌어당기며 송태원의 다른 쪽 팔꿈치가 루카스의 척추를 내리찍었다. 뼈가 부러지는 소리가 요란하게 울렸다. 평범한 사람이라면 즉사해도 이상하지 않을 공격이었다. 하지만 A급 방어계 헌터의 몸뚱이는 전투 불능이 되는 것으로 그쳤다.

송태원은 기절조차 하지 않은 헌터를 와이어로 묶어 바닥에 던지듯 내려놓았다. 루카스가 핏물을 내뱉으며 제 앞에 서 있는 남자를 사납게 노려보았다.

"고작, 큭, 비각성자 좀 건드렸다고! 그것도 경상이었어! 우리나라에서는 아무 문제도―"

"여기는 한국입니다."

송태원이 사무적으로 말했다. 무뚝뚝한 목소리가 차분히 이어졌다.

"한국에서는 각성자가 비각성자에게 피해를 입히는 것이 엄격하게 금지되어 있습니다. 또한 상급 헌터의 체포 불응 및 도주는 중범죄에 해당됩니다."

단순히 경상을 입힌 것이라면 합의로 해결이 가능하다. 하지만 상급 헌터가 법에 따르기를 거부하는 것은 심각한 문제였다. 그들을 제어할 목줄의 수가 부족한 현실에서 한번 틀어지기 시작하면 걷잡을 수 없이 사태가 커질 수도 있기 때문이었다.

송태원의 설명에도 루카스는 억울한 표정을 지었다.

"어차피 우리 덕분에 목숨 부지하고 있는 거잖아! 시발, 헌터가 없었으면 이미 뒈졌을 것들인데!"

분해하던 루카스가 자신을 향해 내리꽂히는 서늘한 눈빛에 순간 입을 다물었다. 하지만 그것도 잠시였다. 송태원이 꿈쩍도 하지 않자 이번에는 대담하게도 그를 향해 욕설을 퍼붓기 시작했다.

"한국의 송이 미친 새끼란 소리 여러 번 들었지만 실제로 보니 더하잖아! 병신이 아니고서야 S급 헌터가 비각성자한테 머리 숙이겠냐! 힘을 가졌으면 누리는 게 당연한 욕구지! 거세된 개새끼도 아니고 상급 헌터가 어떻게―!"

콰광!

그때 멀지 않은 곳에서 폭음이 들려왔다. 자신을 욕하는 소리를 흘려듣고 있던 송태원이 미간을 약간 찌푸리며 폭음이 난 곳으로 고개를 돌렸다. 다행히 그 이상의 소리는 들려오지 않았다. 대신 툭, 하고 기절한 사내가 그의 근처로 떨어졌다. 또 다른 A급 외국인 헌터였다.

"살아 있습니다."

공중에서 목소리가 들려왔다. 흩날리는 잎새를 계단처럼 가볍게 밟고 내려오는 청년의 모습이 보였다. 한유현은 나이프가 박힌 벽 위에 내려섰다. 그의 시선이 입을 다문 루카스를 가볍게 스치고 지나갔다. 잠깐 눈길이 닿았을 뿐인데도 A급 헌터의 몸이 움츠러들었다.

"협조에 감사드립니다."

한유현은 가볍게 고개를 끄덕이곤 휴대폰을 꺼내 들었다. 단축키를 누르고 신호음이 울리며 상대방이 전화를 받는다. 그 순간 한유현을 휘감고 있던 공기가 확연하게 변했다.

"응, 형. 방금 끝냈어."

누구도 건드릴 수 없던 맹수가 주인의 손에 뺨을 비비는 고양이처럼 돌변하는 모습이 송태원의 눈동자에 비쳤다.

"바로 집에 갈 거야. 뭐 시킬 건 없고? 아냐, 졸리면 기다리지 말고 자. 괜찮아."

제 형이 기다리고 있겠다고 했는지 한유현이 화사하게 미소 지었다. 얼마 안 걸릴 거라고 말하며 전화를 끊는다. 그러곤 송태원을 돌아보았다. 부드럽게 풀려 있던 표정이 그새 무감각해졌다.

"필요하시면 태워다 드리겠습니다."

분명 한유진이 시킨 일일 것이다. 송태원은 짧게 사양의 말을 돌려주었다. 한유현은 대답을 듣자마자 곧장 담에서 내려서 걸음을 옮겨 갔다. 두 번의 권유 따윈 없었다. 실상 권유를 해 온 것 자체가 놀라운 일이었다.

송태원은 멀어져 가는 한유현의 뒷모습을 바라보다가 휴대폰을 꺼내었다. 문자가 들어와 있었다.

[수고 많으셨습니다, 송 실장님. 답장은 안 해 주셔도 돼요. 혹시 제 동생에게 뭔가 문제가 있었다면 그것만 살짝 알려 주시면 감사하겠습니다. 피곤하실 텐데 얼른 들어가서 쉬세요.]

송태원의 머릿속에 그날 밤의 일이 떠올랐다. 한유진에게 휴대폰을 내밀던 성현제가. 맹수들 사이에서도 유독 독보적이던 그 괴물이, 한유진을 쉽게 제 옆에 세울 것이라곤 생각하지 않았다. 단순한 장난일 수도 있고 언제든 변덕스럽게 발치로 밀어 버릴 수도 있을 것이다.

하지만 그가 먼저 물러나고, 손 내밀었다는 것만큼은 확실한 사실이었다.

송태원은 망설임 끝에 답장 없이 휴대폰을 껐다.

"자, 내 명함."

명우에게 오늘 아침에 도착한 따끈따끈한 명함을 내밀었다. 유현이와 예림이, 노아도 한 장씩 받아 갔다. 피스랑 삐약이도 궁금해하기에 줘 봤는데 피스는 금방 흥미를 잃었고 삐약이는 자기 잠자리에 가져다 놓았다. 명함에 박힌 연락처는 사무용으로 새로 만든 것이었다. 이로써 휴대폰이 세 개가 되었다. 처음 것은 요샌 잘 쓰지도 않는데 없앨까.

"꽤 그럴듯하지? 그래서 좀 부담스럽지만."

명함 같은 거 만들 일은 회귀 전에도 없었는데. 심지어 직책명이 있어 보이니까 계면쩍기도 했다.

"한유진 소장님이네?"

"그, 일단은. 그렇게 됐지."

아, 어색해. 진짜. 웃지 마라.

"…너도 이참에 대장간 체계를 정비하는 게 어때? 지금은 떡고물 노리고 봉사하는 사람들에게 맡기다시피 하고 있으니까."

"아직은 딱히 불편한 거 없긴 한데, 쌓이면 귀찮은 일이 생길 수도 있겠지. 나도 명함 파야 하나."

"만드는 곳 연락처 줄까?"

"응."

석시명에게 받은 연락처를 명우에게 문자로 보내 주었다. 석하얀 팀은 이미 알아서 잘하고 있댔으니 문제없고.

"그런데 명우 너, 샬로스의 구슬 말이야. 안 돌려받았다며?"

유현이에게 빌려준 피해 무효화 아이템. 그걸 아직 동생이 가지고 있다고 했다. 명우가 돌려줄 필요 없다고 말했다면서.

"어. 위험할 때 쓰라고. 던전 자주 들어가잖아."

"하지만 그거 이제 몇 개 없지 않아? 다시 만들 수도 없을 텐데······."

L급 마석, 그것도 드래곤 하트라는 범상치 않은 재료 덕에 만들어진 아이템이다. 내 말에 명우가 샬로스의 구슬을 하나 꺼내 내게 던져 주었다.

"혹시 모르니까 너도 가지고 있어."

"···응?"

"예비용으로. 은혜를 빼앗기거나 마력이 다 닳았을 수도 있고, 네 주위 사람이 위험해질 수도 있잖아."

"하지만, 그럼 명우 넌?"

"아직 하나 남았어. 그리고 나야 위험한 던전 갈 일도 별로 없으니까. 여차하면 대장간으로 피해도 되고."

그래도 언제 무슨 일이 벌어질지 모르는 세상이다. 갑자기 S급 던전이 터질 수도 있고, 상급 헌터가 공격해 올 수도 있다. 여벌 목숨과도 같은 귀한 아이템을 고작 한 개 놓아두고 다 줘 버리는 건 절대 쉽지 않은 일일 텐데.

"···유현이까지 챙겨 주면, 내가 너무 미안해지잖아."

"미안하긴 무슨. 그리고 넌 동생 없으면 안 되잖아. 이젠 덜 불안해하겠지. 그거면 됐어. 진작 줄 걸 그랬나."

웃으며 하는 말에 목덜미가 뜨끈해졌다. 신을 믿지는 않지만 혹 존재한다면, 명우와 마주친 것은 힘든 일 많았다며 내게 준 선물이 아닐까. 마주치지 못했을 수도 있는데. 회귀한 그날 바로 각성센터에 갔더라면 영영 얼굴도 이름도 몰랐을 것이다.

그런데 이렇게 만나게 되어 정말로 다행이었다.

"…명우 너도, 없으면 안 돼. 너도 나한테 소중한 사람이니까. 하나 남은 건 남 주지 말고 꼭 가지고 있어."

명우는 물론 다른 모든 사람도. 이번에는 잃지 않기를 바랐다. 욕심일 수도 있겠지만 그래도.

"걱정하지 마. 솔직히 내가 제일 안전하지. 유진이 너야말로 이젠 소장님이시니까 사육소에 붙어 있으세요."

"나도 그러고 싶다, 정말로."

새끼 몬스터들 돌보면서 애들 돌아오길 기다리면 얼마나 편해. 유현이와 예림이가 헌터가 아니었으면 더 좋았겠지. 샬로스의 구슬, 예림이한테 줘도 될까. 팀도 점점 갖춰 가고 있고 곧 S급 던전 공략 들어가게 될 텐데.

"구슬 예림이에게 빌려주면 안 될까? 던전 공략 갈 때만이라도."

"마음대로 해. 대신 은혜 관리 잘하고."

"고맙다, 진짜."

계속 걱정되었는데 이걸로 한시름 놓았다. 물론 구슬을 쓸 일 없는 게 최고지만. S급 헌터가 피해 무효화 아이템을 써야 할 정도면, 다른 팀원들은… 돌이킬 수 없는 지경에 빠져 있을 가능성이 컸다.

그런 건 겪지 않는 편이 좋다. 진심으로.

"처음 뵙겠습니다, 한유진 소장님."

사십 대 중반쯤의 세련된 정장 차림의 여성이 내게 손을 내밀었다.

"안녕하세요, 김하연 법무팀장님."

마주 고개를 살짝 숙이며 악수를 받았다. 약간 딱딱하고 큰 손이었다. 덩치도 꽤 좋은 편이었다. 각성자는 아니라고 알고 있는데 각성하면 스탯이 낮지는 않을 듯했다.

해연의 법무팀장인 김하연이 소파에 앉으며 가지고 온 인형을 테이블 위에 올려놓았다. 새끼 화염뿔사자 인형이었다. 웬 인형이지. 기승수 사육소와 해연 간의 법적 계약 문제로 온 거 아니었나.

"요즘 시중에서 팔리고 있는 짝퉁입니다."

"아, 예. 그렇군요."

"석 팀장 말로는 정품 캐릭터 상품을 만드실 생각이 있으시다고 하더군요."

"…네? 없는 건 아닙니다만."

"정품 태그에 피스 발도장을 넣는 게 어떻겠습니까."

김하연이 진지하게 말했다. 발도장… 귀엽긴 할 거 같은데.

"금색으로 도드라지게요. 만지면 약간 말랑한 느낌이 드는 특수 인쇄가 좋을 듯합니다."

"좋을 것 같긴 한데요……. 혹시 캐릭터 상품 이야기 하러 오신 건, 아니시지요?"

"맞습니다만."

그녀가 태연하게 대답했다.

"다른 부분은 법무팀에서 정리 중이니 걱정하지 마십시오. 피스는 제가 개인적으로 좋아합니다. 일과 취미를 함께 할 수 있는 기회이기에 직접 움직인 것일 뿐입니다."

원래는 훨씬 더 무거운 일에 주로 나선다고 했다. 특히 헌터 관련 법안 쪽으로 다른 길드 법무팀들과 함께 여러 가지 작업을 한다고 하였다. 법을 넘어서지 않는 경계선 내에서.

사육소 관련은 사실 김하연이 직접 끼어들 정도는 아니라나. 그러면서 피스의 실물 사이즈 인형에 삐약이를 올릴 수 있는 방식으로 구현하자는 이야기를 하였다.

"장식용 작은 피규어나 스노우볼 같은 것도 귀여울 겁니다."

"확실히 귀여울 거 같긴 하네요. 유체 말고 성체도 멋있거든요. 성체를 모델로 한 상품도 나왔으면 좋겠습니다."

그 밖의 몬스터들에 대한 이런저런 이야기가 오갔다. 캐릭터 상품 외의 꽤 귀담아들어 둘 만한 정보도 여럿 있었다. 대화의 반 이상은 피스와 삐약이의 귀여움이었긴 하지만, 우리 애들은 정말로 귀여우니 어쩔 수 없지.

"석 팀장 그 너구리가 꽤나 신이 났더군요."

자리에서 일어나며 김하연이 말했다.

"오랜만에 좋은 먹잇감을 발견한 모양이니 너무 휘말리진 마십시오. 사람 이미지 메이킹 하기 좋아하는 인간입니다. 그래도 실력은 있으니 적당히 받아 주면 도움은 되실 겁니다."

"아, 그렇군요. 사실 저도 외모 관리까지 철저히 하라는 건 좀……."

"그건 하시고요. 한 소장님께서는 S급 헌터들 사이에 주로 서시게 될 겁니다. 최소한 초라해 보이는 것은 피해야만 합니다."

그… 건 그렇지. 갑자기 자신감이 하락하네. …역시 좀 꾸미긴 해야 하나.

다음 날도 사육소 정비를 위해 해연에 붙어 있다시피 하였다. 석시명의 잔소리는 덤이었다. 아무리 목소리가 좋아도 결국 질리긴 하는구나 싶을 정도로 참견을 당하고, 드디어 세성 길드장과의 약속 시간이 다가왔다.

나는 편한 옷이 좋다. 이왕이면 약간 커서 헐렁하고 쓸데없는 게 붙어 있지 않은 옷이. 가볍고 부드러운 재질이면 더 좋고. 아무튼 갑갑한 건 별로건만.

'정장 싫다.'

핏을 살리는 맞춤 정장. 뭐 보기는 그럴듯하더라. 뿐만 아니라 다른 일상복도 전부 몸에 맞게 갖춰 입으라는 소리를 듣고 말았다. 집 안에서까지야 터치 안 하겠지만 밖에선 근처 마트엘 가더라도 신경을 쓰라나.

던전 들어갈 때야 옷자락을 잡히거나 걸리면 곤란하니 싫어도 몸에 딱 맞는 거 입었지만 평소엔 편하게 살고 싶다고. 심지어 9월로 접어들었긴 하나 아직 더운 날씨. 제대로 챙겨 입기엔 몸도 마음도 피곤한 기온인 것이다.

'분위기도 벌써부터 피곤하고.'

묵직한 스타일의 차 뒷좌석에 혼자 앉아 있으려니 딴생각이 자꾸만 들었다. 운전기사와 보조석의 수행원도 검은 정장 차림이었다. 둘 다 해연에서 보내 준 A급 헌터였다.

원래는 노아 씨와 동행할 생각이었지만 석시명이 S급 헌터를 만나러 가면서 같은 S급 헌터를 수행원으로 대동하는 것은 상대에게 시비를 거는 모습으로 비칠 수 있다 하였다. S급 헌터도 부려 먹는 나, 라며 선방 날리고 시작하는 짓이라나.

덕분에 차 안에는 침묵만이 내려앉았다. 먼저 말 걸기 뭔가 어색하기도 했다.

괜히 휴대폰을 꺼내어 시간을 확인했다. 약속 시간까지는 30분 훨씬 넘게 남아 있었다. 나이도 어리고 등급도 낮고 사회적으로도 부족한 만큼 이르게 도착해서 기다리는 편이 낫다고 했기 때문이었다.

'성현제는 시간에 맞춰 오는 타입이라고 했었지.'

약속 시간 가지고 기선 제압하는 편은 아니라고 석시명이 말해 주었다.

그래도 만에 하나 늦게 나타난다면 날 확실히 누를 심산일 테니 조심하라 충고했다.

이런저런 것들을 가르쳐 주면서도 석시명은 성현제가 나를 진지하게 대하진 않을 거라고 생각하는 눈치였다. 나도 어느 정도 동감하고 있었고.

약속 장소에 나타나서 단순한 변덕이었고 이미 질려 버렸다, 라고 말해도 놀랍지 않을 것이다. 아예 바람맞을 가능성도 있지 싶었다.

'…면접 보러 가는 기분이네.'

그것도 아무것도 없는 자격 미달 고졸이 어떻게 턱걸이로 통과해서 단순 인사 담당도 아닌 대기업 회장 앞에 나서야 하는… 은, 딱히 다를 것도 없구나. 회귀 전을 생각하면 더더욱 기죽는다.

약속 장소인 호텔 앞에 도착하자 기다리고 있던 직원이 나와 맞아 주었다. 호화로운 로비에는 각 잡고 줄 선 호텔 직원들밖에 없었다. 설마 호텔을 통으로 비운 건 아니겠지. 평일이라 해도 예약 손님이 있었을 텐데.

하지만 엘리베이터로 안내되는 내내 손님으로 생각되는 사람은 눈에 띄지 않았다. 회의실이나 식당 하나도 아니고 진짜 전체 다 전세 냈나.

'…크루즈도 날려 먹는 인간이니, 뭐.'

라고 해도 과하다. 얼마야 이게. 적당히 상식선에서 놀면 안 되냐.

"여기서부터는 한유진 님께서만 들어가실 수 있습니다."

엘리베이터를 타고 올라가자 복도 입구에서 기다리고 있던 세성 길드원이 말했다.

"수행원들은 이쪽에서 대기해 주십시오."

세성 쪽 사람들도 이 안쪽으로는 들어가지 않는다 하였다. 신원이 확실한 비각성자 호텔 직원 몇뿐이었다. 약간 두근거리는 심정으로 홀로 걸음을 옮겨 갔다. 어둑한 조명 아래 바닥에는 부드러운 카펫이 깔려 있어 발소리가 거의 들리지 않았다. 약속 시간까지는 아직 이십여 분쯤 남았다.

'먼저 들어가서 자리에 앉아 기다리고 있다가 성현제가 나타나면 자연스럽게 일어나서 인사하고.'

석시명이 가르쳐 준 것을 머릿속으로 되새기며 문을 열었다. 넓고 조용한 라운지가 눈앞에 나타났다. 벽면을 가득 채운 유리창 너머로 어두워져 가는 하늘이 보였다. 몇 발짝 걸어가다가 우뚝 멈추고 말았다.

'…이건 예상에 없었는데.'

훤히 트인 창가 자리에 앉아 있는 남자가 보였다. 의자 등받이에 느긋하게 상체를 묻고서 시선을 이쪽에 두고 있다. 긴 다리는 가볍게 한쪽 다리 위에 얹은 채였다.

나와는 달리 너무 여유만만해서 살짝 짜증이 날 정도였다. 그런데 왜 벌써 와 있냐. 일단 다시 걸음을 옮기면서 머리를 굴렸다. 늦어서 죄송하다고 해야 하나. 하지만 늦진 않았잖아. 많이 기다리셨냐고 물어? 하지만 난 늦지 않았다. 일찍 왔다고.

테이블 앞까지 다다랐다. 성현제는 말없이 옅게 미소 띤 채로 나를 올려다보았다.

"한가하셨나 봅니다."

머리를 거치지 않고 반사적으로 말이 튀어나왔다. 솔직히 할 일 참 없어 보였다. 그래도 부지런하시네요, 라고 할 걸 그랬나. 이것도 좀 비꼬는 느낌인데. 무난하게 일찍 나오셨군요, 라거나. 아니다, 그냥 평범하게 인사를 했어야 하는데.

"음, 세성 길드장님."

안녕하십니까, 는 뭔가 아니고 그간 무탈… 은 며칠 지나지도 않았고. 즐거운 근신 시간 되셨습니까, 는 장갑이고. 쳐다만 보지 말고 댁도 뭔가 말을 좀 해라. 해 줘.

"이렇게 일찍 나오시는 일은 없다 들었습니다만 의외네요."

"내 파트너와의 첫 만남을 소홀히 여길 순 없지."

"그래서 호텔까지 통으로 비우셨습니까?"

"작은 성의라네."

그쪽과 나의 크기 관념이 많이 다른 듯한데. 자꾸 툭툭대려는 것을 억눌러 참았다. 그간 너무 버릇이 되어 버렸어.

어쨌든 바람맞지는 않았다. 먼저 나와 주기까지 했으니 긍정적인 신호로 봐도 되겠지. 물론 안심할 수는 없다. 내가 반대쪽 의자에 앉자 성현제가 자세를 바로 했다.

"최근에 제가 사육소를……."

말하다 말고 퍼뜩 명함이 떠올랐다. 명함 건네주면서 자연스럽게 사육소 이야기를 꺼낼 생각이었는데. 그 전에 성현제가 더 늦게 등장해야… 아, 몰라. 호텔 전세 낸 것부터가 기선 제압의 일종이 아니었을까.

"명함부터 받으시죠."

인벤토리에서 명함을 꺼내 내밀었다. 석시명 씨에겐 미안하지만 처음부터 글러 먹어서 가르쳐 준 대로 따라가긴 힘들 듯합니다. 애초에 하루아침에 유능하고 점잖은 사업가 흉내를 낼 수 있을 리 없잖아.

"한유진 소장님이라."

"세성 길드장님께서도 한 장 주시지요."

원래 주고받는 거 아니더냐. 성현제가 내게 자신의 명함을 건넸다. 깔끔하네. 명함에 적힌 연락처는 내가 아는 것과는 달랐다.

"이미 알고 계시겠지만 기승수 사육소를 새롭게 정비할 예정입니다. 따라서 기존의 계약 조건을 일부 수정하였으면 합니다."

해연이야 문제없고 브레이커 쪽도 문현아가 긍정적으로 대답해 주었다. MKC야 망했으니 남은 건 세성과 한신이었다. 세성의 동의까지 얻어 내면 한신도 반대하진 않을 거라고 하였다.

"크게 바뀌는 부분은 없습니다. 기존 각 길드에서 맡아 주었던 보안을 사육소 직속으로 변경하는 것이 중점입니다."

바뀌는 거 별로 없다, 라고 말은 했지만 결국 각 길드의 간섭을 줄이겠다는 뜻이었다. 사육소의 보안을 5대, 이제는 4대 길드의 헌터들이 맡은 현재로서는 자연스럽게 정보도 유출될 수밖에 없었다. 내가 누굴 만나고 무엇을 하는지 속속들이 알게 되는 것이다.

그것을 막기 위함이었다.

"거절하지."

예? 하고 되물을 뻔한 것을 눌러 참았다. 느긋한 목소리가 이어졌다.

"이미 끝난 계약을 불리하게 수정할 이유는, 당연하게도 없다네."

그야 그렇다. 문제는 성현제가 제안을 받아들이게 할 만한 미끼가 마땅치 않다는 것이었다. 석시명과 머리 맞댄 채 고민해 보았지만 괜찮은 생각이 떠오르질 않았다.

"원하시는 것을 말씀해 주십시오."

"역시 한유진 씨는 이르군."

"…예?"

"다시 바로 앉게."

성현제의 말에 반사적으로 등을 바로 세웠다. 어느샌가 테이블 쪽으로 몸을 빼고 있었다.

"들어설 때 한 번, 테이블 앞에서 두 번, 자리에 앉아서 세 번. 짧은 시간 만에 유진 군의 표정은 총 여섯 번 흐트러졌어."

무심코 뺨을 매만졌다. 몇 번 당황하긴 했지만 그렇게 티가 많이 났나.

"그래서 실격입니까?"

"깃털도 덜 난 새끼 새를 둥지 밖으로 내던질 만큼 매정하진 않다네. 내 파트너는 아직 어리고 미숙하니."

관대한 척 미소 짓는다. 그렇게 생각해 주신다니 고맙기는 하네.

"하지만 한유진 군, 내 소유물은 무슨 짓을 해도 괜찮아. 허술해도 되고 초라해도 되지. 내 손에 고가의 펜이 아닌 서툴게 깎은 판촉물 연필이 들려 있다 해도 나를 향한 사람들의 시선은 달라지지 않는다네. 세성의 길드장은 수십 수백을 호가하는 펜을 얼마든지 살 수 있다는 사실을 모두가 인지하고 있으니까. 오히려 연필의 가치가 올라갈 수도 있겠지."

성현제의 손이 나를 가리키듯 부드럽게 움직였다.

"반면에 파트너는, 다르다네."

의자가 조용히 밀리고 그가 몸을 일으켰다. 원래도 장신이긴 했지만 이렇게 앉은 채로 올려다보자 유독 더 거대하게 느껴졌다.

"동등한 선에 서 있고 서로 인정한 관계지. 다시 말해 한유진 군이 부족하게 비친다면."

성현제가 걸음을 옮겼다. 테이블을 돌아 내 쪽으로 다가온다. 그의 움직임을 따라가는 시선을 억지로 잡아챘다. 슈트 끝자락이 내 시야에서 사라지고, 어깨 위에 손이 얹혔다.

"내게도 그 영향이 미치게 된다네. 무엇보다도 유진 군은 내 유일한 파트너니까. 내가 인정하고 동등하게 받아들인 사람이 형편없다면 결국 내 안목 또한 의심받고 말겠지. 유유상종이라는 말도 있지 않던가."

나직한 웃음소리가 머리 위에서 흩어졌다. 성현제의 옆에 나란히 선 내 모습을 상상하자 눈앞이 다 아찔해졌다. 공포 저항이 없었더라면 그만두겠다고 소리쳤을지도 모른다. 누가 봐도 부족하지, 당연히.

내 속을 아는지 모르는지 목소리가 이어졌다.

"그러니 끝까지 최저선에도 다다르지 못한다면."

어깨 위에 얹혀 있던 손이 방향을 틀며 기다란 손가락이 내 목을 가볍게 건드렸다.

"어울리지 않는 자리에서 끌어내리는 수밖에."

토해 내듯, 짧게 숨을 내뱉었다. 거참 부담 한번 무섭게 주시네.

"지금부터라도 제 목숨을 걱정하면 될까요."

"이런, 오해하게 만들었나 보군. 한유진 군을 아끼는 마음에는 변함없으니 걱정 말게. 위치만 달라질 뿐이야."

"전처럼요? 아니면 그보다 못해지려나요."

"조금은 변하겠지. 목줄이 또 끊어져서야 귀찮으니."

반항할 생각도 못 하게 확실하게 밟아 놓겠다, 이건가. 역시 나를 완전히 인정한 건 아닌 모양이었다. 그저 기회만 주었을 뿐.

그럴 법은 했다. 귀여워하며 어르던 애완동물이 갑자기 나도 사람이라며 인권 주장하고 나선 것과 다름없을 테니. 이만큼 양보해 주는 것만으로도 대단하지, 뭐.

그래도 말이야.

"죄송하지만, 성현제 씨."

등받이에 기대듯 고개를 꺾어 들어 올렸다. 나를 내려다보는 눈과 마주쳤다.

"설사 제가 당신에 비해 모자라다 할지라도, 원래대로 돌아가는 일은 없을 겁니다."

금빛 도는 눈이 계속 말해 보라는 듯 가늘게 웃었다.

"제가 이래 봬도 혼자인 몸이 아니라서요. 섣불리 소유권을 주장하셨다간 제아무리 대단하신 세성 길드장님이라 해도 아프게 물어뜯길 겁니다. 어쩌면 치명상까지 입으실지도 모르죠."

나를 소중히 여기는 사람들에게 피해 주고 싶지는 않다. 성현제와 반목하게 된다면 이기든 지든 크게 다칠 수밖에 없었다. 앞일을 생각해서도 손해가 컸다. 외부의 적이 있는데 내부에서 다툼을 벌이는 것은 옳지 않다. 괜히 전력을 소모하는 것은 멍청한 짓이다.

그러니 내가 숙이는 것이 최선의 방법이지만. 성현제가 원하는 대로 해 주고 주위 사람들을 달래는 것이 제일 좋다고 계속해서 생각은 하지만.

'결국 내가 편한 방식이지.'

희생하고 싶다. 그게 편하다. 빠른 길이기도 하다.

하지만 나 때문에 걱정하고 괴로워하고 아파 가슴을 쥐어뜯는 모습까지 봐 왔다. 상대가 그 누구든, 설사 승산이 없다 해도 나를 위해 무기를 들어 주고 만들어 줄 이들이다. 그것을 더 기뻐할 사람들이다.

그러니 별수 있나. 끝까지 함께 손을 잡고 머리를 맞대어 고민하고 발버둥 치는 수밖에. 마지막의 마지막에, 더 이상 어떠한 방법도 없다면 결국 흔들릴지도 모른다. 나는 그리 강하지 않으니까. 그래도 아직은 괜찮다.

"최소한 멀쩡한 상태로 손에 넣는 건 불가능할 겁니다. 저든, 당신이든."

"…그런 식으로 유혹하면 곤란한데."

성현제가 중얼거렸다. 또 뭔 헛소리야. 설마 한판 거하게 붙어 보는 쪽이 더 끌린다는 건가. …이제라도 그런 뜻 아니라고 취소할까. 평화가 최곱니다. 대화로 합시다.

"친애하는 한 소장님, 우선 대학교에 입학하는 것을 추천하지."

"네?"

"석시명이 권하였지 싶은데. 흠은 최대한 줄이는 것이 좋다네."

성현제가 다시 테이블 쪽으로 걸어가며 말했다.

"…어차피 특례 입학 하면 별로 좋게 비치진 않을 텐데요."

"특권도 능력이야. 불만을 가질 수는 있겠지만 고졸인 채 남는 것보다는 평가가 올라가지. 과정과 수단이야 어찌 되었든 자신의 힘으로 획득한 자리라면 사람들은 의외로 쉽게 받아들인다네."

내 맞은편으로 가서 선 그의 시선이 나를 관찰하듯 길게 훑어 내렸다.

"그럼 간단하게. 유진 군의 현재 상태부터 살펴보도록 하지."

무슨 선생님처럼 성현제가 말했다. 저 이 수업 거부하면 안 되겠습니까.

창밖은 완전히 어두워졌다. 반짝거리는 야경이 눈부셨다. 이름은 모르겠지만 예쁘게 꾸며져 나온 디저트는 제법 맛있었다. 비싼 거겠지. 열심히 먹는 도중에 음식에 너무 집중하지 말라는 석시명의 충고가 떠올랐다. 진작에 엎어진 물이니 오늘은 넘어가자.

…근데 먹는 것까지 간섭하는 건 너무하지 않냐.

게다가 성현제는 세세한 몸가짐에는 터치하지 않았을뿐더러, 스스로 원해서 자제하는 것은 괜찮지만 타인의 눈치를 살피며 참지는 말라고 하였다.

"유현이에게도 이런 식의 조언을 해 주셨습니까?"

문득 떠올라 맞은편에 앉아 있는 남자에게 물었다. 석시명이 있긴 했지만, 하급자와 같은 길드장의 위치는 아무래도 달랐을 것이다. 유현이에게 어느 정도까지 관여했을까. 괜히 신경 쓰였다. 물들일 것도 없었다 해도 자주 마주쳤을 테니 영향이 아주 없긴 힘들었을 텐데.

"그럴 필요가 없었지."

성현제가 깍지 끼고 있던 손을 느슨히 풀며 말했다.

"다른 S급 헌터들 또한, 소수의 얼간이를 제외하곤 마찬가지라네. 그들은 자기 자신을 확고하게 믿고 있어. 어지간한 일로는 흔들리지 않을 정도로."

그러면서 따지 않은 와인 병을 집어 들었다. 정확히는 움켜쥐었다, 쪽에 가까운 무성의하고 거친 손놀림이었다.

"근간이 확고하게 잡혀 있기에."

탁, 병목이 테이블과 부딪치며 깔끔하게 잘려 나갔다. 튕겨 오른 마개가 그대로 남은 병 입구를 성현제의 다른 손이 가볍게 받아 들었다. 그러곤 대충 뒤로 던져 버린다.

"이렇게 아무렇게나 굴어도."

와인이 잔 속으로 흘러 들어갔다. 되는 대로 콸콸 쏟아부어, 이내 넘쳐

테이블을 적셨다. 텅, 소리와 함께 와인 병이 거칠게 내려놓아졌다. 엉망이다. 단순히 행동만 보면 잔뜩 취한 술주정뱅이가 난동을 부린 것 같다. 와인이 아니라 소주병에 소주잔이면 정말 딱이다.

"있어 보인다, 라고 할까."

성현제의 손가락 끝이 가득 찬 와인 잔의 테두리를 매만지다가, 툭 밀어 쓰러뜨린다. 테이블 위로 금빛 물결이 퍼져 나가고 그가 입술 끝을 부드럽게 올렸다.

"마음 내키는 대로 거칠 것 없이 움직이는 건 의외로 어렵다네. 이러다 잘못되면 어쩌나, 하는 불안감을 무심코 품게 되기 마련이니. 불안을 느끼게 되면 움츠러들고, 움츠러들면 초라하게 느껴지게 되지."

제가 저지른 일에 눈길 한번 주지 않는 성현제를 마주 바라보았다. 단순히 자신만만한 것을 넘어서, 자신의 행동이라면 그 무엇이든 당연한 일이라는 자연스러움이 깃들어 있었다.

의심도 의문도 하나 없이. 자신의 행동을 반성한 적은 있어도 후회한 적은 한 번도 없지 않을까.

"…솔직히 외모 보정도 있는 거 같은데요."

내 말에 성현제가 짧게 웃었다.

"그것도 크긴 하지. 기본적으로 눈길을 사로잡는 외모이니."

우리 유현이도 정말 잘생겨서 뭘 하든 그럴듯해 보이지.

"가장 어린 박예림만 보아도 굳이 마음가짐, 몸가짐에 대해서는 손댈 필요가 없어. 사회적인 문제에 대한 조언 정도나 필요할 뿐이지. 꼬마 아가씨는 이미 당당하며 스스로에 대한 믿음이 확실하니. 하지만 한유진 군은."

"제가 부족하다는 사실은 잘 알고 있습니다."

내가 나에 대해 믿고 있는 것은 스킬 정도뿐이다. 그것도 대부분은, 나 혼자만의 것이라고는 할 수 없었다.

"아마 앞으로도 빠른 시간 내에 변하기는 힘들 겁니다. 솔직하게 말씀드려 저는, 성현제 씨가 생각하는 것보다 더 많이 망가져 있거든요. 의지하는 사람들 없이는 걸어 다니기도 힘듭니다."

지금 나에게 나 스스로의 힘으로 움직이라는 것은, 다리 부러진 사람에게 목발을 빼앗는 짓이나 다름없다. 공포 저항으로 벽을 치고 웅크리고 있다가 주위 사람들에게 부축받아 일어섰지만, 아직 홀로 걷는 것은 불가능했다.

"그러니 시간은 넉넉히 주셨으면 감사하겠습니다. 저는 성현제 씨와 틀어지고 싶지 않거든요. 자신이 있다고는 말 못 하겠지만 파트너라는 이름, 마음에 들어요."

성현제가 말했듯이 S급 각성자는 타고나길 잘난 사람이다. 이 몸뚱이로 따라잡기가 쉬울 리 있나. 냉정히 말해 무모하다. 호랑이 사이의 고양이 꼴이지. 잡아먹히지 않는 것만으로도 대견하지 않으냐고.

"제가 일방적으로 요구한 것도 아니고 받아들여 주셨으니 그 정도는 감안해 줘야지요."

"그리 급한 성미는 아니니 걱정 말게나."

믿어도 될까. 아직도 단순한 심심풀이인지 진심인지 헷갈렸다. 성현제의 속내를 확실하게 알고 싶었다. 언젠가 정말로 나란히 서는 것을 넘어서, 믿고 등을 맡길 수 있게 된다면 그보다 더 든든할 수 없을 텐데.

요원한 일이지만.

"사람 불러다 테이블 치워야 하지 않겠습니까."

"옮기면 되지 않나."

가볍게 말하며 성현제가 일어났다. 정말 다 가진 사람이 떠올릴 만한 해결책이다. 청소 대신 이사 하시지 그러세요. …실제로 할 수 있는 인간이지만.

테이블 아래로 와인이 뚝뚝 떨어졌다. 나도 몸을 일으키려 하는데 성현제가 손을 내밀어 왔다.

"스스로 부족하단 소리는 했습니다만 혼자 일어서지도 못할 정도는 아니거든요."

"한유진 군이 아니라면 손을 내밀어 줄 일도 없다네."

눈썹을 조금 찌푸렸다가 내밀어진 손을 잡았다. 나를 일으켜 세우며 그가 미소를 머금었다.

"S급 헌터들에겐 손댈 필요 자체가 없다 말하였지만 그게 아니더라도 이렇게."

춤이라도 추듯 부드럽게 내 몸이 이끌려 갔다. 입구 쪽 벽에 붙은 거울에 우리 둘의 모습이 비쳤다. 성현제의 손이 내 등을 가볍게 누르며 자세를 바로잡았다.

"내가 직접 신경 써 주지는 않았겠지."

"…그래요?"

"교육 담당을 붙여 주면 될 일이니 말이야. 나는 그렇게 한가하지 않아."

등을 누르던 손이 어깨 너머로 건너와 옷매무새를 바로잡았다. 이어 턱을 쥐고 약간 안쪽으로 당긴다.

기분이 조금 묘했다. 특별 취급 해 주셔서 감사합니다, 라고 해야 하나.

"저는 사실, 해외까지는 신경 안 쓰려고 했습니다만."

화제를 바꾸고 싶어져 아까 식사 중에 나온 이야기를 꺼내 들었다. 국내 정리는 되어 가고 있으니 나도 슬슬 해외로 눈을 돌려야 하지 않겠냐면서.

애초에 일을 크게 벌일 생각도, 자신도 없었는데. 지금도 충분히 커졌다.

"국내 던전만 관리해서야 시간을 늦추긴 힘들 텐데. 눈을 피하지 마. 타인은 물론, 스스로의 시선 또한."

무심코 거울에서 눈을 돌리는 내 얼굴을 다시 정면으로 고정시키며 성현제가 말했다. 아니, 마주 보고 있기 좀 그렇다고.

"그건, 그렇죠."

나와 어색하게 눈을 마주치며 작게 끄덕였다. 그의 말대로 멸망을, 삼켜지는 것을 늦추려면 해외의 던전들도 제대로 공략되어야 할 것이다. 전 세계 던전이 죄다 터져서 세상이 몬스터들로 뒤덮이면 한국도 끝까지 버티기 힘겨워질 테니까.

"하지만 타국에도 능력 있는 사람들이 없진 않을 테니 기승수 보급이면 될 거라고 생각했어요."

패륜아들의 50명만 모으면 된다, 도 있지만……. 이제 와서는 믿음이 별로 가질 않았다. 처음에야 시스템 관리자라니까, 던전을 막게 도와준다 하니까 믿었다만.

'정확한 이유를 설명해 주기 전까진 조심하는 편이 낫겠지.'

대체 50명을 양육자 키워드 적용해서 어떻게 하려고. 무엇보다 키워드 적용자는 내게 소중한 사람들이다. 패륜아들이 미심쩍어진 지금은 섣불리 50명을 채우기 걱정되었다. 몬스터들은 계속 키워야 하니 40명 넘어가도록 패륜아들이 애매한 대답만 해 온다면 차라리 키워드를 해제해 버릴까.

지금 당장은 스킬 성능이 워낙 좋으니 망설여지지만.

"성현제 씨는 해외로 나갈 생각이셨지요? 노아 씨나 에블린 씨만 봐도 발판은 갖추고도 남은 상태일 거고 말입니다."

"안정화된 장소에 머물러 있을 필요는 없으니 말일세."

지금으로서는 시시해졌으니 떠난다, 쪽이 맞을 터였다. 회귀 전에도 같은 이유였을까. 아니면 다른 무언가가 있었을까.

성현제가 내게서 손을 떼며 뒤로 한 걸음 물러났다. 잠시 머뭇거리다가 나도 뒤로 돌아섰다.

"한유진 군의 추측대로 발판 이상을 마련해 두었지. 대중에게 알려진 것 이상으로 출국이 잦기도 했었다네."

그럴 만은 했다. S급 헌터만 둘 이상 손에 넣고, 외국인 헌터들이 생일 파티에 우르르 몰려올 만큼 인맥이 넓은 성현제였다. 하루 이틀 해외에 나가는 걸로는 불가능한 일이겠지.

"해연에 한국을 맡기고 나갈 생각이셨습니까."

"고민 중이었지. 정확히는 문현아와 한유현을 놓고 저울질 중이었다네. 도련님에게는 심각한 문제점이 하나 있었거든."

문제점? 유현이한테? 아니, 대체 우리 유현이한테 무슨 문제가 있다는 거야.

"대체 우리 유현이에게 무슨 문제가 있다는 겁니까."

순간 흥분해서 머릿속의 말이 그대로 나와 버리고 말았다. 하지만 뭐가 문제라고. 그것도 심각한까지 붙여서.

"도련님 일만 나오면 날 세우는 태도는 고치는 편이 좋을 거야."

"…쉽진 않을 것 같네요."

"그렇게 보이는군."

성현제가 어쩔 수 없다는 투로 대답했다. …너무 쉽게 받아들이는 거 아니냐. 내 태도가 그 정도였나? 그가 걸음을 옮겨 자리에 앉으며 말을 이었다. 나 또한 맞은편에 앉았다.

"분명 해연이 여러모로 발전 가능성은 크지. 그래서 도련님 쪽으로 마음이 기울기도 했고."

물론 현아 씨도 유능하긴 하지만 우리 유현이가 솔직히 잘났긴 잘났잖아. 게다가 독립적인 길드를 지금만큼 키워 내기도 했다.

"하지만 한유현이 왜 길드를 만들었는지가 걸렸다네. 일전에도 말했다시피 그럴 성정이 아니었으니. 길드를 유지할 이유가 사라진다면 언제든지 손 놓고 떠날 길드장. 그 점이 걸렸지."

하긴 기껏 한국을 넘겨줬는데 유현이가 다 버리고 떠나 버린다면 곤란할 것이다.

"그래서 해연으로 반쯤 정해 두었음에도 이유가 확실히 밝혀지지 않는다면 브레이커로 바꿀 생각도 하고 있었다네. 문현아도 자신만의 길드를 거느리기 충분한 능력을 갖추었으니까. 후원자들로부터 벗어나기 위한 도움을 약간만 준다면, 얼마든지 홀로 설 수 있을 것이고."

"…혹시 문현아 헌터를 영입할 생각은 없으셨고요?"

나는 해연으로 데리고 올 생각이었는데.

"문현아가 자신의 의지로 프리 헌터가 된다면 모를까, 길드장의 자리에 서는 것이 그녀에게 더 어울리고 도움이 되는 타입이지."

그런가. 사실 브레이커 길드 자체에 대해서는, 길드장인 문현아에 대해서는 자세히 알아보지 않았다. 그냥 나중에 망하니까 데리고 오는 게 낫지 않을까, 라고 생각했을 뿐이지.

예림이 태도로 봐선 좋은 사람이고, 강소영과도 친하고. 두루두루 인맥 넓고 여성 헌터들을 원조하는 데 적극적이라는 말도 있었고. …성현제의 말대로 길드장에 잘 어울리는 사람인 듯도 했다.

"그럼 한신의 박민규 길드장은 어떻게 보십니까?"

"던전 너머의 것들과 관련해서는 안심할 수 있는 사람이라네. 한번 자택에 직접 방문해 보는 것을 추천하지."

다 던져 주지는 않는구나. 문현아에 대해서도, 박민규에 대해서도 제대로 살펴볼 필요가… 아니, 나는 일단 사육소 독립 운영 정도만 하려고 했는데. 왜 자꾸 일이 불어나고 있는 거지.

두 사람에 대해서는 접어 넣어 두고 다시 원래 이야기로 돌아갔다.

"만약 유현이가 길드를 세운 이유를 끝까지 밝혀내지 못했더라면 어떻게 하셨을 생각이십니까?"

"안타깝지만 기둥이 언제 사라질지 모르는 길드를 밀어줄 수는 없는 노릇이지. 브레이커로 방향을 바꾸었을 거라네."

하지만 회귀 전, 브레이커는 무너졌고 한국은 해연이 차지했다. 다시 말해 성현제는 유현이가 길드를 세운 이유를 알게 되었다는 뜻일 터였다.

'…나에 대해서 알아차렸던 건가.'

확실하게 알아보기 위해 재차 물었다.

"지금은 어떻습니까. 그러니까, 제가 아직 비각성자고 유현이가 저를 보호하기 위해 길드를 세웠다는 사실을 알게 되었다면요."

"더할 나위 없이 완벽하지."

성현제의 입술이 만족스러운 미소를 그렸다.

"핏줄을 위한 훌륭한 번견이 되어 제 길드를 유지하고 한국을 지켜 낼 터이니."

"남의 소중한 동생에게 개소린 하지 마시고요."

인상은 찌푸렸지만 역시 회귀 전 성현제가 나에 대해 눈치챘구나 싶어졌다. 언제쯤이었을까. 브레이커가 무너지기 전이겠지. 그리 중요한 일은 아니지만.

…설마 나 가지고 유현이한테 협박질 같은 걸 하진 않았겠지. 그런 저열한 짓은 좋아하지 않을 사람이긴 하지만. 내가 있는 것만으로도 유현이에게 원하는 목적은 충분히 달성할 수 있고.

"한 가지만 더요. 한국은 왜 보호해 두려 한 겁니까. 고향이라서요? 고향이 맞긴 한지도 궁금합니다만."

"이유가 있어야 하나."

성현제가 목을 느릿하게 기울이며 말했다.

"굳이 핑계를 붙이자면 한국이 가장 안정적이기 때문이라네. 정부의 초기 대처도 빨랐고 송태원이라는 특이점도 존재하지. 내가 외유할 수 있었던 것도 송태원 실장의 존재 덕분이었고. 지금의 세상에서 마지막까지 버틸 가능성이 가장 큰 곳이기에 유지해 두는 편이 좋겠다고 판단한 것이라네."

다른 말들보다 송태원에 대한 것이 귓속 깊숙이 파고들었다.

"송 실장님이 한국에 계신 것이 좋다고 생각하십니까? 협회의 물갈이가 이루어지지 않은 상태에서도요."

"헌터협회는 얼마든지 새로이 만들 수 있지 않나. 반면에 송태원은 한 명뿐이지."

그 말을 듣는 순간 확신했다. 성현제가 송태원을 살해한 것이 아니다. 물론 회귀 전의 송태원이 지금과 다르게 변질되었을 가능성은 있었다. 하나 지금 그대로였다면, 아쉬워서라도 목숨까지 앗아 갈 리 없었다.

대체 무슨 일이 있었던 것일까. 둘 사이에. 또는, 어쩌면 초승달과의 사이에.

'분명 보통 일은 아니었을 듯한데. 다시 저 인간 머릿속에 들어가서 뒤져 보고 싶어지는구만.'

회귀 전 기억은 대체 언제쯤 돌아오는 거야. 뒤통수라도 쳐 볼까. 속으로 구시렁거리다가 뒤쪽으로 확 미뤄져 버린 원래의 목적을 꺼내 들었다.

"일본의 던전은 어떻게 되어 가고 있습니까. 지분을 주장하시려면 진행 상황 정도는 알려 주셔야지요. 물론 저도 자세한 가치에 대해 말씀드리겠습니다."

"깜박 잊고 말았군."

성현제가 너스레를 떨며 손목시계를 들여다보았다. 시계…….

"두 시간쯤 기다리고 있었겠어."

"기다려요? 누가 말입니까."

"일본에서 온 관계자라네."

"예?"

아니, 해외에서 온 사람을 두 시간이나 기다리게 하고 있었냐. 슬슬 가 볼까, 하고 성현제가 아무렇지도 않게 몸을 일으켰다. 석시명 씨, 이 양반 약속 시간 잘 지킨다는 정보 깨끗이 지우세요. 완전 제멋대로구만.

"두 시간이라니. 우리가 협조 구해야 하는 상황 아니었습니까. 그래도 되는 거예요?"

"그 던전의 가치에 따라 달라지는 법이지. 왜 일본의 던전을 필요로 하는 것이지? 미리 알아 두었으면 하는데."

"던전에서, 가 아니라. 은근슬쩍 정보부터 뜯어 가려 하지 마시죠."

"아무것도 모른 채 협상을 진행할 수는 없지 않겠나."

맞는 말이지만 뭐래. 걸음을 우뚝 멈추었다. 깜박 잊긴 개뿔이. 일부러 이러는 거 아니냐. 다급한 상황을 만들어서 내가 제대로 대응하지 못하도록.

"그럼 제대로 이야기를 끝마치고 가지요."

"오래 기다리게 만들었다고 투덜거리지 않았던가."

"두 시간이나 세 시간이나. 기존 대비 비율을 더 올리고 싶으시다면 이번 협상에서의 투자 및 성과를 자세히 말씀해 주십시오. 그럴 만한 가치가 있어야만 지분을 더 드리지요."

성현제가 내 쪽으로 돌아섰다. 눈을 피하지 말라고 했지만 역시 선 채로 마주 보는 건 별로다. 등급 같은 거 없었다 해도 주눅 들 만한 상대이니. 지금은 공포 저항이 있어 괜찮지만 거기에 의지하지 않을 날을 생각한다면, 여전히 한참 멀고 멀었구나 싶은 마음이 되새겨졌다.

"가장 먼저, 던전 권리를 타국의 개인에게 공식적으로 넘긴다는 일 자체가 유례없다는 사실을 강조해 두겠네."

"이제 겨우 3년 좀 지났을 뿐인데 유례없을 만하죠, 뭐. 이미 체계가 불안정한 나라에서는 고가치 던전의 암거래가 흔히 벌어지고 있을 겁니다. 국내만 하더라도 불법 던전이 발각되지 않았습니까. 해외는 더하겠지요.

불법 던전 거래야 말할 것도 없거니와 머잖아 공식적인 거래도 이루어지게 될 겁니다."

그냥 좀 빨라진 일일 뿐인데 너무 과장하지 말라는 투로 말했다. 실제로 던전의 국가 거래는 이삼 년쯤 후면 흔한 일이 된다. 수가 늘어날수록 감당하기 힘들어져 평범한 던전은 아예 헐값에 넘기는 경우도 있었다.

"일본은 불안정한 편은 아니지."

"안정적인 것도 아닐 텐데요. 선진국치고는 헌터의 권력이 워낙 커져서."

"그렇다 해도 협상을 시작하는 것부터가 난관이었다네. 무엇보다 특정 던전을 원한다면 그 이유에 대해 의심을 살 수밖에 없으니 여러모로 품이 많이 들었어."

그러면서 협상 테이블을 펼치는 데 이르기까지 들인 노고를 상세히 설명해 주었다. 듣고 있자니 신경을 많이 쓰긴 한 모양이었다. 물론 성현제 말고 그 아랫사람들이.

"향후 관리 또한 쉽지 않겠지. 던전의 실제 가치를 알고 나면 틀림없이 되찾으려 들 터이니."

"일본에서 신경 쓰지 않을 만큼 평범한 던전일 수도 있잖습니까."

"생략해도 될 부분을 굳이 말하진 않겠네."

아, 네. 제가 평범한 던전을 얻으려 노력할 리 없다는 거겠죠. 안목을 믿어 주셔서 감사합니다.

"이젠 한유진 씨의 차례로군."

"6 대 4. 물론 저희 쪽이 6입니다. 향후 관리를 전부, 완벽하게 맡아 주신다는 전제하에서요."

"실질적인 일은 세성에서 모두 떠맡음에도 말인가. 그 반대라면 받아들이겠네만."

"우선 이번 던전은 저를 위한 것입니다. 제 요청으로 나타난 것이지요."

정확히는 원래 나타날 예정이었던 던전을 시간만 앞당긴 거지만, 성현제야 모르니까.

"사실상 제 소유라고도 할 수 있습니다. 그리고 던전에서 구할 수 있는 것은 스태미너 포션의 재료입니다."

"스태미너 포션이라."

"간단히 말하자면 피로회복제죠. 짧은 휴식으로도 최상의 컨디션을 만들어 주는 포션입니다. 던전 장기 공략 시의 위험 요소 중 하나가 바로 체력과 정신력의 소모입니다. 던전 내부에서는 마음 편히 휴식하기 힘드니까요."

사방에 널린 몬스터 사이를 헤쳐 나가야 한다. 일반 몬스터를 정리하느라 지친 상태에서, 가장 강한 보스 몬스터를 상대해야 하기도 했다. 상급 헌터라 해도 긴 전투를 연속으로 치르다 보면 어느 정도 피로를 느낄 수밖에 없었다. 불침번을 세워 놓고 휴식을 취한다 해도 상황이 상황이니만큼 상쾌한 숙면은 불가능했다.

중급 이하 헌터의 경우에는 상황이 더 좋지 못했다. 던전의 길이야 상대적으로 짧았지만 동시에 상급 헌터에 비해 더 빨리 지치고 회복은 느렸다. 던전 내부에서 자리 잡고 쉰다고 해도 불안에 휩싸여 휴식의 효과를 보지 못하는 경우도 많았다. 특히 신입 하급 헌터는 주위만 두리번거리다 도로 일어나기도 했다. 경력이 쌓였다 해도 상급 헌터와 달리 불안감을 떨쳐 버리기 힘들기도 하였다.

"하지만 스태미너 포션을 사용하면 쌓인 피로를 상당량 회복해 줌과 동시에 휴식의 효과를 극대화해 줍니다. 한두 시간 가볍게 눈 붙이는 것만으로도 푹신한 침구와 편안한 환경에서 여덟 시간 이상의 숙면을 한 것과 같은 효과를 가져다주지요."

스태미너 포션을 쓴다고 해서 아예 안 자도 되는 것은 아니다. 휴식은 반드시 필요하다. 실험 결과 고함량 스태미너 포션을 사용해 휴식 없이 평소의 컨디션으로 활동할 수 있는 최대 시간은 F급 헌터 기준 일주일이었다. 일주일간 휴식하지 않을 시 포션의 효과가 나타나지 않고 몸 상태가 급격히 나빠진다나.

최소 하루 한두 시간의 휴식을 가지며 던전 밖에서는 가급적 평범하게 생활하라고 권장했었지.

"재료 함량에 따라서 각성제의 효과를 볼 수도 있습니다. 독 저항과 무관하게요. 효과 또한 일반적인 것보다 훨씬 뛰어납니다. 전투의 집중력을 향상시켜 주니 보스 몬스터와의 전투 직전 필수품이 되겠지요. 다른 두 포션과 함께 항시 인벤토리에 들어가게 되는 세 번째 포션으로 자리 잡을 겁니다."

말하다 보니 왠지 약 파는 거 같다. 스팸 전화를 너무 많이 받은 탓인가.

"무엇보다도, 향후 최소 반년에서 1년간 독점할 수 있습니다. 유용한 헌터 소모품을 독점하게 되어 얻을 수 있는 이득이야 길게 설명할 필요 없겠지요."

또 다른 스태미너 포션 재료 던전은 일 년 반쯤 지나야 나타난다. 던전 출몰 속도가 빨라진다 해도 반년은 걸리겠지.

"정확히는 독점이 아니지."

"하시기 나름이지요. 해연과 간단한 협의만 하면 되는 일 아니겠습니까. 준독점이죠."

어떠냐는 듯 성현제와 시선을 마주했다. 스태미너 포션에 대해 밝혀지면 일본이 날뛰긴 하겠지. 그것을 세성이 막아 줘야 할 테니 특별히 1할 더 늘려 4로 해 줬다.

"덧붙여서 던전을 나타나게 할 수 있다는 건 반대도 가능하다는 뜻입니다. 가로챌 생각은 하지 마십시오."

노아와 리에트가 공략한, 시기에 맞지 않는 던전도 패륜아들이 삭제했다. 그러니 스태미너 포션 재료 던전도 가능할 것이다.

"어디까지나 제가 있어서 가능한 일입니다. 수고 많이 들이셨다는 사실은 인정합니다만 과욕은 거부하겠습니다."

그렇게 말하며 계약서를 꺼내 들었다. 헌터협회 인증 계약서로, 나눠 가질 수 있도록 두 장이 한 세트였다.

"솔직히 3할이라 해도 먹음직스러우실 텐데요. 따먹는 수고 정도야 아쉽지 않을 정도로."

성현제가 손을 내밀었다.

"꼬일 벌레가 한둘이 아닐 것이라 제법 귀찮을 듯하네만."

"벌레가 붙지 않아서야 겉만 예쁜 독 과일이고요."

그가 계약서를 받아 들고 펜을 꺼내었다. 내용을 훑어보더니 가늘게 미소 짓는다. 긴말 없이 서명하고는 한 장을 내게 돌려주었다.

"한유진 군의 말대로 3할 혹은 그 이하로 밀어붙인다 해도 쉽게 포기 못 할 가치라 생각하네만 계약서에는 처음부터 4할로 표기되어 있더군. 지난번의 통화로 위축되기라도 한 것인가."

"봐드린 건데요. 앞으로 오래 함께 일할 동업자시라."

솔직히 쫄긴 했다. 하지만 파트너로서의 성현제에게 1할쯤 더 양보할 만한 가치가 있다는 건 사실이었다.

불만 있냐는 듯 올려다보자 작게 소리 내어 웃는다. 가소롭다는 건가.

"그나저나 일본 쪽에서 비각성자가 왔을 리는 없고, S급 헌터는 아니겠죠? 송 실장님 이미 초과근무 많이 하셨는데 일 더 늘리면 안 됩니다."

제아무리 잘나신 세성 길드장님 상대라 해도 S급 헌터가 두 시간이나 무시당하고 참을 리 없다.

"A급이라네."

"그나마 다행이군요. 그래도 신경 좀 써 주세요. 누구 씨 생일 파티 이후로 송 실장님 연락도 안 받으시던데."

"안 받는다고?"

성현제가 걸음을 옮기려다 말고 다시 멈추었다.

"네. 많이 바쁘신 모양이지요. 해외 A급 헌터들이 사고도 쳤다지 않습니까."

"그럴 리가 없는데."

"뭐가 없는데, 입니까. 송 실장님 일 많으신 게 하루이틀도 아니고. 그 원인의 절반쯤은 성 모 씨께서 차지하고 계실 겁니다만."

"그날 이후라 이건가."

잠시 생각에 잠겼던 성현제가 입술 끝을 느릿하게 올렸다.

"송태원 실장도 은근히 귀엽게 군다니까."

…송 실장님 도망쳐요. 이유는 모르겠습니다만 일단 피하고 보는 게 상책일 듯합니다.

"무슨 생각을 했는진 모르겠지만 그만두시죠."

"가만 보면 유진 군이 송태원 실장을 꽤나 아낀단 말이야."

"평범한 양심을 지닌 덕분입니다. 아무튼 피곤한 사람 좀 가만히 내버려 두십시오."

송태원 씨에 한해서 내 양심은 이미 고슴도치다. 덕지덕지 찔려 있다. S급 헌터한테도 보약이 효과가 있나. 몸에 좋은 거라도… 는 법이 가로막고 있구나. 송 실장님은 왜 송 실장님이신 건가요. 스태미너 포션도 비쌀 수밖에 없는데.

"일본 쪽에서 던전을 원하는 이유를 의심하고 있다고 했었죠?"

휴대폰으로 시간을 확인하며 말했다. 나도 손목시계로 확인하고 싶은데.

"그쪽에서는 기승수용 몬스터 포획을 위해 던전을 노린다 짐작하고 있더군."

"기승수용이요? 괜찮은 몬스터가 있는 겁니까?"

"능력치 자체는 평범하나 새끼의 비율이 높다고 들었다네."

일반 몬스터들 사이에서 새끼의 모습이 자주 눈에 띄었다고 했다. 던전 공략 도중 몬스터 새끼가 총 일곱 마리 발견되었다. 일반 몬스터라 등급은 B 이하가 대부분이었지만 간혹 A급도 나타났기에 새끼 몬스터가 A급으로 성장할 가능성이 있다고 하였다.

"소와 비슷한 형태의 몬스터라 상급 던전용 일반 기승수 새끼를 다수 구하기에 좋은 던전, 이라고 생각하고 있더군."

S급 헌터와 함께하는 전투용으로는 부적합하다. 하지만 A급 이하 팀원의 기승수로는 괜찮을 터였다. S급은 물론이고 A급 몬스터도 새끼 구하기가 힘드니, 저렇게 여럿 등장하는 곳이라면 혹하긴 했다.

물론 내가 없으면 별 가치 없어지지만. 그래서 회귀 전에는 주목받지 못했을 것이고.

"대신 이유를 만들어 주니 고맙군요. 그래서 원하는 조건은요?"

"슬라임 던전과의 교환. 그 정도 가치는 된다고 생각하는 모양이라네."

"저 없이는 그냥 평범한 던전인데 무슨. 슬라임 던전을 미끼로 쓸 생각이긴 했습니다만 괘씸해지네요."

스태미너 포션 재료 던전이야 슬라임 던전보다 귀하다만 역시 마음에 들지 않는다. 그래도 손에 넣기는 넣어야겠고.

"음, 제 여태까지의 이미지와는 다르게 세성 길드장님의 파트너로서의 모습을 보여야겠지요? 약하게 나가면 실망하실까요."

"이미 말했지만, 하루아침에 변하라고 독촉할 생각은 없다네. 무엇보다 지금 당장은 한유진 군이 바뀐 모습을 보인다 해도 세상이 쉽게 받아 주질 않겠지. 공개적으로 쌓아 둔 이미지가 확고하니."

내 대외적 이미지는 무고하고 연약한 피해자다. 여러모로 이용해 먹기 좋았지. 내가 갑자기 S급 스탯이라도 가지지 않는 이상 성현제의 말대로 단숨에 바꾸긴 힘들 테고.

"그럼 한 번 더 써먹죠."

쓸 수 있을 때 써먹어야지.

"그리고 동업자 씨."

눈을 치켜뜨며 최대한 단호하게 말했다.

"일본 던전 건은 어디까지나 상호 협력하에 이루어지는 일이건만 중간 과정 보고는커녕 일본 관계자가 도착한 사실마저 알리지 않으시다니, 심히 무례하신 것 아닙니까. 앞으로는 이런 일 없도록 주의해 주십시오."

그렇잖아, 동업자인데. 사후 통보만 받는다는 건 말도 안 되는 짓이다.

"제가 실례를 저질렀군요. 명심하겠습니다, 파트너 씨."

저 웃는 얼굴이 놀리는 건지 그냥 평소 모습인 건지 모르겠다.

"그럼 가실까요, 한 소장님."

"많이 기다리게 했으니 서두르지요, 세성 길드장님."

고개를 끄덕이곤 나란히 걸음을 옮겨 갔다. 아직은 그 자리가 심히 어색했다.

두 시간 사십일 분. 회의실로 안내된 후 닫혀 있던 문이 열리기까지의 시간이었다. 일본의 A급 헌터 나카지마는 안으로 들어서는 두 사람을 그리 곱지 못한 시선으로 바라보았다. 하지만 표정은 차분하게, 예의를 갖추어 자리에서 일어났다. 그 옆에 앉아 있던 동료 헌터 또한 마찬가지였다.

오랜 시간 기다리게 하였어도 상대는 S급 헌터다. 국적보다도 등급을 우선시하였기에 머리 숙이는 것은 어렵지 않았다.

"처음 뵙겠습니다, 세성 길드장님."

"기다리게 했군."

나직한 목소리가 들려왔다. 통역 아이템 덕분에 의사소통에는 문제가 없었다. 성현제는 그 한마디 이상의 유감도, 사과도 표하지 않았다. 무례한 태도였으나 두 헌터는 익숙하게 받아들였다.

"이쪽은 기승수 사육소의 한유진 소장이라네. 들어는 보았겠지."

성현제의 말에 나카지마가 고개를 들었다. 190을 가볍게 넘는 장신에 체격마저 훌륭한 사내 옆에 비교되리만치 작은 청년이 서 있었다. 실제로는 평균치 이상은 되겠지만 옆에 선 상대가 나빴다.

심지어 스탯 F급. 다시 말해 A급 헌터에게 있어선 만만하기 그지없는 상대였다.

"물론 들어 보았습니다."

나카지마는 만면에 미소를 띠며 두 사람 사이에 끼어들 엄두도 못 낸 채 얌전히 서 있는 한유진을 바라보았다.

"안녕하세요."

한유진이 작게 인사했다. 목소리부터 표정, 태도까지 모두 주눅 든 티가 역력했다. 상급 헌터들 사이에 끼인 스탯 F라면 당연한 모습이었기에 두 일본인은 아무런 의심 없이 마주 머리 숙였다.

"한유진 소장님의 기승수 사육 스킬에 대해서는 저희 일본 제일의 길드, 아마테라스에서도 무척이나 많은 관심을 가지고 있습니다."

"아, 예. 감사합니다."

"'검은 소의 숲' 던전을 원하시는 것도 기승수를 구하기 위함이시겠지요."

"…예."

떨떠름한 대답이었다. 동시에 한유진이 세성 길드장의 눈치를 살피는 것을 나카지마는 놓치지 않고 눈에 담았다.

"이미 기본적인 조율은 끝이 났으니 길게 이야기할 필요는 없겠지."

성현제가 자리에 앉으며 말했다. 한유진은 머뭇거리다가 그와 조금 떨어진 자리에 앉았다. 그늘이 드리워진 한유진의 얼굴에 나카지마가 한껏 상냥한 어조로 입을 열었다.

"검은 소의 숲을 필요로 하시는 분은 한유진 소장님이시고 슬라임 던전은 해연 길드의 소유가 아닙니까. 그러니 저희 측에서는 한유진 소장님의 의견이 중요하다고 감히 말씀드리겠습니다."

겉보기에는 한유진을 위해 주는 말이었다. 하지만 그 속내에는 상대하기 편한 사람을 붙잡고 휘두르겠다는 생각이 깔려 있었다. 동시에 기승수 사육소의 주인에게 좋은 인상을 남기려는 속셈도 있었다.

퍼져 있는 소문처럼 마수 사육사가 주위의 S급 헌터에게 억압되어 있는 것이라면, 잘 구슬려 빼돌리는 것도 가능할 터였으니. 지금의 모습으로 보아선 헛소문이 아닌 듯해, 나카지마는 더더욱 친절한 미소를 머금었다.

"한유진 군도 그렇게 생각하나?"

성현제의 가벼운 물음에 한유진의 시선이 테이블로 떨어졌다.

"저는, 그냥……."

"편하게 말씀하십시오, 한 소장님."

나카지마의 말에 한유진이 고개를 살짝 들었다. 눈동자가 이리저리 헤엄치다가 성현제 쪽을 힐끗 쳐다보았다. 말을 꺼내지 못하고 입술만 달싹거리는 것에 나카지마가 재차 격려했다.

"괜찮습니다. 걱정 말고 말씀하십시오. 이 나카지마, 귀담아듣겠습니다."

"…말씀하신 대로 슬라임 던전은 해연 길드의 것입니다."

한유진이 주먹을 꽉 쥐며 말했다. 주눅 든 것은 여전했지만 한결 용기를 얻은 모습이었다.

"일본의 던전에서 얻을 수 있는 새끼 몬스터 또한 제 관할이고요."

"그렇고말고요. 옳으신 말씀이십니다."

나카지마는 세성 길드장의 눈치를 살피며 맞장구를 쳤다. 성현제는 의외로 별다른 반응을 보이지 않았다.

"그래서 저는, 이번 협상에서……."

잠깐 힘이 들어갔나 싶던 한유진의 목소리가 또다시 작아졌다. 참지 못한 한숨을 흘리며 어깨를 축 늘어뜨리는 모습에 나카지마가 목을 뻣뻣이 세우며 세성 길드장에게로 시선을 돌렸다.

"세성 길드장님, 혹 괜찮으시다면 잠깐이나마 자리를 피해 주시길 부탁드리겠습니다. 그렇게 해 주시면 한유진 소장님께서 좀 더 편히 대화를 나누실 수 있을 듯합니다."

S급 헌터에게 나가 달라 말하는 것은 나카지마로서는 크나큰 각오를 해야만 하는 일이었다. 등급이 절대적인 일본의 헌터였기에 이 정도의 반항으로도 등골이 서늘해졌다. 하지만 상대는 해외의 헌터이며 무엇보다 자국의 길드를 위한 일이다.

성현제가 눈가를 살짝 휘며 입을 열었다.

"우리 한 소장님이 워낙 귀하고 소중한 분이시라. 보호자도 없이 타국 헌터들과 둘 수는 없는 일이네만."

"목숨이 열 개쯤 되지 않고서야 어찌 감히 세성 길드장님의 보호하에 있는 사람을 해치겠습니까. 한유진 소장님의 털끝 하나라도 건드린다면 세성 길드장님의 손을 더럽힐 것도 없이 직접 제 배를 가르겠습니다."

"그렇게까지는……."

한유진이 작게 중얼거리고 나카지마가 믿어 달라는 듯 미소를 지어 보였다.

"재차 부탁드리겠습니다, 세성 길드장님. 한유진 소장님께도 기회를 주십시오."

손가락으로 가볍게 턱을 괴고 있던 성현제가 시선을 천천히 움직여 한유진을 바라보았다.

"한 소장님께서는 어떻게 생각하시나."

"저는……."

"걱정 말고 솔직하게 대답해 주십시오."

나카지마의 부추김 속에서 한유진이 아랫입술을 잘근 깨물었다. 한참을 머뭇거리다가 자리에서 일어난다.

"세성 길드장님, 잠시만 이쪽으로 와 주세요."

회의실의 구석으로 간 한유진이 성현제에게 무어라 작게 속삭였다. A급 헌터인 두 일본인에게도 들리지 않을 정도로 작은 목소리였다. 이어 성현제에게 간절하게 말했다.

"부탁드리겠습니다."

"방금 한 말은 잊지 않고 기억해 두겠네."

"예."

성현제는 긴말 않고 몸을 돌려 밖으로 나갔다. 그 뒷모습을 바라보던 한유진이 힘없이 자리로 돌아왔다. 아마도 무언가 대가를 제안하고 세성 길드장을 내보낸 것이리라. 나카지마가 한껏 걱정스러운 표정을 지어 보였다.

"너무 무리하신 건 아니신지요."

"…괜찮습니다. 세성 길드장님께서도 정도를 아시는 분이시니 과하지는 않으실 겁니다."

그렇게 말하면서도 불안한 듯 테이블 위에 올린 양손을 맞잡아 꼼지락대던 한유진이 크게 한숨을 토해 냈다.

"솔직하게 말씀드리겠습니다. 저는, 검은 소의 숲 던전을 원하지 않습니다."

"…예?"

나카지마와 그 옆의 일본인이 당황했다.

"새끼 몬스터를 성장시키는 데에는 많은 시간과 노력이 들어갑니다. 단시간에 여러 마리를 성장시킬 수도 없습니다. 그런데 세성 길드장님께서는… 제게 일반 기승수 수 마리를 빠르게 키워 내길 요구해 왔습니다. 일본의 던전을 차지한다면 새끼 몬스터 수급은 쉬워질 테니까요."

한유진이 근심 가득한 얼굴로 말을 이었다.

"그것도 세성이 아닌 해연 소유의 던전을 미끼로 내걸면서 말입니다. 겉으로는 해연에도 도움이 되고, 기승수 사육소의 크기도 키울 좋은 기회라 말하지만… 실제로는 세성에서 저를 갉아먹으려 드는 것과 다름이 없습니다. 빠른 시일 내에 기승수를 완벽히 갖춘 S급 공략팀을 만들어 낼 거라고 하더군요."

"아… 그렇습니까."

나카지마와 그 동료가 난감한 듯 서로를 쳐다보았다. 그들의 예상과는 전혀 다른 이야기였다. 일본의 던전을 필요로 하지 않다니. 아니, 되레 짐으로 생각하고 있었다니.

"그래도 A급 새끼 몬스터를 안정적으로 구할 수 있게 된다면 향후 도움이 되지 않겠습니까."

"저는 그냥 의뢰를 받는 것만으로도 충분합니다. 아니, 솔직히 벅찹니다. 제가 직접 나서서 새끼 몬스터를 구하고 싶은 생각은 전혀 없어요. 그러니 가능하다면 이번 협상을, 없었던 일로 해 주시면 안 될까요."

간절한 목소리에 나카지마가 미간을 좁혔다. 한유진이 원하는 대로 협상을 취소할 수는 없는 노릇이었다. 각종 생산품의 재료가 되는 슬라임 던전을 차지할 기회를 놓칠 순 없다. 무엇보다 일본에는 아직까지 슬라임 던전이 나타나지 않았다. 재료용 슬라임은 해외에서 전량 수입해야만 하는 처지인 것이었다.

"…세성 길드장님께서 받아들이지 않으실 듯합니다만."

"…예. 그렇겠지요."

한유진이 힘없이 고개를 끄덕였다. 그것을 놓치지 않고 나카지마가 한유진을 설득했다.

"어차피 협상을 무효화할 수는 없는 노릇 아니겠습니까. 그러니-"

"아니요. 포기하기엔 이릅니다."

한유진이 돌연 시선을 곧게 들어 올렸다. 어깨를 펴고 나카지마를 마주 바라보았다.

"초면의 해외 헌터께서도 이렇게나 저를 응원해 주시는데 계속 기죽어 있어서야 부끄러운 노릇이 아니겠습니까."

"아, 그것이……."

"나카지마 씨께서는 제 편이시지요?"

수줍게 웃으며 하는 말에 나카지마가 말을 더듬거렸다. 슬라임 던전을 어떻게든 차지해야 한다. 하지만 한유진의 편을 들어 주는 것도 중요했다. A급 헌터로서의 기세를 살려 협박을 해야 하나, 끝까지 좋게 설득을 해야 하나. 고민하던 나카지마가 크게 고개를 끄덕거렸다.

"물론입니다."

"감사합니다. 그럼 부디 저를 도와주세요."

"물론 도와드리겠습니다만, 한 소장님. 협상을 진행하는 것도 나쁜 일은 아닙니다."

나카지마가 달래듯 사근사근한 어조로 말했다. S급 헌터라 해도 회의실 문밖에서는 엿듣기 힘든 작은 목소리였다.

"대놓고 반발하기에는 세성 길드장은 버거운 거물이 아니겠습니까. 그러니 일단은 숙이는 척 물밑으로 이득을 취하시지요."

"이득이요?"

"예. 하라다 헌터."

나카지마의 부름에 옆의 헌터가 인벤토리에서 계약서와 서류뭉치를 꺼내었다.

"사실대로 말씀드리자면 한유진 소장님의 존재 없이는 검은 소의 숲 던전의 가치는 그리 높지 않습니다. 때문에 만약을 대비해 일종의 덤을 몇 가지 준비해 왔습니다."

협상이 쉽게 이루어지지 않을 때를 위한 것들이었다.

"세성 길드장은 단순 교환으로 만족하는 듯하니, 한유진 소장님께서 조용히 가져가시는 것이 어떻겠습니까."

한유진의 시선이 테이블 위의 서류를 향하였다. 일본어와 한국어, 두 가지 언어로 적힌 서류에는 각종 아이템 목록이 줄지어 있었다.

"…제가 일본어를 몰라서 정확하게 번역이 되었는지 조금, 의심이 갑니다."

"그것을 위해 여기 이 계약서가 있습니다. 원하는 아이템을 제공하겠다는 계약서를 작성하면……."

"지금부터 30분간 제가 묻는 아이템에 대해 사실대로 솔직하게 설명하겠다는 계약을 하시는 게 어떻겠습니까."

"아아, 예. 그렇게 하시면 되겠군요."

나카지마는 계약서를 작성하며 조금 의아하게 한유진을 바라보았다. 고등학교 중퇴에 검정고시를 쳤으며 대학은 가지 못한 채 변변치 못한 일이나 하던, 고작해야 스물다섯 살짜리로 알고 있다. 당연히 이런 자리는 어색하고 서툴러야만 했다.

그런데도 이상하게 능숙하다는 느낌이 들었다.

'그래 봤자 S급 헌터 손에 쥐인 F급이지만.'

지금도 저렇게 잠깐 의욕을 내비쳤다가, 이내 눈을 내리깐다.

"배려해 주시는 것은 진심으로 감사합니다만, 역시 해연 길드가 마음에 걸리네요."

"해연 길드가요?"

"예. 슬라임 던전을 세성이 가로채어 제 욕심을 채우는 것이나 다름없으니까요. 여러 가지, 자세히 말씀드릴 수 없는 뒷사정이 있기는 합니다만……. 겉보기도 그렇고 실제로도 무척이나 손해 보는 일이라 역시 가능하면 이번 일은 없었던 것으로 하는 편이…….”

또다시 우물거리는 한유진의 모습에 나카지마가 속으로 혀를 찼다. 어째 쉬울 듯 쉽게 넘어오질 않는다. 머리를 굴리던 나카지마가 교활하게 눈빛을 빛냈다.

“하면 이런 방식은 어떠하겠습니까. 일본에서는 헌터 사이에서 분란이 있을 경우, 동일 등급의 결투를 통해 승리자가 모든 것을 차지합니다.”

“결투요?”

한유진이 눈을 동그랗게 떴다.

‘드디어 나왔구나.’

속으로 쾌재를 부르면서 겉으로는 어리둥절한 척했다. 나카어쩌고가 느끼한 얼굴로 고개를 끄덕였다.

일본처럼 헌터의 위세가 법규를 넘을 정도로 강하고 등급이 중세 계급 수준으로 취급받는 나라에서는 던전 관리권이나 아이템 소유권을 두고 분란이 일 경우 길드전 또는 개인전을 벌여 해결하는 게 보편적이었다. 말 그대로 강한 자가 다 해 먹었다.

야만적이고 불합리한 방식이지만 지금만큼은 반가웠다. 다 해 먹는 거 좋지.

“예. 슬라임 던전은 어디까지나 해연 길드의 소유이니 해연의 헌터와 저희 측 헌터가 결투를 벌이는 것이지요. 교환이 아닌 승자가 패자의 던전을 가지고 가는 겁니다.”

“…해연의 헌터라면.”

"박예림 헌터가 걸맞겠지요. 각성한 지 이제 겨우 3개월 지났으니 승부에서 패배한다 해도 흠이 되지는 않을 것입니다. 결과가 아슬아슬할 정도로 훌륭하게 싸웠다고 하면 오히려 앞날이 기대되는 유망주로 이름 높아질 수도 있습니다."

일본인이 역시나 예림이를 노려 왔다. 아직 자신의 팀으로 S급 던전 공략 경험조차 없는 햇병아리 헌터. 만만하게 느껴지겠지.

"하지만 결국 해연에서 일방적으로 던전을 잃고 끝나는 게 아닙니까."

"당연히 대가를 지불해 드려야지요. 물밑으로 한유진 소장님과 해연 길드가 대가를 받고 세성 길드는 아무것도 얻지 못하게 되는 겁니다. 어떻습니까. 좋은 한 방이 되지 않겠습니까? 심지어 겉으로는 세성 길드장을 따르는 것처럼 보일 테니 후환도 두렵지 않을 겁니다."

히죽거리는 나 모 씨를 마주 보며 어설프게 미소 지어 주었다. 이것 참, 너무 잘해 주셔서 쥐꼬리만큼 미안해지려고 하네.

"정말 훌륭한 방법 같습니다만… 슬라임 던전의 가치는 작지 않습니다. 해연에 그만한 대가를 주실 수 있을까요?"

"만약을 대비해서 준비해 온 물건이 있습니다."

나 뭐가 비장한 표정을 지으며 인벤토리에서 무언가를 꺼내었다. 검은색의, 로브와 코트의 중간쯤 되는 형태의 옷이었다.

허리의 끈 부분에 알 수 없는 문양과 새의 깃털 모양 장식이 달려 있었다. 분명 기억에 있는 장비인지라 입꼬리가 올라가는 것을 참아 내기 힘들었다.

저거 진짜 그건가. 진짠가. 분명 일본 길드장 소유물이긴 했는데 정말로 저걸 내놓겠다고.

"일본 S급 던전 첫 공략 때 나온 '푸른 천둥새의 예장'입니다. 무려 SS급 장비지요."

"SS급이요?"

"예, 직접 확인해 보시겠습니까."

나 모 씨가 자리에서 일어나 내게 옷을 걸쳐 주었다. 물론 옷자락은 붙잡고 있는 채였다. 혹여 인벤토리에 넣기라도 하면 안 되니까.

"기본 옵션 증가에 순간 속도 상승 스킬, 대미지를 받을수록 방어력이 중첩 증가하고… 전(電)속성 저항 S급까지 있군요!"

연기할 필요 없이 진심으로 활짝 웃었다. 알지, 이거. 아마테라스 길드장이 랭킹전에서 자주 사용했던 장비다. 속성 저항을 자랑하면서 랭킹 1위인 성현제를 쓰러뜨릴 수 있는 건 자신밖에 없다며 떠들어 댔었지.

물론 소리만 요란하고 한 번도 이긴 적은 없었다. 하지만 유현이가 가지게 된다면 말이 달라질 것이다. 속성 저항 외의 다른 옵션도 훌륭하고 속성별로 다 맞춰서 상황에 맞게 착용하는 게 최고기도 하니까 무척이나 탐나는 장비였다.

"일본에서도 SS급 장비는 흔치 않을 텐데요."

"물론 그렇습니다만 저희 길드장님께서 주로 사용하시는 SS급 외투는 따로 있습니다. 천둥새의 예장은 길드장님의 능력과 맞지 않는 부분도 있으며 속성 저항의 종류도 현재로서는 필요치 않은 것이거든요. 반면에 해연 길드는 언제든 세성과 맞부딪칠 가능성이 있으니 무척이나 유용할 겁니다."

아직 S급 세계 랭킹전은 없으니까 저렇게 나올 법했다. 근데 SS급 외투가 또 있다니. 일본이 우리나라보다 아이템이 배쯤 많이 나왔다고 해도 기껏해야 두세 개쯤 될 텐데 자국의 최상급 아이템이란 아이템은 죄다 긁어모은 건가. 거대 길드의 횡포다.

"그럼 정말로 이걸 대가로 주시는 겁니까?"

"물론입니다. 흡족하시리라 믿습니다."

유현아! 형이 해냈다! 너 줄 옷 뜯어냈어! 마음 같아선 예장에 입이라도 맞추고 싶다. 아이고, 이쁜 것.

"이걸로 해연 길드에 면목이 서게 되었습니다. 슬라임 던전의 가치가 크다 해도 쉽지 않은 결정이셨을 텐데 감사합니다."

"천만에요. 저희도 해연 길드의 반발은 충분히 예상하고 준비한 것이었습니다. 앞으로의 관계가 더욱 돈독해지길 바랍니다."

S급 장비 너덧 개쯤이나 뜯어낼 생각이었는데 대박이다. 아무리 쓰지 않는 장비라 해도 SS급인데 그걸 타국에 홀랑 넘기다니, 생각 이상으로 일본 내 아마테라스 길드장의 권력이 대단한 모양이었다.

남 주는 대신 자기 필요한 것과 교환하는 짓으로 봐선 개인적인 욕심이 큰 듯도 하고.

A급 슬라임 던전을 차지하면 일본 내에서의 길드 위치가 더욱 굳건해지긴 하겠지. 그걸 위해서인가. 아무튼 감사.

"일본 측에서 설마 길드장이 나오거나 하는 건 아니겠지요? 박예림 헌터가 어리다 보니 걱정이 되어서요."

"당연히 그럴 수야 없지요. 2년 차 헌터로 할 예정입니다. 이 자리에서 아예 확실하게 계약서를 작성해 드리겠습니다. 아, 해연 길드장의 허가를 따로 받으셔야 할까요?"

"아니요, 이번 일에는 제가 전권을 위임받았습니다. 그래서 더욱 조심스럽기도 했고요. 여기 관련 서류입니다. 괜찮으시다면 위치는 바다 근처로 부탁드리겠습니다. 너무 일방적인 싸움이 되면 어린 마음에 상처가 클 수도 있으니까요."

"원하시는 대로 최대한 맞춰 드리겠습니다."

일본인이 자신 있게 말했다. 예림아, 경기장 침몰시켜도 괜찮아. 마음껏 날뛰렴. 우리 땅 아니니까.

'바닷가라면 유현이와도 맞먹을 정도였으니.'

걱정할 필요는 없겠지. 그래도 이왕이면 유현이를 상대로 지목했으면 싶었지만 일본 측에서 그런 위험을 감수하려 들진 않을 테고.

예림이와 이야기는 이미 끝난 상태였다. 랭킹전 참가 못 하는 거 계속 아쉬워했는데 좋아하겠구만.

나 뭐시기가 길드장 서명이 들어가 있는 계약서를 꺼내었다. 표면적으로는 단순한 내기 결투였다.

계약서를 이중으로 작성하고 푸른 천둥새의 예장을 포함해 예림이 줄 S급 팔찌도 하나 챙겼다. 절로 마음이 푸근해지는 거래였다.

"이거 세성 길드장님께서 탐탁잖게 여기실 수는 있겠습니다만, 괜찮으시겠습니까?"

계약서를 챙기며 일본인이 걱정하는 척 말했다. 성현제가 이번 일로 날 핍박이라도 하면 자기들은 좋을 거면서, 뭘.

"걱정 마세요."

"혹시라도 힘든 일이 있으시면 언제든지 연락하십시오. 한유진 소장님이시라면 대환영입니다."

그러면서 명함을 건넨다. 아예 넘어오라고 대놓고 말하지 그러냐. 슬라임 던전 차지하고, 세성과 내 관계 틀어 놓고, 나와 해연과는 돈독해지고, 노림수 많이 깔아 놓기는 했다.

명함을 받아 인벤토리에 넣고 폰으로 문자를 보내며 자리에서 일어났다.

이내 문이 열리며 성현제가 들어섰다. 큰 걸음으로 성큼성큼 다가온 그가 내게 들고 있던 것을 내밀었다.

"주문하신 아이스 카페라떼입니다."

"제 부탁을 들어주셔서 감사합니다."

"내 파트너가 원하시는 것인데 당연히 들어드려야지."

두 일본인의 얼빠진 시선 속에서 빨대를 쪽 빨았다.

"제가 한 말 잊지 않고 기억하시겠다더니, 과하게 단데요. 휘핑도 빼 달랬잖습니까."

아이스 카페라떼 중간 사이즈로 너무 달지 않게, 휘핑은 빼서. 근데 달 잖아. 휘핑크림 위에 코코아 파우더도 뿌려져 있다.

"맛있지 않나?"

"맛있긴 하네요. 이 호텔 커피 잘하네."

비싼 데라서인가.

일 다 끝났으니 미련 없이 돌아서려다가 참, 하고 내 명함을 꺼내었다. 그리고 테이블 위에 내려놓으며 비즈니스적인 마음을 듬뿍 담은 미소를 머금었다.

"연락 기다리겠습니다, 고객님. 가능한 빠른 준비 부탁드리지요."

"자, 잠깐만요, 한 소장님!"

"네?"

"아니, 그… 두 분께서…….."

나카지마는 더듬거리다가 말을 잇지 못하고 나와 성현제를 번갈아 쳐다보았다. 머리 굴리는 소리가 여기까지 들려오는 듯했다. 많이 당황스러운 모양이었다.

"…아닙니다. 조만간 다시 연락드리겠습니다."

고민 끝에 결국은 그냥 내 명함을 챙기고 만다. 아직은 예림이를 이기면 된다고 생각하고 있겠지. 기대 잔뜩 해 두세요.

복도를 따라 걸으며 성현제에게 일본 측과의 계약에 대해 간략하게 설명해 주었다. 내가 뭘 얻었는지는 숨겨 두었다. 그냥 결투를 통해 던전 권리를 가지기로 하고 대신 아이템 몇 개 받았다고만 해 두었다. 성현제는 의외로 아이템에 대해 자세히 묻지 않았다.

"그쪽에서는 박예림 헌터를 쉽게 이길 수 있을 거라고 믿고 있겠지요.

S급 헌터 이와하타 가쿠토라고 하던데, 혹시 아십니까? 2년 차라더군요."

일단 나는 못 들어 봤다. 즉, 회귀 전 헌터 랭킹이 그리 높지 않은 사람이라는 뜻이었다. 현재까지 일본의 S급 헌터는 총 다섯 명이었지.

"S급 헌터이니 이름 정도는 들어 보았지."

"걱정할 필요 없겠지요?"

"바닷가라 하지 않았던가. 결말이 난 승부라네."

나도 그렇게 생각하긴 하지만. 그럼에도 혹시나 하는 마음이 없지 않았다. 예림이는 아직 어리니까.

'여차하면 우리 애 스킬로 버프를 걸어 주면 되겠지.'

들키면 반칙패 하겠지만 애가 다치는 것보단 낫잖아. 안 들키면 그만이기도 하고. 모르는 사람이 듣기엔 응원하는 것처럼 대사 치면 된다.

"일본에 가려면 준비가 많이 필요할… 아닙니다."

"그 정도 조언은 해 줄 수 있네만."

"이미 과하게 친절하신 상담원 노릇을 해 주신지라. 제가 알아서 하겠습니다."

일단 각성자 관리실과 헌터협회에 보고해야겠지. 일정은 일본 쪽에서 연락 온 뒤에 잡으면 될 테고. 예림이 준비야 해연에서 맡아 줄 것이다. 유현이도 같이 가려고 들려나? 성한 씨가 있으니 자리를 비워도 괜찮겠지. 그래도 동행할 거면 미리 던전 정리 하나쯤은 해 놓아야 할 테니, 빨라야 일주일 뒤에나 출발할 수 있겠다.

어차피 일본 측도 하루이틀로 준비 끝내진 못할 테고. 머릿속을 정리하다가 성현제를 쳐다보았다.

"세성 길드장님께서도 가실 겁니까?"

"중요성을 생각한다면 직접 움직여야 하겠지만. 내일부터 던전 공략 일정이 잡혀 있어서 시간이 맞을지 모르겠군."

"동업자로서 응원 정도는 해 드리겠습니다만 늦으면 두고 갑니다. 파이팅."

"하나뿐인 파트너에게 버림받지 않기 위해 노력하지."

말만 들으면 내가 주도권 잡고 있는 줄로 착각하겠네.

일본 가기 전에 사육소 정리는 대충이라도 끝내야 할 텐데. 브레이커와 한신에 대해서도 알아보고.

"조언은 필요 없다 하였지만 경고 한 가지는 해 두겠네."

성현제가 갑자기 의미심장한 말을 꺼내었다. 경고라니.

"한동안 송태원과 단둘이 만나는 것은 삼가도록. 연락 또한 먼저 하지 않기를 권하지."

"…예?"

"소수의 상급 헌터와 동행하기보다는 차라리 비각성자나 하급 헌터가 다수 있는 공간이 더 안전할 거라네. 평범한 분위기의 공간이라면 자제하기 더 쉬울 터이니."

"…꼭 송 실장님께서 저를 해치기라도 할 듯이 말씀하시는군요."

"굳이 자극하지는 말라는 뜻이야."

성현제가 눈가를 휘며 나를 향한 것인지 혹은 송태원을 향한 것인지 모를 웃음을 머금었다.

"송태원 실장은 쉽게 흔들리지 않지. 그렇기에 부러질 때 나는 소리가 더욱 클 수밖에 없어. 조용히 넘어간다면 그것 나름대로 재미있겠지만."

내 파트너가 혹여 다치기라도 해서야 곤란하지. 성현제가 나직이 가라앉은 목소리로 말했다. 무심코 마른침이 삼켜졌다.

"성현제 씨와 제 관계가 약간이나마 변하였기 때문입니까."

"나라고 해서 사람의 깊숙한 속내까지는 다 알 수 없다네. 관계가 아주 없지는 않겠지만, 우리 송태원 실장님께서 과연 어떤 속앓이를 하고 계실지. 아직은 모를 일이야."

의외였다. 대등까지는 멀었다 해도, 성현제에게 있어 내 위치가 조금이라도 올라간다면 송태원은 전보다 안심할 거라고 생각했는데. 유현이는 내 친동생이고 예림이는 어리다. 노아도 어린 편에 원래는 A급 보조계였고.

그러니 송태원이 나를 못 미더워할 만했지만, 성현제에게까지 인정받게 된다면 달라지지 싶었다. 좋은 쪽으로 말이다.

"…송 실장님은 어렵군요."

"양의 편을 드는 것을 넘어서 풀까지 뜯어 먹으려 드는 늑대는 어느 쪽에서든 이해받기 힘들지. 그 스스로도 과연 아무런 의문이 들지 않는 것일지 의심스럽기도 하고."

풀을 뜯어 먹으려 든다니. 하지만 어울리는 비유이기는 했다. 상급 헌터도, 하급 헌터와 비각성자도 송태원을 보면 왜 저렇게까지 누르고 사는 걸까 싶어지겠지.

어렵네, 정말.

마음 같아서는 당장이라도 찾아가 직접 묻고 싶지만… 당분간은 참는 게 좋을까. 그때 휴대폰에 메시지가 들어왔다. 유현이었다.

"동생이 데리러 오겠다네요."

늦었으니 마중 나오겠다며 아직 일 안 끝났냐고 묻는 메시지에 끝났다고 답해 주었다. 아이템 뜯어낸 걸 떠올리자 또 슬금슬금 입꼬리가 올라갔다. 아, 진짜 좋아.

이미 호텔에 다 와서 연락한 것이었는지 엘리베이터를 타고 내려가 로비에 들어서자 유현이의 모습이 보였다. 나와 함께 온 수행원들도 있었다.

"유현아~"

이 형이! 완전 좋은 거 얻었다! 크게 소리치고 싶었지만 아직 들켜선 안 되니 참았다. 물밑 계약이니 듣는 사람 많은 곳에서 떠들고 다니면 안 되지. 대신 기쁨을 듬뿍 담아 동생을 와락 끌어안았다.

"내 잘난 동생!"

이번에는 1위 하자! 신입이 일 잘해 줘서 SS급 이상 되는 장비 하나 더 갖추면 진짜 할 만해지지 않을까. 뭐 더 빼 올 건 없나. 정령을 성장시키는 아이템 같은 거 있을 법도 한데. 린이가 다 성장하면 L급이라고 했었지. 천 년 걸릴 거라는 게 문제지만.

"…형."

"응? 왜?"

"혹시… 취했어?"

유현이가 걱정스러운 표정으로 내게만 들릴 정도로 작게 말했다.

"독 저항 끄고 술 마신 건 아니지?"

"당연히 아니지!"

내가 좀 오버했나.

"안 취했어, 멀쩡해. 그냥 기분 좋은 일이 있어서 그래. 기분은 취한 거 같긴 하다."

자꾸 웃음이 나오는데 어쩌겠냐. 유현이가 내 뒤쪽을 노려보았다. 아마도 성현제를 향한 것일 터다.

"정말로 아무 일 없었어? 독 저항이 안 통하는 약물 같은 것도 있으니까."

"진짜 멀쩡하다니까. 얼른 집에 가자."

여기서는 못 꺼내니까. 성현제에게 적당히 인사 건네고 동생의 팔을 잡아당겼다.

"일본 던전은 결투의 승자가 가지기로 계약했어. 판돈은 미리 이야기했던 대로 슬라임 던전이고."

차 조수석에 앉자마자 협상 결과를 말해 주었다.

"예상대로 예림이를 지목하더라."

"상대는?"

"2년 차 헌터라던데, 대결 장소가 바닷가야."

"그럼 끝났네."

유현이가 결론짓듯 말했다. 유현이와 성현제 둘 다 홍콩에서 예림이가 싸우는 모습을 보았다. 유현이는 직접 상대하기도 했으니 누구보다도 정확하게 예림이의 전력에 대해 파악하고 있을 터였다.

그런데 하나같이 확실하게 승리를 예측해 주니 절로 마음이 든든해졌다.

"역시 예림이가 이기겠지? 혹시 다칠 일은 없을까?"

"없어."

"그 정도냐?"

"바닷가면 말 그대로 물 만난 물고기니까. 웬만한 초기 각성 S급 헌터라 해도 당해 내기 힘들걸."

우리 예림이, 각성한 지 이제 겨우 삼 개월인데. 아, 또 히죽거리게 되네. 점잖지 못한 웃음을 참기 위해 창밖으로 고개를 돌렸다. 가게 불빛이며 간판들이 반짝거린다. 저긴 회사 빌딩인 거 같은데 아직도 불이 훤하구나. 퇴근 좀 시켜 줘라.

"박예림 헌터는 당연히 가야 할 테고, 형도 따라갈 거야?"

"아무래도 가 봐야지. 던전도 직접 한번 들어가 보고. 재료 발견은 데리고 간 몬스터가 했다고 알릴 생각이야."

원래도 던전 안의 몬스터가 파먹는 걸 보고 발견되었다고 했다. 뿌리열매를 생으로 먹어도 효과가 있기 때문이었다. 그러니 피스도 데리고 가야지. 삐약이는 당연하고.

"언제쯤 갈 건데?"

"가능한 한 빠르게 준비해 달라고 부탁했어. 자칫 두 번째 공략 들어갔다간 열매에 대해 들킬 수도 있으니까."

첫 공략이야 여유가 없기에 발견될 가능성이 극히 낮았다. 하지만 공략 정보를 갖춘 두 번째부터는 다르다. 회귀 전에는 한참 뒤에 발견되긴 했지만 지금은 어떻게 될지 모른다. 던전 출몰 시기부터가 달라졌으니 조심해 두는 편이 좋을 터였다.

"그럼 자리 비울 준비를 해야겠네."

"역시 너도 가게? 오래 머무르진 않을 거지만 혹 모를 일이고, 해외니까 정리 잘해 둬."

그래도 성한 씨가 있어서 든든하다.

사육소에 도착해 곧장 집으로 가지 않고 1층의 응접실로 동생을 데리고 갔다. 상급 헌터가 주 고객층이다 보니 방음이 잘되어 있는 곳이다.

"사실 일본 던전보다 슬라임 던전의 가치가 훨씬 더 높잖아. 게다가 일본 놈들은 예림이를 당연히 이길 수 있을 거라고 생각하고."

그걸 빌미로 아이템을 뜯어냈다고, 물밑 거래이니 당분간 비밀로 해 두라며 자랑스럽게 푸른 천둥새의 예장을 꺼내 들었다.

"무려 SS급 장비야!"

"SS급?"

"그래! 국내엔 SS급 외투가 아직 실레키아의 날개밖에 없잖냐. 이게 두 번째가 되는 거라고!"

첫 번째면 더 좋겠지만 두 번째라도 어디냐. 유현이가 눈을 동그랗게 뜨는 모습에 절로 가슴이 뿌듯해졌다.

"옵션도 당연히 끝내주고. 한번 입어 봐 봐."

옷을 펼쳐 들자니 옛날 생각이 절로 떠올랐다. 내가 산 건 아니지만 그래도 이러는 거 대체 얼마 만이지.

유현이가 옷을 걸쳤다. 흑색의 천 자락이 물결치듯 부드럽게 흘러 떨어진다. 그러면서도 또 약간 빳빳하게 각이 잡혔다. 일본 길드장이 입었을 때도 꽤 멋있다고 생각했지만 이건 비교가 안 되네. 정말 완벽하게 잘 어울린다. 최고다.

"전(電)속성 저항이잖아?"

"응. 그것도 S급이지! 거기에 순간 속도 상승 스킬 말이야, 너한테 딱이지 않냐."

일본 길드장은 반쯤은 방어 타입인, 자기 자리에서 진을 치고 싸우는 데 특화되어 있었던 걸로 기억한다. 그러니 잘 맞지 않았겠지. 하지만 유현이는 다르다.

"푸른 버들잎도 일반적인 비행 스킬이 아니라 내가 직접 이동하는 거니까. 여러 가지로 크게 도움이 되겠어. 방어 중첩도 좋은 옵션이고……."

장비 사용 방법을 여러 가지로 생각해 보는지 잠깐 침묵하던 유현이의 얼굴 위로 환한 미소가 피어올랐다.

"정말 고마워! 형."

"고맙긴 뭘. 속성 저항도 생겼겠다, 이번에는 꼭 이기는 거다!"

"…이번에는?"

유현이의 표정이 순간 굳었다. 의아한 듯도, 당황스러운 듯도 했다. 아차 싶어져서 얼른 설명을 덧붙였다.

"아니, 그동안 한 번쯤은 성현제와 싸울 일 있었겠지 싶어서. 송 실장님이 던전 브레이크 자주 일어났을 땐 S급 헌터끼리 종종 붙었다고 그랬고. 물론 네가 약하다는 건 아니고, 성현제 그 인간이 좀 사기잖아. 유현이 넌 아직 어리기도 하고, 장비 차이도 있고."

"……."

동생이 눈에 띄게 시무룩해졌다. 그, 정말로 진 적 있긴 있었나 보다. 솔직히 전투 예지 그거 완전 사기잖아. 수색자의 사슬도 그렇다. 주인 등급보다 한 등급 위라니, 초반부터 SS급 무기 들고 다니는 셈인데 누가 그걸 이겨?

"예전 일이잖아. 너무 신경 쓰지 마. 애초에 성현제는 시작부터 달랐다

던걸. 상급 던전들도 먼저 차지하고 공략하고. 반면에 유현이 넌 학생이었 잖냐."

"…내가 좀 더 어른이었더라면 형이 성현제에게 의지하지 않았을까?"

"응?"

어, 내가 잘못 짚었나? 하긴 이번엔 이기라는 말에 의아해하는 거 보면 아직은 딱히 진 적은 없는 걸지도. 아니면 아예 안 싸워 봤거나, 는 아닐 거 같은데.

아무튼 섣부르게 말해 버린 듯했다. 내가 자기를 성현제보다 못하다고 생각한다는 걸로 들렸겠지. 젠장.

"뭐냐, 그런 뜻이 아닌데. 그냥 전체적으로 말이야. 아니, 그냥 취소, 취소!"

얼른 손을 내저었지만 동생의 얼굴에는 여전히 그림자가 드리워져 있었다.

"차이가 나니까 어쩔 수 없다고 생각하면서도 질투가 나. 나도 던전이 생겼을 때 스물, 아니 서른쯤이었으면 많은 게 달라졌을 텐데."

…그야, 그랬을 것이다.

"달라지긴 했겠지. 하지만 유현아, 내가 제일 많이 의지하는 사람은 바로 너야. 그건 언제가 되었든 변하지 않아."

스물이든 서른이든.

"너 없으면 안 된다. 네가 있으니까 다른 사람과도 손잡을 수 있는 거야."

애초에 유현이 네가 아니었더라면 내가, 지금 이렇게 서 있지도 못했겠지.

"그리고 나도 질투 나는 건 마찬가지거든?"

"…형이 왜?"

"왜기는. 나도 너랑 비슷해. 너 나랑 떨어져 있을 때 성현제가 이것저것 도와줬다면서."

"별거 아니야. 갚았고."

유현이가 조금 뾰로통하게 말했다. 그래도 안 받은 건 아니지. 성현제만 아니라 석시명도. 그 밖의 해연 사람들도. 원래 내가 있었을 자리를 빼앗긴 것 같아, 어쩔 수 없이 질투가 났다. 동생의 보호자는 나였는데.

"내내 부러웠어. 해연 길드 사람들도 말이야. 나는 이렇게 떨어져 있는데 석시명이며 김성한이며 네 곁에 당연하다는 듯 서서……."

나를 밀어내기까지 했다는 말은 억지로 삼켰다. 회귀했으니까, 지금은 내 편이나 다름없으니까. 그러니 잊으려고 했지만.

"…내가 했어야 하는 일인데. 나는 아무것도 할 수 없어서, 떠올릴 때마다 속이 아프더라."

말하면서 절로 입안이 씁쓸해졌다. 동생이 성인이 될 때까지, 대학교를 졸업할 때까지. 당연히 내가 돌봐 줄 줄 알았는데. 그걸 하루아침에 빼앗기고 말았다.

"형……."

"너한테도 미안하고."

"미안하긴 뭐가 미안해. 그리고 난 형이 아니면 안 돼. 형이 옆에 없었을 때도, 그때도 마찬가지였어. 지금도 날 이렇게 챙겨 주고 있잖아. 형이 최고야."

유현이가 응석을 부리듯 날 끌어안으며 말했다. 내 동생이지만 정말 착하다. 나도 마주 동생을 끌어안았다.

"그래, 잘나신 세성 길드장 랭킹전에서 제대로 꺾어 버리자."

"S급 랭킹전도 정말로 하게?"

"아예 세계적으로 해 버리려고."

그놈의 전투 예지에 SS급 무기까지 있으니 쉽진 않겠지만… 확 우리 애

버프 써 버릴까. 그런 거 없이 정당하게 이기는 게 최고긴 하다만. 뭘 더 준비하지. 유현이도 전투 예지 같은 거 얻을 방법 없나. 상쇄할 수 있다면 해 볼 만한데.

 일본에 가서 S급 헌터와 싸우게 되었다는 말을 듣고 예림이는 무척이나 들떠 했다. 확실하게 쓸어버리겠노라고 말하면서 테이블을 반 토막 내었다. 아직도 힘 조절 못 하냐는 유현이의 빈정거림에 우리 집에서 먼저 S급 헌터 대결이 벌어질 뻔도 했다.

 다음 날, 세성 길드장은 던전 공략하러 들어가고 문현아가 사육소를 찾아왔다.

2장 브레이커 길드

2장
브레이커 길드

"록아. 소록아, 나 좀 봐라. 응?"

흰 새끼 사슴이 바닥에 드러누운 채 눈만 끔벅끔벅 나를 바라보았다. 엎드린 것도 아니었다. 네다리 쭉 펼치고 완전히 늘어졌다.

"일어나야지. 여기서 계속 이러고 있으면 안 되잖아."

귀가 팔랑 흔들리고 짧은 꼬리가 파닥 움직였다. 하지만 그걸로 끝이었다.

"소록아……."

뭐 힘든 일 시킨 것도 아니고, 그냥 훈련실 견학이나 시켜 주려고 한 거였는데 도착도 하기 전에 이 지경이다. 아무래도 현아 씨 사기당한 거 아닐까. 얘 엄청 게을러요! 아직 어려서 잠이 많은 거라면 다행이지만.

"이래 가지고 언제 성장하겠냐."

이런 상태론 훈련을 시킬 수 없다는 게 문제다. 내 새끼 성장 버프만 적용해도 자라긴 하지만 훈련할 때 대비 몇 배는 더 오래 걸릴 텐데. 이제 곧 스태미너 포션도 얻게 되면 전보다 더 빠르게 성장시킬 수 있건만.

"…내 체력이 아니라 새끼 몬스터가 따라 주지 않을 줄이야."

다른 애들은 활달하다 못해 나보다 더 적극적이었는데. 게으른 몬스터는 미처 생각지 못했다. 심지어 사슴이잖아. 거북이도 아니고.

"일어나자, 응? 아니면 다시 우리로라도 돌아가자. 여기 복도야."

일으키려 해 봤지만 소용없었다. 덩치도 제법 크고 무겁기도 해서 내 힘으론 끌고 가기도 벅찼다. 사람을 부를까.

손을 뻗어 흰 털이 부드러운 옆구리와 다리가 이어져 접히는 부분을 긁어 주었다. 시원한지 기지개를 쭉 켜고는 발라당 반대쪽으로 몸을 뒤집는다.

"일어날 생각 없어?"

- 삐앵.

소록이가 투정 부리듯이 뺑 울었다. 야행성에 이어 활동성 낮은 새끼 몬스터도 추가다. 이런 경우 보통 좋아하는 것을 미끼 삼아 움직이게 만들던데, 아직 소록이에 대해서는 잘 몰라서. 먹이는 평범하게 던전에서 나오는 식물이었다. 브레이커 길드에서 매일 아침 배달해 주었다.

잡식성인 유니콘들과 달리 소록이는 백 퍼센트 초식으로, 마석은 간식 정도로만 먹었다. 대신 과일이며 풀을 코끼리처럼 먹어 치웠다. 덩치는 좀 자란 송아지 정도건만 소화 흡수율이 뛰어난 건지 끝도 없이 들어갔다.

"그래, 여기가 좋으면 여기 앉아 있자."

나도 소록이 옆에 아예 자리 잡고 앉았다. 소록이가 머리를 들더니 내 다리 위에 탁 얹었다. 짧은 꼬리가 실룩실룩 흔들린다.

"크게 급할 건 없으니 괜찮아. 블루 누나가 곧 다 성장할 거거든. 블루

누나는 낯도 안 가리고, 현아 씨와 친하기도 하고, 던전 공략도 좋아했으니까 소록이 클 때까지 대신해 주고도 남을 거야."

소록이가 완전히 성장한 뒤에도 던전에 따라 문현아가 블루와 함께 들어갈 수도 있을 것이다. 블루는 비행형이니까. 현아 씨는 속성 저항을 가리지 않기도 하고.

"어릴 땐 잘 먹고 건강하면 되는 거지. 물론 남에게 피해를 주는 건 안 되지만. 소록이는 착하니까."

감당 못 하게 사나운 것보다야 활동성 적어도 순한 게 낫다. 기승수인 만큼 성장하고 나서도 양순하면 문제겠지만. 그래도 보스 몬스터 출신이니 할 땐 확실히 할 것이다.

"좋아하는 먹이를 찾아볼까? 흥미를 나타낼 만한 게 뭐 없나. 소록이 어느 나라 던전 출신이랬지. 설원순록 공략 정보라도 읽어 봐야 하나."

어떻게 사냥하느냐, 라는 내용이라 도움이 될 가능성은 작지만. 동물 행동 학자라도 고용할까. 몬스터 상대라 해도 나보다는 더 잘 알아볼 거 같은데.

일단 먹이부터 종류별로 나누어 선호도를 살펴봐야겠다고 생각하는데 발소리가 들려왔다. 유현이와 예림이가 이 시간에 올 것 같지는 않고, 문현아 아니면 강소영이겠지. 고개를 돌리자 한 손에 케이크 상자 같은 것을 든 문현아가 보였다.

"복도에서 왜 그러고 있어, 한 소장님."

"보시다시피 소록이가 꿈쩍을 안 해서요."

"애가 잠이 많나 봐."

"어릴 땐 다 그렇죠, 뭐. 잘 자야 잘 큽니다."

자리에서 일어나자 소록이가 또 뺑 하고 울었다. 내가 다시 앉을 기미가 없어 보이자 버둥버둥 일어나 선다. 그러곤 내 옷자락을 잘근잘근 씹기 시작했다. 이러는 건 유니콘들과 비슷하네.

"집에 돌아갈까?"

가자가자, 하고 걸어가려 했지만 옷을 문 채 꼼짝도 하질 않았다. 복도가 마음에 든 건가.

"이거 들어 봐, 소장님."

"뭐예요?"

"애플파이."

애플파이 상자를 내게 건넨 문현아가 소록이를 번쩍 안아 들었다. 소록이가 바동거리는데도 흔들림 하나 없다.

― 삐애앵.

"꼬맹이가 힘 제법 쓰는데?"

문현아가 웃으면서 사육실 쪽으로 걸음을 옮겨 갔다. 우리가 줄줄이 늘어선 사육실은 한쪽 벽이 크게 열려 있었다. 운동장과 연결되는 통로였다. 아무리 잘 만들어 놓았다 해도 우리는 갑갑하니까 잔디를 깔고 나무를 심은 너른 뒤뜰에 벽을 높게 쳐서 새끼 마수들이 뛰어놀 수 있게 해 놓았다.

볕을 받으며 자기들끼리 놀고 있던 두 유니콘이 나를 발견하곤 폴짝폴짝 뛰어왔다.

"망아지들도 많이 컸네. 블루가 옥상정원에 있는데 풀어 놔도 괜찮은 건가?"

"공격하면 안 된다고 가르쳐 놓긴 했어요."

피스의 도움을 받아 가며 한나절 넘게 안 돼를 외쳤었다.

"그래도 혹 모르니 운동장 개방 시엔 A급 헌터가 감시하고 있습니다."

운동장 쪽에 나가 있는 헌터에게 고갯짓으로 인사를 보내며 말했다. 블루가 다 큰다 해도 A급 방어계면 막는 건 가능할 거고, 안면 있는 사람 말은 주인의 증표가 없다 해도 곧잘 듣는 편이니까. 정확히는 대신 같이 놀아 줘, 에 가깝지만.

- 푸르릉!
- 푸흐.

검고 하얀 유니콘이 문현아를 힐끔거리며 내 양어깨에 머리를 들이밀었다. 우리 안에 소록이를 내려놓은 문현아가 유니콘들을 바라보았다.

"하양이, 까망이였지."

"예에."

처음에는 아니었지만. 소록이 맡기면서 문현아가 나더러 새끼 몬스터 이름은 직접 짓지 않는 게 좋겠다고 말했었다. 근데 소록이도 크게 다를 거 없지 않나. 그냥 작은 사슴이라는 거잖아. 한자가 다르다고는 했지만 듣기엔 그냥 그거다.

"블루가 곧 다 클 거라고 했으니 이 녀석들도 머잖았네?"

"네. 그래서……."

말을 하다 말고 입을 다물었다. 문현아가 알고 있다는 듯 입꼬리를 올렸다.

"해연이 기승수에 맞춰 S급 공략팀 개편할 예정이라는 건 나도 들었어. 도련님 팀은 수를 확 줄일 거라던데."

"남는 사람들은 김성한 헌터 쪽으로 넘어가게 되었죠. 세상에서 제일 빠른 S급 공략팀이 될 겁니다."

피스와 유현이를 메인으로, 두 유니콘에게 소수의 팀원만 할당하는 소규모 팀이다. S급 던전이라 해도 유니콘의 속도를 따라올 몬스터는 별로 없으니 공격계는 제외하고 방어, 보조, 힐러로만 구성해 유현이 외 최대 여섯 명 예정이었다.

김성한은 방어계이니 남는 공격계를 전부 몰아주면 새로 공격계 헌터를 들이거나 내보낼 필요도 없었다. 보조와 힐러는 좀 부족한 편이었지만 이건 MKC 쪽에서 데려올 예정이고.

"기대되네. 저번에 피스와 둘이서만 들어갔을 때도 기록 깼잖아. S급 육지형 하위 던전이면 사흘 내에 돌파하는 거 아닐까 몰라."

"화력만 충분하다면 가능하죠. 속도가 완전히 다를 테니까요."

버프 받으면서 불길로 싹 쓸어버리며 내달리면 일반 몬스터쯤 순식간에 정리 가능할 것이다. 피스도 유니콘 아종이고 질주 스킬도 있으니, 달리는 속도와 공략 속도가 엇비슷한 수준이라면 사흘이 뭐냐. 이틀 컷 끊을지도.

S급 상위라면 좀 더 안전하게 운용해야겠지만 중위까지는 통할 거라고 예상하고 있었다.

"저쪽 커튼 친 우리는 코메트 건가? 많이 컸다고 소영이가 자랑하던데."

"지금의 블루만 해졌어요. 다 자라면 덩치는 블루보다 더 크지 싶더라고요."

"애들 하나둘 떠나겠네. 우리도 얼른 A급 기승수들도 구해 봐야겠어. 열심히 일하라고, 소장님."

문현아가 기대 어린 미소를 머금으며 소록이를 바라보았다. MKC가 한참 이르게 폭삭 망해 버린 것처럼 브레이커 또한 회귀 전과 달라질 수도 있다. S급 기승수만 해도 회귀 전에는 없었던 일이다.

"여기까지 오셨는데 집에 잠깐 들렀다 가실래요? 파이도 사 오셨고, 차라도 대접해 드리겠습니다."

"참, 이거 받아."

문현아가 미니포털 키와 열쇠를 내밀었다.

"아직도 포털 키 교체 못 하고 있다면서?"

"안쪽 문은 바꿨습니다. 포털은 협회가 영 뻣뻣하게 나오네요."

성현제도 협회가 먼저 수락하면 생각해 보겠다 그러고. 한신도 마찬가지였다.

"요새 상황이 복잡해서 그런 것도 있을걸."

문현아가 걸음을 옮기며 말했다. 긴 다리가 성큼 발을 내디뎠지만, 속도는 빠르지 않았다. 내게 맞춰 주는 듯했다.

"MKC가 망하면서 여의도가 비게 되었잖아. 거기 채워 넣고 싶어서 안달이야, 지금."

MKC 길드는 여의도 쪽에 자리 잡고 있었다. 브레이커는 청와대 근처며, 한신은 서울역과 시청 사이에 위치했다. 해연은 강남의 헌터협회와 법원 사이에 있고. 세성은 좀 엉뚱하게도 현충원 근처였다.

"해연과 기승수 사육소, 둘 중 하나를 여의도로 옮기는 게 어떻겠냐는 말이 나오고 있지. 길드는 아니지만 사육소도 충분히 든든할 만하잖아. S급 헌터와 몬스터에 상급 헌터들도 다수 머물고 있으니."

"석 팀장님은 무시하라던데요. 어차피 비용 대 주지도 못할 거라면서."

사육소 짓는 데 한두 푼 들어간 것도 아니고. 해연도 마찬가지다. 심지어 최근에 확장 공사도 시작했다.

"그야 그렇지. 하지만 그거 핑계로 귀찮게 군다 이거야. 포털 키처럼."

괜한 심술이라는 거네. 협회가 물갈이됐다지만 저번 A급 랭킹전 때처럼 외부 압력을 무시하진 못하니 내 요청을 거절하는 거고.

"세성이나 찌르라지 그럽니까."

"그게 됐으면 처음부터 세성이 여의도로 갔지. 당시에 세성 위치 놓고 물밑 구두질이 장난 아니었어. 국회의원이며 재벌이며. 세성이 현충원 근처로 간 것도 그거 질린 탓이란 소문도 있잖아. 자칭 잘나셨다는 분들이 나 같은 사람 지켜야 하지 않겠냐고 나대는 것에 대한 대답으로."

지켜질 가치가 있으려면 최소 현충원에 들어갈 수준은 되어야 한다는 뜻인가. 실제 이유야 알 수 없지만 순순히 여의도로 갈 성격은 아니긴 하지.

"애초에 S급 헌터가 있는 길드를 요구할 필요도 없지 않습니까. 던전이야 S급 헌터가 자리 비운 사이에 터질 수도 있고, 다들 헬기 갖추고 있는데."

"그래도 비워 둘 수는 없으니까 내가 이번에 물보라 길드와 합병한 우즈 길드를 추천했거든? 병신 같은 것들이 A급은 둘째 치고 여자 길드장은 믿음이 안 간다고 하더라. 세상 바뀐 지 3년이나 지났건만 그놈의 썩은 머리통들은 여전하다니까!"

문현아가 인상을 확 찌푸리며 투덜거렸다. 우즈와 물보라라면 저번 A급 랭킹전에서 1위와 3위를 차지한 헌터가 길드장인 길드다. 둘이 힘을 합쳐 S급 던전 관리권에 도전하겠다더니 합병했구나.

"랭킹전 1, 3위가 합쳤으면 다른 어느 A급 길드보다 든든할 텐데, 진짜 멍청한 소리네요."

미니포털 근처를 지키는 헌터가 문현아를 보고 인사를 건네 왔다. 집 안으로 들어가자 피스가 마중 나와 꼬리를 탁탁 쳤다.

- 꺄아웅!

"그래, 피스야. 삐약이와 벨라레는 어디 갔지?"

마중 안 나오는 게 수상쩍다. 피스가 머리를 갸웃 기울이더니 앞장서서 종종종 걸어간다. 그러곤 주방 문 앞에 앉아 나를 바라보았다.

"벨라레!"

주방 문의 잠금장치가 독에 녹아 있었다. 제법 크게 동그란 구멍이 났다. 원래는 잠금을 풀고 문을 열 생각이었던 모양이지만 구멍으로 그냥 통과해 버린 듯했다.

"삐약이 네가 시켰지!"

문을 활짝 열어젖히자 식탁 위를 나뒹구는 작은 병이 눈에 들어왔다. 뚜껑도 독에 녹아 없어진 상태에, 안이 텅 비었다. 마석 병을 부엌에 두는 게 아니었어.

이 녀석들 어디 숨었지.

"…삐약아, 아빠 나간다."

- 삐약!

냉장고 위에서 삐약이가 둥실둥실 떨어져 내렸다. 식탁 위에 내려서서 곤란한 듯 마석 병을 바라보는 게 다른 쪽 삐약이 같긴 한데… 요새 먹보 삐약이도 머리가 많이 좋아져서 헷갈린단 말이야. 연기냐 아니냐.

"벨라레는?"

- 삐약삐약.

삐약이가 작은 날개 끝으로 전자레인지를 가리켰다.

"우리 삐약이 착하네. 상 줘야겠다."

활짝 미소 지으며 인벤토리에서 마석을 꺼내 들자 삑삑거리며 반갑게 달려든다. 사고 친 녀석 맞구나.

"아빠가 혼자 부엌에 들어가지 말라고 했어, 안 했어."

- 삐야.

"게다가 독은 위험하다고 했잖아! 벨라레가 독 쓰게 하면 안 돼, 독은 안 돼!"

혹시 문제는 없는지 삐약이를 들여다가 이리저리 살폈다. 그사이 벨라레가 전자레인지 뒤쪽에서 머리를 슬쩍 내밀었다. 나와 눈이 마주치자 사사삭 기어 나와 꼬리를 흔들어 댄다. 그 모습이 피스와 많이 닮아 있었다.

"벨라레, 너도 허락 없이 독 쓰면 안 된다고 했지."

- 시잇.

"이리 와."

다른 데 독 쓰진 않았겠지. 식탁과 문을 내 손으로 먼저 문지른 뒤 물티슈로 닦아 냈다. 주방 문 너머에서 그 광경을 지켜보고 있던 문현아가 혀를 짧게 찼다.

"고생이네, 애 아빠."

"평소엔 얌전한데 오늘따라 사고를 치네요."

진짜니까 웃지 마시죠.

애플파이를 접시에 옮겨 담고 주스와 함께 거실로 내왔다. 이 파이 맛있네. 예림이랑 소영 씨도 사 오는 간식거리마다 다 맛있었는데.

"혹시 괜찮으시다면 브레이커 길드에 대해 알 수 있을까요."

"우리 길드?"

"예. 엮여 있는 곳이 많다고 들었습니다만."

"엮여 있는 곳이라."

문현아가 포크 끝으로 접시를 톡톡 치며 눈웃음을 머금었다.

"구경 올래?"

"오늘이요?"

"아, 근데 몇몇 시설은 여자만 출입 가능해서 여장해야 하는데."

"⋯사양하겠습니다."

"농담이야. 사우나 빼고."

문현아가 남은 파이 조각을 입에 털어 넣곤 몸을 일으켰다.

"친절하게 안내해 드릴 테니 따라오시죠, 한 소장님."

"또 사고 치면 안 된다. 둘 다 얌전히 있어야 해. 벨라레 너는 특히 독 쓰지 말고."

- 삐약.
- 시잇.

알아듣는 건진 모르겠지만 둘 다 대답은 잘했다. 안전상 벨라레는 우리에 넣어 두는 게 낫겠지만 둘이 워낙 잘 붙어 다녀서 떼어 놓기가 미안했다. 새와 뱀이면 보통 천적 관계건만 이상하게 사이가 좋았다. 정확히는 삐약이가 벨라레를 부리는 쪽에 가까웠지만.

…리에트가 화내진 않겠지. 댁네 아이가 먼저 공격하긴 했습니다만.

"피스 너도 이상하다 싶으면 말려 줘. 부탁할게."

- 끼앙.

"해독제 넣어 둔 곳 잘 기억하고 있지?"

피스가 서랍장으로 다가가 앞발로 서랍을 당겨 열었다. 역시 우리 피스, 똑똑하기도 하지. 벨라레의 독 조절 실력이 뛰어나긴 했지만 만약을 대비해 해독제를 준비해 두었다. A급 독을 완전히 해독할 수준은 아니지만 피스의 스탯치라면 이 정도로도 충분했다.

삐약이가 문제긴 한데.

'…이상하게도 중독된 적이 없단 말이야.'

오늘만 해도 부엌문 구멍을 통과하면서 독액이 묻지 않기 힘들었을 텐데 멀쩡했다. 마석 병도 그렇고. 설마 A급 이상 독 저항 스킬이라도 가지고 있는 것일까.

'공간이동도 할 줄 아니 다른 스킬이 있다 해도 놀라운 건 아니지만.'

독 저항 같은 거야 있으면 좋은 거지. 그래도 패륜아들에게는 최대한 감춰야겠다. 전의 해파리 반응도 그렇고, 오류라며 해치려 들 수도 있으니까.

"금방 올 테니까 셋 다 착하게 있어."

"애완동물 관찰 카메라 같은 거 달아 놓지 그래?"

돌아서는 나를 보고 문현아가 말했다.

"별 소용이 없더라고요. 벨라레는 뱀이고 삐약이는 날아다녀서."

천장이고 구석이고 빈틈없이 카메라를 덕지덕지 달아 놓지 않는 한은 텅 빈 화면만 잡혔다. 피스 혼자 낮잠 자고 있는 모습만 보이거나.

"게다가 움직이면 공격을 해 대서 마수 애들용 거실에만 고정된 카메라를 달아 놨습니다."

가르치면 안 부수기는 하는데, 일단 새로 들어오면 로봇청소기부터 박살 나고 시작해서. 로봇청소기가 몇 대째였더라. 피스 털 때문에라도 계속 새로 사고 있었다.

"여기 테이프 크리너요. 양말에 특히 많이 묻습니다."

밖으로 나가면서 유현이에게 문현아 헌터와 함께 브레이커 길드에 다녀오겠다고 메시지를 보냈다. 이내 전화가 와서 같이 갈까 하고 묻는다.

"넌 던전 갈 준비해야 하잖냐. 공략해 놓아야 할 S급 던전 있다며."

[이번에도 피스와 둘이서 갈 거니까 별다른 준비는-]

"왜 또!"

동생 놈이 진짜! 반사적으로 버럭 소리치자 유현이가 달래듯 한결 부드러워진 목소리로 말했다.

[팀 재구성 대비 점검해 볼 겸 가는 거야. 쉬운 곳이니까 걱정하지 마.]

"그래도 이왕이면 일본 갔다 와서 하지."
 스태미너 포션이 있으면 공략 팀이 소수라도 비교적 안전해진다. 물론 기본적인 팀의 구성은 갖추는 게 제일 좋지만. 가능하면 다시 생각해 보라고 몇 마디 주고받다가 전화를 끊었다.
"형님네는 볼수록 참 재밌다니까. 일본은, 세성이 찌르고 다니던 그 던전 일?"
"예. 들으셨나 보군요."
"A급 기승수 새끼 구하기 좋다는 던전이라고 해서. 그래서 어떻게 하기로 했는데?"
 잠깐 망설이다가 입을 열었다. 어차피 곧 협회에 알릴 일이기도 하고.
"S급 헌터 간의 승부로 이긴 쪽이 다 차지하기로 했습니다. 예림이가 나가기로 했고요."
"예림이가? 언제 가는데? 이번에는 나도 구경 좀 해 보자."
 A급 랭킹전 구경 못 한 게 아직도 아쉽다며 문현아가 말했다. 일정이 정해지진 않았다고 말하며 주차장 쪽으로 걸음을 옮겨 갔다. 도중에 노아가 날아 내려와 문현아의 눈치를 살피며 내게 인사했다.
"조심해서 다녀오세요."
 피하는 기색이 역력해서 무슨 일 있었냐고 물었더니 문현아가 웃으며 대답해 주었다.
"나한테 붙잡히면 한번 태워 주기로 했거든."
"어린애 괴롭히지 마세요."
"거래야, 거래."

뭘 한 거지. 아무튼 노아는 여전히 인기가 많구나. 드래곤 쪽이 주이긴 해도. 노아 씨는 사람입니다, 여러분.

문현아도 역시나 안전벨트는 없는 셈 쳤다. 나야 착실하게 착용했다. 일종의 창기병인 셈이니 드래곤라이더인 강소영을 떠올리곤 살짝 긴장했지만 차는 의외로 부드럽게 나아갔다. 신호도 딱딱 잘 지켰다.

"현아 씨는 다른 헌터들 사이에서 평판이 좋다고 하더라고요. 특히 여성 헌터들 사이에서요."

문현아에 성현제, 유현이까지 더해 꽤나 날뛰었다곤 했지만. 유현이야 아직 어려서 그런 거고. 한창 질풍노도의 시기였지.

"소영이랑 예림이가 말 잘해 줬나 봐?"

"그냥 보기에도 사이좋아 보이던걸요. 현아 씨가 잘 챙겨 준 것도 같고요."

"그야 나도 힘든 일 제법 있었으니까."

매끄럽게 커브를 돌며 문현아가 말을 이었다.

"던전 생기고 각성자 나타나도 다른 건 다 그대로였지. 나이 성별 인종, 그런 거 말이야. 도련님도 나이 때문에 시비 많이 걸렸잖아. 그나마 남자라서 다행이지, 보호자 없는 미성년자에 성별까지 달랐어 봐. 얼마나 물고 뜯었겠어."

떠올리자니 소름이 다 돋을 정도였다.

"그 성현제도 어린놈 소리 여러 번 들었을걸? 겉으로는 예의 바르게 참았다곤 하는데, 당시 던전 터지면 실종자도 많았으니까 모를 일이지."

조금 무서운 소리네. 사람 묻기 참 좋을 시기였긴 하지. 요새도 헌터라면 던전 공략 중에 사망했습니다, 처리해 버리기 쉽고.

"나랑 내 친구들은 초기 각성자였잖아. 혹시 들어 봤나? 단체로 각성했었던 거."

"네. 모임이 있었다고 했죠."

여성 프로 선수가 한 번에 우르르 각성했다고 뉴스에도 났다. S급은 문현아뿐이었지만 A~B급 다수에 최저가 C급이었지. 국내는 물론 해외에서도 알아주는 정상급이 모여 있었으니 당연하다면 당연한 결과였지만.

"다행이었지. 따로따로 각성했으면 털려 먹기 딱 좋았을걸. 그 자리에서 바로 뭉친 덕에 길드 만들기는 쉬웠는데, 제대로 자리 잡으려니까 말을 안 들어주더라."

그렇다고 다 밟아 버릴 수도 없고, 라며 문현아가 미간을 좁혔다.

"결국은 타협해서 후원받았지. 나 혼자였으면 끝까지 밀고 나가 봤을 텐데 그게 아니니까. 후회는 없지만 아쉽기는 해서 우리 길드 애들 아니더라도 챙겨 줄 수 있으면 챙겨 주고 있는 거야. 어려운 일도 아니니까."

그래도 예림이는 잘 풀려서 다행이라며 미소 짓는다.

"처음 해연에 S급 어린애 들어갔다는 말에 걱정 좀 했었거든. 심지어 부모님도 안 계시다니까 이용당하기 너무 좋잖아."

그러고 보니 처음 만났을 때부터 유독 예림이에게 관심을 보였었다. 그때는 거슬리게 느껴졌었는데.

"도련님이 그럴 성격은 아니지만 혹 모르니까. 다행히 애들 아빠가 보호자 노릇 잘해 줘서 한시름 덜었어."

"저도 현아 씨가 있어서 다행이라고 생각합니다. 사실 남동생만 돌봐 봐서 지금도 가끔 잘하고 있는 건지 걱정되거든요."

"궁금한 거 있으면 언제든지 물어봐."

"감사합니다."

반포대교로 들어섰다. 차창 너머로 한강이 눈에 들어왔다. 아직은 한강 속 수중에는 하급 던전밖에 없지만 나중엔 S급 던전도 나타나게 된다. 던전 환경 탓에 공략이 까다로워 한 번 터지기까지 했었지. 이젠 예림이가 있으니 문제없겠지만.

"브레이커에는 여성 헌터가 대다수라고 하던데요."

"아, 그거? 일부러는 아니야. 초기 팀원이 다 여자다 보니까 자연스럽게 위쪽이 다 여자가 되었거든. 그래서인지 남자 헌터는 잘 안 오더라고. 반대로 여성 헌터는 들어오고 싶어 하고. 어차피 던전 들어가면 나이고 성별이고 소용없는데 웃기지. 그나마 한국은 인종이나 계급적 문제는 덜하지만, 세성 힐러 인도인이잖아. 신분이 낮다던가? 그래서 가족들 인질로 잡힌 채 부려 먹히다가 구출된 거라고 하더라."

"각성자를 인신매매하는 경우도 많다고 듣긴 했습니다. 저도 경험자긴 하지요."

"한 소장님은 배경이 든든해서 다행이지. 스탯 F에 특수 스킬만 좋았어 봐, 순식간에 실종 처리 되었을걸."

만약 내가 아무것도 모른 채 몬스터를 키워 내는 스킬을 얻었더라면 감출 생각도 못 했겠지. 운 좋으면 국내 거대 길드들 중 하나에 억압되어 있을 거고 운 나쁘면 해외 어딘가로 끌려갔으려나.

회귀 전에는 별거 없었음에도 S급 헌터의 가족이라는 이유만으로 접근해 온 이상한 놈들도 많았다. 뜯어먹을 거 없다고 해도 단순 호기심도 있었고. 뭐… 쓸데없는 기억들 떠올리지 말자.

일본 쪽 이야기를 하다가 중국 쪽에 대해서도 말이 나왔다. 윤윤 때문에 어떻게 연락망 같은 거 찾을 수 없나 물어봤는데, 각성자 감시가 날로 심해지고 있다고 했다.

"들리는 소문에는 정부에 반하는 각성자 모임도 있다고 하던데, 자세히는 몰라. 그나마 성현제가 좀 알려나."

또 그 인간이야.

"…세성 길드장은 진짜 뭐 하던 사람일까요."

"각성 전부터 발 넓었던 건 확실해. 각성 직후에도 바쁘게 돌아다녔고. 세성에 유독 외국인 출신 헌터 많은 건 알지?"

"네. 아까 말씀하신 인도인 힐러도 그렇고 소영 씨에 에블린 씨에, 길드장 보좌던가 그 사람도 외국인이라면서요."

"반테스 말이지. 그 밖에도 죄다 성현제가 직접 해외에서 영입한 헌터들이 더러 있어. 괜찮은 사람들이긴 하지만. 에블린 빼고. 혹시나 싶어 충고하겠는데 뱀이랑 가까이 지내지 마. 물린다."

문현아가 눈을 찌푸리며 말했다. 역시 소문대로 사이 나쁜가 보구나.

"별로 안 좋아하시나 봐요."

"성격이 안 맞아. 말투도 마음에 안 들어. 원거리 헌터는 좋아하지만 걔가 뒤에서 쏴 대는 건 싫어."

그냥 다 거슬리는 거 같은데. 대체 첫 만남이 어땠던 걸까.

브레이커 길드 건물 주차장으로 차가 들어섰다. 차가 멈추기도 전에 브레이커 길드 길드원으로 보이는 여자가 다가왔다. 문현아가 차에서 내리며 물었다.

"무슨 일 있어?"

"우즈 길드의 이효연 길드장이 방문했습니다. 조금 전에 도착했어요."

"그래?"

문현아가 나를 돌아보며 물었다.

"어때, 한 소장님도 만나 보겠어?"

"저도 가도 될까요?"

"그야 당연히 환영이지. 한 소장 눈도장 찍어 나쁠 거 없잖아."

"이미 인상 깊게 보긴 했는걸요."

A급 랭킹전 우승자답게 실력이 무척이나 뛰어난 헌터였지. 문현아가 걸음을 옮겨 갔다. 이번에는 나보다 앞장선 채였다.

보안 시설을 통과하고 응접실로 향하는 사이 마주친 사람들이 내게 호기심과 호의를 담은 인사를 건네 왔다. 삐약이와 피스는 같이 오지 않았냐고 슬쩍 묻는 사람도 있었다. 소록이 사진과 동영상도 SNS에 올려 달라고 부탁도 해 왔다.

응접실에 들어서자 여성 헌터가 미리 일어나 있었다. 이효연 헌터로 근접계치곤 특이하게도 긴 머리카락을 높게 올려 묶고 있었다. 랭킹전 때는 확인하지 못했지만 관련 스킬이 있을 가능성이 컸다. 뛰어난 헌터가 거추장스러울 수도 있는 부분을 일부러 남겨 두는 경우는 드무니까.

"어서 오십시오, 브레이커 길드장님. 처음 뵙겠습니다, 한유진 헌터님."

"기다리게 해서 죄송합니다, 우즈 길드장님. 한유진 소장님 내가 데리고 왔는데, 괜찮아?"

"괜찮죠, 물론."

이효연이 씨익 장난스럽게 웃었다. 그러곤 내게로 시선을 옮긴다.

"랭킹전을 개최해 주셔서 감사합니다. 덕분에 협회와의 조율이 쉬워졌어요."

"아뇨, 제가 한 건 별로 없는걸요."

원인을 제공하긴 했다만 키운 건 성현제였지. 그래도 A급 길드들이 힘을 얻는 계기가 되었다 하니 잘됐다 싶었다.

"여기까진 무슨 일이야? 여의도로 옮기는 것 때문에?"

"네. 저희 우즈는 여의도로 가지 않을 겁니다."

이효연이 단호하게 말했다. 그녀의 말에 문현아가 눈썹을 힐끗 올렸다.

"여의도로 가면 여러모로 도움이 될 텐데. 그놈들 안전을 위해서라도 지원 많이 들어올걸? 우즈가 모자란다는 건 아니고, 원래 S급 길드가 있었으니 차이를 메우겠답시고 알아서 자금 바칠 거야. 이름값도 커질 테고."

해연과 사육소에는 이전 비용도 대 주기 힘들다고 했지만, 막상 A급이 들어오면 불안해서 내놓는다 이건가. 웃기다니까.

"알고는 있어요. 하지만 저희는 대전으로 옮기기로 했습니다."

"대전?"

"네. 박보라 부길드장의 고향이기도 하지요. 대전에 있는 MKC 길드 관리하의 S급 길드 권리 이전 요청을 해 놓았습니다."

94

던전은 보통 인구에 비례해서 나타난다. 그래서 지방에는 상대적으로 던전의 수도 적고 등급도 낮았다. 홍콩이 빠르게 몰락한 것도 인구 밀집 지역이라 던전은 많고 등급 평균도 높은데 중국에 헌터를 빼앗긴 탓이 컸다.

그런 탓에 정부에서는 인구를 분산시키고 싶어 했지만 서울이 던전이 많아 위험한 만큼 또 S급 헌터가 죄다 모여 있어서……. 그래도 던전이 생기기 전보다는 조금 줄어들긴 했다.

"최종적으로는 대전과 그 근방 S급 던전을 모두 우즈에서 관리하는 것을 목표로 하고 있습니다."

이효연이 자신감 넘치는 표정으로 말했다.

"부산과 대구에 비해 대전은 서울의 거대 길드들이 상급 던전 대부분을 맡고 있어 제대로 자리 잡은 중형 길드가 없기도 하고요. 새로 시작하는 마음으로 세력을 키워 볼 생각입니다."

"괜찮겠어? 쉽지 않을 텐데. 헌터 관련 시설도 부족할 거고."

"맨땅에서부터 시작한 선배님도 계신걸요."

이효연이 문현아를 바라보며 미소 지었다. 문현아도 마주 웃었다.

"그래. 도와줄 일 있으면 연락해."

"연락하지 않도록 하겠습니다."

"그럼 여의도에는 누가 들어가려나."

문현아의 중얼거림에 내가 끼어들었다.

"한동안은 비워 둬도 되지 않을까요."

"비워 둔다고?"

"네. 지금 당장 필요한 건 아니잖습니까. 서울에만 대형 길드가 몇 갠데. 거리가 먼 것도 아니고, 헬기로 이동하면 금방인데 굳이 다른 지역에 자리 잡은 튼튼한 길드 뽑아다 옮길 필요 있습니까. 그 동네도 다 사람 사는데."

아예 새로 자리 잡는 거라면 괜찮다. 신생 길드가 지원받아 가며 성장하기 좋은 위치니까. 하지만 국회에서 징징댄다고 억지로 옮기는 건 못마땅했다. 심지어 길드 골라 대는 꼴이 무척이나 거슬렸다.

당장 위험한 것도 아니고, 대형 길드 영향력 미치고도 남는 거리인데.

"안달 나서 입맛대로 고르지 못할 때까지 시간 끌어 버리죠."

"어떻게요?"

이효연이 눈을 빛내며 물었다. 여의도에서 거부당한 게 분하기는 했던 모양이다.

"간단합니다. 기승수 사육소와 해연 길드가 옮길 듯 말 듯 망설이는 티만 내 주면 되죠. 가능하면 세성도 끌어들이면 효과가 더 좋을 거고요."

내 말에 문현아가 소리 내어 웃었다. 만족스러운 표정이었다.

"브레이커가 못 끼는 게 아쉽네. 적당히 기를 눌러 둔 다음에 괜찮은 신생 길드가 자리 잡게 한다라, 마음에 들어."

"현아 씨 말대로 자리 자체야 좋긴 하니까요."

"그야 그렇지! 괜찮은 신생 길드 좀 알아봐야겠다."

자기 길드로 돌아가려는 이효연과 명함을 교환했다. 언젠가 기승수도 들일 수 있으면 좋겠다면서, 잘 부탁한다고 말해 왔다.

"개인적으로는 우즈가 여의도에 가는 것도 괜찮을 거 같은데 말이에요."

닫힌 문을 보며 조금 아쉽게 중얼거렸다. 내가 말한 방법으로 시간 좀 끌면 받아들일 텐데.

"외부 세력에 묶이지 않고 홀로서기 하는 것도 좋잖아. 받은 게 있으면 주는 것도 있게 되는 법이야."

문현아가 씁쓸하게 말했다. 브레이커는 묶여 있는 것이겠지. 3년이나 되었으니 꽤 질척하게 섞여 들었을 것이다. 그걸 다 잘라 내고도 혼자 설

수 있을까. 이번에는.

"현아 씨."

나도 아직 혼자 못 서고 있는데, 도움이 될까 싶으면서도 입을 열었다.

"예전에 브레이커도 MKC도 바지사장이라고 말씀하신 적 있으셨죠."

"그랬지. MKC가 길드장 실종됐다고 폭삭 무너지는 것도 그런 탓이 크고. 수담은 그래도 부길드장이 어찌 추슬러 버텼잖아. 하지만 MKC는 해산 직전이지. 길드장이 없어졌으니 비각성자 늙은이들이 자기네들 말 따르라고 나대는 걸 젊은 상급 헌터들이 참고 있겠냐고."

못 참겠지. 가뜩이나 S급 헌터가 사라져서 길드 급 떨어지게 생겼는데 던전 한 번 들어가 본 적 없는 사람들이 상급자랍시고 참견해 대면 남아 있을 헌터가 몇 없을 것이다.

"계약 파기 페널티 받는다 해도 튀는 게 낫지. 게다가 마침 해연에 S급 팀이 둘이나 새로 만들어지고 세성에도 신규 S급 팀 생겨서 추가 모집하고 있고. 능력 되는 A급이면 자기 길드 만들 수도 있고. 이런 상황에 누가 남겠어."

일반 직원이 아닌 헌터의 계약은 길드장 직속으로 되어 있는 경우가 많아 지금처럼 길드장이 실종되었을 경우 파기하기도 쉽다고 하였다. MKC 투자자들이 급한 마음에 예림이는 물론 노아에 리에트까지 찔러 봤다면서 문현아가 웃었다.

"리에트가 길드장 자리 넘겨받았으면 재밌었을 텐데. 송 실장님에겐 미안한 일이지만."

"그거 완전 재앙인데요."

위치도 위치인 만큼 국회의사당까지 덤으로 사라져 버릴지도 모른다. 여의도에 거대 흑룡 출몰하고 송태원 실장님 야근하고……. 역시 리에트는 안 되지. 그 성질에 하루도 못 버틸 거야.

"현아 씨는 어떻게 생각하세요? 그러니까, 지금의 브레이커 말입니다."

내 말에 문현아가 테이블 위에 걸터앉았다. 그러곤 나도 앉으라는 듯 손짓했다. 테이블은 좀 그렇고 의자에 앉았다.

"어떻기는, 계약 기간 끝나길 기다리는 중이지. 5년짜리거든."

하긴 평생 묶여서 일하겠다고 했을 리는 없다. 문현아가 한쪽 발끝을 까딱거리며 말을 이었다.

"이제 반도 안 남은 데다가 조건이 그리 나쁘지도 않아. 초기엔 아이템에 대해서 무지했으니까. 마석을 에너지원으로 쓸 수 있다, 라는 것만 이상하리만치 빨리 발견되었지. 그래서 마석만 5 대 5로 나누고 아이템은 온전히 공략 팀 소유로 계약했어."

그러고 보니 마석의 가치는 던전이 생기고 얼마 지나지 않아 바로 알려졌다. 누가 발견했는지에 대한 정보도 없었다. 패륜아들이 개입한 것일까. 그럴듯한 보상이 없어서야 헌터 체계며 길드들이 지금처럼 빠르게 만들어지진 않았을 테니까.

"나중에 아이템 가치가 높아지자 지랄하긴 했지만~ 뭐 어쩌겠어. 불만 있으면 지들이 던전 돌든가."

"초기 투자 좀 하고 편히 앉아서 마석 먹는 것만 해도 어딘데 말이에요. 안전 관련 조항도 있을 거 아닙니까."

"당연히 있지! 던전 터지면 상급 길드원 우선적으로 보내기로 되어 있어. 길드 건물로 대피도 가능하고. 해외 휴가 가는데 경호원으로 쓰게 해 달라고도 하더라. 국내 한정 계약이라며 걷어찼지만."

그 밖의 가공이 필요한 던전 부산물은 관리, 처분을 맡아 주는 조건으로 지분을 나눈다고 하였다.

던전에 대해 자세히 알려지기 전의 계약인 덕인가, 확실히 조건 자체는 괜찮았다. 길드 이미지나 협조 요청 등 자잘하게 간섭은 해 왔지만 소속 헌터의 관리는 백 퍼센트 길드장 및 초기 길드원 재량하에 있었고.

"그 정도면 바지사장 말 나올 정도는 아닌데요?"

"일단 길드 지분은 얼마 못 가지고 있으니까. 내 권한은 딱 던전 공략 관련이기도 하고. 헌터 길드의 중심이야 던전 공략이긴 하지만, 내가 짐 싸서 멋대로 나가면 브레이커 이름도 못 써."

계약 기간은 이제 이 년 하고 조금 더 남았다. 하지만 내 기억으로, 브레이커가 독립한 적은 없었다. 자세한 속사정이야 알 길이 없지만 원만한 계약 종료를 하지 못했던 것이겠지. 그리고 얼마 뒤에 몰락한 것으로 보아 계약 조건 자체도 악화되었을 듯싶고.

"계약을 쉽게 종료시켜 주려 할까요? 아예 아이템 지분까지 포함해 재계약하려 들지도 모릅니다."

"쉽지 않긴 할 텐데, 정 안 되면 개명하지 뭐. 이젠 충분히 자리 잡았으니까 다시 시작해도 돼."

문현아가 가볍게 말했다. 확실히 박차고 나와도 금방 위로 치고 올라올 수 있을 텐데, 회귀 전에는······.

'···각성센터 관련 때문인가.'

어설프게 각성한 다수의 하급 헌터들이 사망하고 상급 헌터, 특히 길드장들에게 비난 여론이 거세졌던 시기가 있었다. 해연이 특히나 시달렸고 나도 크게 휘말렸던.

브레이커나 MKC처럼 대기업과 엮인 길드라면 그때 이후로 길드장의 발언권이 약해질 수밖에 없었을 터였다. 브레이커의 재계약에는 다른 이유도 있었겠지만 각성센터의 영향도 적진 않았겠지.

'이번에는 그럴 일 없겠지만.'

각성센터는 열심히 재건축 중이지만 시스템은 종전과 달라질 예정이었다. 일단 각성센터 책임자부터가 바뀌었고 무리한 각성자 배출은 하지 않기로 결론이 났다. 그러니 브레이커가 무사히 계약 종료하고 홀로 서게 될 수도 있지만.

"그래도 어떤 식으로 발목 잡으려 들지 모르니 미리 대비는 해 두는 편이 좋지 않을까요. 가능하면 지금 자리 그대로 브레이커가 역으로 삼키는 게 최고일 거고요."

이미 자리 잡은 건물도, 시설이나 기타 연결고리도 버리기엔 너무 아깝다. 내 말에 문현아가 등을 구부리며 턱을 괴었다. 올려다보는 탓인가, 그렇게 웅크려도 크게 느껴졌다.

"길드 건물과 기타 시설은 모두 길드 명의가 아니야. 투자자들이 마련해 준 거니까. 물론 그거 다 사들일 자금이야 있지. 문제는 절대 팔려고 들지 않을걸?"

"일반 직원들은 어때요?"

"내가 관리하는 건 헌터뿐이라니까."

그것도 문제다. 어떻게 온전히 갈라설 방법 없나. 정보도 별로 없고 이쪽으론 아는 것도 적으니 내가 머리 굴려 봤자 좋은 수가 튀어나올 리 만무하지만.

역시 모르겠다.

"그냥 몰래 싹 제거하거나 협박해 버리는 건 안 되겠죠."

"은근 과격하다니까, 한 소장님."

"브레이커와 연관된 곳이, 표면적으로는 대기업 셋이었죠."

"정치가도 몇 있어. 고위 공무원도 있고. 은퇴하면 이사로 들어올 거라던데."

그놈의 이사. 합법적으로 어떻게 다 몰아내냐. 가능은 한가? 역시 약간의 불법이 포함되어야 할 거 같은데. 끙끙거리고 있자니 문현아가 나를 내려다보며 미소 지었다.

"되게 신경 써 주네. 남 일인데."

"완전 남까진 아니잖아요."

"그래도 한유진 씨 사육소 재정비만으로도 머리 아플 텐데?"

"제 코가 석 자긴 합니다만."

하지만 사육소는 무너질 일도 위협받을 가능성도 작다. 독립 운영에 약간의 트러블은 있다 해도 시설은 내 명의고 타 길드들 간섭 기간이 짧으니 홀로서기 하기 어렵지 않은 시점이기도 했다. 뿌리가 깊이 내린 뒤에는 뽑기 힘들지만 얕을 때야 쉬우니까.

"전 브레이커 길드가, 문현아 길드장님이 흔들림 없이 오래 잘 버텨 주기를 바랍니다."

"개인적인 호감이 있어서? 아니면 다른 이유?"

"둘 다요."

처음에는 그냥 회귀 전처럼 해연이 다 먹겠거니 생각했다. S급 헌터에 능력 좋으니까 문현아만 빼 오면 되겠지 싶었다. 하지만 그건 헌터 개인으로서의 능력만 바라보는 짧은 생각이었다.

물론 S급 헌터가 중요하다는 거야 변함없는 사실이다. 그러나 3년간 쌓아 올린 그 주위도 큰 가치를 지니고 있었다. 아무리 잘난 사람도 혼자서 다 해낼 수는 없으니까.

'길드장으로서는, 솔직히 문현아가 뛰어난 것 같고.'

내 동생이 잘나기는 했지만 아직 어려서 남 챙기는 부분은 조금, 떨어지긴 했다. …석시명 씨가 큰 도움이 되었지. 유현이가 헌터 개인으로서는 참 유능한데 말이야.

반면에 문현아는 우즈 길드장이 찾아온 것만 봐도 주위를 잘 살피고 챙겨 주는 편일 터였다. 자세한 길드 분위기는 더 확인해 봐야겠지만 사감 다 떼어 놓고 진짜 객관적으로 보자면, 길드장에는 문현아가 더 낫긴 했다.

…우리 애가 아직 어려서. 성현제가 유현이는 길드 만드는 게 성향에 맞지 않는다고도 했었지. 이런 것도 적성이 있긴 하잖아. 원래 인간이 다 잘날 수는 없는 법이다. 약간 모자란 부분도 있어야 인간미 있고 정감 가고… 아무튼 그렇지.

"여기 도청 같은 거 안 되죠?"

"당연히 안 되지. 중요한 손님을 주로 맞이하는 곳인데."

"던전을 막아 내지 못하면 세상이 망합니다."

패륜아들의 주의사항까지 덧붙여서 설명해 주었다. 문현아가 길드장으로 계속 남아 있을 거라면 속사정을 알려 줘야 할 필요가 있었다.

"던전 다 터지면 망하는 거야 당연하니 새삼스럽지는 않다만."

그다지 놀란 기색은 없이 문현아가 고개를 갸웃 기울이며 중얼거렸다.

"그래서 한 소장님은 내가 최대한 세력을 보존하길 원한다는 거지?"

"네. 그편이 훨씬 유리하니까요. 물론 현아 씨가 협력해 준다는 전제하에서요."

"협력 안 할 이유야 있나. 나도 지키고 싶은 사람들 많아. 대부분은 그렇겠지. 성현제 그 인간은 잘 모르겠다만."

그러게 나도 모르겠다. 길드를 세운 것까지는 뭐, 자기 편의를 위해서일 수도 있겠지. 자리 잡아 놓으면 편하긴 할 테니까. 하지만 세상을 지키겠다고 할 만한 이유는… 음. 근데 또 효도중독자와는 갈라서긴 했으니.

"그럼 한 소장님의 목표는 세상 구하기인 건가?"

"그렇게 말씀하시니 거창하게 느껴지네요. 저는 그냥 도움 정도나 주는 입장입니다. 단기 목표는 국내 안정화 정도로 해 두죠."

늦어도 1년 내에는 국내 주요 길드에 기승수 보급이 끝날 것이다. 블루와 코메트의 성장이 곧 끝나니 S급만 셋에 유니콘들도 있고. 스태미너 포션이 만들어지면 속도를 더 올릴 수도 있겠지.

그쯤이면 명우도 안정적으로 S급 이상 장비를 만들어 낼 것이다. 각성센터도 회귀 전과 달라질 테고, 내가 좀 갈리면 특수 스킬 보유자도 늘어나겠지. 거기에 유현이와 예림이, 김성한, 문현아는 내 스킬이 있으니 성장이 더 빨라질 테고. 윤윤도 당연히 큰 도움이 될 텐데 어디 있는 거냐.

아무튼 회귀 전 수준 정도는 훨씬 빨리 다다를 수 있을 터였다.

"그리고 또……."

말끝을 흐리며 무심코 가슴께에 손을 대었다.

이제 얼마 남지 않았다. L급 마석이 포함된 마수가 완성될 날이. 최소한 SS급. 어쩌면 SSS급 이상이 태어날 것이다. 아마도 저주독룡종일 가능성이 크겠지. 그렇다면 두 배에, 다시 두 배다.

단 7일간 L급. 스탯 F급은 이 세계를 무사히 벗어날 수 없다고 하였다. 하지만 마지막 보은을 사용한 7일간은, 내가 직접 찾으러 갈 수 있지 않을까.

'…망할 도마뱀 주인 모습이면 좋겠다.'

그럼 가책이 별로 없을 텐데. 용인종도 괜찮고. 설마 어린 상태로 나오는 건 아니겠지. 성현제의 파편은 관여 못 하는 게 맞겠지.

"지금까지는, 잘될 거라고 생각해요."

미심쩍은 패륜아들에 해파리가 있긴 했지만 그들은 크게 간섭해 오진 못한다. 해파리만 해도 매개체 없이 혼자 힘으로는 별짓 못 했으니까.

일단 한국을 확실하게 지키면서 해외도… 진짜 해외까지 내가 신경을 써야 하나. 해외에도 말 잘 통하고 멀쩡하고 능력 좋은 길드장들 분명 있을 거야. 단순 협력 관계 맺는 것만으로도 될 거라고 믿는다, 제발.

자기 나라는 자기가 지키자.

"시간제한 같은 게 있다면 역시 털고 나와 다시 시작하는 건 별론가. 고민 좀 해 봐야겠는데."

문현아가 테이블에서 내려서며 내 어깨를 쳤다.

"점심부터 먹자! 우리 사우나 미역국이 끝내줘."

"남자는 출입 금지라면서요."

"분리되어 있으니 괜찮아. 사우나로 바로 통하는 입구가 있어서 막아 둔 거지."

그러면서 나를 끌고 나간다.

"그래도 찝찝하니까 사양하겠습니다. 흠 잡힐 수도 있는 일은 안 하는 게 나아요."

그리고 끝내주는 건 명우도 마찬가지다. 맛집 같은 것에 흔들리지 않아.

"제법 깐깐하시네, 소장님. 지금 기분이 딱 미역국이 끌리는데."

그럼 어쩔까 하며 복도를 꺾어 드는데 헌터로 보이는 사람과 마주쳤다. 본 적 있는 얼굴이었다.

"브레이커 A급 팀 리더인 최가은 헌터야. 가은아, 여긴 한유진 기승수 사육소 소장님."

문현아가 싱글거리며 소개해 주었다. A급 헌터고 내 기억이 정확하다면 문현아와 함께 각성한 초기 각성자다. 최가은이 나를 향해 고개를 살짝 숙였다. 나도 마주 인사했다.

"너도 같이 점심 먹을래? 미역국 어때."

"외부 시설에 가깝다곤 해도 괜찮을까요."

최가은이 나를 보며 말했다. 역시 그렇잖아.

"아, 이건 비밀인데 사실 한 소장 여자다."

"예?"

"예?"

나와 최가은이 동시에 어이없어하며 문현아를 쳐다보았다. 아니, 갑자기 무슨 헛소리야. 문현아가 웃음기 띤 얼굴로 뻔뻔하게 말했다.

"그래서 이렇게 우리 길드까지 찾아오게 된 거지. 관련 상담 받으려고."

"아······."

최가은이 혼란스러운 표정으로 나를 바라보았다. 아니, 고민할 필요가 있나? 진짜 헷갈리는 건 아니겠지, 설마?

"그랬군요."

"아닙니다!"

납득하지 마! 문현아가 껄껄거리며 웃기 시작했고 나는 얼른 변명을 내뱉었다. 근데 왜 변명까지 해야 하는 거지.

"남자 맞습니다! 척 봐도 맞잖아요."

"체형이나 골격을 보면 그런 듯싶습니다만 혹시 모르니까요."

"네?"

"스킬이나 아이템을 사용한 것일 수도 있지 않습니까. 스킬에 따라 신체 특징이 일부 변하는 경우도 있고요. 그래서 가능성이 있다고 판단했습니다."

최가은이 진지하게 말했다. 꽤나 그럴듯한 소리라 나도 모르게 고개를 끄덕이고 말았다.

"확실히 그런 류의 아이템이나 스킬이 있을 수도 있지만… 저는 태어날 때부터 남자가 맞습니다."

"그렇군요. 실례했습니다."

"아닙니다. 문현아 길드장님께서 장난치신 것인걸요."

그만 좀 웃으시죠. 문현아가 내 어깨에 자신의 팔을 턱 걸쳤다.

"우리 소장님, 뭐 먹고 싶어. 맛있는 거 사 줄게!"

"그냥 적당히 아무거나면 됩니다. 사우나 음식 빼고요."

"토라진 건 아니지?"

"아니거든요."

문현아가 나를 달래며 근처에서 제일 괜찮다며 데리고 간 음식점은 확실히 맛있긴 했다. 점심을 먹고 나서 브레이커 길드를 착실하게 안내해 주기도 하였다. 팀 하나는 던전 공략 중이고 점심때라 사람은 별로 없었지만 분위는 확실히 좋았다.

특히 길드장에 대한 깊은 호감과 신뢰가 느껴졌다.

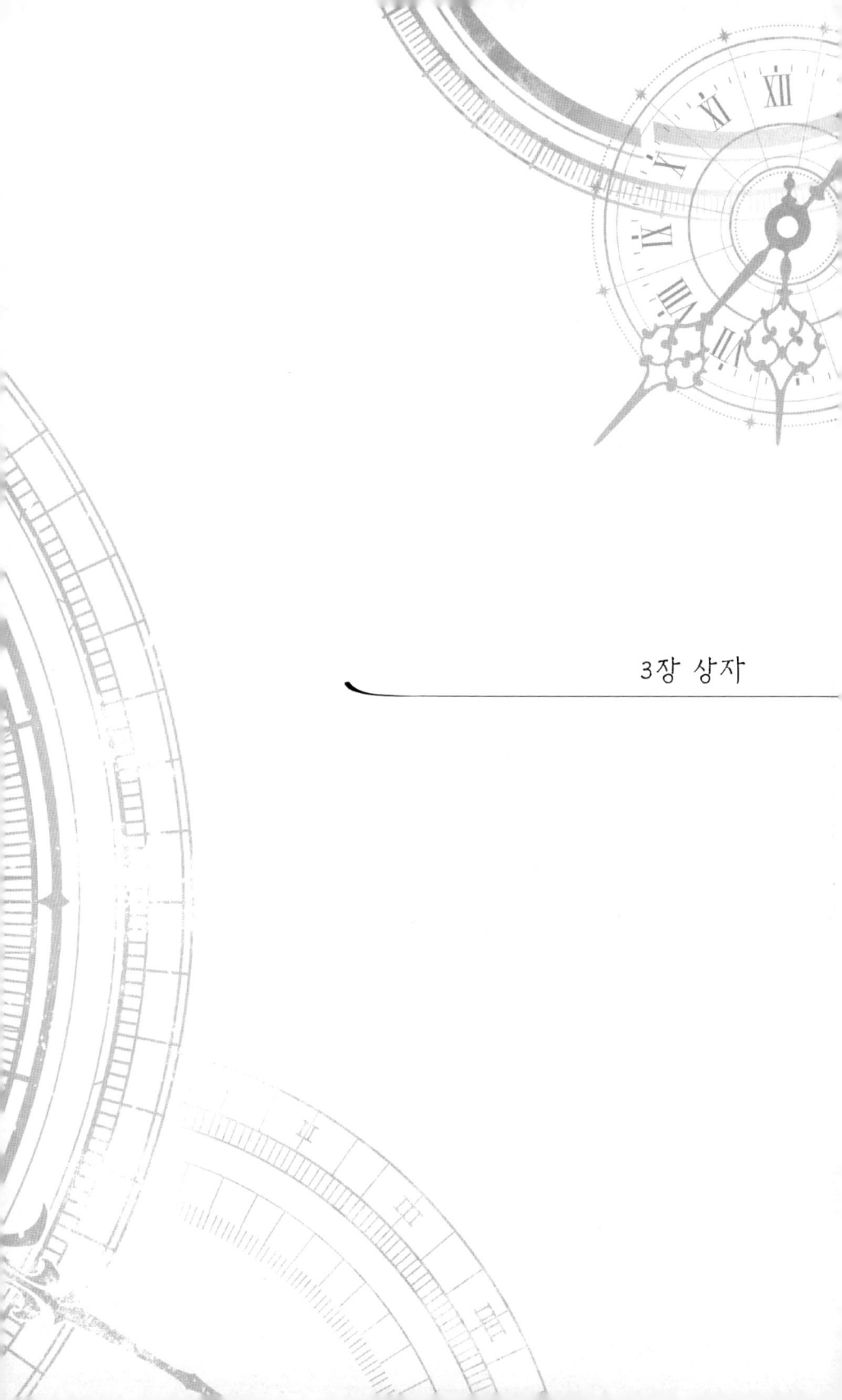

3장 상자

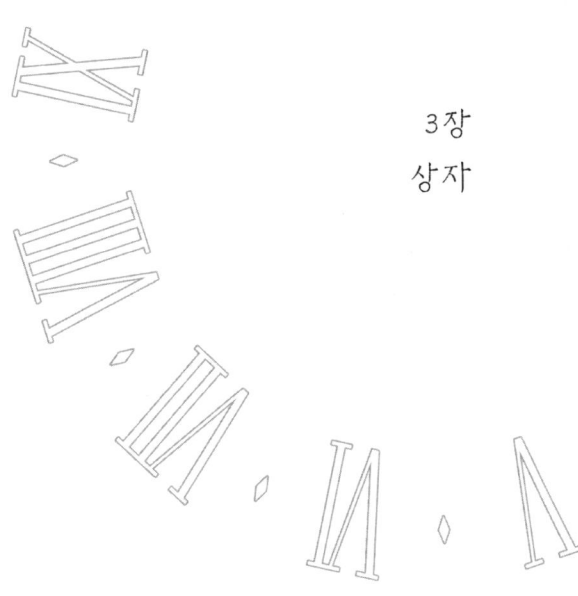

3장
상자

 브레이커 길드 구경을 마치고 일본 던전 관련으로 헌터협회로 향했다. 사육소로 돌아가서 노아나 다른 A급 헌터와 동행할 예정이었는데 문현아가 대신 가 주겠다 하여 곧장 협회에 도착했다.
 1층의 접수대에 헌터 몇이 서 있고 그 근처로 송태원의 모습이 보였다. 그가 나를 가만히 마주 봐 왔다. 겉보기론 별문제 없는 듯한데.
 "안녕하세요, 송 실장님."
 가벼운 인사에 마주 고개를 숙여 온다. 역시 멀쩡하구만. 성현제는 왜 그런 소리를 한 거지.
 "송 실장님, 오늘도 수고가 많으시네."
 문현아가 한쪽 손을 들어 올리며 인사를 건넸다. 그 인사를 받아 주는 송태원의 태도는 역시나 평소와 큰 차이 없어 보였다. 오히려 다른 S급 헌터를 대할 때보다 차분해 보인다.
 '현아 씨는 그래도 사고를 덜 치는 것 같으니까.'

예전은 어땠을지 몰라도 최근에는 별일 없었지. 과격하긴 해도 정도를 지킨다는 느낌이다. 그러니 송태원으로서도 그나마 편한 상대가 아닐까. 많이 친해 보이거나 하진 않지만 둘이 꽤 잘 어울리기도 하고.

진짜 잘 어울리지 않나. 길드장으로서의 문현아 씨 보면 의외로 잘 맞을 거 같은데.

"사람 꽤 많네. MKC 애들인 모양인데 계약 문제로 왔나 봐."

문현아가 말했다. 그래서 송태원이 저렇게 지키고 서 있는 건가. 안 좋은 일 겪은 상급 헌터들이 계약 해지로 골머리 썩다가 터지기라도 하면 막아야 하니까.

"대기표 뽑아 올게요."

"그럴 거 없어."

어디론가 전화를 건 문현아가 나를 돌아보았다.

"곧 사람 올 거야."

"권력 남용 아닙니까?"

"담당 부서의 차이지. 해외 건이잖아. 그쪽은 한가한 편이니까 접수할 거 없이 바로 올라가면 돼."

그런가. 해외 담당 부서라, 혹시 모르니 나도 전화번호 저장해 놓을까.

기다리는 동안 송태원은 단 한 번도 내 쪽으로 시선을 돌리지 않았다. 왜 연락 안 받았냐고 묻고 싶었지만 참았다. 성현제의 말이 신경 쓰이긴 했기 때문이었다.

'여긴 일반 직원들도 있으니까 괜찮은 것일 수도 있고.'

성현제 그 인간이 쓸데없이 예리하긴 하니까 조심하는 편이 낫겠지.

"이쪽으로 오십시오."

잠시 후 협회 직원이 다가와 우리를 안내해 갔다. 일본 건에 대해 말하자 담당자가 난색을 표했다.

"세성 길드로부터 전해 받기는 하였습니다만 국내의 슬라임 던전을 빼앗겼다간 여론이 크게 악화될 것입니다."

"빼앗길 일 없으니 걱정 마세요."

오히려 우리가 빼앗아 오게 되겠지. 이거 미리 크게 홍보하는 것도 괜찮겠는걸. 예림이와 해연 이미지 확 상승하겠다.

그때 노크 소리가 들려오고 문이 열렸다. 랭킹전 관련으로 한동안 자주 마주쳤던 남자가 안으로 들어와 환한 얼굴로 내게 인사했다.

"안녕하십니까, 한유진 소장님, 브레이커 길드장님. 헌터협회 홍보부 부장 최영준입니다."

이번에 또 좋은 소식 있으시다면서요, 하며 싱글벙글 웃는다.

"또 슬쩍 숟가락 올리시게요?"

"협조해 드리겠다는 것이지요. 한 소장님께서도 마음이 없으신 건 아니잖습니까."

눈치 빠르기는. 어쨌든 일 잘하는 사람이긴 했다. 저번 랭킹전 때도 이것저것 빠르게 잘 처리해 주었지. 같이 국회 욕도 하면서.

"우선 박예림 헌터의 승리는 장담하실 수 있겠습니까. 패배 시의 후폭풍에 대비해야 하니까요. 열기는 감당할 수 있을 정도로만 끌어올리는 게 좋죠."

"일본 쪽에서 계약 사항대로 진행한다면 확실합니다. 약간의 변수가 있다 하더라도 감당 가능할 정도로요."

설사 아마 길드장이 SS급 장비를 몰아준다고 해도 승세가 흔들릴 일은 없었다. 우리라고 SS급 장비 없는 것도 아니고, 세성 길드도 한배 탔으니 빌려 달라고 해도 된다.

대여 기간은 한 50년 정도로 하면 안 될까.

진행되는 나라만 다를 뿐이지 기본 틀은 랭킹전 때와 비슷했기에 논의는 빠르게 착착 진행되어 갔다. 기타 세부적인 사항은 일본에서 연락이 오면 다시 정리하기로 하였다.

"지금부터 슬금슬금 말을 풀어놓도록 하지요. 상대 헌터 이름과 바닷가라는 위치까지 포함해서 말입니다."

"그런데 사육소 포털 키는 언제 교체 가능합니까."

"제 담당이 아니라 잘 모르겠습니다."

최영준이 미안해하며 대답했다. 진심인지 아닌지. 자리에서 일어나기 전 여의도로 옮기는 것에 대해 고민 중이라고 슬쩍 흘렸다.

"관심 없으실 줄 알았는데 의외네요."

"알고 계시겠지만 요즘 사육소를 독립 운영 하려는 중이라서요. MKC 건물은 멀쩡하겠다, 집과 사육 시설은 그대로 두고 빌딩 쪽과 나머지 부분만 옮기는 건 괜찮을 것 같더군요."

꾸며 낸 말이지만 그럴듯했다. 물론 실제로 옮길 생각은 없지만. S급 헌터를 셋이나 둔 길드가 바로 옆인데 가긴 어딜 가.

"드디어 끝났냐. 나 화장실 좀."

아이스티를 두 잔 비운 문현아가 일어나며 말했다. 나도 냉커피 두 잔째였기에 따라 밖으로 나갔다. 물론 들어간 화장실은 달랐다.

부서 옆에 딸린 화장실이라서인지 약간 작고 깨끗했다. 세면대 모서리는 조금 지저분했지만. 화장실은 각 잡고 청소하면 티가 확 나서 뿌듯하지. 요새는 청소용품도 좋은 거 많고. 자동으로 흘러나오는 물에 손을 씻었다. 이어지던 물소리가 끊긴 직후.

끼이익.

문 열리는 소리가 들려왔다. 이곳은 화장실 입구에 문이 따로 있었다. 그것이 열렸다가 닫혔다. 이어 구두굽이 타일을 나직이 두드린다. 화장실이니까 누구든 들어올 수 있는 법이지. 그렇게 생각하면서도 감이 좋지 않았다.

손의 물기를 닦아 내기 위해 태연하게 몸을 틀었다. 동시에 화장실 입구 쪽에 서 있는 남자의 모습이 눈에 들어왔다. 송태원이다.

'한동안 송태원과 단둘이 만나는 것은 삼가도록.'

성현제의 말이 머릿속을 스치고 지나갔다. 인사만 하고 지나쳤는데도 이렇게 되어 버렸습니다만.

"아무래도 저한테 볼일이 있으신 듯한데요."

일단 침착하게 말을 건넸다. 그냥 화장실 온 거라면 저러고 서 있진 않겠지.

"밖에서 기다리시지 그러셨어요. 바로 나갈 거였는데."

축축하게 젖은 손이 신경 쓰였다. 하필 핸드 타올이 아니라 드라이어라서. 소리도 크고 손대고 있기도 뭔가 민망하고.

"음, 접수대는 더 안 지켜보셔도 괜찮으신가 봐요."

"작은 소란이 있었지만 정리되었습니다."

"MKC 길드 일로 고생이 많으시네요. 다들 날카로워져 있을 테니까요."

아직까지는 분위기가 괜찮은 것 같다. 최대한 아무렇지 않게 미소를 머금었다.

"나가서 마저 이야기하시죠."

"화장실에 가셨다는 말을 듣고 일부러 온 것입니다."

그렇군요. 여기선 어떻게 반응해야 하지. 사실 아직도 그렇게까지 위기감은 느껴지지 않았다. 공포 저항 때문인가, 아니면 송태원의 태도가 담담해 보여서인가.

'…진짜 잘 모르겠네.'

공포 저항 스킬이 좋긴 좋은데 일종의 경고창이 꺼진 상태라 이럴 땐 곤란하다. 지켜 줄 사람이 없을 땐 차라리 꺼 두는 편이 나으려나.

"그럼, 무슨 용건이신지요."

내 연락은 안 받아 놓고서. 하지만 지금 캐묻는 건 안 되겠지.

탁.

구두굽이 다시금 타일을 두드렸다. 송태원이 한 걸음 그리고 두 걸음 내게로 다가왔다. 넓지 않은 화장실이기에 그것만으로도 상당히 가까워졌다.

나보다 크고 덩치도 훨씬 좋고. 실제 힘 차이는 그보다 더 나고. 위협적으로 느낄 법하건만 머리로만 파악될 뿐이었다.

도망치는 건 당연히 불가능하고 소리라도 쳐야 하나. 하지만 괜히 자극하는 것일 수도 있다. 나를 내려다보는 눈을 마주 바라보았다. 표정도 잘 모르겠다. 역시 어렵다. 숨을 가늘게 들이마셨다.

'독이나 저주 저항처럼 목숨이 오가는 건 아니니까.'

공포 저항 등급 내려갔을 때도 살 만은 했다. 바로 켤 수도 있고.

검은 눈동자와 마주한 채 공포 저항 스킬을 껐다.

전신이 오싹해졌다.

심장이 빠르게 펄떡이며 입안이 말라붙는다. 동시에 머릿속이 붉게 물들듯 경고의 직감이 내리꽂혔다.

눈앞의 남자는 나를 죽이고 싶어 한다.

막혀 있던 둑이 터지듯 단숨에 밀려든 두려움에 제대로 된 판단을 못한 것일 수도 있다. 하나 전신을 찍어 누르는 무거운 공기는 가짜가 아니었다.

송태원의 모습이 흐릿하게 일그러져 보였다. 눌려 쓰러질 뻔한 몸이 붙잡혀 세워졌다. 반사적으로 손을 뻗어 송태원을 밀어냈지만, 상대는 꿈쩍도 하지 않았다.

"일부러 스킬을 낮춘 겁니까."

그가 나직하게 물었다. 저항 스킬류를 끌 수 있다는 사실을 송태원은 모르지만, 조절 가능한 경우야 흔하다. 대답하려 했지만 거칠고 짧은 숨만 내쉬어졌다.

다시 켜야 하나. 하지만 송태원 상대로는 지금 이 상태가 낫다는 생각이 들었다. 스탯 F급답게.

"한유진 씨."

표정을 확인해야 하는데. 밖에 도움을 요청해야 하는지, F급이라는 사실을 더 확실하게 인식시켜 물러나게 해야 하는지. 판단을 위해 마주 보아야 한다고 생각하면서도 고개는 여전히 숙여져 있었다. 전신도 계속 가늘게 떨리고 있다.

내 손이 닿은 송태원의 옷 위로 젖은 자국이 생겨났다. 아직 내 머리는 멀쩡하고 숨도 쉬고 있고 심장도 뛰고 있다. 조금이나마 진정되자마자 은혜를 사용했다. 빼앗기면 끝이긴 하지만.

'…이 정도 거리면, 일단은 얌전히 있어야겠지.'

가까운 곳에 문현아가 있다. 소리치면 듣고도 남을 것이다. 하지만 송태원의 움직임이 훨씬 더 빠를 터다. 아니, 아예 내가 소리치려는 순간 입을 막을지도 모른다. 내 반응을 눈치채지 못할 사람이 아니니.

"한유진 씨."

재차 부르는 목소리가 들려왔다. 어조만큼은 차분하고, 언뜻 다정한 느낌도 들었다. 아니면 살고 싶은 내 귀가 그렇게 바꿔 들은 걸 수도 있고.

몸이 들어 올려졌다. 세면대에 올려 앉혀졌다. 어린애가 올 일 없고 일반인보다 평균 키가 큰 헌터들이 주로 쓰는 곳이라서인지 세면대도 여느 공중화장실보다 훨씬 높았다. 덕분에 고개를 약간만 들면 송태원과 눈을 마주칠 수 있었다.

"…세면대에, 앉으면 안 되는데요."

"튼튼하게 만들어졌습니다."

그야 그렇겠지만.

"화장실 바닥에 쓰러지는 것보단 낫지 않습니까."

"신경 써 주셔서 감사하군요."

천천히 고개를 들었다. 약간 곤란해하는 듯한 얼굴이 눈에 들어왔다. 망설이고 있다. 역시 공포 저항을 끈 것이 정답이었다.

"송태원 씨가 손을 뻗으면 저는 반항 못 합니다. 아주 쉽게, 순식간에 끝나겠죠."

"알고 있습니다."

"그런데 왜 제가."

자극적이지 않게, 돌려서.

"저를……."

죽이고 싶어 하느냐. 그런데 왜. 나는 약하다. 송태원은 약자를 별 이유 없이 해치려는 사람이 아니다. 오히려 그 반대로 보호하고 싶어 하지. 상급 헌터들도 거부감을 느끼면서도 목숨까지 빼앗으려 들진 않았다.

그렇다면.

"저를 무서워하시는 겁니까."

이전에도 비슷한 말을 한 적 있다. 하지만 공격 스킬 효과 두 배를 적용했을 때와는 다른 이유였다. 그때는 내가, 사람이 아닌 아이템으로서 움직였으니까.

지금은 다르다. 지금은 왜.

"무서워한다고 생각하십니까."

"아니면 다른 이유가 있습니까. 듣고 싶군요."

"위험하다고는 생각합니다."

송태원이 담담하게 털어놓았다.

"S급 각성자들은 독립적이고 개인적입니다. 여태까지는 구심점이 될 만한 것도 없었습니다. 가능성이 있다면 세성 길드장 정도라고 생각했습니다."

확실히 성현제는 다른 S급 헌터들과 연결고리가 많긴 하였다. 노아와 에블린을 곧장 한국에 데려오기도 했다.

"제가 S급 헌터들을 뭉치게 할까 봐 걱정되시는 겁니까? 하지만 그렇다고 해서 당장 문제가 되진 않습니다. 무엇보다 서로 손잡고 주위에 피해를 입힌 적은 아직 없지 않습니까."

따로는 있었지만. 그리고 내가 시킨 적도⋯ 있었고. 신 헌터협회 건물과 각성센터 부순 건 조금 과했다고 반성하고 있다. 홍콩이야 솔직히 쓸어버릴 만했잖아.

"제 동생만 해도-"

송태원의 표정이 흔들렸다. 뚜렷하게. 유현이에 대해서, 왜?

"얼마 전 송 실장님을 도와드리기도 했었죠. 제 부탁으로요."

송태원의 얼굴에 시선을 고정한 채 말했다. 유현이. 내 동생. 무슨 일이 있었지. ⋯최석원 그 빌어먹을 개새끼 때.

"스탯 F급인 약해 빠진 형을 형 취급해 주고 무척이나 잘 따라 주는 동생입니다. 송 실장님도 아시겠지만요."

그때 일인가. 그때. 완전히 벗어날 수 없는 공포에 뛰던 심장이 싸늘해졌다. 억눌린 신음. 나를 부르던 소리.

"많이 흔들렸습니까. 제 동생 그리고 송태원 실장님께서도."

어떤 모습이었을지 굳이 상상해 보려 하진 않았다. 다른 사람에게 묻지도 않았다.

"어떻게 보였습니까. 제 동생은."

"⋯⋯."

그리고 한 명 더.

"성현제는."

"그는 그대로입니다."

답지 않게 말이 빨랐다. 사실을 말하는 것이 아니라 바람을 속삭이는 것처럼 들렸다. 그대로이기를 바란다는.

그 목소리를 듣는 순간 불현듯 떠올랐다.

성현제는 송태원식으로 말하자면 괴물의 정점. 그리고 어쩌면 송태원이 억지로 끌려 들어간 새로운 세계에서 그가 흔들리지 않을 수 있는 기준점일지도 모른다.

늑대와 양, 어느 쪽에도 제대로 속하지 못하는 불안정한 위치를 고정해 주는 지표. 그 완벽한 괴물이 존재하는 한 송태원 또한 그를 막아야 하는 괴물이지 않고 싶은 괴물로서 남을 수 있을 것이다.

버리는 게 당연한, 몸에 맞지도 않는 상자를 끼고 있어도 되는 이유.

완벽한 대척점으로 남아 있어 줘야 할 괴물에게 변화가 생긴다면.

"성현제 씨는 제 파트너입니다."

검은 두 눈이 무겁게 가라앉았다. 등골이 서늘해지다 못해 쭈뼛쭈뼛 전기 같은 것이 타고 내려간다. 목이 따갑고 혀가 굳었지만 입을 열었다.

"그런데 저는, 송태원 씨도 놓치고 싶지 않아요."

성현제의 말대로 그가 필요하다. 그러니까.

쾅!

그때 요란한 소리가 울렸다. 이어 커다란 외침이 따라붙었다.

"화장실에서 살림 차렸냐!"

문을 부술 듯 박차고 들어온 문현아가 망설임도 없이 송태원을 향해 달려들었다.

문현아의 움직임은 내 눈에 거의 보이지도 않았다. 그녀가 화장실 안으로 들어왔다고 인식한 직후, 송태원의 팔뚝이 주먹질을 막아 내고 있었다.

쿠득.

소리는 그리 크지 않았다. 하지만 돌진이나 그 외 스킬을 쓴 것인지 송태원의 몸이 버티지 못하고 뒤로 밀렸다. 세면대가 둥글게 파이듯 부서진다. 그 와중에도 송태원은 나를 보호해 감쌌다.

콰드득, 타일이 부서지고 손가락 한 마디쯤 움푹 파일 정도로 강하게 송태원의 왼발이 바닥을 짓밟아 몸을 버텼다. 이어 오른쪽 다리가 굽어지며 문현아의 허리께를 찌르고 들어갔다.

무척이나 가까운 거리였다. 피하지 못할 것이라 생각했고, 실제로 타격음도 들렸다. 하지만 내 눈이 상황을 제대로 파악하기도 전에 타닥, 가벼운 발소리와 함께 문현아가 뒤로 뛰어 물러났다.

겉보기로는 아무런 피해가 없어 보였다. 역시 선생님 스킬 없이 S급 헌터의 움직임을 따라가는 건 무리였다. 대체 어떻게 주고받은 거지.

"뭐 하자는 거지?"

송태원에게 감싸진 나를 바라보며 의아하다는 듯 그녀가 말했다. 후드득, 세면대의 일부가 바닥으로 떨어졌다.

"왜 또 보호하고 계신 건지, 송 실장님."

"한유진 씨를 해칠 생각은 없습니다."

"밖에서도 느껴질 만큼 살벌하게 굴어 놓고서?"

송태원이 대답 대신 미간을 좁혔다. 문현아가 그를 보며 어깨를 으쓱했다.

"혹시 자기 상태가 어떤지 잘 파악되지 않는 거 아닌가. 요새 과로하셨나 봐. 휴가 좀 내는 건 어때?"

"…괜찮습니다."

"진심이야, 송 실장님. 안색도 영 별로고. 일주일 정도는 내가 대신 신경 써 줄 수 있어. 마침 세성 길드장은 물론이고 해연에서도 줄줄이 던전 들어간다니까 이참에 쉬라고."

문현아가 허리에 한쪽 손을 올린 채 걱정된다는 얼굴로 말했다. 하지만 송태원은 끄떡도 하지 않았다.

"배려에는 감사드립니다. 하지만 사양하겠습니다. 법적으로 문제시될 소지가 많습니다."

"우리 한 소장님 쫓아와서 위협한 건 문제없고?"

"다시 말씀드리자면 해칠 생각은 없습니다. 확인해 보고 싶은 것이 있었을 뿐입니다."

민원인이라도 상대하듯 송태원이 고저 없이 담담한 목소리로 말했다. 해칠 생각이 없다고. 연이은 그 말에 나도 문현아도 미묘한 표정이 되었다.

"코앞에서 이 다 드러내고 으르렁거려 놓고서는. 한 소장도 어이없다는 얼굴이잖아."

"…일단 제 몸뚱이는 멀쩡하긴 해요."

그래, 뭐. 손대지는 않았지. 오히려 쓰러지는 거 잡아 주었고. 하지만 아직도 심장이 두근거리고 등골이 저릿하다. 내가 착각했다고 넘기기에는 모든 것이 다 무겁고 날카로웠다. 문현아도 그걸 느끼고 들이닥친 것이고.

"바로 뒤에 거울도 있으니 한번 들여다라도 보시지? 지금 자기 표정이 어떤지."

"충분히 봤습니다."

송태원의 대답을 듣는 순간 소름이 쫘악 돋았다.

미처 눈치채지 못했지만, 그랬다. 모두 봤겠구나. 나는 내내 세면대 앞에 서 있었고 거울은 여느 화장실의 것처럼 충분히 컸다. 잘 관리되어 깨끗한 거울이었다. 처음부터 끝까지 전부 다 선명하게 비추어졌을 것이다.

설마 확인해 보고 싶다는 게 나를 대하는 자신의 태도였던 건가. 말이 그다지 없었던 것도 거울 속의 자신을 관찰하고 있었던 탓이었나.

"…소감을 묻고 싶기도 하고 묻기 싫기도 하고. 그래서 어땠어, 송 실장님?"

답변은 없었다. 대신 나를 감싸고 있던 팔이 풀어졌다. 송태원이 한 걸음 옆으로 물러섰다.

"실례가 많았습니다, 한유진 씨."

정중한 사과에 되레 머릿속이 까맣게 휘저어졌다. 그걸 다 보고 있었다고. 거울로. 대체 어떤 심정이었을지 상상조차 가질 않았다.

심지어 나는 공포 저항을 끄고 평범한 F급 스탯처럼 겁에 질려 있었다. 위협을 가해 오는 S급 헌터 앞의 모범적인 약자로서.

그것은 아마도 송태원이 가장 보고 싶지 않은, 자신의 모습일 터였다.

…진짜 미쳤나. 아니, 왜 그렇게까지. 심지어 내 말에 흔들리는 반응까지 모두 다 자신의 두 눈으로 직접 확인한 것이다. 저 성격에 시선을 피하지도 않았겠지. 오히려 새기듯 확실하게 전부 담아 넣었겠지.

정말 미친 짓이다. 자해에도 정도가 있지, 진짜.

'…결국 나는 위험했던 적이 없었어.'

성현제는 비각성자가 다수 있는 장소라면 안전할 것이라 하였다. 그런 곳이라면 송태원이 자제하기 더 쉬울 것이라고.

하지만 거울은 그 이상의 효과가 있었을 것이다. 이를 드러내는 자신의 모습을 직시하면서, 나를 해칠 수 있는 사람이 아니다. 송태원은. 차라리 거울 속에 비치는 괴물을… 살해하겠지.

답답함에 속이 다 아팠다. 아니, 뭐 이런 사람이 다 있어.

"…송태원 실장님."

공포 저항이 없는 탓인가, 무서울 정도였다. 몸에 맞지 않는 상자를 버리는 대신 스스로의 팔다리를 잘라서라도 맞추려 드는 것은 아닐까. 그런 생각까지 들었다.

…생각해 보면, 풀을 뜯어 먹는 늑대가 오래 살 수 있을 리 없었다. 자살행위다.

"저는 송 실장님이 좋은 사람이라고 생각합니다. 세상에 필요한 분이신 건 당연하고요."

"이후로도 제가 한유진 씨를 해칠 일은 없을 겁니다."

송태원이 나직하게 말했다. 부드러운 목소리였다.

"한유진 씨로부터 위협을 느낀 것은 인정합니다. 무서워하고 있을지도 모릅니다. 지금도 당신의 목을 조르고 싶은 마음은 있습니다. 하지만 이제는 괜찮을 겁니다."

…미친놈이, 진짜.

"한유진 씨를 해치기 전에 제가 먼저 죽게 될 겁니다."

거울 속의 괴물을 똑똑히 기억하고. 내 목을 조르기 전에 그것을 떠올려 제 목을 찌르기라도 하겠다는 건가.

"송 실장님, 저는 당신이 좀 더 오래 살아가기를 바랍니다."

"그리 쉽게 죽지는 않을 겁니다."

"…좀 더 느슨해지시면 안 됩니까? 나름 괜찮게 지내기도 했잖아요, 우리."

"지금도 괜찮습니다. 이제 한유진 씨께서는 안전하실 테니까요. 연락을 받지 않아 죄송합니다. 이후로는 그럴 일 없을 겁니다."

"저는 송태원 씨, 당신을 걱정하는 겁니다."

이번에도 그가 살아남지 못할 것 같았다. 이번에는 성현제와 관련되어서가 아니라, 나 때문에 죽어 버리는 게 아닐까. 그런 불길한 예감이 들었다.

송태원이 고개를 약간 기울이며 나를 내려다보았다.

"아직도 스킬을 낮추신 상태입니까."

"예."

"한유진 씨는 좋은 사람입니다. 저도 잘 알고 있습니다."

그 어조가 나를 달래는 듯도 했다.

"위험할 수도 있으니 원래대로 돌려놓으십시오."

"송 실장님. 송태원 씨."

"괜찮습니다."

괜찮기는, 젠장. 뭐라고 말해야 할지 몰라 속으로 발만 동동 구르는데 송태원이 문현아에게로 시선을 돌렸다.

"세면대의 파손은 각성자관리실에서-"

"어, 아냐. 아뇨. 제가 먼저 덤빈 거잖습니까. 브레이커로 보상 청구해요. 화장실 잘못 찾아가는 바람에 놀라서 실수한 걸로 해 두죠. 그래야 내 맘도 편하고."

"알겠습니다. 감사합니다."

가볍게 고개 숙인 송태원이 몸을 돌려 화장실 밖으로 나갔다. 그의 뒷모습을 바라보고 있던 내게 문현아가 다가와 슬쩍 속삭였다.

"무슨 일이 있었는진 잘 모르겠다만, 이거 한 소장이 차인 건가."

"…따지자면 그렇겠네요."

"너무 까다로운 상대를 골랐어. 3년간 푹 곪아 있는 사람이잖아. 바꾸려면 일단 터뜨려야 하는데, 자칫하다간 치료는커녕 덧나 사망할 수준이라고."

"하지만 내버려 둬도 오래 살긴 힘들잖습니까."

"그렇긴 하지. 왜 저렇게 사는지 몰라. 신기해. 적당히 타협해도 괜찮을 텐데."

문현아의 말에 무심코 쓴웃음을 지었다. 나도 8년간 타협하지 못했다. 포기하지 못하고서. 그리고 지금도 포기하지 못하고서.

남 말 할 처지가 아니긴 하구나.

그러니까 더더욱 송태원의 끝이 바뀌기를 바랐다. 하지만 내 행동이 되레 더 그의 목을 조이게 된 것만 같아 불안해졌다.

"너무 걱정하지 마."

문현아가 내 어깨를 툭 치며 말했다.

"저래 봬도 S급이잖아. 별일 없으면 한 소장보다 훨씬 더 오래 건강하게 살걸. 한 소장님은 자기 몸부터 먼저 신경 쓰셔야지. 건강은 이십 대 때부터 미리미리 챙겨 놔야 하는 법이야."

볼일 끝났으니 돌아가자며 앞서 걸어간다. 부서진 세면대를 힐끗 돌아보곤 그 뒤를 따라갔다.

차르륵. 사슬이 흔들렸다. 연결되는 고리마다 금빛 전류가 작게 튀어오른다.

- 크르르.

짐승이 낮게 울었다. 가시처럼 날 선 갈기를 지닌 호랑이와 비슷한 몬스터였다. 그 크기가 일반적인 호랑이의 서너 배는 됨 직했다.

발톱이 땅을 긁고 가시 갈기가 곤두선다. 하얗게 얼룩진 몸뚱이 주위로 서늘한 바람이 맴돌았다. 카가각, 괴수가 휘감은 바람이 바위 하나를 순식간에 가루로 만들어 놓는다. 섣불리 접근했다간 믹서기 속에 뛰어든 꼴이 되어 버리고 말 것이다.

"이상하군."

위협적인 스킬을 두른 몬스터 앞에 선 남자가 작게 말했다. 그의 시선이 주위를 느릿이 살폈다. 하지만 눈에 들어오는 것은 없었다.

- 캬아아!

칼날 같은 송곳니를 잔뜩 드러내며 몬스터가 뛰어올랐다. 바람이 더욱 더 거세지고 긁힌 바닥으로부터 흙먼지가 피어올랐다. 시야가 가려졌지만 남자, 성현제는 아무렇지 않게 손끝을 움직였다.

주인의 주변을 뱀처럼 맴돌고 있던 사슬이 길게 솟구쳤다. 카라락, 바람과 금속이 부딪치고 작은 번개가 연이어 번뜩였다. 단단한 바위도 조각내는 바람이었지만 사슬에는 흠집 하나 나지 않았다. 그대로 바람의 방패를 부수고는 몬스터를 향해 화살처럼 쏘아졌다.

콰드득.

사슬이 몬스터의 머리를 꿰뚫고 턱 아래로 빠져나왔다. 도축장에 걸린 고깃덩이처럼 사슬에 꿰인 몬스터가 발버둥 치기 시작했다. 하지만 그것도 잠시. 황금색 빛이 사슬을 타고 화려하게 퍼져 나갔다.

비명은 없었다. 커다란 머리통이 순식간에 박살 나 버렸기 때문이었다. 머리만 남은 몸뚱이가 쿵 소리와 함께 쓰러질 때까지도 성현제는 생각에 잠겨 있었다. 다시 한번 주위를 살핀 그가 자신의 마력을 섬세하게 움직였다.

미세한 전류가 사방으로 퍼져 나갔다. 땅 위는 물론 땅속으로도, 공중으로도. 수색하듯 넓게 주위를 더듬어 확인하던 성현제가 돌연 한 지점을 바라보았다. 이어.

콰과광!

벼락이 떨어졌다. 강력한 마력이 사정없이 퍼부어지고 성현제의 감각에 걸린 무언가가 사라졌다. 거슬리던 것은 처리했다. 하지만.

"이번에는 또 뭘까."

그로서도 정체는 파악할 수 없었다. 다만 한유진과 관련되어 있지 않을까, 하는 짐작은 들었다. 언제나처럼.

"슬슬 기승수를 구해 두는 게 좋겠군."

멀리 거리를 띄운 채 일반 몬스터를 상대 중인 공략 팀원을 바라보며 성현제가 중얼거렸다. 기승수가 유용하긴 했지만 그리 급한 것은 아니었다. 던전 공략이 힘에 부친 것도 아니요, 빠르게 진행해야 할 이유도 딱히 없었다.

그러니 자신의 것은 급하게 구할 생각이 아니었다. 속성은 물론 다른 모든 것도 만족할 만큼 어울리는 몬스터로 느긋이 찾아볼 예정이었지만.

던전 밖에서 벌어지고 있을 일들이 궁금해졌다. 자신의 파트너는 또 분명 얌전히 있지 않았겠지. 조금 전의 거슬리는 시선은 무슨 일이었을까. 호기심이 솟았고 그는 그런 감정을 참는 편이 아니었다. 하니 빠르게 던전을 공략할 방법을 마련하는 수밖에.

성현제는 사라진 무언가가 있던 지점을 다시 한번 바라본 뒤 몬스터 무리를 향해 발길을 옮겼다.

"진짜 괜찮겠어?"

걱정이 가득한 시선으로 유현이와 피스를 바라보았다. 나름 열심히 말려 보았지만 결국 동생 놈은 피스와 단둘에서 S급 던전에 들어가기로 하였다. 위험하지도 않고 더 빨리 공략할 수 있다곤 하지만 걱정되는 걸 어쩌겠냐.

"저번보다 길이가 더 짧은 곳이야. 그래서 몬스터 무리가 다른 넓은 곳보다 더 크긴 하지만 팀원이 없을 땐 그편이 편해."

"명우가 준 구슬은 잘 챙겼지? 피스는 유체화하면 네가 보호해 줄 수 있을 거고. 게이트석도 두 개 잘 챙겼고?"

"다 잘 챙겼어."

걱정 말라며 방긋 웃는다. 요새는 잘 웃다 보니 더 어리게 보여서 더욱 마음이 불편해졌다. 하지만 던전을 안 보낼 수는 없고. 강해지긴 강해져야 하고.

"피스 너도 조심해야 한다."

─ 끼아앙.

아직 유체화 상태인 피스가 대답하듯 울며 내 다리에 몸을 비볐다. 빙그르 아예 한 바퀴를 돌고는 몸집을 키운다. 피스에게 내 새끼 스킬을 화염 저항 스킬 성장으로 사용해 주었다. 화염 저항부터 빨리 S급으로 올려야 유현이가 화염 스킬 쓰기 편해질 테니까.

성체가 된 피스의 풍성한 갈기털에 손을 파묻고 쓰다듬어 주었다.

- 그르릉.

"둘 다 밥도 잘 챙겨 먹고. 이거 과일 말린 거야. 명우한테 배워서 내가 만든 거니까 가지고 가. 던전에서 난 거라 인벤토리에 들어가더라."

병에 든 말린 과일을 유현이에게 주었다.

"그럼 다녀올게. 형도 일 너무 많이 하지 말고 가능한 한 사육소에 있어."

"너, 또 린이 나한테 붙여 놓은 거 아니지? 어딨냐, 보여 줘 봐."

유현이의 오른쪽 어깨 위로 붉은 도마뱀이 툭 튀어나왔다. 나한테 인사라도 하듯 꼬리를 살랑거린다.

"적당히 챙겨요, 아저씨. 끄떡도 없이 돌아올걸요."

내 호위 겸 따라온 예림이가 투덜거렸다. 그렇긴 하지만 말이야.

"길드장님 잘 다녀와요. 피스도."

예림이의 인사를 마지막으로 유현이가 먼저 게이트 안으로 들어가고 피스도 따라 사라졌다. 괜찮겠지.

"괜찮을 거라니까요, 진짜. 한유현 세긴 세잖아요."

예림이가 얼른 나가자며 내 팔을 잡아끌었다. 내일은 예림이의 팀이 첫 던전 공략에 들어갈 예정이었다. 호흡을 맞춰 본다는 의미에서 S급은 아니고 A급 중위쯤 되는 던전이었다.

"이번에는 우리 둘이서만 외식해요!"

저번 일 아직 잊지 않았구나. 알았다고 하며 게이트를 돌아보았다. 애들 다 보내려니까 허전해지네. 한동안 집이 텅 비겠구나.

"타의 모범이 되고 책임감이 강합니다. 성실합니다. 모범적입니다. 차분하고 성실합니다. 책임감이 강합니다."

대체로 비슷한 내용들이었다. 성적도 뛰어나고 문제 일으킨 적도 없고. 훌륭한 모범생이었다. 송태원은.

"이거 너무 다 나와 있는 거 아니냐."

그래도 개인정보니까 그동안 찾아볼 생각이 없었다가 도하민에게 전화해 사람 한 명 더 조사해 줄 수 없느냐고 슬쩍 물었다. 상대가 송태원이라고 했더니 인터넷 검색해 보라기에 찾아보았다. 그랬더니 정말로 줄줄이 나와 있었다.

기본적인 개인 정보에 재산, 이건 원래 공개하던가? 이력, 출신 학교, 고향, 가족관계, 각종 평가표까지. 이래도 되나 싶을 정도로 상세했다. S급 헌터가 고위 공직에 오르면서 이런저런 말들이 나온 탓에 공개된 모양이었다.

"고등학생 때도 지금과 비슷했네."

이때도 키 엄청 컸구나. 지금보다 훨씬 앳되긴 하지만 사진 속의 표정과 분위기는 비슷했다. …비슷하면 안 되는 거 아닌가. 고등학생 때가 더 느슨하게 풀려 있긴 하지만.

"문제 되는 건 진짜 하나도 없네. 나쁜 건 아니긴 하지만……."

상대가 상대다 보니 이것도 조금 꺼림칙하게 느껴졌다. 틀에서 벗어나지 않는 모범적인 생활.

가족은 양친과 남동생이 있었다. 조부와도 함께 산 모양이고. 모친과 동생은 사고로 사망했고 부친은 던전 브레이크로 사망. 가족이 없다는 건 알고 있었다. 젊은 나이이니 사고사나 병사일 것이라고 짐작도 했었다.

"이것도 영향이 있긴 하겠지."

사고에 대한 자세한 내용은 없었다. 연애사나 교우 관계까지는 나와 있지 않았다. 혹시나 싶어 검색해 봤지만 송태원과 관련된 헌터 쪽 정보가 워낙 많다 보니 걸러 낼 수가 없었다. 내가 검색을 못 하는 것일 수도 있고. 그전에 찾아본다고 해서 알까.

"…내가 심리 상담사도 아니고."

진짜 상담이라도 받아 보는 편이 나을 거 같은데. 휴대폰을 던지듯 놓고 소파에 늘어졌다. 삐약이는 벨라레와 함께 로봇청소기를 타고 빙글빙글 돌고 있었다. 귀여운 녀석들.

"곤란하구만, 정말."

이제는 전처럼 송태원을 들이받는 건 불가능해졌다. 내 안전이 아니라 송태원의 목숨이 걸려 버렸기 때문이었다.

잘못 도발했다가 나를 지키겠답시고… 아, 젠장.

"…목줄 운운하다가 내가 목줄 매게 된 꼴 아니냐."

정말 어떻게 해야 할지 모르겠다. 그렇다고 포기하기는 또 싫고. 똑같은 결말은, 비슷한 결말은 보고 싶지 않았다.

"아예 시스템이, 각성자가 없어지면 편해지려나. 그렇게 단순하진 않을 듯도 하고."

세상 밖에는 더 대단한 괴물이 있습니다, 라고 알려 주면 어떨까 싶기도 했지만. 반응이 짐작 가질 않았다. 진짜 괴물은 따로 있었군요, S급 각성자도 그에 비하면 평범한 인간이었습니다! 라는 태도는 너무 희망적이겠지.

'최석원도 지금 기준으론 등급 외 수준이었으니 그때 일을 슬쩍 떠볼까. 혹시 지뢰를 건드리는 게 되려나.'

묻는다면 반드시 전화로 해야겠다. 머리 싸매다가 다시 폰을 손에 쥐었다. 아, 정말 송 실장님. 주위 사람들 탐문을 해 볼까. 대학 때라거나…….

"…어."

무심코 '송 실장님 대학'으로 검색했다. 송 실장은 송태원보다 훨씬 관련 없는 정보가 많을 텐데. 다시 송태원 대학으로 검색하려는데 이미지란에 낯익은 얼굴이 보였다.

어린아이들과 함께 있는 송태원의 사진이었다. 관련 글로 들어가자 송 실장님 대학 때 봉사 활동 갔었다는 내용이 적혀 있었다.

- 송 실장님이랑 애기 손 크기 차이 좀 봐 설렌다
- 헐 이 사진 어디서 구했음?
  └ 친구 오빠가 실장님 동기라 모셔옴
- 실장님 저땐 마음 편해 보이시네ㅠㅠㅠㅠㅠㅠ

댓글처럼 한결 풀어진 얼굴이었다. 그런데 여긴 어디지. 게시판 글이 죄다 송 실장님이나 실장님 관련이네. 송태원 관련 글이 한가득에 사진도 많았다. 죄다 호감 어린 내용이고…….

아, 이게 바로 팬사이트 같은 건가.

과로하시는 거 아니냐, 카풀 하시는 거 봤다며 우는 글도 더러 보였다. 좀 더 과거 글에는 경차를 붙잡고 우는 사람들이 페이지마다 있었다. 과거 글 중 댓글이 많은 걸 들어가 보니 이젠 아예 뚜벅이 되셨다며 눈물 이모티콘 범벅이었다.

보고 있자니 나까지 슬퍼졌다.

"그러게 정말 왜 그렇게 사시냐."

차는 좀 새로 마련하지. 대형으로. 각성자 관리실에 업무용은 있다곤 하지만 출퇴근 카풀이 뭐냐. 평소에 외출할 때도… 외출할 일 자체가 별로 없긴 하겠지만.

얼굴도 이름도 모르는 사람들과 한마음이 되어 한숨 쉬다가 사이트 즐겨찾기 해 놓은 뒤 빠져나왔다.

"애완동물이라."

사이트 글 중에 경찰견과 함께 있는 송태원의 사진도 있었다. 이벤트 식? 같은 거였던 모양인데 이때도 꽤나 부드러운 표정이었다. 덕분에 송 실장님 애완동물 키우면 안 되나요와 안 그래도 바쁘신 분이 어떻게가 싸우고 있었다. 문득 삐약이와 벨라레를 돌아보았다.

- 삐약!

삐약이가 한쪽 날개를 파득 올렸다. 귀엽기도 하지. 역시 귀여운 애들이 있으면 기분도 좋아지고 마음도 편안해지고. 애니멀 테라핀가 뭔가도 있지 않았던가.

송 실장님한테 기승수를 구해다 줄까. 소형화되는, 귀엽고 포근한 털이 있어서 쓰다듬을 수 있는 몬스터로.

'나라에 기부하는 식이면 가능할 거 같은데. 한번 알아볼까.'

강아지도 괜찮고 고양이도… 토끼도 의외로 어울릴 거 같다. 기승수로선 애매하지만. 국가 소속 기승수로 하면 부담도 덜할 테고.

…그런데 유현이도 저런 사이트 있겠지. 송 실장님 사이트는 분위기 좋던데 한번 찾아볼까. 최근에는 내가 욕먹을 일 딱히 없었으니 과거 글만 안 보면 될 거 같은데. 방송에 사이좋다고 계속 나갔잖아.

우리 유현이 좋아하는 사람들만 모인 곳이라니. 전에는 별생각 없었는데 송 실장님 사이트 보고 나니 궁금해졌다. 저렇게 걱정해 주고 아껴 주고… 진짜 좋잖아.

"한유현 팬 사이트로 검색하면 나오나?"

음… 사이트 안 뜨는데. 그럼 한유현 팬클럽. 이것도 아니고. 해연 길드장 팬 사이트, 도 없고.

설마 없나? 그럴 리는 없는데. 우리 유현이 잘생겼고 귀엽고 여러모로 잘났잖아. 성현제도 팬 있어서 생일 광고 걸어 줬다는데 유현이가 없을 리가 없다.

어떻게 검색해야 하나 고민하는데 전화가 왔다. 예림이다.

[아저씨! 저 바로 옥상정원으로 갈게요.]

"어, 응. 나도 나갈게."

자리에서 일어나 나가려고 하자 삐약이가 둥실 떠올라 쫓아왔다. 벨라레도 기어 온다. 피스도 없는데 둘만 놓아두면 또 사고 치겠지. 둘 다 데리고 옥상정원으로 올라갔다.

가을볕이라기에는 아직 이른 강한 햇살이 길게 내리쬐고 있었다. 그것이 순간 가려졌다. 넓게 펼쳐진 커다란 날개가 소리도 없이 가볍게 아래로 내려왔다. 내 앞에 선 것은 거대한 그리폰이었다.

머리와 네발, 꼬리 끝은 우윳빛으로 희고 몸체와 날개는 은은한 금빛을 띤 성체 그리폰. 유독 짙은 금색 부리가 크게 벌어졌다.

- 꺄아우!

우렁차게 목청 높인 블루가 푸른 눈을 반짝이며 나를 내려다보았다. 다 커도 장난스러운 눈빛은 여전했다.

어제 오후 유현이를 배웅하고 나서 블루에게 스킬 적용 후 마지막 훈련을 시작했다. 평소에도 자주 놀아 준 덕에 하룻밤 꼬박 새우자 완전히 성장을 끝마쳤다.

> 2급 그리폰종 - 황금 그리폰 블루
> 현재 스탯 등급 S
> 성장 가능 스탯 등급 A~S
> 최적화 초기 스킬
> 바람의 지배자(S) 획득
> 황금 화살(A) 획득
> 바람 저항(A) 획득
> 날카로운 포효(B) 획득

스탯 등급 S에 초기 스킬도 모두 획득했다. 멋지게 잘 자랐다.

- 삐약.

내 품의 삐약이가 블루를 보고 놀란 듯 부리를 벌렸다. 갑자기 확 커져서 당황했나 싶었는데, 두 날개를 활짝 펼치더니 나름 우렁차게 외친다.

- 삐야악!

…이거 블루 따라 한 건가. 내 손목에 몸을 감고 그런 삐약이를 쳐다보던 벨라레가 목을 꼿꼿이 치켜들었다.

- 시이익!

애들아, 뭐 하니. 블루야, 안 돼. 넌 하지 마. 아빠 귀청 떨어진다.

"블루 진짜 다 컸네요!"

그때 해연 길드 건물 쪽에서 날아 내려온 예림이가 말했다. 블루가 반갑다고 겅중 뛰어오르다가 꼬리 짓으로 작은 나무를 부러뜨렸다. ⋯혹시 모르니까 은혜 살짝 써 놓아야겠다. B급 정도면 되겠지.

"그래, 블루야! 너 엄청 잘생겼다!"

- 꺄아 꺅!

둘이 답삭 끌어안고 폴짝폴짝 뛴다. 조금만 조심해 주렴. 정원 바닥 타일에 금이 가고 있어요.

"블루는 좋겠다. 이렇게 빨리 자라고! 전 왜 빨리 안 크죠? 명우 오빠는 삼 개월 만에 확 커졌는데."

키가 더 크긴 했지만 얼마 안 된다며 예림이가 불만스럽게 말했다.

"넌 아직 미성년자잖아. 스무 살 전에 각성하면 기껏해야 성장기 때보다 약간 더 빠르게 자라는 정도야. 게다가 명우는 특이 케이스고."

스탯 기준 중상급 헌터는 각성 전부터 평균보다 덩치가 좋은 편이었다. 문현아도 원래 180에 가까운 키였고 죽은 최석원도 프로필상 키가 180이 넘었던 걸로 기억한다. 각성하면서 좀 더 성장하기는 해도 보통은 5센티 이하였다. 아예 별 차이 없는 사람도 있었고. 방어계의 경우는 드물게 10센티 이상까지 더 자라기도 한다고 했다.

신체 스펙이 좋아도 스탯 등급이 낮은 경우가 없는 건 아니었지만, 일단 프로 스포츠 선수쯤 되면 웬만해선 E 이상이었다. 덕분에 전 세계적으로 프로 스포츠가 망했지. 각성자 리그가 곧 생기긴 하겠지만.

반면에 명우는 원래 스탯 F급이었다. 성장도 다 끝났다 보니 스탯에 맞춰 빠르게 훅 자랐지 싶었다. 이런 경우는 회귀 전에도 없어서 나도 정확히는 모르겠지만. 스탯이 한 단계쯤 더 성장하는 케이스야 있었지만 그 성장 과정 자체가 연 단위로 느렸다. 노아도 그랬고.

"블루야, 우리 오늘 같이 던전 갈 거야."

- 꺄우.

"근데 훈련한다고 밤새웠댔잖아요. 괜찮을까요?"
"끄떡없어. 너도 하룻밤 정도는 문제없잖아. 오전 중에 자기도 했을 거고, A급 던전 정도면 도중에 졸리면 알아서 잘 거야."
 예림이의 던전 공략에 때마침 성장한 블루도 함께 가기로 하였다. 블루는 마땅한 파트너가 나타나기 전까지는 예림이와 문현아 위주로 던전 공략을 갈 예정이었다. 어제 문현아와도 이야기를 끝냈다.
 블루는 내 소유인 만큼 던전 공략 수익에서 일정 지분을 받게도 되었다. 처음에는 그럴 것까지 있나 싶었는데, 문현아가 확실히 해 두는 게 좋다고 하여 아예 계약서도 작성했다.
"공략 준비는 잘 끝냈고?"
"다 잘 챙겼죠. 어차피 위험한 일은 없을 거고 팀워크 맞춰 보는 거니까요."
 S급이 둘이나 있는데 무슨 걱정이냐며 예림이가 웃었다.
"블루가 탈 컨테이너 트럭도 준비됐어요. 컨테이너 천장 절반은 개방 가능하고요. 창살은 있지만요."
 창살이라고 해도 나가지 마세요, 표시 수준이다. 블루라면 가볍게 부술 수 있을 테니까.
 블루 상태를 체크하고 해연 길드로 건너갔다. 길드원 전용 주차장에 예림이가 말한 컨테이너 트럭이 세워져 있는 게 보였다. 예림이에게 주인의 증표를 건네주자 블루가 고개를 갸우뚱 기울였다.
"블루야, 잘 부탁해!"
 예림이가 손을 번쩍 들어 올리자 블루가 부리로 툭 가볍게 마주쳤다. 거부감이 전혀 없어 보여서 다행이다.

팀원 수는 아직 적었다. 힐러 하나에 보조계와 방어계 둘씩, 공격계가 하나로 총 여섯 명이었다. 저번 랭킹전에서 본 하은하도 있었다. 전부 예림이보다 나이가 많았다.

"힐러를 제외하고는 박예림 헌터의 의견 위주로 영입했습니다."

석시명이 내게 다가와 말했다. 등급 맞는 힐러는 드물어서 고르고 할 것도 없지.

"가급적 여성 헌터로 구성하는 게 좋을 것이라는 조언 정도는 해 드렸지만요."

문득 문현아가 했던 말이 떠올랐다.

"저도 그편이 나을 거라 생각합니다."

"아무래도 그렇지요. 박예림 헌터는 유독 어려서 얕잡아 보이기도 쉬우니까요. 앞에선 얌전해도 뒤에서 딴짓하는 경우도 종종 있습니다. 저희 길드도 초기에 여럿 솎아 내야 했습니다."

유현이가 어리다 보니까 어른인 자기가 실세가 될 수 있을 거라고 착각하는 놈 많았다며 석시명이 쓰게 웃었다.

"아직은 과도기잖습니까. 좀 더 시간이 지나면 헌터계에서는 나이나 성별 같은 것보다 등급이 우선시되게 될 겁니다. 그렇게 되면 또 등급 차별에 따른 문제가 생기겠지만요. 지금도 등급이나 계통 차별이 꽤 크죠."

뭐든 완벽해지는 건 어렵다며 그가 말했다.

"그래서 법과 질서가 있는 게 아니겠습니까. 차이는 확실히 있되 차별은 가급적 줄여야죠."

각성센터 문제 때와 김민의 보조계 운운도 그랬지만 석시명은 헌터 차별에 대해 관심을 제법 가지고 있는 듯했다. …그에게 당한 적 있는 나로서는 기분이 미묘해지는 소리였지만.

내가 각성하기 전에야 석시명과도 딱히 엮일 일 없었으니, 어쩌면 회귀 전 한창 힘들었을 즈음엔 그도 유현이의 사정을 알고 있었을지도 모른다. 그래서 일부러 차갑게 나왔을 수도 있고. …그냥 그랬던 거라면 좋겠다. 유현이의 기억은 일부만 받은 거라 다는 모르니.

"이제 출발하죠! 아니, 출발하자!"

명령조로 말하는 거 어색하다며 예림이가 장난스럽게 웃었다. 블루가 컨테이너로 들어가고 혹 불안해할까 봐 나도 따라 들어갔다.

"예림이 넌 왜 여기 들어오냐?"

"임시지만 제 기승수잖아요. 당연히 제가 신경 써 줘야죠."

기특한 소리를 하네. 이번에 신입 만나면 예림이와 송태원 기승수에 대해 잊지 말고 반드시 물어봐야겠다. 이내 컨테이너 입구가 닫히고 차가 출발했다.

"다녀오겠습니다!"

- 꺄우우!

예림이가 한쪽 팔을 번쩍 들어 올렸고, 블루도 따라 하듯 한쪽 날개를 들어 올렸다. 힘찬 인사를 하고서 예림이와 블루의 모습이 게이트 너머로 사라졌다.

잠깐의 시간 차이를 두고 방어계 헌터들이 먼저 넘어간 뒤 나머지 팀원들도 차례로 던전으로 들어갔다.

이제 며칠간은 유현이도, 예림이도, 피스도 없어 정원에 나가도 조용하겠구나. 다른 애들도 있지만 벌써 약간 쓸쓸하다.

"피스와 삐약이 인형의 최종 도안은 오늘 저녁쯤에 나올 예정입니다.

지금은 홍보팀에서 맡고 있습니다만 아예 새로운 부서를 만드는 게 좋겠다며 법무팀장이 적극적으로 밀어붙이더군요."

나와 함께 던전 건물 밖으로 걸음을 옮기며 석시명이 말했다.

피스는 원래 있는 몬스터인 만큼 짝퉁을 제재할 수 없다고 했다. '피스'라는 이름을 붙일 순 없지만 '화염뿔사자 새끼'로 파는 건 막을 방법이 없었다. 하지만 삐약이는 일종의 돌연변이종으로 유일한 몬스터로 등록할 예정이기에 피스에 비해 더욱 철저히 관리에 들어갈 것이라고 했다.

"그래서 피스와 삐약이가 세트인 상품을 주력으로 밀 거라고 하더군요. 인형 외의 다른 캐릭터 상품들도 말입니다."

"다른 캐릭터 상품이요?"

"예. 김하연 팀장이 가지고 싶은 건 다 만들어 버릴 기세라… 어제 올리신 소록이도 귀엽다며, 퍼진 소록이 인형 만들자고 브레이커에 요청이 들어갔습니다. 그리고 사육소 측 빌딩에 캐릭터 상품샵 입점 의견도 나왔습니다. 카페도 겸해서요."

외부인이 드나들 수 있는 상가 1층에 넣으면 괜찮을 거라며 석시명이 말했다.

텅 비어서 뭔가 채워 넣어야 싶긴 했다만. 기타 자세한 사항은 홍보팀과 김 팀장에게 직접 들으라고 했다.

밖에서 해연의 A급 헌터들이 기다리고 있었다.

나는 석시명과 함께 차에 탔다.

"그런데 석 팀장님, 유현이 팬 사이트 같은 거 있지요?"

이런저런 이야기가 오가다가 문득 생각나 물었다. 내가 못 찾아서 그렇지 없진 않을 거 같은데. 유현이가 인기 많은 건 확실하다.

"있지요, 물론."

역시 있구나. 그래, 없을 리가 없지.

"주소 좀 가르쳐 주세요. 전 못 찾겠더라고요."

내 말에 석시명이 뭔가 모호한 표정을 지었다.

"그게, 제가 알기로 가장 큰 곳은 회원제입니다."

"회원제요? 가입비 얼만데요? 그럼 회원증 같은 것도 주겠군요."

예전에 같이 일하던 아저씨가 자기 딸이 무슨 연예인 팬이라며, 돈 내고 받은 회원증을 잃어버려서 난리 났다고 말해 준 적 있다. 내 말에 석시명의 표정이 더더욱 미묘해졌다.

"한 소장님은 가입 불가능할 겁니다."

"예? 왜요? 가족인데요?"

"나름 복잡한 역사가 있습니다. 홍보팀 쪽에서 관리는 하고 있고요."

복잡한 역사라니, 대체 무슨 소리야.

어리둥절한 내게 석시명이 그런 쪽 일은 신경 쓰지 마시고 잊는 편을 권한다고 말했다.

"그리고… 곧 일본에 가실 예정이니 미리 말씀드리자면, 길드장님과 박예림 헌터는 일본에서도 인기가 많습니다."

"일본에서요? S급 헌터라서인가요. 그래도 일본 헌터는 국내에 인지도가 별로 없던데, 의외네요."

랭킹전이 생기기 전까지는 인기가 있다고 해도 자국 위주였다. 하지만 랭킹전 이후에는 상위권 헌터들은 국적 불문하고 세계적으로 유명해졌지.

"…관리는 다 하고 있습니다. 그러니 적당히 들어 넘겨 주십시오."

다 잘 체크하고 있으니 신경 쓰지 말라고 재차 말한다. 대체 왜?

"애들을 아껴 주는 사람들이면 좋은 분들이잖아요. 인터넷으로나마 알고 지내고 싶은데 안 되는 겁니까?"

"좋은 분들이시죠. 그런데 가족이 아는 척하면 좀 부담도 되고, 그런 겁니다."

부담되나? 잘은 모르겠지만 그렇다고 하니까 뭐……. 하지만 역시 아쉬웠다. 고맙다고 인사 정도라도 하면 안 될까, 앞으로도 우리 애들을 잘 부탁드릴 겸. S급 헌터는 대중 이미지도 중요하니까 감사 표시는 괜찮을 거 같은데 왜 하지 말라는 거지.
 의아함 속에서 송태원에게 문자를 보냈다.

[송태원 실장님, 방금 박예림 헌터도 던전에 들어갔습니다. 저는 애들이 돌아올 때까지 안 나가고 얌전히 있을 테니 걱정하지 마세요. 한동안 조용하지 싶으니 송 실장님께서도 일찍 퇴근하고 푹 쉬셨으면 좋겠네요. 좋은 오후 되시길 바랍니다.]

 예림이는 금방 나올 테고 유현이도 오래 안 걸릴 테니, 그동안은 얌전히 사육소 내부 일이나 처리하고 있어야겠다. 폰을 넣으려다가 다시 문자 하나를 더 보냈다.

[혹시 좋아하는 동물 있으십니까?]

 있다면 꼭 말씀해 주세요. 이왕이면 한 두세 종으로요. 하고 송태원에게 메시지를 덧붙였다. 속성을 딱히 가리지 않는 근접계니까 좋아하는 종에 맞춰 주기 쉬울 것이다. A급 정도면 구하기 어렵지도 않을 테고.
 마음 같아선 S급 몬스터를 구해 주고 싶은데 쉽지 않으니까. A급이라도 있으면 공략에 도움 되고 편해지겠지.
 "일본 던전 건은 오늘 밤부터 정보가 새어 나가기 시작할 겁니다. 일종의 한일전이니 금방 불이 붙겠지요."
 석시명이 올라가는 입꼬리를 참지 못하며 말했다.
 그렇지 않아도 스포츠 경기가 변변치 않아진 판에 헌터 간의 한일전이다. 순식간에 활활 타오르겠지. 상상하자 나도 슬쩍 웃음이 새어 나왔다.

"우리 예림이 엄청 유명해지겠네요."

시간 좀 빨리 안 가나. 벌써 기대가 되었다.

4장 이상현상

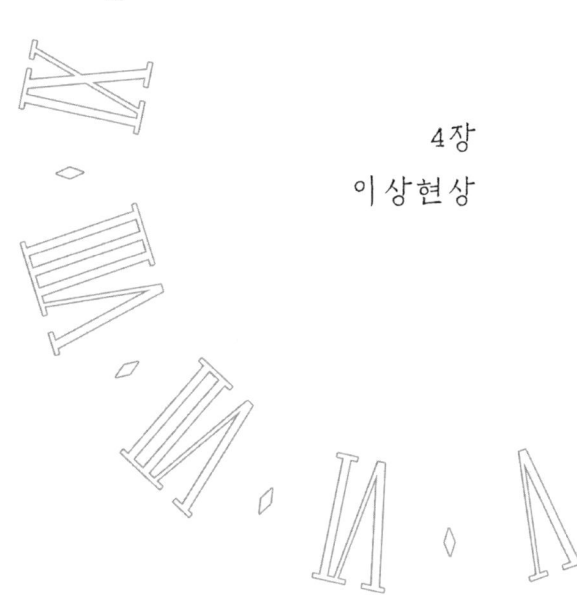

4장
이상현상

  불길이 넓게 퍼져 갔다. 무성한 수풀과 나무를 태움은 물론이요, 바위를 까맣게 그을리다 못해 녹이면서 거칠게 내달린다. 숲과 언덕이 순식간에 벌거벗고 그 속에 도사리고 있던 몬스터 또한 검붉은 파도에 휘말렸다.

  - 키이잇!

  눅눅한 이끼를 뒤집어쓴 거대한 도마뱀이 불길을 피해 뛰어올랐다. 아직 멀쩡한 땅으로 도망치려는 놈의 뒤로 붉은 털의 사자가 나타났다. 타오르는 숲을 유유히 가로지른 화염뿔사자가 발톱을 세운 앞발로 도마뱀의 몸뚱이를 콱 짓눌렀다.
  이어 반항할 틈새도 없이 콰득, 불길로 이루어진 창이 도마뱀의 머리를 꿰뚫었다. 몬스터의 몸뚱이가 순식간에 재로 변하며 또다시 불꽃이 퍼져 나가기 시작했다.

던전 1층의 일반 몬스터들은 압도적인 화력에 그대로 쓸려 나가 도망치기에 바빴다. 침입자를 제거하기는커녕 이빨 한번 들이댈 기회조차 가지질 못했다.

공기 가득 탄내가 스며들고 재가 눈처럼 나부꼈다. 피어오르는 열기에 하늘 전체가 일렁거린다.

단순히 질주하는 것과 다름없는 속도로 던전 1층을 쓸어버린 그 끝에, 한 쌍의 거대한 암벽이 나타났다. 거리를 띄운 채 서로 마주 보고 선 암벽에 희미한 금이 갔다.

쩌저적, 벽이 갈라지고 암벽과 비슷한 색의 비늘을 지닌 머리가 튀어나온다. 눈의 색만 다른 쌍둥이 뱀이 암벽 밖으로 완전히 모습을 드러내었다. 1층의 보스 몬스터였다.

― 크르르.

화염뿔사자가 나직이 으르렁거리며 송곳니를 드러냈다.

쌍둥이 뱀은 동시에 죽여야만 재생하지 못하는 까다로운 보스 몬스터였다. 서로 가까이 붙지 않으려고 하기에, S급 헌터 혼자서는 능력이 뛰어나다 해도 한 번에 처리하기 힘들었다.

"푸른 버들잎."

잎새가 오른쪽 뱀에게 치우쳐 나타났다. 한유현은 긴말 없이 기승수의 등을 박차고 푸른 잎사귀를 밟았다. 피스 또한 별도의 명령 없이도 알아서 움직이기 시작했다. 전신에 불길을 휘감으며 단숨에 왼쪽 뱀을 향해 달려든다.

― 시이익!

독기를 흩뿌리며 거대한 뱀이 머리를 꼿꼿이 세웠다. 샛노란 두 눈이 잎을 밟고 공중에 떠 있는 인간을 노려보았다. 한 입 거리도 되지 않는 인간을 단숨에 덮치기 위해 긴 목에 힘을 주는 순간, 한유현의 모습이 사라졌다.

가속 스킬. 단순히 속도를 더하였을 뿐이건만 뱀의 눈에는 마치 사라진 것처럼 비추어졌다. 적의 움직임을 따라잡지 못하고 당황한 뱀의 주둥이 위에 손이 내려 닿았다. 그제야 뱀의 시야에 인간의 모습이 비쳤다.

한쪽만 붉은 눈이 옅게 눈웃음을 짓고 있다. 주위를 가득 채우는 독기는 한유현의 몸에 닿지 못하고 불길에 먹혀 사라졌다.

콰드득, 비늘이 으스러져라 손에 힘을 주며 움켜쥔 채 한유현의 다른 쪽 손에 불꽃이 뭉쳐졌다. 불꽃은 순식간에 긴 창날이 되어 뱀의 머리를 파고든다. 바늘로 치즈를 찌르는 것처럼 막힘없이 부드럽게 끝까지 들이박혀선.

화르륵!

피를 증발시키고 살을 녹이며 맹렬하게 휘몰아친다. 거대한 뱀의 몸뚱이가 무너져 내렸다. 머리부터 몸의 반 이상이 타고 녹아 사라졌고, 남은 부분만 꿈틀거렸다. 재생하려고 애를 썼으나 그때마다 불길에 삼켜지기를 반복했다.

한유현은 가볍게 땅으로 내려서며 왼쪽을 힐끗 쳐다보았다.

"느리네."

그의 중얼거림을 들었는지 왼쪽 뱀을 상대하고 있던 피스가 크게 으르렁거리며 거대화했다. 그리고 뱀의 머리를 문 채 몸뚱이를 짓밟고 단숨에 당겨 뜯어냈다. 우드득 소리와 함께 뱀의 머리가 뜯겨 나간다.

동시에 오른쪽 뱀의 재생이 멈추었다. 남은 꼬리 부분도 불에 타 완전히 사라졌다. 제법 큼직한 마석이 남겨지자 이린이 툭 튀어나와 마석을 덥석 물었다. 주인을 한번 쳐다보곤 말리는 기색이 없자 그대로 꿀꺽 삼킨다.

보스 몬스터가 사망하자 2층으로 통하는 게이트가 나타났다. 한유현은 곧장 다음 층으로 올라가지 않고 바위에 걸터앉았다.

아성체로 크기를 줄인 피스가 다가와 옆에 자리 잡았다. 한유현은 인벤토리에서 물그릇을 꺼내 내려놓고 마나 포션을 부어 주었다. 이어 자신 또한 소모된 마나를 보충했다.

피스가 마나 포션을 다 마시자 이번에는 물병을 꺼내 따라 주었다. 한유현 자신 또한 몇 모금 목을 축였다.

건조 식량을 먹을까 하다가 대신 꺼내 든 것은 말린 과일이 든 병이었다. 작은 유리병을 바라보는 한유현의 얼굴에 부드러운 미소가 번졌다. 조금 전 몬스터를 사냥할 때와는 전혀 다른 분위기의 미소였다.

"벌써 형이 보고 싶어졌다."

- 크릉.

피스가 동의하듯 그르렁거렸다. 말린 과일은 먹기가 아까워 보고만 있었다. 이번에도 마중 나와 주겠지. 그리고 집에 함께 돌아갈 것이다.

"또 살짝만 상처 내어 둘까."

- 캬르르.

피스가 귀를 쫑긋 세웠다가 자신의 앞발을 내려다보았다. 상처 입을 일도 없었거니와 깨끗하기도 깨끗하다. 화염뿔사자에게 자신의 불길로 더러움을 씻어 내는 일쯤이야 쉬웠다. 하지만 던전을 나갈 때쯤이면 곱던 털이 헝클어지고 더러워져 있을 것이 분명했다.

물에 씻기는 게 정말로 싫으면 주인인 한유현이라 해도 쉽게 손대지 못할 것이다. 스탯 F급이야 말할 것도 없다. 그냥 어리광이고 엄살이지.

주위에 퍼져 있던 불길이 서서히 사그라졌다. 공기를 데우던 열기도 많이 가라앉았다.

한유현은 망설이다가 말린 과일을 딱 하나만 꺼내어 입에 넣었다. 약간 시고 달았다. 씹어 삼키지 않고 사탕처럼 물고만 있었다.

그에게 있어 최근의 하루하루는 편안하고 달았다. 거슬리는 것이 없지는 않았지만, 아니 꽤 여럿 있었지만. 충분히 감내할 수 있을 만큼 만족스러웠다.

물론 불안은 깊게 도사리고 있었다. 가끔은 이유 없이 가슴이 서늘해지고 안절부절못하게 되기도 하였다. 그래도 최근과 같은 나날이 조금이라도 더 길게 이어지길 바랐다.

계속 이대로. 진짜 집이 있고, 기다려 주는 사람이 있고, 아낌없이 사랑해 주는 사람이 있는.

"…형 보고 싶다."

- 끄응.

피스도 비슷한 마음인지 약간 구슬프게 끙끙거렸다. 세상에서 가장 사랑스럽고, 귀엽고, 예쁘고, 좋은 것을 보는 눈길. 그것을 어떻게 3년이나 포기할 수 있었는지 한유현 스스로도 놀라울 정도였다. 한번 멀어졌기에 더더욱 애틋해진 것일 수도 있지만.

쉬고 있을 시간도 아까워져 입안에 든 것을 씹어 삼키곤 몸을 일으켰다. 아직 별로 피로하지도 않았다. 2층 게이트로 넘어가려는 그때였다.

"……!"

시선이 느껴졌다. 한유현은 반사적으로 무기를 빼 들며 주위를 살폈다. 피스 또한 무언가를 느꼈는지 귀 끝을 세웠다.

하지만 보이는 것은 없었다. 몬스터는 물론이요, 풀포기 하나 남아 있지 않은 황량한 땅만 펼쳐져 있다.

착각한 건가. 그렇게 생각하기엔 또다시 예민한 감각을 툭툭 건드리는 무언가가 있었다. 한유현은 이를 사리물었다. 거슬린다.

"…이런."

불의 정령이 스르륵 제 몸을 불길로 흐트러뜨렸다. 이어 잎사귀가 퍼져 나가며 붉게 타오르기 시작했다. 정령의 불꽃이 주위를 샅샅이 핥듯이 더듬었다.

무언가 걸려드는 순간, 그것이 사라졌다. 한유현의 미간이 살짝 좁혀졌다.

'…시스템에 관련된 건가.'

설마 형에게 무슨 일이 생긴 것은 아니겠지. 던전 안에서야 알 길이 없었다. 한유현은 곧장 스킬을 거두곤 2층으로 넘어갔다.

파- 앙!

경쾌한 날갯짓에 공기덩어리가 뒤로 훅 밀려났다. 말 그대로 황금 화살처럼 금빛 그리폰의 몸체가 순식간에 하늘을 가르고 구름을 꿰뚫었다.

"블루 최고!"

- 꺄아우!

그 어떤 놀이기구와도 비교할 수 없는 짜릿한 속도감과 급격한 움직임. 평범한 사람이라면 버티지 못했겠지만 박예림은 잔뜩 신이 나 두 팔까지 번쩍 들어 올렸다. 팔을 휘감는 거친 바람이 기분 좋았다. 상쾌하다.

"블루 너 냉기 저항만 있으면 딱인데!"

얼리지 않은 물만으로도 몬스터를 충분히 사냥할 수 있었지만, 탄식을 쓰지 못한다는 게 아쉬웠다. 창백한 비도 당연히 사용할 수 없었다. 자칫했다간 블루의 깃털이 얼어붙어 추락할 수도 있기 때문이었다.

"냉기 저항 템 두른다고 해도 기승수는 너무 가까워서 자속성 아니고서야 S급쯤 되어야 한다 그러고."

- 꺄우.

"사람용도 드문데 기승수용은 당연히 없겠지. 명우 오빠 꼬셔 볼까?"

하지만 속성 저항 S급이 붙은 장비라면 SS급 정도 된다. 만드는 것도 힘들거니와 대가를 지불할 능력도 그녀에게는 아직 없었다. S급 무기 빚 갚은 지도 얼마 안 되었다.

박예림은 아쉬워하며 블루의 목을 감싸안듯 푹 엎어졌다.

"상급 헌터는 돈 걱정할 일 없댔는데."

장비가 비싸도 너무 비싸다. 눈을 낮추지 못하는 탓도 크긴 했지만. S급 헌터라고 해도 각성 직후부터 S급 장비를 휘감고 다니는 건 아니었다. 자리 잡을 때까지는 A급 이하도 많이 쓰고 특히나 무기는 운이 따라 주거나 웬만큼 세력을 키우지 않고서야 S급을 손에 쥐기 힘들었다.

하지만 각성 삼 개월 만에 S급 무기와 숄, 팔찌, SS급 귀걸이까지 손에 넣은 박예림이다 보니 S급 아래로는 영 눈에 차지가 않았다.

"한유현 이기려면 장비도 빨리 다 갖춰야 하는데. 블루야, 길드장 놈 SS급 외투 얻었다더라!"

한유진이 일본 길드로부터 뜯어낸 S급 팔찌 받으면서 자랑했더니 한유현이 조용히 꺼내 보여 준 푸른 천둥새의 예장. 그때의 분함을 되새기며 박예림이 벌떡 다시 몸을 일으켰다.

"내 팔찌도 좋은 거지만, 한유혀어언!"

손목에 짤랑거리는 은빛 테에 붉은 보석이 박힌 로디티의 팔찌. 마력 스탯 중심 옵션에 마력 제어력을 올려 주는 보조 스킬이 붙어 있었다. 광범위 스킬이 주력인 박예림에게는 크게 도움 되는 장비였다.

반면에 천둥새의 예장은 순간이동 스킬을 가진 데다가 원거리 위주인 그녀에게는 맞지 않는 장비였다. 알고는 있지만 그래도 열 받았다.

"블루야, 길드장 놈보다 빨리 공략 끝내고 나가자!"

- 꺅!

"그리고 아저씨랑 딱 붙어서 마중 나가야지. 아저씨랑 둘이서 외식 한 번 더 하면 내가 이기는 거라고!"

마침 아래쪽으로 몬스터 한 무리가 지나가고 있었다. 박예림의 손에 푸르스름한 한기가 도는 길고 하얀 창이 쥐어졌다. 창날 아래 부근의 장식에 끼워진 보석이 옅은 빛을 발한다. 억지로 밀어 넣었던 인어여왕의 스킬이 담겼던 보석을 보고 유명우가 약간 손을 봐 주었다.

보석에 담긴 스킬은 사라졌지만 강한 물의 힘은 남아 있어 수속성력의 제어에 도움을 주었다.

치켜올려진 창끝에 물이 모여들었다. 이어 박예림이 블루의 등 위에서 뛰어올랐다.

"넌 여기 있어!"

- 꺄아.

박예림의 몸이 공중에서 반 바퀴 가볍게 돌며 블루의 아래쪽으로 내려갔다. 그사이 더욱 거대해진 물 덩어리가 넓게 퍼지고 폭우처럼 아래를 향해 쏟아졌다. 갑작스러운 물세례에 몬스터 떼의 움직임이 일순 멈추었다. 직후.

사아아-

차디찬 안개가 휘몰아쳤다. 원래라면 적의 움직임을 제한하는 정도의 한기였지만 물에 젖은 상대에게는 더욱 큰 효과를 발휘했다. 심지어 박예림이 끌어낸, 동일인의 마력이 깃든 물이었다.

쩌저적 소리와 함께 몬스터들이 순식간에 얼어붙었다. 약한 개체는 그대로 갈라져 부서지기까지 하였다. 남은 몬스터가 없는지 확인한 뒤 박예림이 다시 블루의 등 위로 돌아갔다.

"너무 멀리까지 와 버렸나, 언니들이 안 보이네."

블루 비행 테스트해 보다가 지나치게 신이 나 버렸다. 박예림은 신호용 아이템을 꺼내었다. 작게 반짝거리는 그것을 얼어붙은 몬스터들 위로 던졌다.

S급 팀에서 마석과 기타 부산물은 S급 헌터 외의 팀원들이 수거한다. 팀이 자리 잡고 규모가 커지면 전담자가 따로 생기기도 했다. 마석 수거 전담이라고 해도 던전 등급과 두 단계 넘게 차이가 나선 안 된다는 규칙이 있었지만 지키지 않는 경우도 흔했다.

"…어?"

팀원들 기다리자며 블루 등 위에 느긋이 앉아 있던 박예림이 고개를 갸웃 기울였다. 기묘한 느낌이 들었다. 공기가 약간 떨리는 듯도 했다.

블루 또한 선회 비행을 멈추고 제자리에서 날개를 퍼덕였다.

"이거, 전에도 비슷한 게……."

처음 들어간 던전에서 보스가 바뀌었을 때. 그리고 거대 두꺼비가 나타났을 때. 그때의 뒤틀림과 비슷했다. 박예림이 버럭 소리쳤다.

"피해!"

황금색 날개가 크게 젖혀졌다. 황금 화살, 비행 보조 스킬을 사용함과 동시에 S급 바람의 지배자 스킬 또한 발동되었다. 바람이 블루의 주위를 휘감고 공기 저항을 낮춘다. 힘이 잔뜩 들어간 날개가 힘차게 움직임과 동시에 블루와 그 위에 타고 있던 박예림의 모습이 사라졌다.

순간이동에 가까울 정도로 무시무시한 속도였다. 둘이 순식간에 그 자리에서 멀어지고 잠시 후, 텅 빈 공간이 갈라지듯 뒤틀렸다.

┌──────────────────────────────┐
│ 이번에도 없네. │
└──────────────────────────────┘

희미한 목소리 같은 것이 들려왔다. 박예림이 눈을 동그랗게 떴다. 이런 던전 괴담 같은 거 들은 적 있는데.

당혹감 속에 또다시 뒤틀림이 느껴졌다. 그것도 하늘과 땅, 여기저기서.

- 크르륵.
- 키이이익!

몬스터들이 나타나기 시작했다. 언뜻 보아도 A급 중위 던전에 나올 만한 놈들이 아니었다. 특히 하늘에 나타난 익룡과 비슷한 괴수는 크기도 위압감도 S급 던전 보스급이었다.

"…와아."

당황하며 주위를 살피던 박예림의 눈에 다가오고 있는 팀원들이 보였다. 그녀가 손으로 블루의 등을 두드렸다.

"블루야, 너 저놈 상대할 수 있겠어? 덤비진 말고 그냥 눈길 끄는 정도로만."

익룡을 가리키며 말하자 블루가 자신 있게 부리를 까닥였다.

- 꺄아!

"싸우진 말고, 시간만 좀 끌어 줘."

알아들었는지 모르겠다. 하지만 블루도 S급 던전의 보스 몬스터급이다. 비행에 치중된 스킬을 지녔으니 쉽게 당하지는 않을 터였다.

박예림은 블루의 등을 한 번 더 두드린 뒤 팀원들을 향해 이동했다. 그녀가 떠나자마자 블루가 우렁차게 소리치곤 익룡을 향해 쏟아지듯 날아갔다.

"멈춰요!"

순간이동 스킬을 연속으로 써 팀원들 앞에 도착한 박예림이 소리쳤다.

"이 앞에 S급 던전 수준의 몬스터들이 나타났어요!"

"묘사 부탁드립니다."

팀에서 던전 공략 경험이 가장 많은 하은하가 앞으로 나서며 말했다. 박예림이 얼른 자신이 본 몬스터들의 외형을 설명했다.

"익룡을 제외하곤 다행히 S급 하위 던전의 일반 몬스터들입니다."

특징을 알고 있고, 몇몇은 상대해 본 적도 있다며 하은하가 주의할 점을 말해 주었다. 다만 익룡은 그녀도 들어 본 적 없는 몬스터였다.

"블루에게 가 봐야 할 것 같은데 괜찮겠어요?"

"걱정 마세요. 큰 도움은 못 되어도 버티는 것 정도는 쉽습니다. 애초에 S급 던전을 목표로 하는 공략팀이잖습니까."

"네, 일반 몬스터라면 신경 쓰실 필요 없어요."

팀원들의 믿음직스러운 말에 박예림이 방긋 미소 지었다.

"그럼 금방 정리하고 올게요. 아니, 정리할게! 그래도 조심해, 언니들!"

박예림의 모습이 순식간에 사라지고 남은 팀원들이 전열을 정비했다.

"블루야, 언니 왔어!"

- 꺅꺅!

익룡의 주위를 빙그르 돌며 블루가 꼬리를 휙 흔들었다. 덩치는 몇 배나 크고 비늘도 두꺼워 보였지만 익룡의 비행 실력은 블루보다 훨씬 뒤떨어졌다. 벌써 몇 번이나 거대한 부리가 허공만 찌르고 말았다.

덕분에 열이 꽤 받았는지 머리 뒤로 튀어나온 혹이 처음과 달리 붉게 달아올라 있었다. 박예림까지 나타나자 크게 숨을 들이켜더니 입을 쩍 벌린다.

– 키이이이.

요란한 괴성과 함께 뜨거운 바람이 휘몰아쳤다. 타 버릴 듯 날카로운 열풍이 수백 개의 화살처럼 둘을 향해 쏘아졌다. 박예림이 재빠르게 전방을 향해 탄식을 펼치고 블루가 날갯짓해 뒤로 훅 물러났다.

"언니들 휘말릴 수도 있으니까 빠르게 처리하자! 아까 작은 호수 지나친 거 기억해? 저쪽. 저쪽으로!"

방향 지시에 블루가 짧게 대답하듯 울곤 날아가기 시작했다. 가속 스킬까지 쓰진 않고 익룡이 쫓아올 수 있을 정도의 속도였다. 공격이 무산된 익룡이 둘의 뒤를 쫓아갔다. 거대한 그림자가 닿을 듯 말 듯 하며 간간이 딱딱 부리가 부딪치는 소리가 들려왔다.

이내 호수가 가까워졌다. 박예림의 지시에 따라 블루가 속도를 높였다. 그리폰의 네 발끝이 수면을 스칠 정도로 낮게 내려오며, 박예림이 몸을 빙글 돌려 물속으로 들어갔다. 소리조차 거의 나지 않는 조용한 입수였다. 동시에 역시나 고요히, 그림자 없는 낮이 마력과 빙속성 버프로 펼쳐졌다.

아무것도 모른 채 따라오던 익룡이 반대편 호숫가로 내려선 블루를 노리고 낮게 날아드는 순간.

촤아악!

수십 줄기의 물이 솟구쳤다. 호수가 텅 비어 버릴 정도의 어마어마한 수량(水梁)이었다. 익룡의 몸과 날개를 텅텅 두드리고 목과 다리를 휘감는다. 전신을 두들겨 맞은 익룡이 정신을 못 차리고 퍼덕거렸다. 그래도 살상력은 부족하다 싶은 그때.

한기가 휘몰아쳤다. 익룡을 휘감은 물줄기들이 죄다 얼어붙으며 강철처럼 단단한 얼음가시가 솟아나기 시작했다. 얼어붙은 비늘을 부수며 가시가 파고들고 냉기 또한 속속들이 스며든다.

결국 그대로, 수십 가닥의 얼음덩굴에 휘감긴 채로 익룡이 완전히 얼어 버렸다. 텅 빈 구덩이 위로 기묘하고 거대한 얼음 조각상이 세워진 듯한 광경이었다.

"블루야, 잘 피했어?"

- 꺄아우!

저만치 멀리서 블루가 대답했다. 박예림은 마나 포션을 꺼내 들며 블루에게로 다가갔다.

"이 근처 말고 다른 곳에도 S급 몬스터들 튀어나온 건 아니겠지. 빨리 나가려고 했는데 오래 걸리게 생겼네."

한유현보다 늦게 나가면 안 되는데. 투덜거리면서 블루에게도 마나 포션을 챙겨 준 박예림이 다시 팀원들이 있는 쪽으로 움직였다.

"이번에도 없네."

채터박스가 중얼거렸다. 그의 손아귀에서 구슬 같은 것이 산산조각 나 부서졌다.

"실수까지 해 버리고. 역시 던전 내라고 해도 몰래 살피는 건 힘들어."

이 정도면 들켜 버렸으려나. 채터박스가 루가 페야를 돌아보았다.

"이렇게까지 할 정도로 중요해?"

"중요할 거 같아~"

페야가 활짝 웃으며 늘어진 촉수 가닥을 흔들었다.

"결국 못 찾았잖아. 하얀 새가 그렇게까지 꽁꽁 감추어 두었다면, 이유가 없을 리 없지. 심지어 그 하얀 새는."

다섯 번째 근원만을 바라보며 맴돌던 존재다. 루가 페야의 세 눈이 강한 호기심을 담아 반짝거렸다.

"희생할 만한 가치가 있을 거야. 틀림없어."

너무너무 기대된다며 호들갑 떠는 그녀의 모습에 채터박스가 어쩔 수 없다는 듯 새로운 구슬을 꺼내 들었다.

"신입이 틀림없이 방해해 올 테니까 각오는 해 둬. 그 애 시스템 마스터의 후계자가 될 수도 있다는 말까지 나왔다고."

"천둥새가 포기한 이후 처음이네."

파이팅. 페야의 성의 없는 응원 속에서 채터박스가 한숨을 내쉬었다.

"카페가 생기면 24시간 운영으로 부탁한다고 하더라."

명우가 말했다. 석하얀 팀의 청원이었다. 하긴 그 동네는 밤늦게 커피가 필요하겠지.

지금 우리가 앉아 있는 곳은 빌딩 중간층쯤에 있는 작은 테라스 정원이었다. 좁지만 화단도 깔끔하게 잘 꾸몄고 테이블과 의자도 어울리게 놓아두었다. 집에 있기에는 뭔가 쓸쓸해 해연에 볼일 보러 가거나 몬스터 새끼들 돌볼 때 말곤 빌딩 쪽에 주로 와 있었다.

"민의 형이 심심하다고 카페 알바 하고 싶다고도 했어요."

노아가 말했다. 민의도 형이야. 근데 왜 나는.

"놀아서 좋다더니. 참, 노아 씨. 브레이커 길드장과는 무슨 일이 있었던 거예요? 혹시 곤란한 내기라면 도와드릴 수 있습니다."

"아뇨, 한국에서의 제 등급 때문이에요."

노아가 고개를 작게 저으며 대답했다.

"외국인 헌터는 원하는 등급의 던전을 자기 주도로 공략해야 등급 인정을 받을 수 있잖아요. 그런데 S급 던전에 들어가는 건 좀 꺼려져서요. 임시 팀원도 구해야 하고, 또 오래 걸리기도 할 테니까요."

그래서 대신 다른 방법을 찾았다고 했다.

"길드장 포함 한국 S급 헌터 세 명 이상의 실력 보증을 받으면 된다고 해서 브레이커 길드장님께 부탁드렸습니다."

"그런 거면 해연만으로도 충분하지 않아요? 유현이가 길드장이고 예림이에 성한 씨 해서 딱 세 명인데."

"같은 길드원 중복은 안 된다더라고요. 그리고……."

노아 씨가 조금 토라진 것도 같은 표정을 지었다.

"한유현 헌터 도움은 별로, 받고 싶지 않아서요."

"네? 왜요?"

"…그냥요. 별 의미 없습니다."

으음, 뭐지. 혹시 비슷한 또래에 등급까지 같아서 일종의 라이벌 의식을 가지고 있는 걸까? 남자애들이니까 그럴 법도 했다. 귀엽네. 보통 그렇게 투닥거리다가 친해지는 거고. 아무튼 유현이가 여러모로 신경 쓰이나 보다.

"그럼 등급 인정은 받았겠네요?"

"네. 심사 통과했고 헌터증 곧 보내 준다고 연락 왔습니다."

축하한다는 말에 노아가 약간 쑥스러운 듯이 웃었다. 확실하게 한국에 못 박으려나. 그럼 나야 고맙지만.

"오늘도 우리 집에서 자고 갈 거야?"

뻬약이를 쫓아 테이블 위를 빙그르 도는 벨라레를 살펴보던 명우가 말했다. 무기화 가능한 몬스터라는 말에 호기심이 드는 모양이었다. 혹시 허물 벗으면 달라고도 부탁해 왔다.

"어쩔까. 애들 없으니까 쓸쓸하긴 해서. 아니면 오늘은 우리 집에 올래? 노아 씨도요."

"저도요?"

"소형화 스킬 없어도 그냥 들어와도 괜찮은데."

내 말에 노아가 단호하게 고개 저었다.

"꼭 찾아내서 당당히 허락받고 들어갈 겁니다."

선 닿는 곳마다 연락해 놓고 열심히 찾는 중이라고 했다. 지켜보다가 정 안 되면 나도 거들어 줘야지. 신입이 원하는 스킬이나 아이템 가질 수 있게 해 준댔는데, 혹시 노아 씨도 데려가면 소형화 스킬 얻을 수 있으려나.

음료를 다 마실 때쯤 해연에서 연락이 왔다. 이번에는 또 무슨 일인지.

"샘플입니다."

김하연 법무팀장이 말했다. 테이블 위에 올려진 건 다름 아닌 피스의 인형이었다. 도안 나온 지 얼마나 됐다고 순식간에 샘플이 나왔네. 가장 먼저 출시되기로 한 유체화 실물 사이즈로 품에 안아 들기 적당한 크기였다.

"귀엽네요."

"눈 사이를 조금 줄이고 귀는 더 키우는 편이 나을 겁니다. 뿔 크기도 줄이고 꼬리는 더 풍성하게 하는 게 어떻겠습니까?"

김하연이 진지하게 말하고 나는 얌전하게 고개를 끄덕였다. 내가 뭐 아냐. 지금도 귀여운 거 같은데. 그녀와 떨어져 앉은 석시명도 알아서들 하세요, 라는 표정이었다.

"덧붙여 한 소장님, 기승수 사육 의뢰를 맡으실 때 조건을 변경하시길 권해 드립니다."

"조건이요?"

"예. 현재는 정확한 대가가 정해져 있지 않은 것으로 알고 있습니다. 한 소장님께서 생각하시는 사육 비용을 들을 수 있을까요."

"정확한 금액을 측정하기에는 몬스터의 종류가 너무 다양하기에 그때그때 다르게 받게 되지 싶습니다만."

사실 돈은 그렇게 중요하지 않았다. 내가 크게 욕심이 있는 것도 아니고. 그래서 상황에 따라 다른 조건을 내걸 생각이었다. 상급 기승수의 의뢰인은 대부분 대형 길드 소속일 테니까 일시불로 받고 마는 것보단 훗날 써먹을 수 있는 계약서를 받아 두는 것도 괜찮을 것이고.

내 의견을 간략히 설명하자 김하연이 진중하게 고개를 끄덕였다.

"기승수를 통해 전 세계 대형 길드와 연결고리를 맺어 두는 것은 좋은 방법이라고 생각합니다. 하지만 좀 더 체계적인 기본 조건을 두시는 건 어떻겠습니까. 본 대가는 따로 두고 말 그대로 기본적인 사항 말입니다."

김하연이 차분하게 설명을 이었다.

"기승수를 포함한 던전 공략의 수익 1퍼센트와 기승수를 대상으로 한 캐릭터 저작권을 기본 조건으로 거시기를 권합니다."

후자에는 사심이 섞인 기분이 드는데.

"상급 기승수는 S, A급 헌터와도 같으며 현재 한 소장님만이 키워 낼 수 있습니다. 그럼에도 사육 비용을 단순히 일시불로 받는다는 것은 그 가치를 너무도 낮게 평가하는 것이지요. 던전 공략 시 상급 헌터의 지분율을 생각한다면 1퍼센트는 쉽게 받아들여질 것입니다. 물론 A급 기승수에 한

해서이고, S급 기승수는 3퍼센트에서 최대 5퍼센트까지도 충분히 기본 조건으로 내세울 수 있다고 생각합니다."

틀린 말은 아니지만 3퍼센트만 해도 어디야. S급 기승수면 S급 던전에 주로 들어갈 텐데 아이템만 괜찮게 나와 주면 수익이 한 번에 수백억도 가볍게 넘어간다. 백억의 3퍼센트만 해도 3억이다.

그걸 달에 한 번은 갈 테고 기승수가 열 마리라고 치면 월 30억이다. 최소치이니 실제로는 백억 이상이겠지. 코메트와 유니콘들도 곧 성장 끝날 거고 스태미너 포션 얻어서 꼬박꼬박 의뢰받으면 매달 두세 마리는 성장시킬 수 있을 테니⋯⋯. 일 년 만에 아무것도 안 해도 월 수입 n백억 꼬박꼬박 들어온다는 건가.

와, 실감이 안 나네. 애들 부려 먹고 돈 버는 느낌이라 찜찜하기도 하고. 물론 귀한 상급 기승수를 막 대하는 길드가 있을 린 없겠지만. 그래도 혹 모르니.

"기승수 대우에 대해서도 기본 조건으로 넣을 수 있을까요? 동물 보호나 복지 같은 느낌으로요."

"물론 가능할 겁니다. 절대적인 독점이기에 무리한 조건이 아닌 이상은 한 소장님께서 원하시는 대로 맞출 수 있습니다."

사육 계약 조건에 대한 이야기가 좀 더 오간 뒤 김하연이 계약서 초안을 정리해 보내 드리겠다고 말하곤 자리를 떠나갔다.

그녀의 말에 따르면 캐릭터 저작권이 훨씬 더 큰 노다지가 될 수 있다고 하였다. 굳이 스토리를 만들 필요 없이 알아서 전 세계에서 활약할 동물 캐릭터니 손쉽게 다양한 이윤을 창출해 낼 수 있다나.

머릿속에 각종 계약 조건과 현재까지의 헌터 관련 법률 및 해외 헌터 관례 기타 사례 등이 빙글빙글 맴도는 가운데 이번에는 석시명이 두툼한 종이뭉치를 꺼내 들었다. 튀고 싶어졌다.

"이쪽은 현재 한유진 소장님의 재정 상태 보고서입니다."

무척이나 관심이 없으셨던 모양이군요, 하고 석시명이 웃었다. 좀 없긴 했지. 일단 내 돈으로 뭐가 살 일 자체가… 별로 없었어서. 어쩌다 보니 그간 결제는 주로 성현제 카드나 유현이 카드가 맡았고 예림이도 최근엔 빚 다 갚았으니까, 라면서 내가 돈 쓰는 꼴을 못 봐 줬다.

문현아도 신세 질 거니까, 신세 지고 있으니까, 라며 지갑 못 꺼내 들게 했고 강소영도 우리 코메트 맡아 주시잖아요! 라며 필요한 건 뭐든 말씀해 달라고 했지. 명우도 그동안 신세 많이 졌잖아, 를 끊임없이 우려먹었고 심지어 노아 씨까지 제가 사 드리면 안 될까요, 하고 물끄러미 바라봐 오니 버텨 낼 수가 없었다.

'그나마 도하민이랑 김민의한테는 내 돈 썼지.'

물론 제일 많이 나가는 건 석하얀 팀이었다. 요새는 현장 테스트 기록 뽑는다고 매일 수백만 원 치 마석을 쓰고 있는 중이었지. 이것도 적게 드는 편이고 그전에는 더 많이 돈을 잡아먹었었다.

…설마 내 통장 구멍 난 거 아니야? 해연에서 세금 관리 맡아 주겠다고 한 뒤로 그냥 다 떠넘기고 있었는데. 그래도 적자 났으면 알려는 줬겠지.

"현재 한 소장님께서 보유하고 계신 현금은 천삼백삼억 원입니다. 아래 단위는 제외했습니다."

와, 많다. 현실감은 별로 없었다. 뭐가 그렇게 많나 했더니 해연과 세성, 브레이커에서 기승수를 맡기며 들어온 돈이라고 했다. 준다는 말은 들었지만, 건물도 받아서 난 한 백억씩쯤 될 줄 알았지. 손들 크시네.

덧붙여 석하얀 팀이 좀 많이 썼으며 그 외에는 지출이 보유 현금 대비 거의 없다고 하였다.

"그리고 주식 투자를 하신 것이 있더군요. 그리 크지 않은 회사던데, 여러 가지 문제가 겹쳐 문 닫기 직전입니다."

"…예?"

주식… 아, 그 탈모약 회사! 그러고 보니 벌써 삼 개월이 훌쩍 지났는데 아무런 소식이 없었다. 원래라면 한 달 전에 난리 났어야 했는데 대박은커녕 문 닫기 직전이라니.

"…신제품 개발 같은 거 못 했대요?"

"던전 부산물로 무슨 약을 개발하는 곳이라 하였습니다만, 부산물 지원을 MKC 쪽에서 받고 있었더군요. 한 소장님의 납치 건으로 MKC가 몸을 사리고 이어 아예 무너지게 되면서 개발이 중지된 모양입니다."

"아… 네, 아……."

아아… 그, 아, 뭐라고… 할 말이 없네. 그, 그랬구나. 하필 MKC랑……. 생각해 보니 내가 기억하고 있는 다른 대박 주식들도 다 망하는 거 아닌가 싶었다. 각성센터가 늦춰졌으니 그 이후 나오는 S급 헌터와 관련된 국내외 주식도 불투명해진 거잖아. 이건 한참 뒤의 일이긴 하지만 그래도.

그 밖의 던전과 길드 관련 주식도 앞으로 어떻게 변할지 알 수 없게 되었다. 이젠 딱히 주식으로 돈 벌 필요 없긴 하지만.

"얼마 안 되는 금액입니다만 주식은 가급적 손대지 않기를 권하겠습니다."

"…예. 그래야죠."

고개를 끄덕이기는 했지만 죄책감에 바닥 친 주식이 머릿속을 떠나질 않았다. 다른 건 그렇다 쳐도 탈모 치료제가……. MKC가 망한 건 내 탓이 아니지만 그래도 영향이 없지는 않잖아. 던전 부산물 지원을 받지 못해 중단된 거면.

'…그냥 내가 지원해 주면 되지 않나?'

돈도 넉넉하고 무슨 던전인지 몰라도 권리 받아 오기 어렵지 않을 것이다. 그래, 역시 이대로 둘 순 없다.

"잠깐 같이 외출 좀 하실래요?"

주식 망했단 소식 듣자마자 이 소리 하기 부끄럽긴 하지만, 괜찮은 투자 상품이 있답니다.

D&L바이오. 서울을 벗어나 경기도에 위치한 회사 건물은 의외로 컸다. 던전 부산물 관련 실험을 위해서는 주위에 민가가 없고 안전 시설을 갖추며 헌터 또한 고용해야만 하였다. 다시 말해 돈이 많이 든다.

"고용한 헌터야 D급 이하지만요."

A급 헌터를 경호원으로 거느린 B급 헌터 석시명 씨가 말했다. 나야 뭐 노아가 따라와 줬고.

D&L바이오의 사장은 꽤 젊은 사람이었다. 들어오며 본 직원들도 젊은 층이었다.

우리와 마주 앉은 조성수 사장이 여기까진 어쩐 일이시냐며 물어 왔다.

"개발하고 계신 상품에 대해 여쭙고 싶어서 찾아왔습니다. 듣자 하니 MKC 길드와 협력 관계셨다더군요."

"아, 예."

조성수가 어두운 얼굴로 고개를 끄덕였다. MKC가 망하면서 끈 떨어진 뒤웅박 신세가 되었다는 설명은 석시명으로부터 들은 것과 비슷했다. 길게 이야기를 늘일 필요는 없었다. 나는 용건만 간단하게 말했다.

"MKC 대신 도움을 드리겠습니다. 개발에 필요한 던전 부산물의 제공과 개발비 또한 투자해 드리지요."

재료와 개발비만 갖추어지면 성공이 코앞인 회사다. 망설일 이유가 없지. 내 말에 조성수의 얼굴이 대번에 밝아졌다.

"감사합니다! 절대 후회하지 않으실 겁니다! 정말로 다 만들어진 상태였거든요."

믿어 달라는 조성수와 빠르게 계약을 체결했다. 필요한 부산물이 나오는 던전은 B급으로 MKC 관리하에 있었기에 현재는 임시 헌터협회 소속이었다. 아직은 평범한 던전이라 사들이기 어렵지 않을 터였다.

이어 조성수가 연구실을 안내해 주었다. 제법 잘 갖추어진 연구실의 책임자는 다름 아닌 조성수의 부인이었다.

"정확히는 생물체의 모발을 흉내 내는 식물입니다."

송은진이 설명했다.

"다양한 색상을 조절할 수 있으며 이식 또한 아주 간편합니다. 피부에 단순 흡착 성장으로 인체에 아무런 해가 없으며 이틀에 한 번 가볍게 씻고 일정량의 광합성만 시켜 주면 자연스러운 풍성함을 유지 가능합니다. 다만 길이에는 한계가 있어 단발 이상은 불가능합니다."

…치료제라더니 식물 이식이었나. 송은진의 말로는 치유 스킬로도 사라진 머리카락을 되살릴 수는 없다고 하였다. 그래도 이식을 받으면 외양은 물론 모발의 기능까지 완벽하게 수행한다고 설명했다.

"투자만 충분히 해 주신다면 이후로도 다양한 결과물을 만들어 낼 수 있습니다. 던전 부산물과 아이템의 가능성은 무궁무진하지요."

눈을 빛내는 송은진의 말에 문득 떠오르는 게 있었다.

"그렇다면 혹시 이런 건 어떨까요. 던전 내에서 촬영할 수 있는 아이템이요."

"던전 내부의 촬영이요? 하지만 저희는 바이오 쪽이라……."

"식물의 일종을 이용하는 겁니다. 꽤 흔한 종류지요."

주위의 광경과 소리를 전기신호? 전파? 같은 것으로 저장하는 식물이라고 하였다. 정보를 저장한 식물을 밖으로 가지고 나와 기계로 무사히 옮기면 던전 내부를 촬영한 영상을 얻을 수 있는 것이었다.

원래는 해외에서 개발한 방법이었다. 자세한 기술이야 알 수 없었지만 대략적인 내용은 TV에서 봤다. 내 설명에 송은진이 활짝 웃었다.

"신기한 식물이군요. 하지만 저희 연구실만으로는 부족할 듯싶습니다. 영상 기계 쪽은 잘 모르거든요."

"사람이야 구하면 되는 거 아니겠습니까. 원하시는 대로 지원해 드리겠습니다."

던전 내부의 촬영이 가능해지면서 관련 프로그램도 다양하게 생기고 많은 것이 변했지. 헌터에 대한 주목도도 긍정적인 쪽으로 확 늘어났다. 뿐만 아니라 범죄 예방에도 도움이 되었다. 던전 안에서의 범죄에 증거를 남길 수 있게 되었으니까.

…물론 촬영 아이템의 가격이 부담되는 하급 헌터에게는 남 일이었지만. 국내에서 개발하게 된다면 보급형 저렴한 촬영 아이템도 판매할 수 있을 것이다. 하급 헌터 대상으로 내가 지원 좀 해 줘도 되고.

"언젠가는 저도 한유진 씨에 대해 자세히 알 기회가 생기겠지요."
디앤엘바이오를 나서며 석시명이 말했다.
"길드장님이나 다른 몇몇 분들처럼 말입니다."
내가 수상한 정보를 알아내는 방법을 유현이와 내 주위 몇몇은 알고 있다고 눈치챈 모양이었다. 회귀에 대해서는 아직 기억 없는 성현제에게만 말했지만, 패륜아들에 대해서라면 제대로 짚었다.
"…언젠가는 그럴 수도 있겠지요."
석시명과 꽤 잘 맞는다고 생각은 하지만 나도 사람인지라 거리낌이 아주 없지는 않았다. 지금의 석시명은 내게 별짓 안 했으니까. 그러니 묻어는 두었다만 정말로 아무 일 없었다는 듯 깨끗한 마음으로 대하는 건 좀 어려웠다. 완전히 터놓고 말하는 건 아직 힘들다.
좀 더 시간이 지나면, 지금보다 더 괜찮아지겠지.
"석 팀장님을 믿고는 있어요. 아직 이르다고 생각하는 것뿐입니다."
"그렇게 생각해 주신다니 감사합니다."

미소 짓는 얼굴이 부드러워서, 약간 미안해졌다.

명우의 대장간 1층에 커다랗게 난 창문에 줄줄이 던전에서 나온 과일이 걸렸다. 남의 작업실에서 이래도 되나 싶었지만 어쩔 수가 없었다. 소록이가 여기서 말린 과일을 제일 좋아했기 때문이었다.

"이스무아르에게도 면목이 없다, 정말."

이스무아르가 깃든 가마에서 적당한 거리를 둔 딱 이곳 창문. 불의 정령의 열기가 은은히 닿는 이 장소에서 말린 과일은 완벽한 맛을 자랑했다. 게으른 새끼 사슴을 움직이게 만들 정도로.

"신경 쓰지 마. 따로 뭘 시키는 것도 아니잖아."

명우가 잘 말린 과일이 담긴 바구니를 건네주며 말했다. 심지어 한술 더 떴다.

"몬스터 고기도 여기서 건조시켜 볼까? 다른 새끼 몬스터들이 더 좋아할지도 모르잖아."

"과일은 그렇다 쳐도 생고기 걸어 놓으면 보기도 나쁘고 냄새도 별로일 거 같은데."

"냄새 정도야 이스무아르가 삼키면 돼."

…방금 가마 속의 불길이 조금 거칠게 흔들린 거 같았는데. 진짜 괜찮은 거냐.

"이스무아르한테 잘해 줘."

"잘해 주고 있어. 쟤는 내가 아이템 만들어 내는 걸 제일 좋아하더라."

그래서 거의 매일 빠지지 않고 대장간으로 들어와 간단한 작업이라도 한다고 말했다.

말린 과일 바구니를 들고 대장간을 나와 사육소로 향했다. 과일의 힘을 빌려 소록이에게도 키워드를 적용시키는 데 성공했다. 훈련도 잘 따라 주면 좋을 텐데, 배부르면 또 늘어져 버리니. 다른 애들만큼 빠르게 키우는 건 역시 불가능하지 싶었다.

사육소 건물로 들어서는데 폰이 울렸다. 석시명으로부터 온 전화였다.

"예? 벌써요?"

유현이와 피스가 던전 공략을 마쳤다는 소식이었다. 아니 이제 겨우 나흘 지났는데?

'이 녀석들, 쉬지도 않고 달리기라도 했나.'

S급 던전쯤 되면 그 넓이가 만만치 않다. 유현이와 피스가 들어간 곳은 그나마 층수가 3개뿐이지만 위로 올라갈수록 넓어져 마지막 층쯤 되면 직선으로 가로질러도 하루가 족히 걸릴 수준이었다.

그걸 나흘 만에 돌파하다니. 보나 마나 무리한 게 분명해 한숨이 절로 새어 나왔다. 뭐가 그리 급하다고. 역시 두 번 다시는 둘만 보내면 안 되겠다 싶었다. 다른 팀원이 있으면 눈치도 보일 거고 말려라도 주겠지.

이번에도 김성한이 동행했다. 내 옆자리에 앉은 그를 힐끔 쳐다보았다. S급으로 성장하고 시간이 좀 지나서인지 회귀한 직후 마주쳤을 때보다 몸이 더 좋아진 거 같다. 원래도 A급에 방어계여서 그리 큰 차이는 없어 보이지만 키도 조금은 더 커졌겠지.

"할 말이 있으십니까?"

김성한이 내게 물었다. 상냥한 어조였다. 키워드 효과가 사라졌다고 해도 그간 내가 해 준 것이 있어서인지 회귀 전은 물론이요 회귀 직후와도 태도가 많이 달라졌다. S급으로 성장하게 도와도 줬고 해연과 이것저것 협력 관계이기도 하고, 무엇보다 길드장인 유현이와 사이좋은 형제 관계가 되었으니. 전보다 날 좋게 보는 건 당연했다.

반면에 나는 그가 약간 더 껄끄러워졌다. 회귀 전 잃었던 사람들에 대한 정보 의뢰를 한 뒤부터, 묻어 두었던 기억들이 자꾸만 비집고 나오려

드는 탓인 듯했다. 석시명도 그렇고 김성한도 그전보다 아무래도 불편하게 느껴졌다.

"S급으로 성장한 뒤에 여러 가지로 많이 변하셨죠?"

지금보다 더 확 변해 버린다면 좀 나아지려나. 그러려면 SS급쯤은 되어야겠지. 김성한이 조금 쑥스러운 듯 제 주먹을 접었다 폈다.

저 손에 붙들린 적이 몇 번 있었다. 공포 저항이 없을 때의 내게는 A급 헌터도 충분히 위협적이었다. 단순히 기세로 압박하는 경우가 대부분이긴 했지만 폭력이 섞인 적도 있었다. 그렇게 당하고도, 잔뜩 겁에 질려 놓고도 또 덤벼든 나도 참 나지만.

"아무래도 그렇습니다. 저 자신은 물론이고 주위도 변하였죠."

하지만 그건 아직 일어나지 않은 일이고, 김성한은 믿을 수 있는 사람이다. 유현이를 많이 도와줬고 도와줄 사람이다.

"여기저기서 연락도 많이 왔지요. 특히 최근 MKC 길드장이 실종되고 나서-"

"거절하셨죠? 당연히?"

참지 못하고 말이 튀어나와 버렸다. 잡다한 상념들이 내쫓기듯 확 밀려 나갔다. 예림이도 그렇고 뭘 그렇게들 탐내는 거냐. 못 줘. 안 줘. 김성한이 고개를 끄덕이며 미소 지었다.

"S급이 되었고 박예림 헌터처럼 어린 것도 아닌데 언제까지 남 밑에 머물 거냐며 설득인지 시비인지 모를 소리들 많이 들었습니다. 물론 다 거절했죠."

"괜한 참견들이네요, 정말. 물론 성한 씨는 길드장 자리도 충분히 맡을 만한 분이라고 생각하지만요……. 어, 부길드장 이야기 나오고 있다면서요?"

해연 길드에는 아직까지 부길드장이 없었다. 길드장뿐이었다. 유현이 나이가 워낙 어리다 보니 부길드장이 있으면 내부 세력이 갈라질 수도 있고 외부에서도 실질적인 리더는 부길드장이라는 말이 나올 가능성이 컸기에 일부러 길드장만 두었다고 하였다.

하지만 이제 유현이도 스물이고 마침 김성한이 S급 헌터가 되었기에 그를 부길드장으로 올리게 될 거라고 석시명이 말해 주었다.

"예. 내부 구도가 크게 바뀌는 것이니만큼 천천히 진행될 예정입니다."

"좀 더 빨라도 괜찮지 않을까요. 김성한 씨야 해연 초기 멤버로 오래 유현이를 뒷받침해 주셨으니 반대할 사람도 없을 텐데요. 누구보다 그 자리에 잘 어울리신다고 생각합니다."

마음 같아선 얼른 자리 굳히고 눌러앉았으면 싶다. 회귀 전의 김성한은 끝까지 유현이 곁에 남았지만, 지금은 상황이 달라졌다. 김성한이 충성스럽다고 해도 S급 헌터가 된 이상 마음이 조금쯤은 흔들릴 수도 있으니까. 그를 유혹하는 사람들도 계속 나타날 테고.

몇 안 되는 믿을 만한 사람을 잃을 수는 없다.

"혹시 제 도움이 필요하시거나 원하는 게 있으시다면 언제든 편히 말씀해 주시고요. 그간 제 동생 도와주신 게 감사해서라도 뭐든 할 수 있는 거라면 다 해 드리겠습니다."

"한 소장님께는 이미 충분히 신세 졌는걸요."

"그래도요."

키워드 효과는 사라졌으니 다른 걸로라도 붙잡아 둬야지. 김성한이 서비스직의 마음으로 미소 짓고 있는 나를 내려다보았.

"한 소장님께서는 길드장님을 정말 많이 아끼시는군요."

"그야 동생이잖습니까. 제가 키우다시피 하기도 했고, 아직 어리기도 하고요."

그냥 평화롭게 살 수 있었다면 지금만큼 싸고돌지도 않고 걱정도 덜했겠지. 밥 잘 챙겨 먹고 다녀, 술 많이 마시지 말고, 대학생이라고 너무 늦

게 다니면 안 된다, 용돈 부족하지는 않아? 이런 소리 정도나 할 수 있었
으면 좋았을 것이다.

하지만 현실은 몬스터가 드글거리는 던전에 들어간 동생을 마중 나가
고 있다. 망할 놈의 던전 같으니라고. 딱 백 년만 더 늦게 생기지.

유현이와 석 팀장에게 얼른 김성한 씨 부길드장 자리에 앉히라고 재촉
이라도 해 볼까. 그렇게 생각하며 휴대폰을 들여다보았다. 쌓여 있는 메시
지 중 하나를 열었다.

[특별히 좋아하는 동물은 없습니다.]

송 실장님의 답장이었다. 좀 더 캐묻고 싶었지만 던전에 들어간 탓에
대화가 끊겼다. S급은 아니고 MKC가 제대로 관리 못 하는 바람에 급히
공략이 필요해진 A급 던전이었다.

협회 소속 S급 던전은 대부분 공략 완벽한 하위급이라 협회의 A급 팀
으로도 관리 가능했지만 그러다 보니 평소엔 헌터팀이 부족해 급한 공략
건이 생기면 송태원에게 떠넘겨지기 일쑤였다. 진짜 딱 뒤처리나 맡고 있
는 꼴이었다.

"각성자 관리실을 좀 더 키워 줘야 한다고 생각하는데, 보나 마나 국회
에서 막고 있겠죠."

상대적으로 간섭하기 쉬운 헌터협회에 지원이며 예산이 들어가고 손대
기 힘든 각성자 관리실은 찬밥 신세였다. 던전 브레이크 막는 건 나라 지
키는 것과 동일하잖아. 행안부 소속이긴 하지만 국방 예산 좀 떼서 주면
안 되나. 대충 40조쯤 되니 딱 1조 원만 배정해 줘도 국가 소속 S급 팀 번
드르르하게 재정비할 수 있을 텐데.

송태원 씨가 아깝다. 항공모함 들여 놓고 텅 비워 놓는 꼴 아니냐. 물론
송태원은 혼자서도 충분한 화력을 내지만, 그래도. 어차피 굴릴 거면 제대

로라도 굴리라고.

'설마 기승수도 관리할 돈 없다고 안 받아 주는 건 아니겠지.'

A급 던전이니 급하게 들어갔다고 해도 오늘이나 내일쯤 나오겠지. 피스랑 삐약이 인형 완성되면 그거라도 먼저 보내 드릴까. 의외로 좋아할지도 모른다.

유현이와 피스가 이번에 들어간 던전은 서울 밖이었다. 근처긴 해도 차로 꽤 달려야 했다. 던전 건물 앞에 도착하자 협회 관련자들과 기자들 몇이 대기 중인 것이 보였다.

"협회는 그렇다 쳐도 기자들 소식 한번 빠르네요."

"미리 대기하고 있던 사람들입니다. 길드장님의 저번 S급 던전 공략 기간이 신기록이었으니까요. 이번에도 같은 조건이라 기대하고 대기 탄 거죠."

그렇군. 하긴 소식 듣고 왔다기엔 서울 안도 아니고 너무 빠르다. 차에서 내려서자 카메라가 이쪽을 향해 왔다.

"저 혼자 들어가도 되지 않을까요?"

내 말에 김성한이 고개를 끄덕였다. 둘에게 문제가 있는 것 같지도 않고, 은혜도 있으니까. 여기까지 오느라 한참 걸렸는데 건물 안에서 꼼짝 않는 거 보면 기다리고 있는 거겠지.

나 혼자 던전 건물 안으로 걸음을 옮겼다. 가장 안쪽, 게이트실의 문을 열자 두 녀석의 모습이 눈에 들어왔다. 유현이와 아성체 크기의 피스가 동시에 나를 바라보았다.

"형."

동생이 환히 미소 지으며 다가왔다. 군데군데 핏물이 튀어 굳은 자국에 옷자락도 더럽혀진 채지만 눈에 들어오는 상처는 없었다.

"보고 싶었어."

"다친 데는 없고? 너 잠도 안 잤지."

"별로 안 졸려서. 잘 필요도 없었어."

그럴 줄은 알았다만 정말로 그랬냐. 내가 무리하지 말라고 했는데 말도 안 듣고. 어릴 때처럼 안겨 오는 동생을 마주 끌어안아 주었다. 삼 년간 못 했던 걸 다 하려고 드나, 어째 갈수록 어리광이 늘어나는 거 같다.

"나가기 전에 예장 넣는 거 잊지 말고. 아직 들키면 안 되니까. 기자들 여럿 대기 타고 있더라."

"응."

"피스는 왜 저러고 있어?"

피스는 여전히 아성체 상태로 게이트 앞에 선 채 우리를 물끄러미 바라만 보고 있었다. 낯선 태도였다. 혹시 무슨 문제라도 생겼나 걱정하자 유현이가 나를 놓으며 옆으로 물러섰다.

"순서를 정했거든."

"뭐?"

"피스가 졌어."

대체 무슨 소리냐. 유현이가 물러서자 그제야 피스가 움직였다. 조그맣게 크기를 줄이고는 내게로 도도도 뛰어왔다.

— 끼아아앙.

유독 애달프게 길게 울며 매달려 오는 피스를 안아 들었다. 피스가 내 가슴에 온몸을 부비며 꼬리를 쳤다.

— 끼앙, 끼우웅.

"…유현이 너, 피스 괴롭힌 건 아니지?"

"아니, 전혀."

좀 수상쩍은데. 진짜냐는 의심의 눈초리를 보내자 동생 놈이 내 옆으로 바싹 달라붙었다. 둘 다 씻겨야겠다. 피스한테도 몬스터 피가 여기저기 그대로 묻어 있네. 털 굳어 뭉친 것 좀 봐라.

"형은 별일 없었어?"

"나야 아무 일 없었지. 너야말로 왜 이렇게 빨리 나온 거냐. 무리하지 말랬잖아."

내 물음에 유현이가 갑자기 입을 다물었다. 그러더니 게이트실 한쪽에 달린 감시카메라를 바라보았다. 녹화가 되고는 있지만 만일을 대비한 자료로써 보통은 아무도 볼 수 없게 며칠간 보관되다가 깨끗이 삭제된다.

유현이의 손끝에서 가느다란 불꽃이 나타나고.

콰득.

작은 화살처럼 쏘아진 불꽃이 카메라를 박살 냈다. 직후 내 폰이 울렸다. 김성한이었다.

[내부 카메라 고장 알림이 들어왔는데 괜찮으신 겁니까?]

"네, 별일 없어요. 단순한 실수입니다."

전화를 끊은 후 동생을 바라보았다. 유현이가 입을 열었다.

"던전 안에서 이상한 시선을 느꼈어."

"시선?"

"몬스터는 분명 아니었고 던전 밖의 누군가가 지켜보는 듯한 기분이 들었어. 형에겐 정말로 아무 일 없었던 거 맞지?"

아무래도 걱정이 들어 더 빨리 나왔다고 유현이가 말했다. 시선이라니.

"바로 들어가서 물어볼까?"

마침 게이트 앞이니까. 걸음을 옮기려는 나를 유현이가 붙잡았다.

"아니, 지금은 가지 마."

"응? 왜?"

"…감이 별로 안 좋아, 형. 시선을 느꼈지만 내가 할 수 있는 일은 없었어. 형을 위한 던전이라고 해도 나올 때는 일반 던전으로 연결되잖아. 그러니 박예림이라도 나오길 기다렸다가 확인하자."

자신과 피스 둘만으로는 불안하다고 유현이가 조금 시무룩하게 말했다. 아직 최석원 때 일의 영향이 남아 있는 것일까. 자신 없어 하는 모습이 가슴 아팠다. 유현이를 못 믿는 건 아니지만 피로가 쌓인 상태니 그러자고 고개를 끄덕였다.

"예림이도 금방 나올 테니까. 너보다 더 빨리 공략 끝내게 될 줄 알았는데."

블루도 있으니 늦어도 내일쯤엔 나오지 않을까.

"…설마 예림이한테도 이상한 일이 생기는 건 아니겠지."

순간 걱정이 덜컥 들었다. 유현이는 다행히 시선만 느꼈다고 했지만, 혹시라도 그 이상의 문제가 생겼으면 어떡하지.

"호수와 강이 있는 던전이니 괜찮을 거야."

유현이가 달래듯 말했다. 진짜 아무 일 없어야 할 텐데. 당장이라도 던전에 들어가 배구공을 탈탈 털고 싶은 충동이 들었지만 힘겹게 눌러 참았다. 다른 곳도 아니고 S급 던전이다. 지친 애들을 데리고 들어갈 순 없었다.

'…그러고 보니 성현제는.'

제일 먼저 던전에 들어간 그 인간에게는 별일 없었을까. 무슨 일이 생기든 멀쩡하게 살아 돌아올 사람이긴 하지만 아주 야악간 걱정되었다. 그래도 동업자니까 한 손톱 반의반만큼.

…괜찮겠지. 크게 다치는 게 잘 상상도 가질 않는 인간이니.

얼른 가서 씻고 푹 쉬라며 애들 데리고 밖으로 나가자 협회 사람들과 기자들이 달라붙어 왔다. 물론 바싹은 아니고 둥글게 거리를 벌린 채로 질문을 던져 왔다. 대부분 정말로 나흘 만에 S급 던전을 공략 성공한 거냐는 물음이었지만 다른 내용도 있었다.

"해연 길드의 박예림 헌터가 일본의 헌터와 친선 대결 예정이라는 소문이 사실입니까?"

요즘 뜨겁게 타오르고 있는 화제가 기자의 입에서 튀어나왔다. 한국 VS 일본, 헌터 대결. 한일전 하면 뭐든 화제가 되건만 무려 S급 헌터 간의 싸움이다.

A급 랭킹전이 끝난 지 얼마 지나지 않아 퍼져 나간 소문에 더더욱 사람들의 기대감이 커지고 있었다. 해연 길드도 헌터협회도 아직 확정되지 않은 사실이라며 말을 아끼고 있었지만 부정은 아니었기에 진짜 한다더라! 박예림 헌터 던전 공략 끝나면 바로 일본 건너간다더라! 사실은 박예림이 아니라 한유현이 싸운다더라! 성현제라는 말도 있더라! 하며 온라인 오프라인 모두 난리였다.

"자세한 내용은 박예림 헌터가 던전에서 나온 뒤 발표될 예정입니다."

적당히 대답해 주자 다른 기자들까지 정말로 박예림 헌터가 나서느냐, 너무 어리지 않으냐 하며 주제를 옮겨 갔다. 유현이에게 현재 가장 빠른 S급 던전 공략 기록 보유자로서 직접 나설 생각 없느냐고 묻는 기자도 있었다.

우리 예림이가 뭐 어때서. 얕보지 마라.

"그만 물러나십시오."

"이번 공략 기록은 해연에서 따로 발표할 예정입니다."

해연 길드원과 김성한이 사람들을 막아섰다. 그사이 피스를 데리고 유현이와 함께 차에 올라탔다.

푸르르, 피스가 몸을 거칠게 털었다. 털끝에 매달린 물방울이 사방으로 튀어 올랐다.

"가만히 있어야지."

- 끄앙.

"금방 말려 줄게."
 부드러운 수건으로 피스를 감싸며 드라이기를 꺼냈다. 피스가 꿍얼거리며 내 손을 핥았다.
 "혼자 털 말릴 수 있다니까."
 욕실에서 나온 유현이가 투덜대듯 말했다.
 "그래도 피곤할 텐데 또 마력 쓸 필요 없잖아. 피스는 털 금방 말라. 금방 끝나. 너도 머리 말려 줄까?"
 "응."
 "거기 앉아 있어."
 동생이 얌전히 의자에 앉고 재빠르게 피스의 털을 마저 말렸다. 어째 털이 평소보다 더 빠지는 거 같은데. 이제 9월이니까 슬슬 털갈이할 때가 되었구나.
 그래도 여름털에서 겨울털로 바뀔 땐 털이 덜 빠졌다. 겨울에서 여름으로 가는 게 문제지. 동물병원 알바할 때 털갈이 중인 중형견이 왔었는데 속의 솜털이 손댈 때마다 무더기로 빠져나왔었다.
 로봇청소기를 두어 대 더 들여놓아야겠군. 테이프 클리너도 더 사고. 피스를 놓아주고 유현이에게로 다가갔다.
 "어릴 때는 내 앞에 앉혀 놓고 머리 말려 줬는데."
 둘 다 앉아서 말이다. 하지만 이제는 동생만 앉고 나는 일어서야 했다. 젖어서 곱슬기가 더 강해진 머리카락을 새 수건으로 닦아 주었다. 요새는 종종 머리칼을 펴고 다니지만 어릴 땐 그대로 두어서 정말 귀여웠지.
 수건을 치우고 드라이기를 가져와 마저 잘 말려 주었다. 내 동생이지만 역시 잘생겼다. 고슴도치도 제 새끼는 함함하다고 하는데, 원래도 잘난 동생이 잘나다 못해 완벽하게 느껴지는 건 당연한 일 아니겠냐.

"다 됐다. 졸리지? 얼른 자."

둘이 같이 자도 좋을 텐데. 유현이는 피스를 영 자기 방에 들이려 하질 않았다. 털 때문인가.

"안 나갈 거지?"

유현이가 나를 올려다보며 말했다.

"가긴 어딜… 아, 소록이 간식 주려다 말았는데. 주방 바구니에 든 말린 과일은 먹으면 안 된다. 몬스터용이야. 사람은 식용 가능 판정 아직 안 내려진 과일이 대부분이라."

"…몬스터 먹을 과일도 직접 말려?"

"양이 너무 많아서 명우한테 부탁하고 있어. 이스무아르 덕에 마르기도 금방 잘 마르고 과일 다듬는 것도 장난 아니더라. 난 쫓아도 못 가겠어."

귀하신 몸에게 그런 부탁한다는 게 무척이나 민망했지만 내가 직접 소록이용 간식 만들다가는 다른 일은 하나도 못 할 판이었다. 단단하고 손질 까다로운 과일도 많아서 명우가 하면 1분 컷인 게 내 손에서는 한 시간 넘게 걸리기도 했다.

소록이 간식만 주고 오겠다고 하자 동생이 따라 일어났다.

"나도 같이 갈게."

"금방 갔다 온다니까."

"하지만 혹시라도……."

"혹시라도 뭐."

"…형 혼자 배구공 찾아갈지도 모르잖아."

그게 걱정이었나. 물론 가 보고 싶긴 했다. 특히나 예림이가 염려되어서.

"걱정 마. 절대 혼자 안 간다. 예림이도 내일쯤 되면 나오지 싶은데 뭐."
 고작 하루도 못 기다릴 정도 아니라며 걸음을 옮기자 동생 놈이 졸졸 따라왔다. 피스도 따라붙고 거실을 지나면서 삐약이와 벨라레까지 줄을 지었다. 이것 참.
 하는 수 없이 품에 안고 머리에 이고 손목에 감고 집을 나섰다. 과일 바구니는 유현이가 들어 주었다.
 "소록아."

 - 삐애애앵!

 사육실 정원에 늘어져 있던 소록이가 우리를 보자마자 후다닥 뒷걸음질 쳤다. 저렇게 빨리 움직이는 거 처음 봤다. 유니콘들은 다가오긴 했지만 머뭇거리는 눈치였다. 피스가 문제인가 유현이가 문제인가. 피스를 유현이에게 넘기… 려고 했지만 받아 안을 생각이 없어 보여 그냥 바닥에 내려놓았다. 과일 바구니를 들고 나만 다가가자 소록이가 짧은 꼬리를 실룩거렸다.
 코끝을 쿵쿵대며 과일을 잘도 받아먹는다. 유니콘들도 두어 개씩 얻어먹었다. 하루 다섯 개 이상 주지 말고 가능한 산책 보상으로 쓰라고 담당 헌터에게 말해 둔 뒤 바구니를 건네주고 사육실을 나섰다.
 "이젠 정말로 자라, 둘 다. 나도 딱히 나갈 일 없어."
 할 일이 없는 건 아니지만 그냥 집에 있기로 했다. 시선은… 단순히 신입이나 다른 시스템 관리자가 살펴본 것일 수도 있으니까. 그거 말고는 별일 없었다고 했고.
 하지만 내가 거실 소파에 앉자 유현이도 피스도 또 따라붙었다. 안 자냐. 피스야 내 무릎 위에서 자도 되지만.
 "스물이나 먹은 애가 어째 어릴 때보다 더 달라붙는 거 같냐."

"안 돼?"

"안 될 거야 없… 아니, 안 되지. 한가하면 나가서 친구도 좀 사귀고 연애도 하고. 말 나와서 말인데 유현이 너, 관심 있는 사람 진짜 없어?"

스무 살이면 연애 한두 번쯤은 해 봤을 나이 아니냐. …내가 할 말은 아니긴 하지만. 눈에 들어오는 이성 없냐고 물으며 TV를 켰다. TV 속 사람들이 유현이의 공략 시간에 대해 이야기하고 있었다.

"없어."

"진짜 한 명도?"

유현이가 잠깐 침묵했다. 그러고는 느릿이 입을 열었다.

"꼭 다른 사람을 좋아해야 해?"

"…응?"

"나는 잘 모르겠어. 어떻게 좋아해야 하는지. 형만 빼고."

…예전에 패륜아들이 해 준 말이 떠올랐다. 태생 S급은 동족과 잘 섞이지 못한다고. 단순히 사람에게 호감을 가지는 것도 힘든 것일까. 하지만 리에트는 아닌 것 같았는데. 성현제는… 솔직히 잘 모르겠다. 진심인지 연기인지 헷갈려서.

"적어도 나는 좋아한다는 거잖아."

"응."

"그럼 다른 사람들도 좋아할 수 있지 않을까?"

"하지만 형만큼 날 좋아해 주는 사람은 없는걸. 형은, 좀 달라."

"야, 왜 없어. 그런 소리 하지 마."

자신감 없는 소리에 괜히 속상해졌다. 부모님의 냉대 때문인 걸까. 대신해 주려고 노력하긴 했지만, 영향이 가지 않을 순 없었겠지.

"너 좋아하는 사람 많아. 해연에서도 너 아끼는 사람 많잖아. 피스랑도 잘 맞지 않아? 예림이도 나름 유현이 너 꽤 챙겨 주던데. 잠옷도 사 줬잖냐. 너도 예림이는 신경 써 주고 있고. 안 그래?"

"박예림이야 뭐… 나쁘진 않으니까. 피스도, 잘 맞기는 해."

"그 정도면 소소하다 해도 좋아하는 거 맞지 뭐. 좋아하는 게 별거냐. 눈에 자꾸 들어오고 챙겨 주고 싶고 계속 알고 지내고 싶으면 호감 있는 거지. 그렇게 시작해서 점점 커지는 거고."

단숨에 푹 빠지는 경우도 있지만 천천히 알아 가고 쌓아 가는 호감도 있다. 웬만해선 흔들리지 않을 정도로 오랜 시간 단단하게.

"그리고 나만큼, 나보다 더 널 좋아해 주는 사람도 분명 있을 거다."

"없을 거 같은데."

"있어. 세상일 모르는 거야."

태생 S급이라 힘들다곤 해도 모를 일이다. 강소영도 스킬 덕분에 거부감 전혀 없이 리에트와 잘 지내고 있으니까. …유현이도 용종 칭호 얻으면 가능성 있을 거 같은데. 아니면 정령 관련이나 화속성 관련 스킬이라거나.

"난 세상 모든 사람이 유현이 널 좋아해 줬으면 좋겠다. 예림이도 그렇고."

둘 다 사랑받을 만하잖아. 실제로도 인기 많기는 하지만 욕심은 더욱 컸다.

"역시 제일 좋은 건 널 아주 많이 사랑해 주는 사람과 함께하는 거지만. 너도 상대방을 좋아해야겠지만 그 이상으로 널 좋아해 주는 사람이어야 해. 아니면 난 반대다."

단순한 연애도 더 사랑받는 쪽인 게 좋지만 결혼이라면 더더욱 그렇다. 유현이는 물론이고 예림이도. 애들이 둘 다 부모가 없어서 책잡힐 가능성도 큰데 마음까지 더 주면 절대 안 되지.

순간 그동안 들었던 각종 불행한 결혼에 대한 이야기와 집안 문제에 회귀 전 봤던 막장 드라마까지 줄줄이 떠올랐다. 애들 결혼 말까지 나오려면 아직 멀었지만 속이 꽉 막히는 기분이 들었다.

"…진짜 안 돼. 너희 둘 다 반드시 목숨 걸고 사랑해 주는 사람을 만나야 한다. 만약에 짝사랑이거나 상대가 가벼운 마음가짐이면 진짜, 정말로 내 눈에 흙이 들어가도 반대다. 예림이는 너무 어려서 더 걱정되네. 주위에 이상한 놈 없겠지."

"걱정하지 마, 형. 박예림도 이상한 놈한테 걸리면 내가 조용히 처리할게."

예림이까지 신경 써 주겠다는 말이 너무 기특했다. 그래, 동생 잘 챙겨야지. 그런데 언제 잘 거냐. 무릎 위의 피스는 이미 몸을 동그랗게 말고 잠들었는데.

결국 유현이는 소파에 구겨진 채 잠이 들었다. 편하게 들어가서 잘 것이지.

그날 저녁은 물론이요, 다음 날에도 예림이는 나오지 않았다. 게이트도 그대로라 무사한 것은 확실했지만 슬슬 걱정이 쌓이기 시작했다. 하나는 경험이 적고 다른 하나는 상급 던전 초행이라고 해도 S급이 두 명이다. A급 던전 정도면 나흘 이내에 끝낼 구성이었다.

심지어 블루는 비행 속도 빠른 기승수고 예림이는 광역 공격 스킬을 가지고 있는데, 그런데.

"진정해, 형. 어차피 그쪽도 닫힌 던전에 들어가게는 못 해 줄 거야."

유현이가 내 뒤를 바싹 따라붙으며 말했다.

"그래도 혹시 모르잖아. 방법이 있을지도."

"방법이 있으면? 분명 대가가 필요할 텐데 형이 또 무언가 내어주는 건 박예림 헌터도 바라지 않아."

않을 거야도 아니고 확신하고 있구나. 하지만 얌전히 있기엔 너무 불안했다.

"너 혼자라서 불안하면, 그럼."

마침 건물 밖으로 나왔기에 빌딩 쪽을 향해 손을 흔들었다. 최근의 노아 씨는 다른 사람들과 어울려 실내에 있는 경우가 많았지만 오늘은 빌딩 옥상에 드래곤의 모습으로 올라앉아 있었다. 인간으로 변하며 날아 내려온 노아가 나와 유현이를 번갈아 바라보았다.

"무슨 일이세요, 유진 씨?"

"혹시 시간 되면 같이 던전 안 가실래요? 노아 씨가 동행하면 괜찮겠지?"

보조계긴 해도 S급에 전투에 여러모로 도움이 되니까.

"저야 물론 괜찮-"

"안 돼."

내 뒤에서 서늘한 목소리가 들려온 직후.

"큭-!"

노아의 목이 붙잡혔다. 유현이의 손이었다. 순식간에 노아의 뒤로 이동한 유현이가 그의 목을 한 손으로 움켜쥐었다. 노아 또한 얌전히 당하고만 있지는 않아, 수화한 손으로 한유현을 공격하려 했으나 그보다 빠르게 손목마저 붙잡혔다.

노아의 자유로운 남은 손에는 어느새 이린이 올라탄 채였다. 불꽃을 일렁이는 도마뱀 몸 아래로 용의 비늘이 불그스름하게 물들었다.

"유현아!"

"짐만 될 뿐이야."

"야, 너보다 강한 헌터가 몇이나 있다고!"

"박예림 헌터가 나오면 큰 강이나 호수가 있는 던전으로 들어가면 돼. 자리만 잡고 나면 나도 쉽게 못 건드려. 하지만 노아 헌터는 다르지."

노아가 분한 듯 입술을 꽉 깨물었다. 하지만 반박지는 못했다. 유현이가 마음만 먹는다면 노아를 손쉽게 제압할 수 있다는 건 사실이었다. 독은 불로 막을 수 있고 드래곤으로 변해 비행한다더라도 도망치는 것 이상은 불가능할 터였다.

 푸른 천둥새의 예장을 쓰면 속도까지 상승해, 접근한 순간 끝난다. 능력치 차이가 크다 보니 어쩔 수 없었다. 리에트 때도 그래서 계속해서 도망쳤었고.

 "블루는 장난기 많다면서. 노느라 공략이 늦춰지는 걸 수도 있어. 박예림 팀 첫 공략이니 합을 맞춰 보느라 일부러 느리게 진행할 가능성도 있고."

 노아로부터 손을 떼고 한 걸음 물러나며 유현이가 말했다. 이린이 스르륵 다시 주인에게로 돌아간다.

 확실히 블루는 몬스터를 가지고 노는 걸 더 좋아해서 저번 던전에서도 공략이 늦어지긴 했지만…….

 "…알았어. 노아 씨, 죄송해요."

 "아니에요. 제가 부족한 건… 사실이니까요."

 노아가 자신의 목을 매만지며 옆으로 물러나 섰다. 유현이를 힐끔 쳐다보았다가 한숨 섞어 말한다.

 "…역시 저도 던전 공략을 주기적으로 하는 게 좋을 듯합니다."

 노아 씨의 말에 괜찮다고 대답하기 전에 유현이가 먼저 입을 열었다.

 "바람직한 생각입니다. 노아 헌터가 이곳을 지켜 주는 것은 고맙지만 계속 자리만 지키고 있는 건 아까운 일입니다. 저나 박예림 헌터가 머물고 있을 때는 던전에 들어가십시오."

 …나도 그렇게 생각은 하지만. 노아가 고개를 끄덕이며 나를 바라보았다.

 "유진 씨에게 폐가 되지 않도록 노력하겠습니다."

 "아뇨, 지금도 충분히 도움이, 야, 한유현. 처음부터 곱게 말로 하지."

 손부터 대고 보냐. 노아 씨 기가 팍 죽어 버렸잖아. 내 타박에도 유현이는 아무렇지 않게 노아에게 말했다.

"저도 간단한 대련 정도는 도와줄 수 있습니다."

"감사합니다."

대련이라니, 그거 좋다. 사실은 노아를 신경 써 주고 있는 거였나.

결국 하루 더 얌전히 기다리기로 하고 시간은 천천히 흘러갔다. 다음 날, 던전에서 나온 것은 예림이가 아닌 성현제였다. 예상보다 빠른 소식에 나는 곧장 성현제가 들어간 던전으로 향했다.

"저는 괜찮으니까 들여보내 주세요."

내 말에 세성 길드원이 곤란한 얼굴을 했다. 성현제는 아직 밖으로 나오지 않은 채였다.

S급 던전 건물이 세워진 곳은 서울 중심부의 번화가였다. 보통 상급 던전 주위로는 사람들이 머물길 거부해 근처가 통으로 한산해졌지만, 이곳은 달랐다. 던전 바로 부근만 시세가 떨어졌을 뿐 북적이는 거리는 전과 별다를 바 없었다.

던전이 생긴다고 죄다 텅 비면 남아나는 곳이 없을 테니까. 대신 이런 경우에는 관리에 더욱 신경을 썼다. 그래서 세성에 던전이 맡겨지기도 하였고.

"별문제 없다고 연락도 왔었다면서요."

"그렇긴 합니다만 그 연락이, 길드장님으로부터 직접 들어왔습니다."

세성 길드 공략팀이 공략을 마치면 보통 한 시간에서 두 시간가량 대기하였다가 밖으로 나온다고 했다. 별달리 흥분한 사람이 없어도 그게 기본 수칙이었다.

성현제가 포함되었을 때도 마찬가지라 공략 직후 길드에 연락을 하고 대기하는데, 그 연락한 사람이 길드장 당사자라고 했다. 팀원 중 한 명이 아니라.

다시 말해 다른 팀원이 길드장 대신 연락을 넣을 상태가 못 된다는 뜻이었다.

"단순한 변덕이실 수도 있지만 안전을 기해야 합니다."

"그래도 괜찮아요. 아니, 더 들어가 봐야겠습니다."

평소와 다르다. 즉, 성현제도 유현이처럼 이상 현상을 느꼈을 가능성이 크다는 말이었다. 한두 시간쯤 기다리는 거야 어렵지 않다. 그렇지만 이미 이틀이나 기다린 탓인지 자꾸만 초조해졌다.

"괜찮으시다고 해도… 그리고 내부 상황이 어떠한지 알 수 없기에 해연 길드장님께선 절대 들어가실 수 없습니다."

그 말에 유현이가 미간을 좁혔다. 나야 S급이 아니라 C급만 되어도 꼼짝 못 하지만 유현이는 아니니까.

"그냥 기다리자, 형."

"하지만."

전화라도 해 볼까. 받으려나. 여기서는 듣는 사람이 많아 제대로 이야기할 수도 없으니, 차에라도 타서 전화를 걸어 보려는데 에블린이 다가왔다.

"들어가도 괜찮지 않을까요, 한 소장님은."

그녀가 옅게 미소 띠며 말했다.

"저희로서도 걱정되니 대신 상태를 확인해 주신다면 감사하죠."

"형을 혼자 들여보낼 순 없습니다."

"바로 코앞인걸요. 비상 버튼이라도 드릴까요. 그리고 여기."

에블린이 한쪽 손을 앞으로 내밀었다. 빙그르, 커다란 활이 나타나 그녀의 손에 자리 잡았다.

"신호를 보내시면 건물만 깔끔하게 날려 드릴게요."

그러니 안심하고 들어가시라며, 안경 너머의 눈이 반짝거렸다. 세성 길드장이 걱정된다는 건 핑계고 반쯤은 재미 같은데.

하지만 도와준다는 걸 거절할 이유는 없기에 비상 신호 버튼을 받아 들었다. 유현이를 달래 놓고 은혜를 S급 수준으로 사용한 채 던전 건물 안으로 걸음을 옮겼다.

S급 던전 게이트를 감싼 건물은 그리 크지 않았다. 위치 문제도 있겠지만 어차피 S급 던전이 터지면 아무리 튼튼한 방어벽이라 해도 순식간에 무너지고 말 것이다. 덕분에 통로를 따라 얼마 걸어가지 않아 게이트실 앞에 도착했다.

문 너머는 조용했다. 방음이 잘되는 것일 수도 있겠지만. 머뭇거릴 이유가 없었기에 곧장 문을 열었다. 가장 먼저 안쪽의 던전 게이트가 눈에 들어왔다. 옅은 빛을 일렁이며 활성화된 상태였다.

소지품이나 포션 등의 회복 아이템을 넣어 두는 금고. 대기할 때를 위한 의자들. 그중 한쪽에 자리한 의자에 성현제가 앉아 있었다.

그 혼자뿐이다.

다른 사람은 보이지 않았다. 흔적조차 없다. 이렇게나 깔끔하게 사라질 리 없으니 아마도 던전 안에 있지 싶었다. …단순히 두고 나온 건지, 성현제를 제외한 팀원들이 전멸할 정도의 상대를 만난 것인지.

가슴이 약간 두근거렸다.

"여기까지 마중을 나와 주다니. 감격스럽군."

태연스럽게 지껄이는 성현제를 바라보았다. 얼굴은 평소처럼 멀쩡했다. 머리칼이 조금 흐트러져 있었지만 그뿐이었다. 상처의 흔적은 어디에도 없어 보였다. 긴 다리를 다른 쪽 다리 위에 가볍게 얹고 등을 의자 등받이에 묻듯 느긋이 기대고 있었다.

S급 던전에서 막 나온 사람 같지는 않았다. 피 냄새도 나지 않았고 옷도 깔끔했다.

"너무 멀쩡해서 괜히 들어왔나 싶어지네요. 사람이 좀 지쳐 있고 상처도 나 있어야 마중 온 보람이 있지."

 몸을 돌려 성현제 쪽으로 두어 발 다가갔다. 약간 거리를 둔 채 멈춰 섰다. 겉은 참 멀쩡하다만.

 "왜 혼자입니까."

 그가 목을 약간 틀며 나를 바라보았다.

 "왜 혼자 여기까지 들어왔을까."

 조금 전 내가 그랬듯이, 이번에는 성현제의 시선이 나를 천천히 훑어내렸다. 비상 버튼을 쥔 손에 눈길이 잠깐 멈추었다.

 "도련님?"

 "유현이는 밖에서 멀쩡히 기다리고 있습니다."

 "그럼 꼬마 아가씨로군."

 "예정보다 빠르게 던전에서 나와 직접 공략 완료 연락을 넣은 파트너가 순수하게 걱정되어서일 수도 있지요. 모른 척해 드릴 테니 감동의 눈물을 흘리셔도 괜찮습니다."

 "내 파트너는 상냥하기도 하지. 이렇게나 무사한 모습을 보았으니 기뻐 달려와도 된다네. 기꺼이 품에 안겨 주도록 하지."

 뭐라냐. 유현이나 예림이면 모를까.

 "그래서 버림받은 사람들은 어쩌고 있습니까. 그리고······."

 던전 안에서 이상한 일은 없었냐고 물으려는 그때, 금속이 부딪치는 소리가 희미하게 들려왔다. 발밑이다. 속으로 욕을 내뱉기도 전에 차가운 것이 나를 휘감고 몸이 확 끌어당겨지듯 앞으로 넘어졌다. 순식간에 팔이 잡히고 단단한 손가락이 억세게 손목을 누르며 내 손이 펼쳐지게끔 만들었다.

 툭, 바닥으로 비상 버튼이 떨어졌다. 딱히 쓸 생각은 없었지만. 사슬 또한 차르르 소리를 내며 발치로 흘러내렸다.

 "던전 안에서, 아니, 그 전에 저기 카메라 좀 부숴요."

내 팔도 좀 놓고. 여러모로 불편하다.

"켜 놓고 들어온 건가?"

"껐는지 안 껐는지 알게 뭡니까. 세성이 얼마나 믿을 만하다고. 부술 거라고 말해 뒀으니 부수죠."

에블린이 꺼 준다고 했지만 그냥 부수겠다 대답했다. 못 믿어서도 있긴 하지만 우리 것도 부쉈는데 너네 것도 부서져야 공평하지.

"요샌 감시 카메라가 워낙 발달하기도 했고 말이죠. 도청 장치는 없나 몰라."

"확인해 드리지."

"그래 주면 고맙, 악!"

순간 전신에 전기가 올랐다. 약한 정전기와 비슷한 수준이었지만 그게 온몸을 덮치자 깜짝 놀랄 수밖에 없었다.

"없군."

미세한 전류로 방 전체를 순식간에 탐색한 성현제가 말했다. 웃는 얼굴을 한 대 치고 싶었다.

"조절 잘하는 사람이-"

펑! 카메라가 터져 나갔다.

"…왜 나한테까지 지랄입니까."

"한유진 군의 몸에도 무언가 숨겨져 있을지 알 수 없지 않나. 다행히 휴대폰뿐이더군."

또 고장 안 났을까 모르겠네. 정전기 정도였으니 괜찮겠지. 전기를 쓰는 기계류는 다 감지되는 건가. 그것참 편하네.

"던전 안에서 무슨 일이 있었던 겁니까."

"짐작하고 들어온 게 아닌가. 아무것도 없이 무작정 뛰어든 거라면 조금 실망스러워질지도."

"뭘 또 실망까지야."

성현제 놈이 대답 대신 내 팔목을 잡은 손에 천천히 힘을 가했다. 은혜에 의해 막히지 않을 정도로 지그시 내리누른다. 아, 네. 알겠다고. 피해 무효화 아이템이 있어도 막 던전에서 나온 상급 헌터들 앞에 혼자 나서는 건 멍청한 짓이긴 하지.

"제 동생이 던전에서 이상한 감각을 느꼈다고 합니다. 그래서 예정보다 더 빠르게 공략을 끝냈고요. 성현제 씨도 비슷한 일을 겪은 거 아닙니까?"

좀 놓으라고 손목을 비틀며 말을 이었다.

"그리고 동업자 씨 상대니까 들어온 거지."

어쨌든 믿을 수 있는 상대다. 던전에서 무슨 일이 생겼든 쉽게 흔들리지 않을 인간이고. 내 대답에 성현제가 눈매를 부드럽게 휘며 입을 열었다.

"도련님도 시선을 느낀 건가."

"네. 던전 밖에서 누군가 훔쳐보는 듯한 느낌이었다더군요."

"확실히 그런 감각이었지."

성현제가 작게 끄덕였다. 그 또한 던전 밖에서 안으로 파고드는 시선을 느끼고 없애 버렸다고 하였다. 이후 또다시 시선이 느껴지는 일은 없었지만.

"던전 상태가 변했다고요?"

2층에서 처음 보는 몬스터가 나타나고 길이도 더 짧아졌다고 했다. 다행히 몬스터는 별로 강하지 않았지만 변화가 신경 쓰여 팀원을 뒤에 두고 먼저 던전을 공략해 나왔다고 말하였다.

"정리는 해 놓았으니 내일쯤엔 나올 거라네."

"⋯유현이는 던전이 변하지는 않았다고 했습니다만."

시선을 느끼기만 한 것과 공격까지 한 것의 차이인가. 설마 예림이도 괜히 건드렸다가 던전이 바뀌어 아직 나오지 못한 건 아니겠지. 성현제는 더 짧아졌다고 했지만 반대로 길어질 수도 있는 노릇이다.

그 정도 변화라면 차라리 다행이지만.

"내 파트너께는 별일 없었는지."

"보시다시피 멀쩡합니다. 아무래도 배구공을 만나 봐야 할 것 같으니 이제 그만 나가죠."

성현제까지 동행한다면 유현이도 더 막지 않을 거다. 시선에 대해 궁금할 테니 순순히 따라와 주겠지.

"아, 혹시 그 시선 익숙하지는 않았습니까? 해파리라든가요."

유현이와는 다르게 성현제는 해파리를 직접 만났었다. 예리하기까지 하니 무언가 느꼈을지도 모른다. 내 물음에 성현제가 잠깐 기억을 되새기는 듯하더니 고개를 저었다.

"낯선 느낌이었다네. 해파리도 배구공도 확실히 아니야."

일단 해파리는 아니구나. 다행이다. 그럼 성현제가 모르는 다른 패륜아 중 하나일 가능성이 높았다. 또 실수로 던전 오류라도 내 버린 걸까.

성현제가 몸을 일으켰다. 나 또한 바로 섰지만 아직 붙잡혀 있는 채였다. 왜 안 놓아주냐 하고 쳐다보는데 그의 시선이 바닥을 향하고 있었다. 떨어진 비상 버튼이다.

"잠깐만-"

꾸욱, 성현제의 발끝이 버튼을 눌렀다. 야!

"궁금해서."

"그냥 말로 물으면 어디가 덧나냐!"

호기심 드는 건 죄다 만져 보는 다섯 살짜리 애도 아니고! 순진한 척 웃지 마, 망할. 애초에 받아 온 내가 잘못이었지. 잠깐, 설마 에블린 씨 알고 준 거 아니냐. 생각이 길게 이어지기도 전에 성현제가 나를 안아 들었다. 금빛 사슬이 주위를 휘감고.

우우웅-

겹겹의 벽으로 박힌 게이트실이건만 심상찮은 진동이 느껴졌다. 그리고 이내.

콰과광!

주변이 터지듯 박살 나고 파편이 위로 솟구쳤다. 덮쳐 오는 벽과 건물 잔해를 사슬이 연이어 튕겨 내고 산산조각으로 부순다. 흐리게 뜬 눈에 건물이 있던 자리를 둥글게 덮은 반투명한 막 같은 것이 보였다.

"저건……."

"에블린의 스킬이라네. 표적을 가두고 화력을 집중시키는 역할을 하지."

주위 피해 없이 깔끔하게 날려 주겠다고 자신 있어 하더니 저런 스킬이 있었구나. 튀어 올랐다가 막에 부딪힌 파편이 비처럼 우수수 쏟아져 내렸다. 방공호처럼 튼튼하게 지은 던전 건물이 순식간에 잔해만 남았다.

양옆은 물론 도로 너머도 멀쩡한 빌딩이 반짝거리고 있다 보니 더욱 괴리감 느껴지는 광경이었다. 막이 사라지고 사람들이 놀라 웅성거리는 소리가 들려왔다. 번화가 한복판에서 거침없이 공격 스킬을 써 버리다니. 외양은 침착하고 이성적으로 보였는데 에블린 씨도 S급은 S급이구나…….

갑자기 송태원이 떠올랐다. 던전에 들어가서 다행인 건지 불행인 건지.

"댁네 길드원한테 공격을 다 당하시고, 참 재미있으시겠습니다. 이제 그만 내려 주세요."

슬슬 쪽팔리기 시작했다. 다른 때야 내 스탯치로는 들려 다닐 수밖에 없고 보는 눈도 몇 안 되니 그러려니 했는데 여긴 번화가잖아. 민망함이 파도처럼 밀려들었다. 세성 길드원과 협회 직원들이 바리케이드 치고 막고는 있지만 빌딩 위층에선 훤히 다 보일 텐데.

…악, 진짜 쪽팔려.

"놓아주시죠, 좀."

속으로 욕을 삼키는데 유현이가 훌쩍 뛰어 다가왔다. 잔해를 넘어 성현제 앞에 선 동생이 대뜸 손을 내밀었다.

"돌려주십시오."

성현제는 유현이를 잠깐 바라보다가 순순히 나를 건네주었다. 아니, 내려 달라니까 그냥. 어느새 기자까지 나타났는지 카메라 소리가, 으아악.

"얼른 내려 줘, 유현아."

"괜찮아, 형?"

"멀쩡해. 세성 길드장이 일부러 버튼 누른 거야."

제 마음 내키면 핵미사일 버튼도 망설임 없이 누를 인간 같으니라고. 내가 진짜 저 인간을 믿어도 되나 싶은 회의감이 들었다. 기껏 세상 지켜 놓았더니 저 망할 인간이 갑자기 심심하다며 멸망시켜 버린다고 해도 놀라지 않을 것 같았다.

"성현제 씨도 같은 걸 느꼈다고 하더라. 역시 던전에 가 봐야겠어."

유현이에게 나직이 말하며 돌아섰다. 저만치서 에블린이 온화한 미소를 띤 얼굴로 나를 향해 손을 흔들었다. 겉모습만 보면 길 가다 반 학생을 발견한 상냥한 선생님 같다. 외모에 속지 말자.

"잠깐 시간 좀 내주시겠습니까, 파트너 씨."

"방금 던전에서 나온 사람을 부려 먹으려 들다니, 냉혹하기도 하지."

"저런, 나이 생각을 못 해 드렸네요. 조만간 은퇴할 계획이시라면 동업자로서 세성은 제가 잘 먹어 드리겠습니다."

농으로 던진 말이었지만 솔깃해졌다. 진짜 계약서 하나 쓰자고 해 볼까. 상대방이 불의의 사고를 당하거나 일선에서 물러날 시 사업장을 물려받는 걸로.

엄살과 달리 성현제는 흔쾌히 동행을 수락했다. 그도 궁금하기는 할 터였다. 우리는 곧장 가까운 하급 던전을 수배해 들어갔다.

[허니!]

눈으로 뒤덮인 숲에 들어서기가 무섭게 신입이 통통 튀어나왔다.

[조, 조금만 더 기다려 주세요! 조금만요!]

마감에 독촉당하며 야근하는 블랙기업 직원처럼 신입이 소리쳤다. 아니, 그거 때문에 온 거 아닌데 괜히 미안해지네.

"오늘은 그 일 때문이 아니라, 이 두 사람이 던전에서 시선을 느꼈다고 했어. 혹시 아는 거 있어?"

[아, 맞아요!]

배구공이 끄덕거리듯 흔들렸다.

[던전에 연이어 간섭이 있었어요. 체인과 허니의 동생 그리고 물방울 선배의 힘을 가진-]

"예림이? 어떻게 됐어?"

역시 예림이한테도 이상한 일이 생겼구나! 덥석 잡으려는 내 손을 배구공이 슬쩍 피했다. 익숙해졌다 이건가.

[확인해 봤는데 별일 없었어요. 간섭으로 인해서 던전이 약간 변형되긴 했지만 S급 각성자면 충분히 공략할 수 있는 수준이거든요.]

"정말로?"

[네! 음, 살짝 확인시켜 드릴까요? 대신 허니가 부탁한 일은 조금 더 늦어지게 되겠지만요.]

"확인시켜 줘."

아이템이 문제냐, 애가 일단 무사해야지. 배구공이 잠깐 침묵하더니 내 앞으로 창이 떠올랐다.

> 너무 맛 □다. 그죠, □니.
> 아, 블루□! 부□□ 피 묻힌 채 □지 마!

 드문드문 사라진 대화 글이 짧게 나왔다가 사라졌다. 휴식하며 건조 식량이라도 먹고 있는 모양이었다. 그거 맛없지, 확실히.

 [그나마 허니와 관련이 있어서 이 정도라도 보여 드릴 수 있는 거예요.]

 안도의 한숨이 절로 흘러나왔다. 무사한 것 같아서 정말 다행이다. 블루는 물론 다른 팀원도 별문제 없는 듯하고.

 "원인이 뭔지는 알고 있어?"

 [아뇨, 일단 누가 간섭한 건 확실하지만 범인까지는 못 잡아냈어요. 저희 쪽의 누군가일 수도 있고, 아니면.]

 "해파리는 아니야."

 [그래요?]

 "그래. 유현이와 예림이, 성현제를 살펴봤다면 나와도 관련이 있을 것 같은데 문제가 생길 일은 없을까?"

 내 물음에 배구공이 빙그르 돌았다.

 [없어요! 던전에 간섭하는 건 쉽지 않거든요. 불가능한 건 아니지만 아시다시피 힘이 아주 많이 들어요. 보통은 기껏해야 던전을 변형시키거나 S급 몬스터를 들여보내는 정도죠.]

 "도마뱀 주인은 SS급 몬스터까지 보내왔잖아."

 [걔는 스킬 자체가 특별하니까요. 하지만 해파리에게는 그런 스킬 없는 걸로 알고 있어요. 허니 세계의 S급 각성자와 계약하고 그 몸을 빌려야만 유의미한 해를 입힐 수 있는 유의 능력을 가졌죠.]

 그러니 던전보다는 S급 헌터들을 조심하라고 충고해 왔다. S급 각성자가 최석원처럼 제 몸 바치는 계약을 할 가능성은 극히 낮기는 하다지만.

[그래도 혹시 모르니 오늘은 여기서 바로 나갈 수 있도록 처리해 드릴게요. 제가 좀 더 살펴볼 테니까 당분간은 허니가 던전에 들어갈 땐 꼭 S급 각성자 여러 명과 동행하세요!]

괜찮다고 할 때까진 조심하라면서 따로 게이트를 만들어 주었다. 유현이와 성현제에게 신입이 해 준 말을 설명해 준 뒤 밖으로 나갔다.

다음 날, 예림이가 무사히 던전 공략에 성공했다.

아직 활성화 전인, 즉 공략이 끝나지 않은 던전 게이트를 앞에 두고 의자 세 개가 나란히 놓였다. 오늘은 반드시 예림이가 나올 테니 미리 가서 기다리겠다는 나를 두 사람이 따라온 탓이었다.

내 오른쪽 의자에 자리한 사람은 유현이었고 왼쪽은 성현제였다. 유현이는 그렇다 쳐도 세성 길드장님께선 한가하기도 하시지.

"어제 던전 나오셨으면서 안 바쁩니까? …전혀 안 바빠 보이기는 하지만."

성현제의 발치에 놓인 바구니 속에 핫핑크 털실이 데구르 한 바퀴 굴렀다. 실을 잡아당기며 움직이는 성현제의 손아래서 정교한 뜨개 무늬가 만들어진다. 저번 생일 날 보여 줬던 목도리는 완성했는지 지금 짜고 있는 것은 넓적한 무언가였다. 스웨터인가.

"꼬마 아가씨의 던전이 크게 변했다면 정보를 더 가지고 나올 가능성이 크지."

성현제가 약간 느릿한 목소리로 말했다. 털실이 대바늘을 휘감는다. 핫핑크 털실로 뜨개질하는 모습이 쓸데없이 우아해 보였다. 아무리 외모가 다르지만 이건 역시 내 눈이 삔 거 같다.

"그래서 직접, 곧장 들으셔야겠다, 이겁니까."

그렇게나 궁금한가. 내 손에 들린 휴대폰의 화면을 넘겼다. 헌터협회에서 보내온 일본행 관련 자료였다. 오늘 아침에 일본 쪽에서 대결 확정 연락이 왔다. 예림이가 무사히 나오면 인터뷰와 함께 소식을 대대적으로 알릴 예정이었다.

"한 가지 더."

성현제의 손이 멈추었다. 그가 나를 돌아보았다.

"어제의 한유진 군의 태도는 여러 가지로 실격이었다네."

아 왜 또. 석시명한테도 잔소리 실컷 들었는데. 조심성 없이 성현제한테 간 것도 문제지만 들려 나온 것 때문에 타박 많이 받았다. 그런 모습이 노출되면 길드장들 손에서 놀아난다는 이미지밖에 더 생기겠냐면서.

최소한 대중 앞에서는 두 발로 직접 당당히 걸어 다니라고 몇 번이나 강조했었지. 하지만 내가 힘이 모자라는 걸 어쩌겠어. 성현제 저 인간이 일부러 그런 모습 보이게 한 게 아닌가 싶었다. 자격 없으면 바로 이런 이미지로 끌어내리겠다는 경고 조로.

"충고도 했고 그쪽 마음대로 굴기도 했잖습니까. 기분 풀린 줄 알았는데 뭐가 아직도 불만이십니까."

"나름 기분 풀이는 되었지만 아이들과 관련되자마자 금이 가는 꼴은 역시 눈에 차지가 않아. 한유진 군은 좀 더 냉정해질 필요가 있어."

아니, 그럼 애가 위험할지도 모르는데 침착하게 도 닦고 있으라는 건가. 내가 무슨 수도승인 줄 아나.

"고작 한두 시간을 참지 못하고 억지 부려 들어간 건… 침착지 못한 태도기는 했습니다. 인정해요. 그래도 이틀이나 참은 겁니다, 그거."

"참았다, 라. 도련님을 불안에 떨게 만들면서 말인가."

성현제의 말에 반사적으로 유현이를 돌아보았다. 나와 눈이 마주치자 유현이가 머뭇거리다가 입을 열었다.

"…형이 안절부절못하니까, 그래서. 또다시 형이… 위험한 일을 할 것 같기도 했고. 형을 믿지 못하는 건 아니야. 하지만 혹시라도 성급한 결정을 내리면 안 되니까."

 유현이가, 이틀간 내내 내 곁에 붙어 있기는 했다. 날 걱정하는 걸 모르지는 않았다. 하지만 나도, 예림이가 걱정되어서… 젠장.

 또 동생을 불안에 휩싸이게 해 버렸다.

 "미안하다. 신경 쓰게 만들어서."

 "아니야, 형. 하지만 이번만큼은 나도 세성 길드장의 말에 동의해. 던전 안에서 어떤 불상사가 일어날지 모른다는 각오는 헌터라면 모두 하고 있어. 형이 박예림 헌터를 아낀다는 건 잘 알고 있지만, 좀 더 냉정해졌으면 좋겠어. 나도 박예림 헌터도 앞으로 계속 던전에 들어갈 텐데 그때마다 이래서는 안 되잖아."

 …나도 알고 있다. 잘 알고 있다. 나도 던전에 수없이 들어갔었고, 잃을 수 있다는 것도 알고 있고, 잃었다.

 "하지만 이번에는… 좀, 달랐잖아."

 내가 들어도 내 목소리에 힘이 없었다. 좀 더 침착해져야 하는데, 냉정해져야 하는데. 머리로는 알고 있으면서도 심장이 흔들렸다. 그나마 공포 저항이 있으니까 이 정도다.

 던전에 들어갔다가 홀로 나와야만 했던 기억들이 자꾸만 튀어나오려고 했다. 뒤늦게 들은 소식에 넋을 잃은 기억도 있었다. 지금은 살아 있는 사람들이지만 다시 만나겠다 마음먹은 순간부터 깊숙이 묻어 둔 기억이 계속해서 고개를 치켜들려 했다.

 "…그래, 형. 괜찮아."

 유현이가 내 손을 잡아 왔다.

 "나는 괜찮으니까 무리할 필요 없어. 형이 하고 싶은 대로 해. 내가 어떻게든 도와줄게."

 유현이의 말을 듣는 순간 목덜미가 서늘해졌다. 네가 뭘, 또. 또다시 날 감싸려고.

"그러지 마, 유현아. 내가 형인데."

내가 형이었는데. 손끝이 조금 떨렸다. 유현이가 내 손을 더욱 힘주어 감싸 잡았다. 눈을 감고 싶었지만 동시에 감기 무서웠다. 고개를 돌렸다. 던전 게이트를 바라보았다. 공포 저항 스킬, 분명 켜져 있는데.

"3년이었지, 분명."

성현제가 말했다. 뜨개질감은 어느새 사라지고 없었다.

"짧지 않은 시간이고 도련님은 어렸으니 불안해할 만했다고 생각하네. 하지만 한유진 군의 태도는 과도해. 한유현도 박예림도 결코 약하지 않건만 필사적으로 보호하려 들고 있지."

그의 시선이 나를 향했다. 차분하면서도 속을 파고드는 듯 예리한 눈빛이었다.

"영원히 잃어버릴 뻔한 자식을 되찾은 부모라도 되는 것처럼. 내가 알고 있는 한유진 군의 기록만으로는 역시 잘 이해가 가지 않는 태도야."

"…쓸데없는 관심이 많으시네요. 저희 그냥 동업자 사입니다."

파헤치지 마라. 내버려둬.

"이대로라면 유명무실해질 터라."

그 파트너라는 것도. 성현제가 말했다. 내가 그렇게까지 흔들렸었나. 하지만 어쩌라고.

"제가 불안정하다는 건 이미 말씀드렸을 텐데요."

"형."

"참을성 없으시네."

기다려 준다더니. 괜히 울컥해 성현제를 노려보았다. 시간이 얼마나 지났다고 내가 얼마나 변하길 바라는 거냐.

그가 목을 비스듬히 기울였다. 금빛 도는 눈이 나를 내려다보았다. 성현제의 입이 열렸다. 흘러나오는 목소리는 의외로 부드러웠다.

"문제의 원인을 해결하지 않는다면, 변하는 것도 힘들지. 썩은 속을 그대로 두고 겉만 새로 페인트칠해 봐야 이내 다시 금이 갈 뿐이라네."

"…원인이요?"

내 목소리가 어느새 탁하게 갈라져 있었다. 유현이가 나를 제 쪽으로 끌어당겼다. 내 상체를 반쯤 끌어안다시피 하였다.

"그쯤 하시지요."

날이 선 동생의 목소리가 귓가로 떨어졌다. 성현제의 시선은 계속 나를 향하고 있었다. 기분 나쁘다. 원인, 말이 쉽지.

"괜찮아, 형. 신경 쓰지 마."

길게 숨을 내쉬었다. 그래, 신경 쓰지 말자. 내 속이 썩어 문드러졌는데 어쩌라고. 파헤치면 남아나는 게 없는 지경이건만 어쩌라고. 그래서 간신히, 날 안아 주는 팔들을 붙잡고 버티고 있는 건데.

젠장, 나라고 이러고 싶어서…….

아니야, 괜찮아. 괜찮다. 내 손을 잡아 주는 동생의 손을 더욱 꽉 쥐었다. 괜찮을 거다. 나는 괜찮다. 괜찮아야 한다.

"…예림이 슬슬 나올 때 안 되었나."

태연한 척 중얼거리며 마른침을 삼켰다. 목 안쪽이 열 오른 듯 따끔거렸다. 많이 피곤할 텐데. 저녁은 뭐 먹지. 예림이가 좋아하는 걸로 먹어야지. 오랜만에 셋 다 집에 있겠네. 예림이 방 청소해 놓고 나왔던가. 바로 쉬고 싶을 테니까.

우우웅-

그때 게이트가 변화했다. 낮은 울림과 함께 색이 변하고 활성화되었다. 던전 공략이 끝난 것이었다. 나는 자리에서 벌떡 일어났다. 다친 곳 없겠지. 괜찮겠지.

얼마 지나지 않아 게이트에서 사람의 모습이 나타났다. 예림이의 팀원 중 한 명이었다. 아마 방어계일 터다. 보스 몬스터를 물리쳤어도 일반 몬스터가 남았을 가능성이 있기에 게이트를 나오는데도 순서가 있었다. 게이트 밖의 상황 또한 알 수 없으니 방어계가 먼저 나오고 이어 공격계, 보조, 힐러, 다시 전투계 헌터 차례였다.

"길드장님……?"

밖으로 나온 헌터가 우리를 보고 당황해했다. 인사를 하고는 옆으로 비켜서고 차례로 다른 사람들도 나타났다. 역시나 다들 놀란 눈치였다. 좀 미안해지네. 유현이야 해연 길드장이지만 세성 길드장은 왜 여기까지 따라와 가지고.

- 꺄아우!

이어 블루가 활기차게 튀어나오고.

"아저씨!"

예림이가 나타났다. 활짝 웃는 얼굴이었다. 멀쩡하다 못해 깨끗하기까지 하였다. 그러고 보니 다른 팀원들도 비교적 말끔한 편이었다.

"예림아! 다친 덴 없어? 하루 만에 나온 것처럼 멀쩡해 보이기는 하지만."

"없어요! 저 이제 물 온도도 올릴 수 있거든요. 그래서 중간중간 씻었죠. 마지막엔 마나 포션도 남았겠다 연습 겸 아예 호수 전체를 데웠어요."

얼리는 것의 반대니까 시도해 봤다고 하였다. 뜨겁게까지는 힘들었지만, 미온수까지 성공해서 블루가 마지막 보스몬스터와 노는 사이 씻고 나왔다나. 우리 예림이 재주도 많지.

"무사해서 정말 다행이다. 걱정 많이 했어."

"에이, 뭘 걱정하고 그러세요. 그럴 거 하나도 없다니까요? 전부 다 쉽게 쉽게 잡았어요!"

예림이가 자신감 넘치게 스스로의 무사함을 말해 주는 사이 유현이가 다른 팀원들을 살펴본 뒤 먼저 밖으로 내보냈다. 따뜻한 물로 씻고 쉬다가 나왔다 보니 다들 공략 직후라고 생각기 힘들 정도로 안정적인 모양이었다.

블루도 내게 머리를 한번 비비고는 게이트실이 좁아서인지 따라 나갔다.

"그래도 갑자기 던전이 바뀌어서 놀랐을 텐데."

"쬐끔요. 하지만 금방 괜찮아졌어요. 층 하나 더 생기고 넓어져서 오래 걸린 게 분하긴 하지만요. 한유현이 먼저 나와 버리다니!"

예림이가 대뜸 유현이를 노려보았다. 사흘이나 먼저 나왔다고 말해 주면 펄펄 날뛸 기세다.

"유현이도 예림이 네 걱정 많이 했어. 안 그러냐?"

"별로 안 했는데."

"…야. 빈말이라도 했다고 하지. 유현이가 성큼성큼 다가오며 이어 말했다.

"던전 좀 변했다고 못 빠져나올 수준이었다면 실망은 했겠지."

유현이의 말에 예림이가 까르르 웃었다.

"걱정 같은 거 했으면 내가 더 실망했어, 길드장님아. 이렇게 멀쩡한 거 보니 감상이 어때?"

"블루도 있었는데 정말 느리군."

"야! 그건 처음 보는 몬스터가 많아서, 신중하게 잡다 보니까!"

핀잔 던지는 유현이도 반박하는 예림이도 둘 다 표정이 편안했다. 낯선 몬스터에 대해 설명하는 예림이와 그거 가지고 고민했냐며 대답해 주는 유현이.

그 모습을 보고 있자 기분이 이상해졌다. 보기 좋은 광경인데, 평소라면 절로 미소가 맺혀졌을 모습인데.

나는 왜 저렇게 믿어 주지 못하는 걸까. 내가 약해서인가. 자꾸 예전 기억이 떠올라 더 그런 것도 있지만, 그래도. 내가 더 강했더라면. 회귀 전에도.

그때도.

'…형, 괜찮아?'

목소리가 들렸다. 실제가 아닌 기억 속의… 안 돼. 이건 아직 안 된다.

이건 아직 안 된다.

이건, 아직.

턱, 등에 무언가가 부딪쳤다. 무심코 뒷걸음질 친 듯했다. 고개를 돌렸다. 올려다보았다. 성현제다. 그가 나를 내려다보고 있었다. 눈이 마주쳤다. 놀란 듯한 얼굴이었다. 그답지 않게 조금 당황한 것도 같았다.

어깨가 잡히고 돌려세워졌다.

"형?"

"아저씨?"

성현제가 나를 품에 끌어안았다. 내 눈앞이, 얼굴이 완전히 가려졌다.

"뭐예요! 아저씨 내놔!"

"무슨 짓입니까!"

"두 사람이 사이가 너무 좋아 보여 외로워져서 말이네."

성현제가 장난스럽게 말했다.

"세성 길드장님 눈 삐신 거 아니에요? 자요, 한유현 대신 줄게요!"

"박예림 헌터와 교환합시다."

"나는 한유진 군이 마음에 들어서, 거절하지."

목소리들이 귓가에 윙윙거렸다. 지금은 다르다. 많은 것이 달라졌다. 회귀 전의 일은 아직 일어나지 않았고, 일어나지 않을 거고.

"앗, 사슬까지 꺼냈어! 해 보자는 거죠?"

"해연의 던전 건물도 부서지면 공평해지겠군."

"해연도? 세성 거 부쉈어요? 나 없는 사이에 무슨 재미있는 일이!"

예림이가 억울하다는 듯 외쳤다. 투덜거리곤 있지만 밝은 목소리였다. 숨을 삼키며 나를 끌어안고 있는 성현제를 밀어냈다. 괜찮다. 괜찮아야지.

"애들 너무 놀리지 마세요."

성현제가 나를 순순히 풀어 주었다. 뒤로 한 걸음 물러서며 웃었다. 제대로 웃을 수 있었는지는 모르겠지만.

"여기까지 오신 용건이나 해결하고 가시죠. 예림아, 던전에서 이상한 시선 같은 거 느낀 적 없었어?"

"아, 있었어요. 시선 비슷하게, 뒤틀리는 느낌이 들었고 목소리 같은 것도 들렸어요."

"목소리?"

"네. 분명 여기도 없네, 하고 누가 중얼거렸는데. 그러고 나서 못 보던 몬스터들이 튀어나왔어요. 전에 그 커다란 두꺼비가 튀어나왔을 때처럼요."

여기도 없네, 라니. 무언가 찾고 있는 것인가.

"현재까지는 나와 도련님, 꼬마 아가씨만이 이상한 현상을 마주쳤지."

성현제가 말했다. 혹시나 싶어 그사이 던전을 공략한 다른 헌터들에게 확인해 보았지만 시선 같은 걸 느낀 사람은 없었다. S급 헌터가 아니라 못 느낀 걸 수도 있지만 던전이 이상하게 변하지도 않았다고 하였다.

"…그럼 역시 형을."

"아저씨를 찾고 있는 거 아니에요?"

하지만 해파리는 아니라고 했는데. 게다가 최근 던전을 공략하고 나온 국내 S급 헌터는 지금 이 세 명뿐이다. 그러니 정체불명의 시선은 단순히 S급 헌터들을 살펴본 것일지도 모른다.

일단 예림이에게도 신입이 해 준 말을 전해 주었다.

"한동안 다들 조심하고. 성현제 씨도 일단은 조심하세요."

"그러지."

짧은 대답 후 짧은 침묵이 흐르고 그가 조용히 돌아섰다. 무언가 더 참견해 올 줄 알았는데 그냥 떠나 버렸다.

"우리도 나가자. 예림이 너 뭐 먹고 싶은 거 없어?"

"지금이라면 뭐든 다 좋아요! 건조 식량 더 맛있게 못 만든대요? 처음에는 그래도 먹을 만했는데 사흘 넘어가니까 차라리 굶고 싶어졌다니까요."

예림이가 이렇게 오래 던전 돈 건 처음이었지. 얼른 가서 맛있는 거 먹자며 둘의 손을 잡고서 걸음을 옮겼다. 따뜻한 온기가 전해져 왔다. 너희가 있으니까 괜찮다.

5장 일본행

5장
일본행

- 푸르릉!

하얗고 검은 유니콘들이 서로 뒤를 쫓고 쫓았다. 제법 너른 마당인데도 좁게 느껴질 만큼 빠르고 활발했다. 하양이가 순식간에 풀밭을 가로지르고는.

텅!

훌쩍 뛰어 벽을 박차고는 반대 방향으로 날듯이 다시 달려 나갔다. 마음만 먹으면 2미터가 넘는 담장을 가볍게 뛰어넘을 도약력이었다. 심지어 스킬 같은 것도 안 쓴 순수한 자기 힘이니까.

'주위에 트랙 같은 거라도 하나 만들까.'

사육소 빙 둘러 길을 내면 실컷 달릴 수 있을 것이다. 아니면 하양이 까망이도 좀 더 넓은 곳으로 옮기거나.

[박예림 헌터는 바로 내일 일본으로 출발할 예정입니다.]

사육실 벽 쪽에 설치된 TV에서 예림이와 관련된 방송이 흘러나오고 있었다. 자료화면으로 흥분한 사람들과 벌써부터 플래카드 들고 응원하는 모습이 비쳤다.

"예림이 다녔던 학교네."

정문 위로 박예림의 승리를 기원하는 현수막이 커다랗게 걸려 있다. 애들이 우르르 카메라 앞으로 몰려든다. 하나같이 환하게 웃는 얼굴이었다. 밝고 높은 목소리들이 짜랑짜랑 TV 밖으로까지 굴러떨어지는 듯했다.

절로 미소 지어지는 사이로 전화벨이 울렸다. 도하민이었다. 전화를 받자 부탁했던 정보들 거의 다 조사 끝났다며 받으러 오라고 하였다.

"…어, 이번에 일본 갔다 와서."

그때 챙겨 가겠다며 전화를 끊었다. 동시에 찬물을 뒤집어쓴 기분이 들었다. 그 사람들을 직접 만나게 될 거라 생각하자 속이 서늘해졌다. 공포심을 제외하더라도 진득하게 얼룩진 감정이 가슴을 할퀴었다.

내가 너무 쉽게 생각했나. 잃었던 사람들을 마주 대한다 해도 이제는 괜찮지 않을까 싶었는데. 도리어 그간 괜찮았던 석시명과 김성한까지 더욱 껄끄러워지고 있었으니.

성현제가 했던 말이 다시금 떠올랐다. 페인트로 덧칠이나 했을 뿐이라고. 지금 내 상태에, 그 말이 더욱 아프게 다가왔다. 맞는 말이지. 맞는 말이긴 하지. 진짜 뼈저리게 맞는 말이다.

'…피하고 덮기만 하는 거, 절대 좋은 방법은 아니지.'

그렇지만 어쩌라고. 내가 어떻게 해야 하는 건데. 잘못된 걸 알자마자 그건 아니잖아! 크게 소리치며 나서서 제대로 된 방향으로 고치고 바꾸는 거, 할 수 있으면 좋지. 누구나 다 그러길 바랄 거고.

하지만 모든 사람이 모든 문제를 시원하게 풀어 나갈 수는 없다. 그러지 못하는 사람이, 사실 더 많지 않나. 참으면 넘어갈 거 괜히 나섰다가 일이 더 틀어지기만 할까 봐. 자신이 감당할 수 없을 정도로 커질까 봐. 그 밖의 많은 걱정과 두려움으로.

그리고 나는 예전에도, 더 예전에도 쉽게 소리 낼 수 없는 약자였다.

'괜찮아, 유현아.'

몇 살 때였을까. 동생을 끌어안고 그렇게 말했던 것이.

부모님과 우리 형제 사이에 벽이 쳐진 것은 알고 있었다. 모를 수가 없었다. 하지만 그걸 유지해야만 동생을 지킬 수 있었다. 나도 유현이도 아직 어렸기에 부모의 보호와 지원이 필요했다.

그러니까 우리 집은 평범하고 평화롭고, 부모님의 사이가 좋고 형제간도 사이좋고. 별다른 문제 없이, 이 정도면 충분히 화목한 가정, 그래야만 했다.

'제가 알아서 다 했어요. 잘 지내고 있어요. 아무 문제 없어요.'

괜히 문제를, 잘못된 점을 파헤치지 않고 괜찮다고 덮어 두면 정말로 괜찮았다. …괜찮지 않아도, 자칫하면 전부 잃어버리는데. 부모님이 아예 포기하고 완전히 방치해 버리기라도 한다면 방법이 없었는데. 어린애가 뭘 어떻게 해야 했을까.

그건 지금도 마찬가지였다.

쌓인 거. 그걸, 그걸 다. 어떻게. 어느 세월에. 기다려 주지도 않을 텐데. 끄집어내어 살피고 보듬어 치료하는 데 한두 해로는 부족할 것이다. 멀쩡하게 돌아갈 수 있기는 할지 의심스러울 정도였다.

그렇다고 마냥 주저앉아 있을 수만은 없으니 덧칠이라도 해서 움직여야지. 어쩔 수 없잖아. 금이 가면 다시 메우고 다시 칠하고. 그렇게라도 해야지. 괜찮은 것처럼 모른 척하고 멀쩡한 것처럼 오기로라도 움직여야지.

…다른 좋은 방법이 있다면 나도 알고 싶다. 정말로.

- 삐앵.

"…응?"

소록이가 내 옷자락을 물고 잡아당기다가 풀썩 늘어졌다. 잔디 위에 퍼질러져서는 목만 쭉 빼어 이번에는 내 바지 자락을 물고 당겼다.

"왜, 같이 앉자고? 그래, 앉자."

잔디는 아직 파릇파릇했다. 그 위로 주저앉자 풀 냄새가 더욱 짙게 느껴졌다. 소록이가 내 다리 위에 머리를 얹었다. 보송한 귓가와 언젠가 뿔이 솟을 한 쌍의 동그란 자리를 쓰다듬어 주었다.

말린 과일을 잘 먹긴 하는데 그거로는 운동 정도나 시키고 끝이었다. 먹는 데 한계도 있고 과하게 많이 먹일 수도 없고.

"너 훈련시키는 건 포기했다. 현아 씨도 천천히 해도 된다고 그랬고. 블루 누나한테 고마워해."

너 대신 던전 돌게 되었으니. 물론 블루는 그걸 더 좋아하는 듯하지만.

새하얀 귀가 파다닥 흔들렸다. 새끼 사슴은 눈을 반쯤 감은 채 세상사야 어찌 흘러가든 아무 상관 없다는 듯 편안하게 늘어져 있었다. 마치 움직이는 듯 마는 듯 둥둥 떠 있는 흰 구름 같다.

보는 사람조차 느슨하게 풀어지게 만드는.

"그래도 소록이 넌 진짜 멋지게 자라날 거야. 원래 천천히, 느긋하게, 차분히 쌓아 올리면 더욱 튼튼해지는 법이니까. 아주 멋진 사슴이 되겠지. 흔들림 없고, 언제나 여유롭고."

왕관처럼 화려하고 아름다운 뿔을 지닌 거대한 사슴이 눈앞에 떠오르는 듯했다. 검은 두 눈은 깊고도 온화하겠지.

바람이 살랑 불어왔다. 뛰어다니는 발굽 소리가 타닥타닥 들려온다. 이렇게 한 며칠 앉아 있으라고 해도 있겠다. 하지만 일어나야지. 마침 전화도 또 들어왔다. 이번에는 해연 쪽이었다.

"네, 지금 바로 데리고 가겠습니다."

완전히 커 버린 블루를 계속 사육소 정원에 둘 수는 없었다. 그래서 상급 헌터 훈련소 근처에 새로 사육 시설을 만들었다. 아직은 너른 공터에 블루를 위한 집만 있는 정도였지만 이후 다른 성체 몬스터들도 크기가 작거나 피스처럼 소형화 가능하지 않은 한 그곳으로 옮겨 갈 예정이었다.

아예 그 근처 산 전체를 기승수 산책용으로 쓸 수 있도록 협회에 건의도 해 놓았다.

밖으로 나가 블루를 부르자 이내 아래로 날아 내려왔다.

― 꺄아.

언제나처럼 활발한 블루의 부리를 쓰다듬어 주었다.

"이제 이사 갈 거야, 블루야. 알아들을 수 있으면 좋겠는데."

말이 안 통하니 괜찮을지 모르겠다. 그래도 평소 블루에게 먹이를 챙겨 주고 집을 청소해 주던 사람들은 함께 옮겨 가기로 했다. 바로 근처의 상급 헌터 훈련소 방문자들도 같이 놀아 주곤 할 테고.

환경은 여기보다 훨씬 좋다. 눈치 볼 거 없이 산을 마음대로 날아다녀도 된다.

"넌 또 왜 왔냐."

블루와 함께 빌딩 주차장으로 가자 컨테이너 트럭과 함께 유현이가 기다리고 있었다. 블루는 해연 소속이 아니라서 차와 운전수만 빌리기로 했는데.

"해연의 기승수들도 앞으로 옮겨 갈 곳이잖아. 이참에 한번 봐 두려고."

하양이와 까망이 다 크면 가긴 하겠지만 시설도 다 갖추어지기 전인데 뭘 벌써. 그것도 길드장이 말이다.

안 그래도 최근에 내 옆에만 붙어 있어서 석시명이 어제저녁에 길드 출근 좀 해 달라고 길드장님께 슬쩍 전해 달라 부탁까지 해 왔었는데. 그래서 보내 놨더니 한나절 만에 다시 돌아오기냐.

"일 밀려 있지 않아?"

"급한 건 다 처리했어. 어차피 지금은 박예림 헌터에게 관심이 집중되어 있어서 S급 던전 공략 신기록 낸 것도 가볍게 넘어갔고."

진짜 가볍게 넘어간 걸까, 넘어가도록 만든 걸까. 그래도 일하고 왔다니까.

블루와 함께 컨테이너로 들어가자 유현이도 따라왔다. 차 안 밀려도 두 시간 가까이 걸리는 거리라 불편할 텐데. 바닥 한쪽은 푹신하게 만들었고 방석도 있긴 하지만.

컨테이너 문이 닫히고 차가 출발했다. 블루는 얌전히 엎드려 길게 하품 했다.

"예림이는 일본 간다고 완전 신났더라. 대결도 대결이지만 정식으로 가는 해외여행이니까. 일종의 가족 여행이기도 하고."

현아 언니랑 수영복 사러 갈 거라며 아저씨도 같이 가자는 걸 거절하느라 혼났다.

"그리고 우리도 처음이잖아."

내 옆에 나란히 앉은 동생을 바라보았다. 그동안 갈 기회가 없었지. 형편도 못 되었고. 어쩌다 간 홍콩을 제외하면 처음이다.

"별일 없었으면 너 수능 치고 나서 갈까 했는데."

요즘은 세상이 변해서 해외여행 수요도 많이 줄었지만, 그땐 안 가는 사람이 없댔으니까.

이번 일본행에는 전용기에 숙소도 안전을 위해 호텔을 통으로 내어준다고 하였다. 당연히 최고급 숙소에 다른 것도 모두 호화로울 것이다.

평범하게 우리끼리 갔더라면 평범한 비행기에 숙소도 평범했겠지. 어쩌면 초라했을지도 모른다. 경비를 최대한 아끼며 그냥 첫 해외여행이라는 것에 의미를 두고서. 그래도 진짜 좋았을 거 같은데.

"언제든지 갈 수 있어, 형. 너무 먼 곳이 아니라면 며칠 시간 내는 것쯤이야 가능해. 김성한 헌터도 곧 부길드장이 될 테고 박예림 헌터도 있으니까 며칠쯤 자리 비워도 괜찮아. 겉모습 바꾸고 조용히 다녀올 수 있어."

"예림이가 화낼 텐데."

"형 동생은 나잖아. 그 정도는 감수해야지."

당연하다는 듯한 태도에 웃음이 슬쩍 나왔다. 그래, 내 동생은 유현이 너지. 너밖에 없지. 너밖에. …내 동생은.

"저기, 형."

유현이가 조심스럽게 나를 불렀다.

"아무래도 내가 잘못 말한 것 같아."

"응? 뭐가?"

"나와 박예림 헌터를 너무 걱정하지 말라고 했던 거 말이야. 형에게 등급 높은 스킬이 있고 그쪽 도움을 받는다고 해도 실제로는 일반인과 다름없는 스탯인데. 공포 저항 스킬에 가려지고 던전과 헌터에 대해 너무 잘 알고 있다 보니 무심코 형은 괜찮을 거라고 생각해 버렸어."

"난 진짜 괜찮아."

"아니야, 형."

아닌 게 아니라, 진짜 나는 경력만 따지면 너보다 많다만.

"그리고 스킬 때문에 부작용이 생겼을 가능성도 있어. 형과 비슷한 경우가 있거든."

"…나와 비슷한 경우라고?"

"응. 주로 중급 헌터에게 많이 나타나곤 하는데, 막 각성하고 헌터가 되면 현실감을 제대로 느끼지 못하는 일이 종종 있대. 평범한 일상에서 갑자기 세상이 바뀌는 셈이니까. 마치 꿈을 꾸거나 게임? 같은 걸 하는 기분이 들어서 겉으로 보기엔 아무렇지 않게, 태연하게 던전에 들어가고 헌터 노릇을 하는데 어느 날 갑자기 현실감을 느껴 버리는 거야."

나도 들어 본 적 있는 이야기였다. 실제로 그 비슷한 케이스와 마주친 적도 있다.

"몇 달쯤 지나고 나서야 이게 현실이라는 사실이 한 번에 밀려들어 오면 그간의 경험까지 모두 두려움으로 다가와서 극복 못 하고 은퇴하는 경우도 더러 있다고 했어. 그래서 최근 길드들이 신인 중급 헌터를 특별히 관리해 주곤 하고."

말이 특별 관리지 그거 실은 첫 던전 공략에서 적당히 굴려서 현실감 느껴 주게 하는 거 아니었냐. 그게 제일 확실한 방법이긴 하지만.

"공포 저항 스킬이 그런 경우처럼 형에게 현실감을 느끼지 못하게 만들었을지도 몰라. 최근 들어 형이 좀 더 불안해하는 것도 같고, 정신계 저항 스킬의 특성을 생각하면 충분히 그럴 가능성이 커. 혹시 괜찮으면 스킬 끄고 상담 한번 받아 보지 않을래?"

"상담?"

"응. 헌터 전문 상담사도 있다더라고. 원래 자격 갖추고 경력도 꽤 되는 상담사였는데 각성해서 헌터 경력도 2년 이상 되는 전문가래."

따로 알아봤다면서 유현이가 말했다. 비밀 보장도 확실하게 된다면서.

"…아니야, 난 괜찮아."

가서, 무슨 말을 하겠냐. 할 말이 없다. 상담사가 아니라 그 누구에게라도 꺼내 들 수가 없다. 미친 척 털어놓으려고 해도 내가 못 버틴다.

"혹시라도 마음 내키면 언제든지 말해 줘. 나 말고는 아무도 모르게 해 줄 수 있어."

"정말로 괜찮아. 걱정 끼쳐서 미안하다."

유현이가 나를 가만히 바라보다가 입을 열었다.

"미안하다고 하지 마. 나는 형을 옆에서 걱정해 줄 수 있어서 기뻐. …기쁘다고 하면 말이 좀 이상하긴 하지만, 그래."

"…너도 참."

뭐라고 말해야 할지 모르겠다. 문득 명우가 해 줬던 말이 떠올랐다. 부탁해, 고마워. 두 마디면 된다고 했던. 그리고 예림이도, 노아도.

"고맙다."

동생이 방긋 웃었다. 곱게 눈을 접으며 웃는 얼굴에 가슴 가득 달달하고도 따스한 것이 차올랐다. 참지 못하고 유현이를 와락 끌어안아 머리를 쓰다듬어 주었다.

"넌 왜 스무 살 먹어서도 귀엽고 그러냐."

내 품 안 가득히, 넘치도록. 이렇게 안을 수 있으니까 괜찮을 것이다. 고작 5년이잖아. 버틸 수 있을 거다. 모른 척 참고 견디고 피하는 거 익숙하니까. 아무것도 없이, 나 혼자서도 어떻게든 버텨 냈으니 또다시 5년쯤 어떻게든 되겠지.

괜찮을 거다. 혼자도 아니고, 조금만 더 견디면 된다.

"사랑해, 내 동생."

조금만 더.

차가 멈추어 섰다. 컨테이너에서 내려서자 아직 완성되지 못한 벽이 눈에 들어왔다. 새로운 사육 시설은 성체 기승수들도 충분히 활동할 수 있도록 최대한 넓게 지을 예정이었다. 근처에서 물을 끌어와 큼직한 인공 호수도 만들기로 했다. 어떤 몬스터를 데리고 오게 될지 모르니까.

블루를 위한 집은 가장 먼저 만들어졌다. 운동장이나 기타 시설은 완공까지 한참 남았지만, 어차피 블루는 비행형이라 담장 따윈 있으나 마나였다.

"블루야, 저기가 네 새집이야."

저기 저 끝에 만들어진 높다란 새집과 비슷한 건축물. 탑처럼 길고 튼튼한 받침대 꼭대기에 항아리형 새 둥지 같은 집이 놓여 있었다. 둥지 앞쪽으로 내려설 수 있는 너른 판도 마련되어 있다.

"집, 알지? 집."

- 꺄아우.

블루가 부리 끝을 까딱거리곤 날아올랐다. 둥지 앞에 내려서서는 머리만 넣어 안을 살피더니 훌쩍 들어간다. 크기도 적당하네. 황금 그리폰 두어 마리쯤은 들어갈 수 있을 정도였다. 블루 외의 다른 그리폰도 또 데리고 올 수도 있겠지. 무리 생활을 한다고 했으니 친구가 생기면 좋아할 것이다.

"한 소장님! 동생도 같이 왔네?"

그때 차 소리와 함께 익숙한 목소리가 들려왔다. 문현아였다. 지붕이 열린 지프차가 우리 옆에 와 섰다. 그녀가 차 문을 열지도 않고 훌쩍 뛰어넘어 내려섰다.

"여긴 어쩐 일이세요?"

"어쩐 일이긴, 오늘 블루 온다기에 한 바퀴 둘러보려고 왔지. 아직은 볼 거 딱히 없긴 하지만."

소록이 집도 건축 들어가서 직접 확인도 할 겸 왔다고 하였다. 문현아가 둥지 밖으로 머리를 내민 블루를 흐뭇하게 바라보았다.

"예림이가 그러던데 비행 속도 장난 아니라며?"

"측정해 보진 않았지만 비행 스킬에 공기 저항까지 감소시킬 수 있다니까 대단하겠죠."

S급 스탯에 튼튼한 날개. 그것만으로도 시속 수백 킬로미터대는 나오지 싶었다. 평범한 새도 수평 비행 속도 백 킬로미터 중후반대까지 나온다니까. 거기에 스킬이 더해지면 어마어마하겠지.

내 말에 문현아의 입꼬리가 더더욱 위로 올라갔다.

"보통 하강 속도가 더 빠르니까, 음속 찍는 거 아니냐."

그래도 생물인데 그 정도까지 갈까 싶지만, 모를 일이긴 하다. 누구 씨는 대형 크루즈선도 폭파했는걸.

"온 김에 형님도 한 바퀴 돌아 볼래?"

문현아가 차 뒷좌석 문을 열어 주며 말했다. 고개를 끄덕이곤 유현이와 함께 차에 올라탔다.

차가 공사가 진행 중인 시설을 한 바퀴 크게 돌았다. 산의 사용 허가가 떨어지면 산 쪽으로 통로를 연결할 예정이라고 하였다. 인공 호수가 들어갈 곳은 아직 자리 표시만 되어 있었다. 어느새 나타난 블루가 차를 따라 날아왔다.

"훈련소 측도 기대가 크더라."

상급 헌터 훈련소 주차장에 차가 멈추고 문현아가 말했다.

"비행형 몬스터는 까다로우니까."

"쉽게 접하기도 힘들죠. 관찰하는 것만으로도 도움이 될 겁니다. 거기에 블루는 그리폰이라 지상형 몬스터의 특징도 동시에 지니고 있죠."

S급 몬스터와 안전하게 모의전을 해 볼 수 있다는 것이다. 그걸 빌미 삼아 신 사육 시설 건축 허가와 지원을 쉽게 얻어 낼 수 있었다. 블루는 놀이 대상이 생기고, 헌터들은 좋은 훈련 기회를 얻게 되고. 일석삼조쯤 되겠다.

"물론 애들이 다치는 일은 절대 생겨선 안 되겠지만요."

블루라면 웬만해선 다칠 일 없긴 하겠지만. 훈련소 안으로 들어가자 몇

몇 헌터가 우리를 알아보고 인사를 건네 왔다. 운동장으로 블루가 내려서자 호기심 어린 눈빛들이 쏟아졌다.

"앞으로 우리 블루 잘 부탁드리겠습니다."

애가 활발하고 사람들과 노는 거 좋아한다는 말에 헌터 중 하나가 앞으로 나섰다.

"혹시 지금 놀아 줘도 될까요?"

"네, 물론 되죠. 다만 조금 거칠게 덤벼들 때도 있습니다. 상급 헌터이시니 크게 다칠 정도는 아니겠지만요."

"자잘한 부상이야 흔한 일이죠."

터프하시네. 헌터가 날이 없는 긴 연습용 봉을 들고 블루에게로 다가갔다. 블루가 꺅꺅대며 봉을 덥석 물고 당겼다. 둘이서 힘겨루기를 하는 사이 다른 헌터도 끼어들었다. 블루를 붙잡겠다고 덤벼들던 헌터가.

퍽!

"억!"

커다란 날개에 후려 맞곤 나뒹굴었다. 곧장 몸을 튕기듯 일어난 헌터가 다시금 힘차게 뛰어든다. 블루는 마냥 재밌다는 듯 신이 나서 이번에는 꼬리를 휙 채찍처럼 휘둘렀다.

잘 노네, 우리 블루.

"누가 애들 아빠 아니랄까 봐 표정 좀 봐라."

"흐뭇한 광경이잖습니까."

문현아가 고개를 절레절레 젓더니 돌연 목소리를 확 낮추었다.

"우리 쪽 노인네들이 요즘 도련님네 꼴 보기 싫어한다는 거 아시나? MKC 다음은 당연히 브레이커라고 생각했는데 해연이 치고 올라왔잖아."

예전에는 세성, MKC, 브레이커. 대놓고 말만 안 했지 이렇게 1, 2, 3위가 뚜렷했다. 4위는 한신이고, 해연은 5대 길드로 막 진입한 신입쯤 되었다.

"세성 다음을 이젠 해연으로 봐야 하지 않겠냐는 말이 나오고 있어서 영 언짢들 하신가 봐. 한신과 협력하자는 소리도 나오더라."

자기한테도 불똥 튄다며 문현아가 인상을 찌푸렸다.

"예림이랑 비교하는 소리까지 나온다니까. 원래도 일본은 구경할 겸 가려고 했는데, TV에 얼굴 최대한 비치고 시비라도 걸어서 한일전 두 번째라도 따오라고 지랄을… 아, 진짜."

애들은 들으면 안 되는 소리가 짧게 흘러나왔다. 열받을 만은 하다. 역시 어떻게 엎어 버리면 좋을 텐데.

"헌터 길드에 S급 각성자 비중이 크긴 하지만 그래도 규모 면에선 해연은 아직 작은데 말이에요."

물론 금방 커지겠지만.

"사육소를 묶어서 보는 사람이 많아서 더 그래. 혈연이잖냐. 길드장이랑 사육소장이 친형제에 딱 달라붙어 있으면 사실상 끝난 거지."

사이도 과하게 좋지 않냐는 말에 무심코 유현이를 돌아보았다. 그렇다고 일부러 나쁜 척할 수는 없잖아. 지금도 저렇게 반사적으로 웃어 주는 동생인데. 심지어 같이 살기도 하고. …이건 진짜 오해할 만하겠구나.

해연 길드장이 형이랑 같이 삽니다, 하고 공식적으로 알려지진 않았다. 아직 유현이 주소지는 해연 길드 자택이었다. 그래도 출퇴근하는 모습 여러 번 눈에 띄었을 테니까 알 사람은 다 알겠지.

집 나가라고, 는 절대 못 하고. 에이 몰라. 어차피 거대 길드들 사이에서 중립 유지하겠습니다는 그 거대 길드 하나가 박살 나고 균형 와장창 깨진 시점에서 망한 셈이고. MKC가 이렇게 빨리 무너질 줄이야 나도 몰랐지.

"발목 잡고 귀찮게 구시는 분들 엎을 생각 드시거든 언제든 말씀하세요. 적극적으로 협조해 드리겠습니다."

"너무 유혹하지 마, 한 소장님."

얽힌 거 상처 없이 끊어 내기란 쉽지 않다며, 문현아가 씁쓸한 미소를 머금으며 말했다.

"자주 올게, 블루야."

- 꺄우.

부리부터 목덜미까지 길게 쓰다듬어 주고는 블루와 작별 인사를 했다. 블루는 나를 빤히 바라보다가 다시 헌터들과 놀기 시작했다. 잘 지낼 거 같아서 한결 마음이 놓였다. 어차피 그리 먼 거리도 아니고.

훈련소를 떠나 사육소가 아닌 해연 길드로 향했다. 해연에 남아 있는 몬스터 새끼들을 데리고 오기 위해서였다.

해연 길드 주차장에 도착해 안으로 들어가려는데 예림이가 마침 나오고 있었다. 머리부터 발끝까지 좌악 관리받은 데다 표정도 들뜨고 환해서 평소보다 더욱 반짝거려 보였다. 마음만이 아니라 실제로 동동 떠서는 내게 훌쩍 다가왔다.

"아저씨! 수영복 샀어요?"

"…어? 아니, 난."

애초에 수영 잘하지도 못하는데. 던전 돌다 보면 물에 빠질 일도 있으니까 딱 뜨는 정도나 배워 뒀지. 안 샀다는 말에 예림이가 입술을 오리처럼 내밀었다.

"그러게 같이 사러 가자고 했는데! 전 또 인터뷰 있어서 나가 봐야 하니까."

예림이가 내 옆에 서 있는 유현이를 돌아보았다.

"길드장님이 책임지고 준비시켜요. 그냥 내버려두면 아저씨 틀림없이 출발 전까지도 모른 척 앉아만 있을걸요?"

"애초에 지금 9월이야, 예림아."

아직 더운 편이긴 하지만 물놀이하기엔 좀 늦었지 않나. 일본 날씨는 어떤지 모르겠다만 가까우니까 비슷하지 않을까.

"걱정 마세요. 호텔 야외 풀은 온수 넣어서 한겨울에도 놀 수 있대요. 아님 바다 데워 버리면 되죠."

"되긴 뭐가 되냐. 당연히 안 돼."

최소한 동해 쪽은 안 된다. 대결 장소도 일부러 태평양 쪽으로 부탁했다. 혹시 모르니까.

"아무튼 아저씨, 수영복 최소 다섯 벌!"

"…뭐?"

"여행 가서 입을 옷도 새로 사고요, 선글라스랑 모자도요. 챙 이만큼 큰 거, 아, 어제 산 것 중에 괜찮은 거 있는데 아저씨 줄게요!"

예림이가 두 팔을 활짝 벌리며 말했다. 과장된 거겠지만 너무 크잖아. 모자가 아니라 우산인 거 아니냐. 예림이에게 수행원이 이러다 늦는다고 재촉해 왔다.

"오늘 꼭 사세요, 꼭이요!"

길드장님 잊지 마라! 하며 예림이가 차에 올라탔다. 예림이의 잔소리를 묵묵히 듣고 있던 유현이가 나를 돌아보며 말했다.

"새끼 몬스터들 옮겨 놓고 같이 사러 갈까?"

"그럴 거 없어. 내 거만 사면 되는데 귀찮게 뭐 하러 나가냐. 꼭 살 필요도 없고."

대여해 주지 않나. 안 해 주나?

"나도 없어."

"너도? 진짜?"

당연히 있을 줄 알았는데 의외다. 하긴 수영복 입고 수영할 일이 딱히 없긴 하겠지. 그럼 사러 가야 하나. 하지만 진짜로 물놀이할 생각은 없는데.

'…솔직히 좀 부끄럽기도 하고.'

뭐랄까, 비교되잖아. 내 개인적으로야 여러모로 잘난 동생이 자랑스럽지만 남들 보는 눈 있는 데서 벗는 건… 쪽팔렸다. 그래도 내가 형인데 차이 나게 부족하니까.

'심지어 노아랑 명우도 같이 가기로 했고, 성현제도 있을 건데. 만약에 셋 다…….'

으아, 악. 역시 안 된다. 예림이가 수영장에 억지로 끌고 간다고 해도 옷 껴입고 있어야지.

"형?"

"어, 응. 사육장 정리 끝나고 나면 연락할게. 같이 사러 가자."

그래도 유현이 건 사긴 사야지.

동생을 보낸 뒤 해연 길드의 몬스터 사육장으로 향했다. 사육장을 따로 만들지 않고 지하의 단련실 두 개를 비우고 우리를 넣어 둔 것일 뿐이라 상대적으로 초라하게 느껴졌다. 그래도 새끼 몬스터의 관리는 철저하게 이루어졌다. 매일 산책 겸 운동도 시킨다고 하였다.

"그럼 전부 사육소로 옮기는 겁니까?"

해연의 새끼 몬스터 담당자가 말했다.

"다섯 마리뿐이니까요. 크기도 그리 크지 않고. 이번에 그리폰이 옮겨 가고 암룡과 유니콘들도 곧 성체가 될 예정이라 자리는 넉넉합니다."

코메트는 물론이고 하양이와 까망이도 모두 현재의 사육소를 떠나게 될 예정이었다. 그럼 소록이만 남게 된다. 벨라레는 크기도 크기지만 독 때문에라도 사육장에 두긴 힘들고.

"사육소 쪽으로 옮겨 가는 게 몬스터들한테도 더 나을 거예요. 원하신다면 계속 애들을 맡으실 수 있도록 말해 주겠습니다."

"감사합니다."

그간 정이 들었던지 담당자가 반색하며 고개를 끄덕였다. 그 맘 잘 알지. 몬스터라고 해도 새끼는 귀엽다.

"이미 알고 계시겠지만 남은 다섯 마리는 전부 A급 몬스터의 새끼입니다."

내가 몬스터를 키워 낼 수 있다는 사실을 알고 나서 해연이 전 세계에서 급히 사들인 새끼 몬스터는 최상급 한 마리, 상급 일곱 마리였다. 최상급은 블루고 남은 일곱 중 둘은 하양이와 까망이다.

"이쪽 방에는 세 마리가 머물고 있습니다. 그중 두 마리는 백색 나무 늑대입니다."

화이트 우드 울프. 3W라고 영미권에선 유명한 몬스터였다. 그 동네 상급 던전에서 자주 출몰하며, 소규모 무리를 지어 몰려다니는데, 머리가 좋아 어설픈 헌터 팀이 잘못 걸리면 몬스터한테 농락당하다 몰살되기 십상이었다. 하필 환경도 하얀 숲이고 위장 은신에 능해 상대하기 까다롭기로 악명 높았다.

해외 던전 공략 방송에서 긴장감 도는 배경음과 함께 가운데 세 손가락을 펼쳐 보이는 장면이 인상 깊었지. 숫자 3과 W 모양. 백색 나무 늑대의 흔적이 있다는 유명한 수신호였다.

- 그르릉.
- 갸르르.

우리 너머에서 하얀 털의 강아지들이 캬릉대며 폴짝폴짝 뛰었다. 강아지긴 강아진데 흰 털이 워낙 두툼하고 까만 코와 눈알만 도드라지다 보니 꼭 새끼 곰 같다. 귀엽네. 다 크면 코는 하얗게, 눈은 청회색으로 변한다.

"기승수로 키울 수 있다는 소식이 알려지고 나서 되사겠다는 요청이 몇 번이나 들어왔었죠."

물론 전부 거절했다며 담당자가 웃었다.

"똑똑하고 단체로 움직이는 데 능한 몬스터이니 단순한 기승수가 아니라 팀의 전력으로 큰 도움이 될 거라는 평이 있습니다."

헌터 팀에 섞인 한 쌍의 거대 흰 늑대라. 상상만으로도 멋지네.

새끼 늑대들 우리와 떨어져 놓인 우리에는 큼직한 도마뱀이 웅크리고 있었다. 새끼치고는 벌써부터 꽤 크다.

"위넨 호수 도마뱀입니다. 다 자라면 사람 열은 올라탈 수 있는 덩치에 속도도 빠른 편이고, 무엇보다 튼튼해서 힐러와 보조계들을 방어하는 역할로도 좋을 거라더군요."

이동형 요새 같은 건가. 단순히 기승수, 라고 묶어 표현하고 있지만 몬스터의 종류와 스킬이 다양한 만큼 각각의 능력도 적성도 다 달랐다.

푸른 비늘을 지닌 도마뱀이 머리를 들어 나를 바라보았다. 그래도 새끼라고 동글동글한 편인 머리통이 제법 귀엽다.

"옥상정원에 연못이 있는데 그 근처에 따로 우리를 마련해 주는 게 좋을까요?"

"그럼 좋죠. 단독 생활 하는 종이라 혼자 두면 오히려 더 편해할 겁니다."

옆방으로 가자 새끼 타조와 새끼 양이 우리를 빤하게 쳐다봐 왔다. 새끼 양은 온통 까매서 먹구름이 굴러다니는 것만 같았다.

- 꾸익.

새끼 타조가 창살 사이로 머리를 쭉 내밀며 부리를 좌악 벌렸다. 보송보송한 솜털 날개가 파다닥 홰를 쳤다.

"좀 초라해 보이지만 다 크면 빠릅니다. 아주 빠르죠."

속도는 물론 회피력도 대단해서 못 잡아서 던전 공략을 못 할 정도란다. 하지만 공격력은 A급 몬스터치곤 약하다고 하였다. 그냥 빠르기만 하다고.

"화산흑양, 귀엽죠. 성체는 모습이 상당히 달라져서 처음에는 새끼가 아니라 다른 종의 몬스터로 오해받기도 했습니다. A급 던전에 너무 약한 몬스터가 있다는 게 신기해서 사로잡았다더군요."

- 매애애.

우리로 다가가자 새끼 양이 작게 울었다. 털 진짜 부드러워 보인다. 어떻게 자랄진 모르겠지만 양도 괜찮지 않을까. 송 실장님한테. 끌어안고 있으면 기분이 절로 좋아질 거 같은데.
"얘 털 감촉 좋나요?"
"엄청요. 끝내줍니다."
각성자 관리실에 한번 데리고 가 볼까. 만져라도 보시라고.
'…또 답장이 없긴 하지만.'
분명 아침에 공략 끝났다고 했는데. 일부러 소식 듣고 한 시간쯤 지나서 문자 보냈건만 아직 답장이 없었다. 막 나와서 바쁠 수도 있겠지만. 세성 던전 건물도 하나 날아갔고.
새끼 몬스터들을 데리고 사육소로 이동했다. 도마뱀도 일단은 1층 우리에 넣어 두고 연못을 살펴보기 위해 옥상정원으로 올라갔는데.

- 꺄야꺅!

"…블루야?"
여기 없어야 할 황금빛 그리폰이 내 앞으로 날아왔다. 내게 먼저 부리를 대곤 해연의 몬스터 담당자를 반짝거리는 눈으로 바라보았다.

"새끼 때 잠깐 봤는데 기억하는 걸까요? 그런데 블루는 경기도 사육 시설로 옮겼다고 하지 않으셨습니까."

"옮겼죠, 오늘."

이사했는데, 그런데 있네. 내 주위를 빙그르 도는 블루의 모습에 가슴이 살짝 짠해졌다. 재밌게 잘 놀고 있었는데, 그래도 여기가 집이라는 걸까.

"블루야, 하지만 여긴 네게 많이 답답할 거야."

- 꺅.

"새집이 훨씬 더 넓고 마음껏 놀 수 있어."

이걸 어떻게 설명하고 어떻게 돌려보내지. 그때 블루가 공중으로 훌쩍 날아올랐다. 내 눈으론 작은 점처럼 보이는 높이까지 순식간에 치솟더니, 이내 사라져 버린다.

"순간이동 스킬 있는 건 아니죠? 진짜 빠르네요."

담당자가 감탄했다. 상급 새끼 몬스터 담당이라 스탯이 B급인데도 제대로 못 볼 정도라니. 진짜 빠르구나. 잠시 멍하게 하늘을 바라보았다. 새파랗고 맑았다.

'…안 오네.'

어디까지 간 거지. 조금 더 기다려 보았지만 블루의 모습은 나타나지 않았다. 이거 설마. 혹시나 싶어 휴대폰을 꺼내어 전화를 걸었다.

"네, 혹시 블루가 거기 있나요?"

새 사육 시설로 옮겨 간 블루 사육 담당자에게 묻자 잠시만 기다려 달라더니 답변이 돌아왔다.

[훈련소 쪽으로 갔다고 합니다. 잠깐 산에 산책 갔었나 봐요.]

산책… 음. 알겠다고 대답하곤 헌터 훈련소와 여기의 거리를 확인해 보았다. 차로는 한참이지만 직선거리로는 50킬로미터가 좀 못 된다. 지금 10분도 채 안 지났으니까.

'…이거 설마 블루한테는 집 앞 놀이터쯤 되는 건가?'

이사가 아니라 그냥 집 근처에 놀이터 새로 생겼으니 놀러 다니렴, 하는, 뭐 그런 거?

"어… 아무래도 블루가 이사한 걸 잘 모르는 모양입니다. 블루에게는 너무, 가깝게 느껴지나 봐요."

옥상정원의 블루 집, 철거하려 했는데 그냥 놔둬야겠네. 이사가 이사가 아니게 된 셈이지만 괜히 조금 기뻤다. 녀석도 참.

'어, 답장 왔다.'

송태원으로부터 문자가 들어왔다.

[별일 없었습니다. 걱정해 주셔서 감사합니다.]

무사히 공략 끝낸 것을 축하하며 던전 안에서 이상한 일 없었냐며 몸은 괜찮으시냐는 물음에 대한 답장이었다. 송태원은 시선을 느끼지 못한 걸까.

'그럼 정말로 나와 관련 있는 건가.'

유현이와 예림이, 성현제는 나와 여러 번 던전에 들어갔었다. 반면에 송태원은 아니었고. 확실한 건 아니지만 조심하는 편이 좋겠다.

[언제 한번 사육소에 들러 주세요. 아주 귀엽고 폭신한 새끼 양을 데리

고 왔는데 송 실장님 생각이 나서요. 아니면 제가 가도 괜찮고요. 진짜 귀엽습니다.]

만져 보면 송 실장님도 반하지 않을까. 중독성 있는 촉감이었어. 피스가 없었다면 집에까지 데리고 왔을지도 모른다. 정말로 포근했지. 하지만 집에서 내 무릎 위는 피스 지정석이라. …피스 던전 들어가면 살짝 데리고 올까.

"진짜 안 돼요?"

문자 보내는 사이 예림이가 재차 졸랐다. 나를 대신해 유현이가 딱 잘라 말했다.

"안 돼."

"한유현 너한테 물은 거 아니거든? 여기 아저씨 집이야!"

"털 날리는 건 피스와 박예림 둘만으로도 충분해."

"뭐? 털? 야! 넌 머리털 안 빠지는 줄 아냐! 네 머리털이 제일 튀거든?"

예림이가 양팔에 강아지들을 껴안고서 소리쳤다. 예림이에게 붙들린 새끼 늑대들이 작게 낑낑거렸다.

집에 온 예림이에게 블루에 대해 말해 주면서 사육장에 새끼 몬스터들을 더 데려왔다고 했다. 해연에 있을 땐 미처 못 봤다며 구경하고 오겠다더니 새끼 늑대들을 양옆에 끼고 온 것이었다. 어릴 때부터 강아지 키우고 싶었다나.

"예림아, 바로 아래층에 있으니 언제든 보러 갈 수 있잖아."

"하지만 벌써 절 이렇게 좋아하는데요. 제 방에 데려가면 안 돼요?"

예림이의 말대로 하얀 털 뭉치 둘은 예림이에게 바싹 달라붙어 있었다. 하지만 그게 예림이를 좋아해서라기보다는…….

'겁먹은 거 같은데.'

조금 떨어진 곳에서 피스가 꼬리로 탁, 탁 느리게 바닥을 치며 강아지

들을 노려보고 있었다. 새끼 늑대들이 집에까지 들어온 게 마음에 안 든다는 눈치였다. 몬스터지만 일단은 고양잇과와 갯과이니 사이가 쉽게 좋아질 것 같지도 않고.

피스가 간간이 송곳니를 드러낼 때마다 새끼 늑대들이 바짝 굳어 버리는 게 보였다. 애들이 불쌍해서라도 역시 안 되겠다.

"미안하지만 예림아, 역시 집 안은 안 돼. 그리고 예림이 너한테도 언젠가 전용 기승수가 생길 거잖니. 그땐 새끼 때부터 같이 지낼 수 있게 해 줄게."

예림이가 서운해하면서도 순순히 고개를 끄덕였다. 착하기도 하지.

"누나가 자주 보러 갈게, 밀키, 블랑."

이름은 또 언제 붙였대. 예림이 인형들 중에 저 이름 있었던 거 같은데. 돌아서는 예림이를 보자 미안해졌다. 강아지 키우고 싶었다는데. 바로 아래층에 있을 거긴 하지만.

- 갸르릉.

예림이와 새끼 늑대들이 나가자 피스가 다가와 내 다리에 몸을 비볐다. 기분 좋아 보이는구나, 피스야.

"일본에 피스도 데리고 간다면서?"

유현이가 돌아서며 말했다. 동생을 따라 걸음을 옮기며 고개를 끄덕였다.

"그쪽에서 먼저 데리고 와 달라고 요청했다더라. 일본도 참 특이해. S급들 여럿이 간다고 하면 거부감 느낄 줄 알았는데 오히려 좋아하다니."

예림이만 입국을 받아들이지 싶어 안전을 핑계로 S급 헌터 둘 이상 동행 가능하게 해 달라고 조율할 생각이었는데. 일본 측에서 먼저 한유현 헌터도 왔으면 좋겠다고 말해 왔다. 그 밖의 다른 헌터들도 얼마든지 환영이라나.

"노아와 리에트는 타국 출신이니 일본으로 끌어들일 수 있지 않을까 싶어서겠지만."

특히 둘 다 현재로선 프리 헌터니 탐날 만도 했다. 리에트는 안 간다고 했지만. 피스를 안아 들며 소파에 앉았다. TV를 틀자 또 한일전 관련 방송이 나오고 있었다. 예림이와 상대인 일본 헌터에 대해 나름 분석도 하고 있다.

[박예림 헌터의 경험 부족이 가장 큰 약점이라고 하나 대신 지형적 조건의 유리함이…….]

그러면서 슬라임 던전을 걸었다는 것에 대한 비판도 나오고 있었다. 찬물 끼얹는 짓은 자제하기로 되어 있었기에 잠깐 언급만 되고 말았지만. 언론을 휘두르는 게 이래서 무섭다니까. 문제점을 감쪽같이 숨기거나 축소해 전달해 버리면 대부분의 사람은 쉽게 받아들이고 만다. 그 반대도 마찬가지고.

"예림이나 성한 씨라면 모를까, 유현이 넌 길드장이니 빼낼 수도 없을 텐데. 무슨 엄청난 조건이라도 제시하려나? 혹시 천둥새의 예장이 밑밥 같은 거였나."

"뭘 내놓든 난 관심 없어."

내 옆에 앉은 유현이가 말했다.

"이미 충분하니까. 난 지금의 일상을 지킬 수만 있다면 그걸로 만족해."

"…다른 건 필요 없고?"

"우리 집에 돌아왔잖아. 집에. 일본에서 형을 확실하게 지킬 수 있을 만한 아이템이라도 준다면 모를까, 그럴 리는 없으니까."

세상 구할 만한 아이템이 갑자기 일본에서 튀어나오면 웃기기는 하겠다.

"그래, 나도 지금처럼만… 계속 이렇게 지낼 수 있으면 좋겠다."

집에 강아지 데리고 들어오면 안 돼! 가 큰 사건이고. 저녁에 뭐 먹을까 고민이나 하며 살았으면 좋겠다.

하지만 애들이 던전에 들어가면 나는 또 불안해지겠지. 쌓인 일은 잔뜩이고 앞으로 또 무슨 문제가 생길지 알 수도 없고. 내 인생 왜 이렇게 팍팍하냐.

"…있잖아, 형."

유현이가 조심스럽게 말머리를 꺼냈다. 무슨 일인가 싶어 돌아보자 얼굴 가득 풀 죽은 기색이 짙었다. 뭐지. 나 모르게 사고라도 쳤나.

"내가 각성하고 나서, 각성한 지 얼마 안 지났을 때. 형 많이 힘들게, 했었잖아."

머뭇거리며 하는 말에 머릿속이 새하얘졌다. 그때가, 그러니까.

"아니야."

"형."

"난 기억도 잘 안 나."

8년 전이니까. 그러니까 잘 생각도 안 난다. 가물가물해질 만큼 오래된 일이다.

"그러니까 신경 쓰지 마. 괜찮아. 지나간 일이야."

괜찮다며 웃었다. 그래도 이때까지는 그렇게까지 나쁘진 않았으니까. 지금의 유현이는 그 뒤의 일은 모르니까. 관계없는 일이다. 그냥 나만 조금, 이따금 신경 쓰일 뿐이다.

"그냥 잠깐 틀어졌을 뿐이잖냐. 가족끼리 그럴 수도 있지. 살다 보면 심하게 다퉜다가, 화해하기도 하고. 지금은 다 괜찮으니까, 괜찮아."

이제 와서 굳이 끄집어낼 필요 없는 기억이다. TV로 시선을 돌렸다. 예림이의 인터뷰가 재방송되고 있었다. 자신만만하게, 환하게 웃고 있었다.

"야, 일본에서 혹시 너 빼내려 들거든 혹하는 척하면서 이것저것 받아 먹어. 준다는 건 거절할 필요 전혀 없지. 챙길 거 다 챙기고 입 닦고 귀국하면 그만이잖아."

특히 명우와 노아에게 선물 공세 같은 거 해 오지 않을까. 미리 받은 게 다 마음에 들다 보니 은근 기대되네. 그때 문 열리는 소리가 들려왔다.

"예림아, 털 떼고 들어와라."

"네!"

늑대들 새끼라서인지 풍성한 것치곤 털이 덜 빠지긴 했지만 안 빠지진 않았다. 예림이가 뛰어와 내 옆자리에 풀썩 앉았다.

"밤에 미리 짐 챙겨 놔."

"오늘 아침에 다 싸 놨어요~"

빠르기도 하다. 어차피 챙길 게 그리 많지는 않지만. 만일을 대비해 휴대폰 공기계를 세 개 더 사 놓았다. 혹시 음식이 애들 입에 안 맞을 수도 있으니 아침에 반찬 따로 챙기는 거 잊지 말아야지.

별일 없이 잘 다녀왔으면 좋겠다.

출국을 위해 도착한 공항에 사람들이 득시글거렸다. 기자는 물론이고 단순한 구경꾼들도 가득했다. 예림이는 단체로 응원 나온 사람들에게 감사를 표하고 또 인터뷰도 하고 사진 찍을 수 있도록 포즈도 취해 주느라 바빴다.

"이기고 올게요!"

예림이가 손을 흔들자 와아아, 하는 함성이 일었다. 유명 연예인 뺨칠 인기였다. 사실 연예인 앞에 둬도 꿀릴 거 전혀 없지만. 평소에도 광고 제의가 많이 들어왔지만, 이번 일까지 더해 광고는 물론 협찬이라도 제발 받아 달라며 매달리는 브랜드들이 엄청났다. 지금 쓰고 있는 저 모자도 예림이가 직접 고른 협찬품이었다.

연이어지는 응원 속에서 수속을 마치고 라운지로 향했다. 너른 라운지에는 문현아가 먼저 와 있었다. 헌터협회에서 나온 사람들도 보였다.

"한 소장님, 예쁘게 차려입었네."

예쁘게는 또 뭐야. 그냥 주는 대로 입은 건데.

"리에트 헌터와 가까운 사이인 줄은 몰랐습니다, 브레이커 길드장님."

S급 헌터들이 우르르 해외로 나가게 되면서 자연히 국내 안전에 대한 우려가 나왔다. 제각기 던전 공략은 해 놓은 뒤지만 혹시라도 던전이 터지면 수습해 줄 헌터들이 필요하니까.

그래서 해연은 S급 헌터인 김성한이 자리에 남고 S급 기승수인 블루의 증표까지 그에게 맡겼다. 세성에도 S급 헌터인 에블린이 있으니 별문제 없었다.

문제는 브레이커였는데 리에트를 임시 고용하여 해결한 것이었다.

"뒤끝 없고 털털하잖아. 우리 꽤 잘 맞아. 애초에 나랑 사이 나쁜 여성 헌터는 거의 없거든. 내가 좀 인기가 많지."

"에블린 헌터만 빼고 말입니까."

"아, 걔는 진짜 성격이 안 맞고. 능력 되면서도 뒤에서 헛수작 부리기 좋아하는 인간이랑은 껄끄러워서라도 가까이 지내겠냐."

그러면서 나한테도 조심하라고 충고해 주었다. 저번에도 가까이하지 말라더니, 진짜 싫어하는 거 맞나 보다.

"기내에서는 몬스터들이 돌아다니지 않도록 주의해 주십시오."

라운지를 동동 떠다니는 삐약이를 보며 협회 직원이 말했다. 당연히 그래야겠지만 삐약이 녀석 갑자기 공간이동하진 않겠지. 벨라레도 돌아다니고 싶어 했지만, 안전을 위해 내 손목에서 떨어지지 못하게 했다.

피스는 의자 위에 얌전히 앉아 있었고 예림이는 노아와 함께 간식거리를 고르고 있었다. 명우는 휴가 간다고 일을 몰아 했다더니 피곤한 표정이었다. 아이템 제작이 아니라 대장간 사람들 수련을 도와주느라 바빴다나.

바로 이틀 전, 명우 대장간 소속 서동백과 이민석이 하급 아이템 제작에 성공했다고 들었다. 완성된 아이템의 가치는 낮았지만 제작 스킬 없이도 아이템을 만들 수 있게 된 것이었다. 중급 아이템까지 제작 가능해지면 대대적으로 발표할 예정이었다.

"형도 뭔가 먹을래? 아침 식사 제대로 못 했잖아."

"그럴까. 공항 라운지에 뷔페가 차려져 있을 줄은 몰랐는데."

홍콩 갈 땐 라운지를 들르지 않았다 보니까. 사실 이런 곳이 있는 줄도 몰랐다. 비행기 탈 일이 있었어야지. 음식 종류는 꽤 많았다. 와인도 있고. 간단하게 샌드위치라도 먹을까 하는데 문이 열리며 송태원이 들어섰다. 무슨 일이지.

"바쁘실 텐데 여기까지 배웅 오신 거예요?"

S급들 드글거리는데 괜찮은 걸까. 일반인도 많긴 하지만. 내 말에 송태원이 나직이 대답했다.

"사고 대비차입니다. 해외에서의 일까지 제가 참견할 수는 없지만……."

라운지 풍경을 바라본 그가 한숨을 삼키는 듯한 표정으로 말을 이었다.

"무사히 다녀오시길 바랍니다."

표정은 부디 사고 치지 마세요, 인 거 같은데.

"이번 일본행에서 저는 얌전한 구경꾼이니 걱정 마세요. 송 실장님께서도 잘 지내시고 시간 나시면 사육소에 들러 주세요. 미리 말은 해 놓았으니까요."

새끼 양 한 번만 만져 보시죠. 진짜 귀여운데, 라는 내 말에 송태원은 대답 없이 한쪽으로 가 섰다. 식사는 제대로 하셨으려나. 샌드위치 드시지 않겠냐고 물어볼까.

샌드위치를 접시에 담는 사이 유현이가 음료를 따라 주었다. 예림이가 이 쿠키 맛있다며 내 접시에 얹어 주고는 아이스크림을 가지러 뛰어갔다. 저 케이크도 맛있었어요, 하고 말한 노아가 명우에게 커피 마시지 않겠냐고 물었다. 문현아는 아예 식사를 따로 주문했다. 라운지에 왜 요리사도 있냐. 여기가 식당이야 공항이야.

벌써부터 놀러 온 분위기가 나서 좋기는 했다. 스테이크 굽는 냄새가 퍼져 나갔다. 예림이가 저도요, 하고 외쳤다.

"유현이 너도 먹지 그래?"

"난 배 별로 안 고파."

은근 입이 짧다니까. 집에선 음식 투정하는 일 거의 없었지만. 간식이라도 먹으라고 쿠키를 내밀었다. 그래도 내가 주는 건 잘 받아먹긴 했다.

— 삐약!

문이 다시 열리고 삐약이가 소리를 냈다. 부딪힌 건가 싶어 돌아보자 바랜 듯 색 옅은 머리카락 위에 올라앉아 있다. 성현제가 아무렇지도 않게 걸어 들어왔다. 평소처럼 적당한 인사말을 던지려다가, 그와 눈이 마주쳤다.

…순간 아무 말도 못 하고 시선을 피해 버렸다.

"이제 다 모인 건가. 출발 시간은?"

문현아의 물음에 비행기 준비는 이미 끝났다는 대답이 돌아왔다. 이거 다 먹고 바로 가자며 포크가 접시에 닿는 소리가 들려왔다. 예림이가 아이스크림 챙겨 가도 되냐고도 물었다. 숨 한번 삼키고 다시 성현제를 바라보았다. 삐약이를 손에 들고 있던 그가 나를 향해 미소 지었다. 평소와 별다를 바 없는 표정이다.

"삐약이가 실례를 저질렀네요. 이리 주세요."

말없이 다가온 성현제가 삐약이를 건네주었다. 삑삑거리는 새끼 새를 품에 안아 들었다. …뭐라고 먼저 말 좀 해라. 머뭇거리는 내 팔을 유현이가 붙잡았다.

"슬슬 가자."

"어, 응."

라운지를 나가 한 번 더 단체로 카메라 세례를 받고 비행기에 탑승했다. 비행기는 이내 출발하고 몇 시간 지나지 않아 일본에 도착했다.

"아르테미스 길드 말이에요."

비행기에서 내려서기 전 흐트러진 머리를 손질받고 있던 예림이가 말했다.

"아마테라스야."

"아무튼 거기요. 왜 외국 신 이름을 붙인 걸까요? 그것도 잘 못 들어본 신인데. 유명한 신 많잖아요. 제우스나 아테나나 아폴론, 오딘, 토르 같은."

"그런 유명한 신은 이미 다 있지 않을까. 괜히 말 꺼내진 마. 잘 모르면 가만히 있는 게 최고더라."

길드 이름 짓는 거야 길드장 마음이지. 해외 교류를 위해서는 저런 영어식 이름도 괜찮긴 하고.

"아마테라스는 일본의 신입니다."

근처에 서 있던 가이드가 말했다. 일본 신이라고? 그런데 이름이 왜 저래. 그리스 신일 거라고 생각했는데. 예림이 또한 의외라는 표정이었다.

"일본 왕가의 시조라고 하는 태양신이죠. 그래서 한때는 아마테라스 길드의 오만함을 지탄하는 사람도 많았지만……."

가이드가 목소리를 슬쩍 낮추었다.

"지금은 아마테라스 길드가 실질적인 일본의 왕이나 마찬가지라서요. 대외적으로는 일본과 일본 왕가를 수호하는 역할이라고는 합니다만, 일왕이든 총리든 아마테라스 길드장 앞에서 입도 벙긋 못 합니다."

저런. 역시 단체로 오길 잘했다. 그래도 일본은 아직 국가 기능을 제대로 수행하고 있긴 하지만 혹 모르니. S급 헌터의 수가 이렇게나 많으면 허튼짓은 함부로 못 하겠지.

"덧붙여 아마테라스 길드장의 본명은 숨겨져 있습니다. 자칭 시시오, 라고 합니다만, 크흠."

가이드가 어째서인지 민망해하며 말했다. 뜻이 뭐기에. 통역 아이템 성능이 워낙 좋아서 이름이나 지명 같은 건 번역을 안 해 준다니까. 가끔 원리가 뭔지 궁금해진다.

"형, 잠시만."

유현이가 나를 불러 수면실 쪽으로 향했다. 문을 닫으면 사방이 막히고 방음도 잘되는 곳이었다.

"형을 믿지 못하는 건 절대 아니야. 하지만 여긴 해외니까 더 조심해야 해."

"걱정 마. 벌써 몇 번이나 말했잖아. 절대 혼자선 안 다녀. 피스와 벨라레는 가능한 한 항상 데리고 다닐 거고."

명우의 안경처럼 모습을 변화시킬 수 있는 아이템이 존재할지도 모른다. 그러니 피스와 벨라레를 곁에 두기로 했다. S급 몬스터에 A급 독 스킬이니 S급 헌터가 두엇 동시에 덤벼들지 않는 한 문제없을 것이다.

"스킬도 절대 들키면 안 돼. 특히 공유해 주는, 그건. 전에도 말했지만 정말로 위험해."

공격 스킬 효과 두 배를 말하는 것일 터였다.

"나도 알아. 말하긴커녕 믿을 만한 사람 아니고서야 쓰지도 않을 거야."

"나와 세성 길드장은 그래도 괜찮아. 노아 헌터도 보조계라 실감이 나지 않았을 테니 괜찮았고. 송태원 실장님은, 특이 케이스고. 하지만 다른 헌터들은 아니야."

유현이가 진지하게 말했다.

"이미 손꼽히는 강자라면 그래도 자제할 수 있어. 하지만 그게 아니라면, 특히나 어중간한 전투계 헌터라면, 그 무엇보다 유혹적일 수밖에 없는 스킬이야. 단숨에 최고가 될 수 있으니까."

천재보다는 그에 약간 못 미치는 이들에게 더 매력적일 거라는 건가. 하긴 금메달리스트보다는 은메달이나 아슬아슬하게 순위권 밖인 사람들이 실력 향상에 더욱 간절하겠지.

"단순하게 생각해 봐도 눈 뒤집힐 만한 스킬인 거 알고는 있어."

어디다 대입해 봐도 대단하긴 하지. 예를 들어 내 스킬을 공유받으면 성적이 두 배, 하면… 어, 좀 무서워지는데. 수능 간신히 중간층 찍던 학생이 갑자기 만점 받고. 나만 해도 예림이한테 적용해 주고 싶다. S급 헌터인데 수능도 만점. 유현아, 안 늦었으니 수능 치자.

"조심할게. 진짜로."

어떻게 스킬만 빼서 아이템으로 만들 방법 진짜 없나. 새삼스럽게 또 아쉬워진다.

"준비 다 됐습니다!"

일본 헌터협회에서 나온 사람이 무전기로 연락을 받고 말했다. 나름 신경을 썼는지 한국어다. 피스를 안아 들고 삐약이를 머리 대신 피스의 몸 위에 내려놓았다.

'무슨 S급 헌터 퍼레이드도 아니고.'

한국에서 출발할 때도 그랬지만 지금은 더더욱 창피했다. 정말 하나같이 눈이 부셔서 내가 끼어 있어도 되나 싶고, …선글라스라도 쓸까.

"아저씨, 이쪽으로 오세요!"

예림이가 제 옆을 향해 손짓했다. 아니 네가 주인공이라서, 너무 앞이잖냐. 그래도 차라리 예림이와 문현아 사이에 서는 게 나을 것도 같고.

'일단 성현제 근처는 안 돼.'

키 차이만 해도 심각하다. 괜히 쳐다보았다가 성현제와 눈이 마주쳤다. 또 반사적으로 피할 뻔한 걸 이번에는 마주 보았다. 내가 부족하다고 생각되면 관심 끄시든지. 잠깐 그렇게 시선을 마주했다가 자연스럽게 옮겼다.

명우와 노아 쪽도 역시 만만치 않다. 둘 다 훤칠하네, 하하. 나는 그냥 수행원인 척 뒤쪽에 있으면 안 되나. 잘 가려질 거 같은데.

"아저씨, 뭐 해요?"

기다리다 못한 예림이가 직접 와서 나를 끌고 갔다. 어쩔 수 없이 문현아를 부르려는데 유현이가 먼저 내 옆에 섰다. 응, 뭐. 그럴 거라고 예상은 했다만.

비행기 문이 열리고 붉게 천을 깐 계단이 나타났다. 예림이가 앞장서고 나도 그 뒤를 따랐다.

'…저게 뭐야.'

비행기 밖으로 나오자마자 가장 먼저 눈에 띈 것은 길게 사열해 있는 제복 차림의 사람들이었다. 흰색과 붉은색이 섞인 제복에 가슴 한쪽에는 웬 문양 같은 것도 박혀 있었다. 서양 쪽 가문 문장 비슷한데, 사자인가 저거.

그보다 뭐야, 이게. 도로 비행기로 들어가고 싶다.

"환영 행사도 해 주네요?"

예림이는 마냥 재미있다는 눈치였다. 계단을 가볍게 통통 내려가며 손을 흔들어 준다. 방송국 카메라가 이쪽을 비추는 것에 절로 얼굴이 굳어졌다. 한일 양쪽 다 생방송으로 나간다고 했었지.

비행기 계단에서 조금 떨어진 앞쪽에 덩치 큰 남자가 수행원을 거느린 채 서 있었다. 아마테라스의 길드장이다.

TV로 봤을 때보다 실물이 더 크게 느껴졌다. 뚜렷하게 각진 얼굴에 산발에 가까운 금발이 일본인은커녕 동양인으로도 보이지 않았다. 머리칼은 염색이겠지만. 랭킹전에서는 적발을 하고 나왔지.

아마테라스 길드장 또한 제복 차림이었다. 양옆으로 늘어선 사람들 것과 기본적인 디자인은 비슷하지만 훨씬 화려한… 설마 길드 제복이냐. 길드 제복 맞추는 거 드문 일은 아니지만, 음. 한국에선 잘 없는 일이다 보니. 특히 저런, 의장용 같은 건…….

한국에서 제일 흔한 건 단체 야잠이었다. 소형 길드도 쉽게 맞출 수 있고 예산 되면 던전 부산물로 만들어서 보관 편하고 실용성 뛰어나고.

"일본에 오신 것을 환영합니다!"

"박예림 헌터님, 일본에 오신 것을 환영합니다!"

가려 뽑은 듯 외모가 뛰어난 십 대 중반쯤의 애들이 활짝 웃으며 환영 인사를 해 왔다. 한 명 한 명 반겨 주긴 했지만, S급 각성자들이 모여 있다 보니 어쩔 수 없이 기죽은, 약간 겁먹은 티가 났다.

비각성자 애들을 이렇게 가까이 보내면 어떡하냐. 할 거면 거리 좀 띄운 채 박수나 치게 하지. 관련 스킬이나 아이템이라도 쓰지 않는 한 기세를 최대한 죽인다 해도 어느 정도 영향이 갈 수밖에 없는데.

애들이 물러나고 아마테라스 길드장이 다가왔다. 일본에서 왕이나 마찬가지라더니 거만한 기색이 전신에서 흘러넘치는 듯했다. 예림이가 목을 빳빳이 세우고 그를 마주 보았다.

"일본을 대표하는 아마테라스 길드의 길드장, 시시오다. 박예림 헌터, 이렇게 만나게 되어 반갑군."

"네, 안녕하세요."

예림이가 동네 아저씨라도 마주친 듯 인사했다. 예림아, 자기소개.

"…소개해야지."

작게 속삭이자 아차, 하고 다시 말한다.

"한국의 해연 길드 소속 S급 헌터 박예림입니다. 환영해 주셔서 감사합니다."

아마테라스 길드장이 이번에는 나를 바라보았다. 이를 드러내며 환한 미소를 짓더니 유독 내 품의 피스에게 시선을 길게 두었다.

"한국 기승수 사육소 소장 한유진입니다. 환대에 감사드립니다."

"한 소장님의 이야기는 많이 들었어. 이거 정말 반갑군. 안고 있는 짐승이 그 유명한 화염뿔사자인가."

"네, 피스입니다."

아마테라스 길드장이 대뜸 손을 뻗어 왔다. 그러자 피스가 송곳니를 드러냈다.

- 크르르.

위협하는 목울림에 그가 언짢은 기색 하나 없이 더욱 활짝 웃었다.

"충성스러운 사자라니, 아주 좋아. 해연 길드에서는 아직 두 번째 화염뿔사자 새끼를 구하지 못한 모양이던데."

"새끼 몬스터는 드무니까요."

화염뿔사자가 보스로 나오는 던전은 그사이 두 번 더 공략되었다. 하지만 새끼 몬스터는 나타나지 않았다. 그렇게 쉽게 나온다면 S급 새끼 몬스터 국내 의뢰만으로도 사육소가 넘쳐나겠지.

한국에선 피스 이후로 코메트가 유일한 최상급 새끼 몬스터였다. 상급조차 아직 사로잡힌 적 없었다. 하급은 비교적 흔한 편이지만 그 정도 등급이야 새끼를 키울 필요 없이 성체를 바로 길들이면 되니까.

"화염뿔사자를 얻기 위해 해연 길드에게 몇 번 협력 요청을 했었지만 긍정적인 대답은 해 주지 않더군. 섭섭하게 말이야."
 그렇게 말하며 아마테라스 길드장이 유현이를 쳐다보았다.
 "실제로 보니 더 어리게 느껴지는군, 해연 길드장님."
 "제대로 된 조건을 내놓아야 받아들이지."
 둘 사이에 싸늘한 공기가 맴돌았다. 입국하자마자 싸움 나는 건 아니겠지. 예림아, 좋아하지 마라. 현아 씨도 웃지 마요. 다행히 아마테라스 길드장이 먼저 물러났다.
 "선물까지 갖다 바쳤는데도 까다롭게 구는군. 성의 표시는 충분히 한 것 같은데 다시 한번 잘 생각해 보라고."
 예장을 준 게 그런 이유까지 섞여 있었던 건가. 살짝 기분 나쁘네. 슬라임 던전 공으로 먹을 속셈인 주제에 최상급 몬스터까지 노리고 드냐. 그럴 거면 하나 더 내놓든지.
 이어 문현아와 노아도 아마테라스 길드장과 인사를 나누었다. 문현아와는 전에 한 번 만난 적 있는 모양이었다. 그녀가 일본에 방문을 했었다고 했다. 그리고 노아는.
 "언제든지 연락하라고. 최고의 대우를 약속하지."
 아마테라스 길드장이 번쩍거리는 명함을 내밀었다. 노아는 떨떠름해하면서도 명함을 받아 들었다. 명우에게도 비슷한 말이 오갔다. 명함을 건네며 필요한 재료 같은 게 있다면 뭐든 말하라며 친근하게 굴었다.
 "SS급 무기도 머잖아 제작하실 수 있을 거라고 굳게 믿고 있습니다."
 심지어 유독 공손하기까지 하였다. 저런 놈까지 머리 숙이고 들어오다니 명우가 대단하긴 하구나. SS급 무기가 완성되면 전 세계의 S급 헌터들이 안달을 내겠지. 심지어 그 이상의 가능성도 있다고 하였으니 미리 굽히는 게 현명하긴 했다.
 마지막으로 성현제 차례였다. 두 사람 사이에 짧은 침묵이 흘렀다. 아마테라스 길드장이 먼저 입을 열었다.

"오랜만입니다, 세성 길드장님."

"그간 마음 편히 잘 지낸 모양이로군요, 아마테라스 길드장님."

긴말 없이 그걸로 끝이었다. 아마테라스 길드장이 호텔로 안내해 드리 겠다면서 돌아섰다. 바닥에 깔린 길을 따라 얼마쯤 걸어가자, 펜스 너머로 우글우글 모인 사람들이 나타났다.

동시에 환호성이 터져 나왔다.

"한유현 헌터!"

"박예림 헌터!"

"세성 길드장님!"

주로 그 셋이었지만 노아와 문현아의 이름도 간간이 들려왔다. 심지어 피스까지도. 소리치는 건 물론이고 심지어 우는 사람까지 보였다. 뭐지, 뭐야. 인기 많다고 듣기는 했지만 진짜 연예인도 아니고. 아마테라스 길드 에서 돈 주고 사람 모았나? 그렇다기엔 또 진심인 거 같았다.

플래카드가 흔들리고 피스 짝퉁 인형도 높이 들렸다. 온갖 소리가 뒤섞 여 제대로 알아듣기 힘든 와중에.

'…저건 또 뭐야.'

사진이었다. 얼굴만 들어간 것도 있고 실물 크기 반신까지, 아, 진짜. 길 거리 광고에 연예인 실물 크기 사진 보긴 했지만 아는 사람이, 악, 얼굴만 이지만 나도 있어. 잠깐만. 게다가 저, 인형 뭔데. 몬스터 아니잖아, 사람 이잖아. 유, 유현인가? 교복……? 예림이도 있었다. 역시나 교복에, 두 개 같이 흔들고 있는데…….

…저건 조금 가지고 싶기도 하고.

많이 쪽팔린 가운데 차를 타고 호텔로 이동했다. 일본 도쿄에서도 초기 던전 브레이크가 여러 차례 일어나 피해가 컸다고 하였다. 지금 가는 호텔 은 던전 쇼크 이후 만들어져 완공한 지 얼마 안 된 것으로 아마테라스 길 드 소유였다.

호텔 근처에는 사람이 통제되어 공항과 여기까지 오는 길과 달리 한산했다. 한산한 건 좋은데.

"아저씨, 사진 찍어 주세요!"

예림이가 밝게 웃으며 말했다. 실물 크기 내 사진 옆에 서서. 미친, 저런 걸 왜 세워 둬. 집에 가고 싶다. 쪽팔림 저항 스킬이 필요하다. 심지어 다른 사람들도 있어서 더 죽을 것 같았다.

"…예림아."

"돌아갈 때 달라고 해 볼까요?"

아냐, 그러지 말자, 제발. 땅 파고 들어가고 싶은 나를 대신해 문현아가 예림이를 찍어 주었다. 방송국 카메라 아직 있잖아. 너무 쪽팔린다. 나 혼자 부끄러운 건가, 왜 다들 아무렇지 않게 사진 찍고 있는 거지. 유현아, 너는 또 왜. 문현아가 세성 길드장 사진을 향해 가운뎃손가락을 들어 올리며 활짝 웃었다. 노아와 명우에 이어 성현제까지 기념 촬영 하고 앉았다.

…피스 건 나도 촬영해 두고 싶긴 한데. 유현이도, 예림이도. 노아랑 명우도 잘 나왔고. 문현아는 물론 성현제도 뭐. 내 것만 빼고 싶다.

"호텔의 모든 시설은 자유롭게 이용하실 수 있습니다. 룸 또한 원하시는 대로 고르십시오."

호텔 직원이 친절하게 말했다. 로비로 들어서기 전 아마테라스 길드장이 나를 붙잡았다.

"화염뿔사자의 성체 모습을 구경시켜 주면 좋겠군. 일본 국민들을 위해서라도 말이야. 다들 기대가 크거든."

그가 카메라를 손으로 가리키며 말했다. 국민이 아니라 네가 보고 싶어 하는 거 같은데. 별거 아닌 부탁이라 거절하기 뭣해서 망설이는데 내 옆에 붙어 선 유현이가 나직이 말했다.

"피스."

그 부름에 피스가 내 품에서 뛰어내렸다. 작던 몸집이 순식간에 부풀어 오르고 붉은 털이 화려하게 흩날렸다. 날카롭게 선 외뿔과 끝으로 갈수록 점점 짙은 금빛을 띠는 풍성한 갈기. 처음 성체화했을 때보다 좀 더 커지고 털의 빛깔도 윤기가 흘렀다.

불길을 형상화한 듯한 거대한 맹수가 나직이 으르렁거렸다. 그 모습을 본 아마테라스 길드장이 입이 찢어져라 웃었다.

"멋지군! 정말 최고야!"

그의 얼굴 가득 짙은 탐욕이 넘쳐났다. 당장이라도 피스를 빼앗으려 들지 않을까 걱정이 될 정도로 노골적인 눈빛이었다. 우리 쪽 쪽수가 많으니 별문제는 없겠지만, 신경 쓰이네.

한차례 가볍게 몸을 턴 피스가 다시 작게 변해 내 품에 안겼다. 피스로부터 시선을 떼지 못하던 아마테라스 길드장이 유현이에게로 눈길을 옮겼다.

"주인의 증표 소유자를 따르는 거였지, 분명. 슬라임 던전도 좋지만 몬스터를 걸어도 괜찮을 뻔했어."

"싸움을 걸겠다면 거절은 안 해."

유현이가 냉랭하게 말하곤 나를 데리고 호텔 쪽으로 몸을 돌렸다.

"피스를 내기에 거는 건 형이 싫어하겠지만, 마음 같아선 짓밟아 버리고 싶어."

동생이 나직하게 말했다. 아마테라스 길드장의 노골적인 태도가 심히 거슬렸던 모양이었다. 검게 가라앉은 눈빛이 서늘하면서도, 동시에 열기 같은 것을 품고 있었다.

제 영역을 침범하려 드는 적의 목줄기를 당장에라도 뜯어 버리고 싶은 그런 난폭한 충동. 그것을 느꼈는지 로비에 먼저 들어와 있던 예림이와 문현아가 유현이를 바라보았다.

내 앞에서 요즘 애처럼 굴었다 해도, S급 헌터지.

"피스를 거는 건 보기 안 좋고 나쁜 선례가 될 수도 있으니까, 할 거면 화염뿔사자 던전이나 언젠가 나올 새끼 몬스터를 미끼로 내놔."

유현이가 눈을 동그랗게 떴다가 방긋 웃었다. 네가 고작 저런 놈한테 지겠냐, 하고 싶은 대로 하렴.

한국의 박예림 VS 일본의 이와하타 가쿠토전의 일정은 대략 이러하였다.

호텔에서 회견하고, 만찬도 가지고 하루 쉰 다음, 이틀째에 시즈오카란 지역으로 이동한다. 시즈오카의 숙소에서 또 하루 머물며 경기장을 미리 확인, 적응할 시간을 준 뒤 3일째 되는 날 본격적인 대결이 시작되는 것이었다.

'그리고 흑소 숲에 가서 스태미너 포션 재료 가지고 나와서 귀국하면 된다는 거지.'

대결 후의 관광 일정도 있었지만 일본이 지면 분위기 엉망일 텐데 구경은 무슨, 바로 돌아가야지. 스태미너 포션 재료에 대해서는 당연히 한국에 돌아가서 밝힐 예정이었다. 시시온지의 태도를 봐서는 난리 치긴 할 텐데 그건 세성 길드장님께서 알아서 맡아 주시겠지.

안내된 호텔 방은 넓었다. 침실 셋에 욕실 둘, 너른 거실과 식당, 서재까지 따로 있었다. 방은 한 명당 하나씩 배정되었지만 나는 스탯 F급이다 보니 유현이와 함께 쓰기로 했다. 예림이가 불만을 표했으나 집도 아니고 밖에서까지 같은 방 쓰는 건 뭣하지. 비록 집이나 다름없이 넓다 해도 말이다.

- 삐약!

호텔 방에 들어온 삐약이가 곧장 거실 소파로 향했다. 벨라레도 따라갔다. 몸을 살짝 만 보석뱀이 퉁, 튕기듯 소파 위로 뛰어 올라간다.

– 삐약삐약.

삐약이가 리모컨을 찾는 듯 주위를 두리번거렸다. 일본어라 못 알아들을… 어차피 한국어도 모르나? 유현이는 내 짐까지 들고 침실로 들어가고 TV를 켜 주기 위해 서랍을 뒤지는데 문이 벌컥 열리며 예림이가 들어왔다.
"아저씨!"
문 자동으로 잠겼던 거 같은데. 아닌가.
"아마 길드장 말이에요."
예림이가 히죽 웃으며 말을 이었다.
"방금 현아 언니한테서 들었는데요, 시시오가 사자왕이라는 뜻이래요."
"…뭐?"
"사자왕이요. 어흥."
어, 잠깐만. 사자. 그, 길드 제복 문양도 사자 같긴, 했는데.
"…별칭도 아니고, 이름으로 쓰는 거… 였잖아?"
"근데 그렇대요."
푸흡, 하고 바람 빠진 웃음소리가 무심코 새어 나왔다. 아니, 그게 뭐야. 내가 다 쪽팔린다. 진짜야? 진짜 그… 사자왕? 헌터 별명 같은 것도 아니고 그냥 그거? 진짜? 라이온 킹?
공항에서의 모습과 피스에게 집착하던 태도까지 떠오르자 더는 참기 힘들어졌다. 아, 미친. 사자왕 씨 얼굴 이제 어떻게 보냐. 마주치자마자 웃어 버릴 거 같아. 진짜, 크흡.

"그, 그래도, 사람 이름 가지고, 흡, 놀리면, 안……."
"설득력 전혀 없는 표정이에요, 아저씨."

아, 진짜. 미친. 쿠션을 들어 얼굴을 묻었다. 아니, 나이 잡술 만큼 잡수신 분이. 십 대는 절대 아니고 스물 가볍게 넘기다 못해 서른 가까워 보이는 얼굴이던데. 사자왕 씨 얼굴을 떠올리자 또다시 웃음이 새어 나왔다.

죽겠네, 이따 만찬장도 가야 하는데. 배탈 났다고 할까.

"형?"

유현이가 거실로 나왔는지 의아해하는 목소리가 들려왔다. 대답은 못 해 주고 대신 괜찮다고 손을 흔들었다. 예림이가 그냥 웃느라고 이러셔, 말해 주었다.

- 삐약빡!

"자, 잠깐만, 삐약아."

리모컨을 찾아 TV를 틀어 주었다. 그러자.

[한유현 헌터의 17세 때 사진입니다!]
[오오~]

…뭐? 이거 분명 일본 방송일 텐데 유현이가 왜, 아니 당연히 나오겠구나. 그런데 왜 17세? 당황하며 퍼뜩 TV로 시선을 돌렸다. 화면 속의 사진은 멀리서 찍은 듯 작고 흐릿했다. 던전 브레이크라도 일어났는지 주위에 무너진 건물이 보인다.

TV 속의 일본인들이 떠들어 대고 읽을 수 없는 자막이 나타났다. 뭐라고 적어 놓은 거야. 이어 유현이의 예전 모습들도 사진이며 영상으로 등장했다. 저건 나도 한국에서 본 기억이… 있는 것들이었다.

[불꽃을 다루는 고등학생 S급 헌터! 대단했죠, 그때.]
[저도 보자마자 완전히 푹 빠져서, 유현 군 지금도 너무너무 좋아해요!]

이번에는 최근의 영상이 나오기 시작했다. 잠깐 멈추었던 숨을 뱉어 내고 떠들어 대는 목소리에 귀를 기울였다.
그… 어… 뭔가, 한국의 방송과는 분위기가 많이 다른 거 같은데. 그보다 내 동생 대학생이다. 스무 살이라고. 왜 계속 고등학생, 고등학생거리는 거지. 게다가 저 엄청난 찬사들은 뭐냐. 황홀할 정도로 눈부시고… 아름다운… 세기의 미청년… 아, 그. 내 동생이 잘생기긴 했다만, 네…….

[아아, 전 역시 성현제 님이에요. 어른스럽고, 위험한 매력이 있달까나. 매우 멋지죠.]
[맞아요, 맞아요. 그야말로 완벽함! 그 자체! 마치 하늘에서 내려온 뇌신 같지 않습니까.]

…연이어지는 칭찬에 손발이 오그라들 것만 같았다. 성현제가 잘난 건 맞긴 하다만 좀 과하지 않냐. 그보다 남의 나라 헌터잖아. 왜들 저래? 심지어 싸우러 온 거니 깎아내릴 줄 알았는데.

[박예림 양! 귀여워~! 미소녀 여중생 S급 헌터! 저렇게 귀여운 얼굴로 얼음을 다룬다니, 그 차이가 너무 사랑스러워요!]

대결 상대인 예림이까지 칭찬 일색이었다. 미소녀 미소녀거리며 부모를 잃고 꿋꿋하게 어쩌고 하는 게 민망해질 정도였다. 유현이도 비슷한 이야기가 나왔다. 자연스럽게 내 이야기까지 나와서, 악.
못 참고 채널을 돌렸다.

[드래곤! 황금빛 드래곤!]
[그야말로 아름답다는 말이 어울리죠! 그 옆으로는 황금 대장간의 주인이네요. 대단한 장인~ S급 무기를 만들어 낼 수 있는 황금의 손의 주인공!]
[호오, 한유현 헌터의 모습도 저기 보입니다. 차가운 얼굴이에요.]
[얼음 같은 미청년이죠. 아, 옆의 형을 보고-]

왜 또, 미친. 다시 채널을 돌렸지만 이번에도 한국에서 온 헌터에 대해 나오고 있었다. 그나마 이 채널에서는 약간 차분하게 성현제와 문현아에 대해 이야기하고 있었다. 와, 진짜. 인기 많은 거 진짜 사실이었구나.
"TV에 저도 나온 거 같았는데, 뭐래요?"
통역 아이템이 없는 예림이가 물었다. 통역 아이템도 귀한 거라 내가 받은 거 외에 해연에 두 개가 더 있었는데, 하나는 만약을 대비해 두고 왔다. 남은 하나를 유현이와 예림이 둘이서 쓰기로 했는데 지금은 유현이가 가지고 있었다. 덧붙여 명우는 노아가 통역해 주기로 하였다.
"어… 귀엽고 예쁘대."
미소녀 여중생… 소리는 차마 못 하겠다. 예림이도 그렇지만 특히 유현이는 생판 남인데도 어떻게 저렇게까지 찬사를 할 수 있는지 놀라울 정도였다. 나도 내 동생 잘났다 잘났다 하지만, 저렇게까지는……. 그것도 속으로나 하지 입 밖으로 아름다운, 음, 어, 음.
대단하구나, 일본인들. 칭찬해 주는 건 고맙긴 하다만.
삐약이에게 리모컨을 주고 TV로부터 멀리 떨어졌다. 유현이는 저 소리다 알아들었을 텐데 아무렇지도 않은 표정이었다. 역시 얼음왕자, 가 아니

라. 젠장, 그새 옮았어.

"여기 루프탑 수영장 경치 좋대요. 무지개다리도 훤히 보인다던데."

수영 가자고 예림이가 졸라 왔다. 기운이 넘치는구나.

"오늘은 회견에 만찬도 있잖아. 내일 아침에 가자. 시즈오카에는 점심 먹고 출발한다더라."

"아침에요? 그럼 밤에 나갈까요? 이왕 온 거 관광도 하고 싶은데!"

일본은 처음이니까 구경하고 싶겠지. 나는 그냥 호텔에 늘어져 있는 게 좋다만.

"유현이랑 같이 나갈래? 통역 아이템 빌려줄게. 나는 노아한테 가 있으면 되고."

내 말에 두 녀석이 동시에 미간을 좁혔다.

"관광 같은 거 할 생각 없어."

"그냥 현아 언니랑 나갔다 올게요."

처음보다는 많이 친해진 거 같긴 한데, 애들은 어렵구나. 유현이랑 예림이랑 노아 씨가 사이좋게 웃으며 손잡고 놀러 다니는 거 보고 싶다. 잠깐 상상한 것만으로도 가슴이 따뜻해지는구나. 아름다운 광경이다.

나가자는 예림이의 말을 거절한 것도 미안하고, 여기까지 와서 계속 방에만 있기 뭐해서 호텔 구경이라도 하기로 했다. 삐약이에게 벨라레를 맡기고 피스만 안아 들고서 방을 빠져나왔다. 호텔 직원들이 마주칠 때마다 공손하게 인사를 해 왔다. 홍콩 호텔 직원도 친절했지만 여긴 민망할 정도로 머리를 숙이네.

호텔 직원이 다과 명인을 특별히 모셔 왔다며 추천해 준 라운지로 향했다. 전통 다과를 내오는 곳이라더니 라운지 인테리어는 서양 왕궁 같았다. 한쪽 벽에 크게 달린 사자 문양 깃발을 보자마자 또 웃음이 나올 뻔한 걸 겨우 참았다.

사자왕 씨 자택 궁전처럼 지어 놓은 거 아니냐. 길드 건물도 중세 요새고.

"의자 예쁘다! 인형 가지고 올걸."

예림이가 아쉬워하며 화려한 의자를 만지작거렸다. 드레스 입고 있는 커다란 인형 앉혀 놓으면 어울릴 거 같은 테이블 세트긴 했다. 예림이 유럽 여행 가면 좋아할 거 같은데, 베르사유 궁전 무사하던가. 회귀 전에는 반쯤 박살 났었는데 아직은 괜찮겠지.

"박예림 헌터."

자리에 앉기도 전에 누군가가 다가왔다. 칼을 차고 일본 옷을 입고 있는 남자였다. 배경과 정말 안 어울렸다.

"내가 바로 이와하타 가쿠토다."

"네, 안녕하세요."

꾸벅 인사한 예림이가 테이블의 장식을 매만졌다.

"예림아, 너랑 싸울 사람인데."

"알아요."

아는구나. 가쿠토가 입을 꾹 일자로 다물었다.

"정당한 대결 상대를 이렇게 무시하다니, 무례하다."

"인사했잖아. 근데 이 동네 헌터들은 말하는 게 다 왜 이래요? 길드장 님도 밖에서는 나한테 존댓말 쓰는데."

사자왕 씨는 길드장에 나이 차이도 많이 났지만, 스물 초반쯤으로 보이는 가쿠토까지 반말 찍찍 하자 거슬린 모양이었다. 하긴 예림이가 어리긴 해도 지금은 공식적으로 초대받고 온 S급 헌터다. 사적인 자리가 아니라 공적인 손님이건만 저러면 안 되지.

"야, 가쿠토. 대결 장소를 호텔로 바꾸고 싶은 거 아니면 얌전히 지나가시지."

"고작 3개월짜리 어린 계집아이가-"

쾅!

가쿠토의 모습이 순식간에 눈앞에서 사라졌다. 반사적으로 소리가 들린 곳을 향해 고개를 돌리자 장식 기둥을 박살 내고도 더 날아가 벽에 처박힌 가쿠토가 보였다.

"한유현! 내 거야, 저거!"

예림이의 외침에 겨우 상황을 파악할 수 있었다. 유현이가 한 건 했구나. 덜그럭거리는 소리와 함께 라운지 여기저기 앉아 있던 일본인들이 일제히 자리에서 일어났다. 유현이가 입꼬리를 올리며 그들을 바라보았다.

"길드장으로서 소중한 길드원에게 무례를 저지르는 놈을 보고만 있을 수는 없지."

"내 거라니까, 진짜."

소중하다는 소리에 으, 하고 인상을 찌푸린 예림이가 투덜거렸다. 처박혀 있던 가쿠토가 일어나며 몸에 묻은 돌가루를 털어 냈다. 그래도 S급이라고 타격은 없어 보였다. 나는 우리 쪽으로 오다가 굳어 버린 호텔 직원에게 물었다.

"여기 뭐가 맛있나요?"

라운지 박살 나기 전에 다과나 좀 챙겨 가자. 하지만 가쿠토는 더 덤벼들지 않았다. 예림이와 유현이를 사납게 노려보기만 하곤 제 무리가 있는 곳으로 돌아갔다.

"이번엔 내 차례였는데 안 덤비네."

예림이가 아쉬워하며 자리에 앉았다. 유현이는 약간이나마 상쾌해진 얼굴이었다.

"뭐야, 그새 사고 쳤어?"

요란한 소리를 들었는지 문현아가 라운지에 나타났다. 가쿠토가 몸으로 만들어 낸 흔적을 보며 나 있을 때 하지, 중얼거리며 우리 쪽으로 와 앉았다.

"한유현? 박예림? 표정 보니 해연 길드장님이시네."

"제 건데 가로챘다니까요. 언니, 밤에 쇼핑 갈래요? 여기도 헌터마켓 있을 거잖아요. 한국에 없는 아이템도 많을 거고."

예림이의 말에 문현아가 고개를 저으며 눈살을 찌푸렸다.

"여긴 한국보다 세 배쯤 글러 먹었어. 한국에서도 여성 헌터에게 어울리는 아이템, 지랄하는데 일본은 한술, 아니 다섯 술 더 뜬다? 미친놈들이 멀쩡한 장비에 리본이나 레이스 달고, 색도 알록달록하게 바꿔서 여성 헌터분을 위한 특별한 아이템! 이러면서 돈은 더 받아먹어."

"헐, 진짜요? 거추장스럽고 몬스터 눈에 잘 띄기나 할 텐데?"

"여성 헌터에게 대인기! 매력 어필 잡소리 하는데, 환장하는 줄 알았다니까. 애초에 쓸 만한 아이템은 대형 길드 독점이기도 하고. 한국은 길드 간 거래는 최대한 줄이고 가급적 마켓을 통하도록 되어 있잖아. 여긴 그딴 거 없어."

그래서 마켓 자체가 그다지 활성화되지 않았다고 하였다. 중하급이면 모를까 상급 헌터는 가 봤자 허탕만 칠 뿐이라고.

노아와 명우도 무슨 일인가 싶어 내려오고 긴 테이블 위에 다과가 차려졌다. 비행 내내 자고 있었던 명우가 작게 하품했다.

"좀 더 자지 그래? 일정 빼먹어도 너한텐 아무 말 못 할 거 같던데."

"이따가 사우나 가려고. 온천물이라더라."

"사우나 좋지. 일본도 한국과 비슷하려나."

역시 목욕은 대중탕이 좋다. 그간 거의 못 갔지만. 숙박객이 몇 없으니 언제 가든 물이 깨끗하겠지. 나도 밤에 사우나 갔다가 잘까. 후끈하고 습기 찬 공기를 떠올리자 벌써부터 몸이 늘어지는 기분이었다.

예림이와 문현아가 밤에 같이 나가자며 노아를 꼬드겼다. 노아는 고개를 끄덕이며 나와 명우에게 기념품 사 오겠다고 말했다. 유현이도 같이 가면 좋을 텐데. 하긴 그러면 여기 지켜 줄 사람이… 성현제가 있긴 하지만.

'그러고 보니 조용하네.'

라운지에서 사고 친 거 모를 리 없을 텐데. 괜히 폰을 꺼냈다가 다시 집어넣었다. 송 실장님에게 아직은 별문제 없다고 문자나 보낼까.

저녁 만찬 전에 회견 자리가 마련되었다. 성현제는 아마테라스 길드장과 함께 나타났다. 둘이 따로 대화라도 했던 걸까. 향후 던전 관리 관련 협의라도 한 것일지도.

사자왕 씨와 마주치자마자 얼른 활짝 웃어 보였다. 그냥 만나서 반갑다고 웃는 겁니다, 시시오 씨. 이 정도면 비웃는 걸론 안 보이겠지. 그냥 웃는 거예요, 그냥. 다행히 내 표정이 이상하지 않았던지 라이온 킹 님도 마주 웃었다.

유현이와 예림이는 나를 좀 이상하다는 듯 쳐다보긴 했지만, 뭐.

이제 보니 시시오 씨 머리 스타일도 사자 갈기처럼 만든 거였구나. 멋지네, 잘 어울리네. 그래도 S급 각성자답게 외모 되고 서구적인 느낌이라 그럴듯하긴 했다. 그래, 괜찮아. 사자왕다워. 웃지 말자.

회견 자리에는 예림이와 가쿠토가 중앙에 나란히 앉았다. 둘이 잘 어울린다는 미친 소리를 지껄인 기자가 물벼락 맞은 일 외엔 별문제 없이 진행되었다.

이어진 만찬장에 사자왕 씨는 황제 같은 차림으로 등장했다. 털 달린 망토까진 걸치지 않아 다행이었다. 이쯤 되자 즐겁게 사시는구나 싶기도 하고. 피스에게 따로 자리를 마련해 주고 특별히 공수해 왔다는 신선한 상급 몬스터 고기를 준 것은 마음에 들었다.

'계속 쳐다보는 건 부담스럽지만.'

전용 자리를 거부하고 내 무릎에 앉은 피스 때문에 피스는 물론 나까지 뜨거운 시선에 닿을 지경이었다. 내 동생 표정이 갈수록 차가워지고 있잖아. 적당히 해라. 자리도 내 반대편으로 떡하니 옮겨 온 채였다.

"3W라면 나도 들은 적 있지. 하얀 늑대 한 쌍이라, 아주 멋져. 해연은 정말 운이 좋군. 부러울 정도라니까."

"개체 수가 많은 만큼 구하기 그리 어렵진 않을 겁니다."

"그래도 역시 사자가 최고야."

아, 네, 사자왕 씨. 화염뿔사자 던전을 미끼로 크게 뜯어먹을 수 있겠다는 냄새가 솔솔 풍겼다. 그렇게 생각하니 아마테라스 길드장에게 손톱 끝만큼의 호감이 피어올랐다. 일본 왕이나 다름없다니까 좋은 거 많이 가지고 있겠지. 천둥새의 예장은 정말 고마웠어요. SS급 장비 더 없냐.

저녁 먹고 물에 좀 오래 몸 담그다 보니 어느새 9시를 훌쩍 넘어 있었다. 완전히 어두워진 창밖으로 불빛들이 반짝거렸다. 아직 잠들기엔 일러 TV라도 볼까 하는데 문자가 들어왔다.

[내 파트너에게. 면담을 요청하겠네.]

성현제였다. 올 게 왔구나 싶어졌다.

'그래도 아직 파트너긴 하네.'

자격 미달로 우리의 관계에 대해 재고해 봅시다, 하지 않을까 싶었는데. 아니, 지금 날 부른 목적이 그것일지도 모른다. 그 뒤로 따로 연락도 없고 오늘도 종일 말 한마디 없었다.

머릿속이 복잡해졌지만 일부러 깊게 생각지 않으려 하며 알겠다고, 어디로 가면 되냐고 답장을 보냈다.

나는 페인트칠밖에 못 한다. 그거나 겨우 할 수 있는데, 어쩌라고.

"나 잠깐 세성 길드장한테 가 봐야겠어."

내 말에 유현이가 떨떠름한 표정을 지었다. 내 앞으로 다가온 동생이 내 얼굴을 살펴보았다.

"무리할 필요 없어. 만에 하나 세성 길드와 틀어진다 해도 상대 못 할 정도는 아니야. 지금이라면 충분히 맞설 수 있어."

"틀어지긴 왜 틀어져. 세성 길드장이 뭐 하러 기승수에 대장장이까지 포기해야 할 짓을 하겠냐. 별일 아니야."

그래, 뭐 별일 있겠냐. 단순히 내가 스스로에게 자신이 없을 뿐이다. 솔직히 성현제 그 인간 앞에 서면 웬만한 사람은 다 위축될 수밖에 없지 않나. 내가 부족한 게 아니라 평범한 거지.

유현이와 함께 객실을 나섰다. 성현제가 나를 부른 곳은 호텔 꼭대기 층에 있는 바였다. 층 전체를 비웠는지 엘리베이터에서 내린 이후 아무도 마주치지 않았다. 너른 복도의 바깥쪽 벽은 유리였다. 통유리 너머로 루프탑 수영장의 물이 조명을 받아 파르스름하게 빛나고 있었다.

"밖에서 기다리고 있을게."

"그럴 거 없어. 세성 길드장님께서 양심이 있으시다면 바래다주겠지."

동생은 대답 대신 복도를 따라 띄엄띄엄 놓인 의자에 앉았다. 저럴 줄은 알았다만.

"무슨 일 있으면 불러, 형."

"그러마."

든든하기도 하지. 고풍스러운 문양이 들어간 문을 열었다. 바는 약간 어둑하고 역시나 수영장 쪽 벽면은 유리로 되어 있었다. 전체적으로는 서양식 인테리어지만, 바깥 화단은 대나무가 낮게 심어졌고 일본 옷을 입은 여자 그림과 역시나 일본풍 장식이 걸려 있었다. 하나만 해라, 하나만. 정신 사납다.

"이쪽이네."

성현제는 긴 바 너머에 서 있었다. 등 뒤로 비치는 조명과 반짝거리는 잔들. 맛이 독극물 수준이 아닌 한 저 얼굴만으로도 장사 잘되겠다 싶었다. …일본 반응만 보면 먹고 죽지만 않으면 줄 설 거 같기도 하고.

그 호들갑스러운 방송들을 떠올리자 한결 마음이 차분해졌다. 뇌신의 칵테일, 찌릿찌릿한 맛. 안 돼, 이러다 웃어 버릴라. …유현이는 차가운 아이스 블루 색상에 불 피우는? 그런 거 하면 되나. 예림이는… 아니, 헛생각 이쯤 하자. 일본 방송에 물들면 안 돼.

"요즘 세성 길드 자금 사정이 영 아닌가 봐요, 길드장님께서 부업을 다 하시고."

말하는 도중에 아차 싶었지만 그냥 내뱉었다. 그래도 뇌신께서라고 안 한 게 어디냐. 매출 올려 드릴 테니 짜릿한 걸로 한 잔 내와 보시죠, 뇌신이시여. 셀프 배경음도 부탁드리겠습니다.

"확실히 기분은 많이 나아진 모양이로군."

자리에 앉으라고 권하며 성현제가 말했다. 바 앞에 비치된 의자에 앉았다. 이러니 진짜 주문이라도 해야 할 거 같은데, 아는 게 있어야지. 여긴 칵테일만 파나? 땅콩 같은 거 안 주나.

"이 동네 방송이 재밌더라고요. 아마테라스 길드도 유쾌하고요."

사자왕 씨도 일본 무사 씨도 재미있었다. 예림이가 밟아 놓을 거 생각하니 벌써부터 더 재미있어지네. 나도 플래카드 하나 만들걸.

성현제가 빈 잔을 내 앞에 놓았다. 오래 여기서 일해 온 사람처럼 능숙하게 이것저것 꺼내어 쉐이커에 넣는다. 은빛 통의 움직임에 무심코 시선이 사로잡혔다. 연둣빛 도는 화사한 색조의 음료가 소리도 없이 매끄럽게 잔에 따라지고 장식 빨대가 꽂혔다.

그냥 주스 아닌가 싶은 모양새였는데 실제로도 달달했다. 맛있네.

"이거 마시라고 부르신 건 아닐 테고, 용건이 뭡니까."

입안이 달아서 되레 씁쓸하다. 당근과 채찍 아니냐, 이거.

"제안을 한 가지 할까 하네."

칵테일 잔 옆으로 카드가 놓였다. 검은색의 신용카드다.

"예전 것은 쓸 수 없게 되었겠지."

"동업자 때려치우고 예전으로 돌아가자는 소립니까?"

어느 정도 예상을 했기에 놀랍지는 않았다.

"파트너는 삭제하겠지만 카드는 받지 않겠습니다."

그냥 길드장과 사육소 소장. 그 정도로 정리하면 된다. 사실 굳이 파트너니 뭐니 할 필요까지는, 없으니까. 인제 와서 적이 될 거 같지도 않고. 최소한의 협조는 해 주지 않을까.

"서로를 위해서 간단한 계약서 정도만 작성하죠. 성현제 씨도 세상 망하는 걸 바라진 않을 거 아닙니까."

문득 그와 처음 만났을 때가 떠올랐다. 그때부터 상품처럼 굴었었지. 나도 농담조였고 다른 사람들도 농담으로 넘겼겠지만. 그 후로 삼 개월. 그리 길지 않은 시간이었다.

가까워지면 이득일 거라고 생각했다. 무엇보다도 우리 편이 되면 무척이나 든든할 테니까. 성현제 자체만으로도 랭킹 1위의 헌터였고 전투 예지를 선생님 스킬로 공유 가능한 것은 여전히 놓치기 아까웠다. 해외에도 넓게 뻗어 있을 영향력 또한 말할 것도 없고.

그리고 또. 뭐, 그 밖에도 기타 등등.

돌이켜 보니 조금 울적해질 것 같다. 내가 모자란 거니 어쩌겠느냐만.

"…생각보다 인내심 되게 약하시네요."

결국 퉁명스러운 말이 튀어나오고 성현제가 입을 열었다.

"그 반대라네. 나는 계속 참고 있어."

"계속이요? 툭하면 거슬릴 정도로 못난 F급이라 참으로 죄송합니다."

그렇게까지 참으시는 줄은 몰랐네. 답답하게 해 드려서 미안하다고 석고대죄라도 해야 할 듯.

"억지로 캐물을 수도 있지. 이해가 가지 않는 그 태도에 대해서. 한유진 군이 감추고 있는 모든 것에 대해서."

궁금한 것을 굳이 참지는 않는다며 그가 부드럽게 미소했다.

"그러나 나는 한유진 군을 아끼고 있다네."

"어쩌자는 겁니까."

"보호자, 라고 할 수 있겠지. 내 제안은."

기다란 바를 따라 성현제가 걸음을 옮겼다.

"속을 드러내면 버티지 못하고 무너진다. 하면 페인트칠이 아닌 지지대를 세워야지. 시간을 들여 꼼꼼하고 튼튼하게. 속이 죄 비워진다더라도 버틸 수 있게끔."

코너를 돌아 바 밖으로 나온 그가 내 쪽으로 다가왔다. 일어날까 하다가 그냥 의자만 돌려 마주 보았다. 소리 없는 걸음이 내 앞에서 멈추었다.

"그래서 그, 지지대라도 되어 주겠다는 겁니까."

아니, 왜 댁이. 내 친동생도 있고 가족이나 다름없는 애들도, 친구도 있는데.

"타인에게 의지하는 것도 나쁜 일은 아니야. 홀로 사는 세상이 아닌 이상 바람직한 모습이기도 하지. 하지만 그 전에 자기 자신의 기틀은 갖추어야 한다네. 모든 것의 중심은 '나'이니. 스스로를 제대로 붙잡지 못해서야 주위 모든 것도 쉽게 흐트러지고 말지."

"…저더러 자기 수행이라도 하라는 겁니까?"

"한유진 군은 이미 스스로를 충분히 몰아세우고 깎아내리고 있지 않나. 수행보다는 휴식이 필요하겠지."

"제가 그렇게 한가하지가 않아서요."

"휴식을 위한 환경을 만들어 주겠네. 완벽하고 세심하게."

성현제가 다독이듯 상냥하게 말했다.

"내 제안을 받아들인다면."

그가 몸을 낮췄다. 한쪽 무릎을 바닥에 대며 내 시선보다 아래로 내려갔다. 마치 어른이 어린아이에게 위협을 가하지 않기 위해 눈높이를 낮춰 주는 것처럼.

내가 그간 좀 의지하긴 했었는데, 그렇다고 이렇게까지 나올 일인가.

"혹시 잊으신 건가 해서 말씀드리자면 저 스물다섯 살입니다. 나이 많은 건 아닌데 어른이고, 사회생활은 일찍 시작했고요. 덕분에 인생 경험은 보기보다 훨씬 많습니다."

실제로는 서른이니까. 절대 어리지 않다.

"보호자 없는 애 취급할 필요 없습니다."

"어른도 아이도 똑같은 사람이야. 슬프기도 하고 기쁘기도 하고 그 밖의 모든 감정을 똑같이 느끼지. 다만 나이를 먹을수록 참아야 할 것과 책임져야 할 것이 하나둘씩 늘어날 뿐이라네. 울고 싶을 때 울지 못하고 웃고 싶을 때 웃지 못한 채 주위의 눈치를 먼저 살피게 되는."

"어른이니까요."

제 마음대로 막 살면 그게 제대로 된 어른이겠냐. 어린아이와 달리 무조건적인 보호 없이 알아서 살아가려면 이것저것 다 참아야지. 아침에 일찍 일어나기 싫어도 억지로 눈 떠야 하고, 쉬고 싶어도 출근해야 하고, 상사 꼴 보기 싫어도 웃어넘겨야 하고, 먹고 싶은 것도 사고 싶은 것도 모두 지갑 사정에 맞춰 참아야 하고.

나는 그게 평균보다 빠르긴 했지만. 좀 더 일찍 책임지고 참아야 했지만.

"책임질 필요도 없고, 참을 필요도 없어."

달다 못해 이가 썩을 듯한 소리였다.

"아무것도 신경 쓰지 않고 마음이 이끄는 대로. 하고 싶은 대로 해도 된다네. 누구도 간섭하지 않아. 남의 시선을 신경 쓰지 않고, 책임지지 않아도 되지. 보고 싶은 것만 보고 듣고 싶은 것만 들어도 괜찮아."

"어… 그냥 댁 소유물 되라는 소리 아닙니까."

"보호자와 피보호자라네. 홀로 설 수 있을 만큼 튼튼해졌다면 언제든지 독립할 수 있고 보내 줄 수 있는 관계."

이해가 잘 가지 않았다. 그 무엇보다도 나한테 이러는 이유가.

"진짜, 당황스럽게 친절한 제안이네요. 대가가 뭡니까. 없단 소린 마시고요."

"한유진 군이 감당할 수 있을 때. 그때 모두 이야기해 주었으면 좋겠군."

"…그것뿐입니까? 억지로 말하게 할 수도 있는 거 참는 것까진 그렇다고 쳐요. 하지만 보호자 노릇까지 해 주면서 기다리겠다고요? 아니, 진짜 대체 왜요?"

"내가 그러고 싶으니까."

심플한 대답에 할 말이 없어졌다. 날 위해서도 아니고 그냥 자기가 하고 싶어서란다. 저 인간답긴 하네. 결국 부담조차 가질 필요 없다니.

"…솔직히 끌리기는 하네요."

성현제가 마음먹고 자신이 가진 것을 모두 동원해 보호자 노릇을 하려 든다면, 그보다 더 완벽한 돌봄은 없을 것이다. 내 머리로는 잘 상상이 가지 않을 정도였다.

지극히 만족스럽고, 행복한 생활이겠지.

내가 회귀하지 않았더라면.

"하지만 성현제 씨. 너무 늦었어요."

지금의 나는 그것을 받아들일 수 없다. 동시에 그런 나이기에 성현제가 인내하며 손 내밀어 주는 것이겠지. 내가 포기하고 휴식을 선택할 수 있는 상태였다면, 관심도 제대로 못 받았을 텐데. 아이러니함이 조금 우스웠다.

"십 년 전, 아니 이십 년쯤 전에 연락하시지 그러셨습니까. 제가 예닐곱 살 때쯤에요. 그럼 좋다고 따라갔을 텐데. 동생도 데리고서요."

"미안하군. 그땐 나도 아직 미숙했을 때라."

"그래도 감사합니다."

의자에서 일어나며 손을 내밀었다. 성현제가 내 손을 잡고, 의지해 오지는 않았지만 그래도 잡고 몸을 일으켰다.

"인내심이 차고 넘친다 하시니 앞으로도 잘 부탁드리겠습니다, 파트너씨."

마음은 한결 가벼워졌다. 성현제가 나를 내려다보았다. 내가 내려다보는 것도 나쁘진 않은데, 이 눈높이가 더 익숙하긴 하지. 그가 과장되게 아쉬운 표정을 지어 보였다.

"내가 마음먹고 양보를 하면 되레 더 넘어오지들을 않는군."

"뭡니까, 들이라니. 저 말고 다른 사람한테도 이런 제안 하셨어요?"

"이 정도는 아니고, 예전에 송태원 실장에게 드러나지 않게 뒤를 봐주겠다는 제안을 한 적 있었지."

"차이셨겠네요."

"그 뒤론 대놓고 감싸 주고 있다네."

정경유착 같은 거라고 욕먹을 짓 아니냐. 송 실장님이라면 그게 더 마음 편하겠지만. 애매하지만 진짜 송 실장님한테 잘해 주고 있는 것 같기도 하고. 정말 애매모호한 잘해 줌이다.

"이건 세성 길드장님의 성의를 봐서 비상용으로 가지고 있도록 하지요."

잔 옆에 놓인 카드를 집어 들었다. 전처럼 아무렇게나 쓸 생각은 없다. 그냥 기념품 정도라고 해 둘까.

동생이 기다리고 있으니 배웅은 필요 없다고 말하며 바를 나서기 전. 성현제를 돌아보았다.

"선심 후하게 써 주신 김에, 부탁 하나만 하겠습니다."

"말하게."

"그대로 계셔 주세요. 변하지 않고, 사라지지도 않고. 그대로요."

내가 그 자리에 오를 수 있을 때까지, 라는 말은 입안에서 멈추었다. 떳떳하게 내뱉기엔 아직 자신이 없다. 크루즈에서도 혼자였으면 당당해지기 힘들었을 것이다.

"이왕이면 죽지도 말고요."

"그러지."

저녁 약속이라도 하는 것처럼 가벼운 대답이었다.

밖으로 나가자 유현이가 일어나 있었다.

"앉아 있지 않고."

"발소리가 들려서 일어선 거야."

설마 안에서 한 이야기도 다 들은 건 아니겠지. 성현제가 그거 확인 안 해 보고 불렀을 린 없지만.

"역시 별일 없었어. 객실 가서 룸서비스 시킬까? 약간 출출하네."

저녁 든든히 잘 먹었지만 목욕을 오래 했더니 배가 꺼졌다.

"기분, 좋아 보이네."

유현이가 작게 중얼거리듯 말했다. 이 녀석 봐라.

"또 세성 길드장한테 질투 나냐? 그럴 필요 없다니까. 나한테는 항상 네가 우선이고."

지금 이 모든 것도 동생으로부터 비롯된 것이다.

"누가 뭐라 해도, 무슨 일이 있어도 유현이 네가 제일 중요해."

그러니 마음 풀고 야식이나 먹자. 동생이 끄덕거리며 웃었다. 룸서비스 메뉴판… 한글은 없겠지? 가이드 불러야 하나.

아침에 일어나자마자 졸린 얼굴로 하품을 길게 했다. 좋은 호텔인 만큼

침구는 편안했지만 잠은 그다지 자지 못했다. 가이드에게 부탁해 TV 채널 편성표 번역한 거 받은 뒤 보다 보니 늦게 잠들어 버린 것이었다.

주목적은 일본 헌터계에 대해 알아보자, 였지만.

'유현이와 예림이 사이에 핑크빛 기류가 맴돌고 있다니.'

시퍼런 살기겠지. 아냐, 살기까진 너무했고. 어쨌든 핑크빛은 개뿔이다. 파릇파릇한 우정의 빛깔, 도 아직은 멀었는데 핑크빛……. 게다가 예림이는 아직 미성년자잖아. 나이도 다섯 살 차이면 많은 편이고. 굳이 엮는다면 차라리 노아 쪽이 낫지 않나.

'그래도 이 둘은 양반이었지.'

제일 기겁한 건 다름 아닌 성현제와 강소영이었다. 아니 이 미친놈들이 어떻게 애를 아저씨랑 엮어? 영국의 금발 미소녀거리며 길드장과 깊은 사이가 아닐까요, 지랄을 하는데 내가 다 방송국을 고소하고 싶어졌다. 게다가 왜 자꾸 영국인이래. 소영 씨 이중국적이고 소속은 한국이거든?

'사랑이 나이도 국경도 인종도 성별도 다 초월한다고 해도 말이야, 인간적으로 어린 쪽이 최소 이십 대 후반은 되어야지!'

그것도 많이 봐줘서고 가능하면 삼십 대다. 인생 경험 충분히 쌓고 자기 삶 책임질 수준이 되고 나서야 나이 따위 숫자일 뿐이에요! 가 가능한 거지. 애 데리고 양심이 있냐.

아무튼 난 이 사이 반대다! 문현아 씨와 엮는다 해도 애매할 판에. 아니면 에블린 씨도 있잖아. 뭐 실제론 성현제는 강소영을 그냥 애 보듯 했지만. 강소영 상대는 당연히 아니겠지만 연애한 적 있기는 하겠지. 괜히 궁금해지네.

룸서비스 시킬까 하다가 역시 식사는 다 같이하는 게 좋을 듯해 조식 먹으러 내려갔다. 밤에 쇼핑 나갔던 예림이와 노아, 문현아가 별의별 물건

들을 가득 들고 왔다. 그중엔 짝퉁 피스와 삐약이 인형도 있었다. 삐약이 인형은 챙겨다가 해연 법무팀에 넘기기로 하였다.

"헌터 전문 쇼핑몰도 있었어요!"

"헌터마켓? 그건 어제 말했잖아."

"아뇨, 일반인들을 위한 헌터 상품이요. 사진이나 브로마이드 같은 거 팔고 있던데요. 사자 인형도 잔뜩 쌓여 있고."

…연예인 브로마이드 같은 건가? 문득 어제 봤던 유현이와 예림이를 본뜬 인형이 떠올랐다. 귀엽긴 했지. 개인적으로 만든 걸까?

"이것 봐요, 아저씨. 제가 특별히! 아저씨를 위해서 눈 딱 감고 챙겨 온 거예요."

예림이가 우읍, 하고 인상을 찌푸리며 무언가를 내게 내밀었다. 대체 뭐기에 저렇게… 헉.

"유현이… 사진이잖아?"

그것도 교복 차림이었다. 아니, 세상에, 이게 왜 일본에.

"초상권 침해라서 몰래 파는 거래요."

"인형이랑 같이 법무팀에 넘기자."

그래도 이건 일단 내가 챙기고.

"그리고 이건 아저씨."

"…뭐? 내, 내 사진은 왜 있어?"

유현이 형이라서인가. 당황하며 들여다보니 일본 공항 입국 사진이었다.

헐, 그때 사진을 벌써 이렇게 판다고? 내 사진도 파는 거 맞나? 혹시 유현이 사진 덤인가?

"그것도 일단은, 법무팀에 넘기고… 아니, 진짜 내 사진은 왜?"

그냥 한일전 기념인 건가. 예림이가 네, 대답하며 내 사진 중 한 장을 유현이에게 던져 줬다.

"감사해해라."

"고마워."

유현이가 순순히 예림이에게 고맙다고 말했다.

유현이 녀석이 내 사진… 필요했던 건가? 아무튼 여러모로 특이한 동네였다.

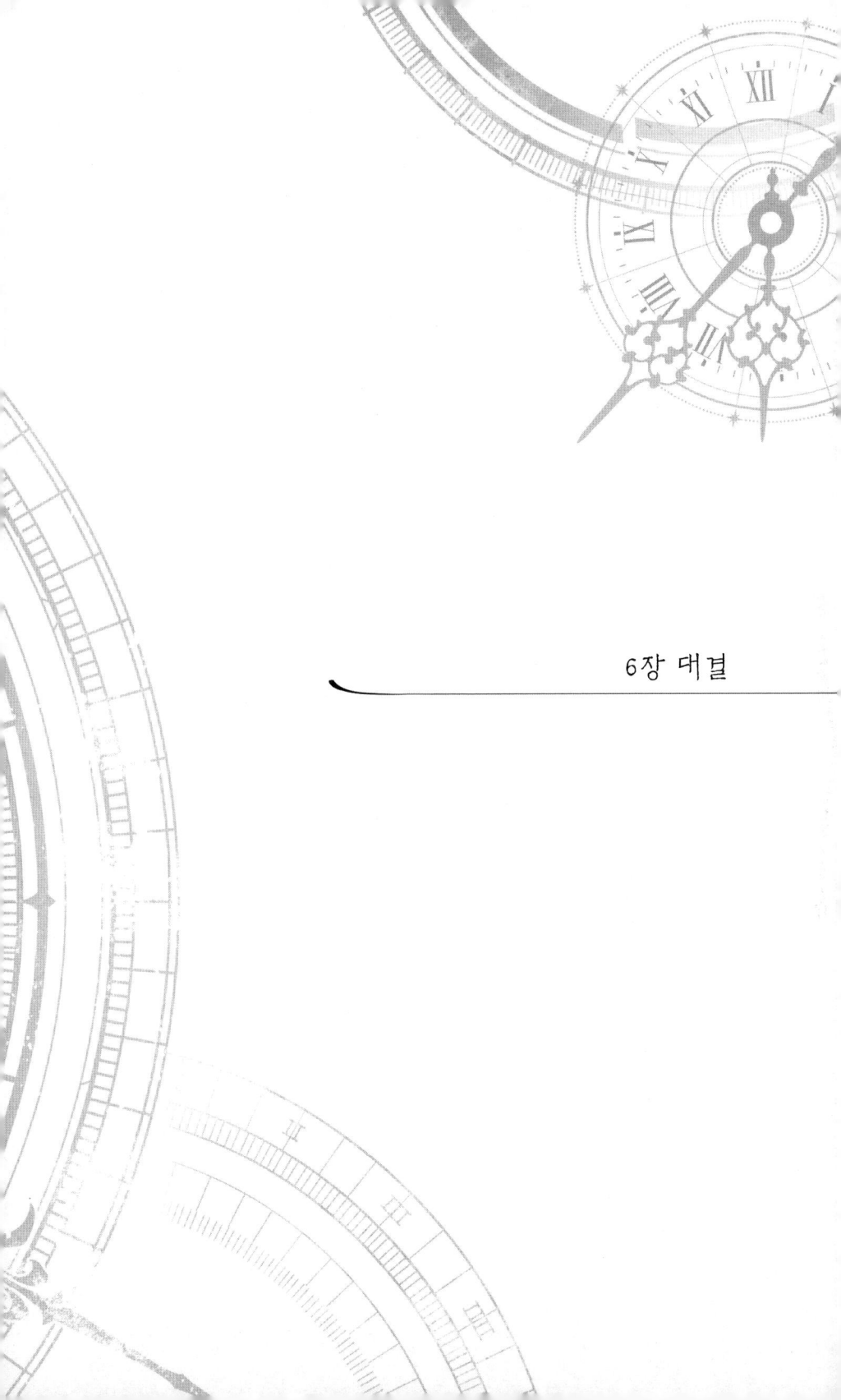

6장 대결

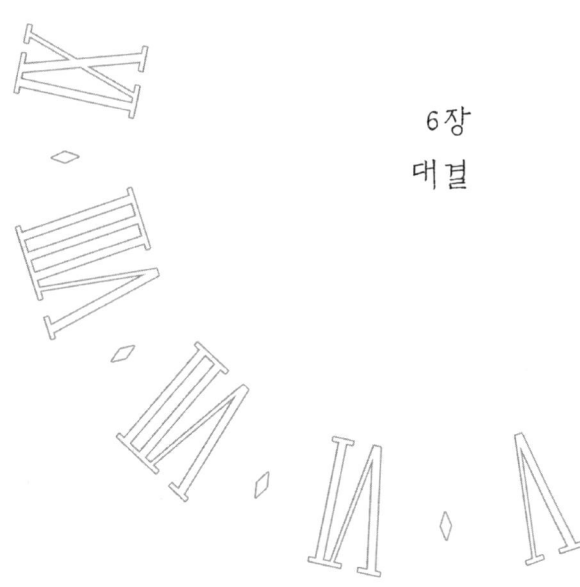

6장
대결

　오후에 시즈오카로 출발했다. 이동은 뭘로 하려나 싶었는데 헬기가 다섯 대나 대기하고 있었다. 헬기가 향한 곳은 시즈오카현의 이즈 반도라는 곳이었다. 바다 쪽으로 툭 튀어나온 곳이라나.
　"시즈오카현에는 하마오카 원자력발전소가 있었습니다."
　헬기에서 내려 숙소로 이동하는 차 안에서 가이드가 설명했다.
　"하지만 마석을 에너지원으로 사용하게 되면서 마석발전소로 바뀌었으니 혹여 영향이 갈 걱정은 하지 않으셔도 됩니다."
　그래 봤자 던전 생기기 전에 하나 터뜨려 먹지 않았냐. 내내 전 세계적인 골칫거리였다가 던전 아이템과 부산물, 헌터들 도움받아 겨우 정리했지.
　우리나라도 원전은 모두 마석발전소로 바뀌었다. 물론 다른 나라들도 마찬가지였다. 던전이 영원히 지속될지 알 수 없으니까 언제든 다시 가동 가능하도록 기본 시설은 그대로 남겨 두었다고 하지만.

가장 위험성 큰 원전부터 교체하기 시작해 현재는 다른 발전소들도 일부를 제외하곤 전부 마석을 전력원으로 사용하고 있었다. 기름이나 가스 대신 마석으로 달리는 자동차 또한 곧 나올 예정이었다. 덕분에 회귀 전에는 공기가 꽤 맑아졌었다.

무한히 공급되며 깨끗하고 안전한 에너지원. 덕분에 헌터계가 빠르게 자리 잡고 괴물의 등장으로 혼란스러워졌던 사회도 그럭저럭 진정할 수 있었다. 던전 관리만 잘되면 세상이 더 풍요로워질 수가 있었으니.

던전을 감당하기 힘들어져 가면서 망했지만. 그래도 한국을 포함한 몇몇 나라는 꽤 잘 버티고 있었다.

'멸망을 피하고 나면 던전은, 각성자는 어떻게 되는 걸까.'

사라지나. 아니면 그대로 남게 되나. 버텨 낸 이후의 일이 문득 궁금해졌다. 만약에 사라지면 다들 예전의 일상으로 돌아가게 되는 것일까. 패륜 아들에게 물어보면 대답을 해 주려나. …설마 테이밍된 몬스터에게도 영향이 가는 건 아니겠지. 이것만큼은 확실하게 알아봐야겠다.

"바다가 바로 앞이네요!"

차에서 먼저 내린 예림이가 신나 하며 말했다.

"아마테라스 길드 소유 료칸의 프라이빗 비치입니다. 마음껏 사용해 주십시오."

료칸? 프라이빗 비치라니 별장 같은 걸 말하는 건가. 차에서 내리자 일본 옛날식 건물 같은 게 보였다. 의외네. 서양식 저택이 튀어나올 줄 알았는데.

"아저씨, 수영 가요!"

"…이미 했잖니."

"바다랑 호텔 수영장은 다르죠!"

살려 줘, 예림아. 난 이미 체력이 반 토막 났단다. 피스 안아 들 힘도 없어요. 해변에서 노는 거 좋긴 한데. 피스랑 뻬약이, 벨라레도 해변을 더 좋아할 거 같긴 한데.

"오늘은 경기장부터 봐야지. 내일 아침에 가자."

내일 오후에 대결 시작하지만 수영 좀 한다고 예림이 컨디션에 문제가 생기진 않을 것이다. 준비 운동쯤 되겠지.

"들어가면 나오기 싫어질 거 같으니까 바로 경기장으로 가죠."

내 말에 예림이가 나를 살펴보더니 고개를 저었다.

"아녜요, 그냥 들어가서 쉬세요. 어차피 싸울 사람은 저잖아요. 아저씨까지 가 볼 필요 없죠."

"그래, 우리 둘이 갔다 올게. 소장님은 쉬시라고."

문현아까지 거들고 나섰다. 이렇게까지 배려를 해 주니까 쉬고 있을까.

"조심해서 다녀와야 한다. 현아 씨, 잘 부탁드려요."

"걱정 마세요~"

"걱정 말라고."

두 사람이 가이드와 함께 따로 차를 타고 떠나갔다. 남은 사람들은 별장 안으로 들어갔다. TV에서 가끔 접했던 일본식 풍경, 인데.

'사자 뭐냐.'

정원 한가운데 커다란 사자 동상이 떡하니 버티고 서 있었다. 우렁차게 포효하는 역동성 있는 작품이긴 한데 정말 뜬금없다. 심지어 지붕 처마 아래로 서양식 사자 깃발 늘어뜨려져 있잖아.

사자에 너무 집착하신다.

"객실로 안내해 드리겠습니다."

방은 입식도 있고 좌식도 있었다. 침대의 편안함에 길든 몸이라 입식으로 부탁했다. 객실에 전용 정원과 노천탕도 딸려 있었다. 이러다 물에 잘 불어서 귀국하게 생겼네.

- 삐약삐약.
- 시잇.

정원과 이어진 문을 열어 주자 삐약이와 벨라레가 좋다고 뛰어, 기어 나갔다. 둘이 참 잘 노네. 벨라레 보내야 할 때 아쉬워서 어쩌나. 달라고 하면 당연히 안 주겠지. 벨라레는 성장이 이상하게 느려서 대신 새로운 보석뱀 구해 최대한 빨리 키워 주겠다고 거짓말이라도… 하는 건 좀 그렇고.

"목욕할 거야?"

노천탕을 멍하니 쳐다보고 있자 유현이가 말했다.

"저녁 먹고. 피스야, 이리 와."

- 끼앙.

피스를 끌어안고 바닥에 늘어졌다. 입식이라고 해도 거실은 좌식 스타일이었다. 우리 피스 부드럽고 씻어서 냄새도 좋고. 절로 눈이 감긴다.

"침대에서 자."

"형 안 잔다. 눈만 감았을 뿐이야."

잠들어 버릴 것 같긴 하지만. 일어나야지. 잠에서 깰 겸 밖으로 나갔다. 슬리퍼가 준비되어 있지만 쪼리라 그냥 신고 온 운동화에 발을 끼워 넣었다. 저거 발가락 사이 아프다고.

산책 겸 객실들 가운데 있는 정원으로 나갔다. 명우와 노아는 방에 있는지 보이지 않았다. 대신 성현제가 돌로 된 테이블에 찻잔을 놓고 앉아 있었다. 어쩔까 하다가 테이블 맞은편으로 가 앉았다. 유현이도 내 옆에 자리했다. 내가 피곤한 걸 눈치채고 안아 달란 소리 없이 얌전히 따라온 피스가 무릎 위로 올라왔다.

성현제가 눈을 들어 나와 동생을 바라보았다.

"피곤한 것 같던데 쉬지 않고."

그가 퍽이나 다정하게 말했다. 내가 거절했지만 그래도 태도를 바꾸기로 마음먹은 모양이었다.

'저러는 게 단순한 연기라고 해도.'

그렇게 신경 써 줄 정도는 된다는 거겠지, 내가. 혹시 숨기고 있는 것들을 캐내고 싶다는 욕망 속에 호의 같은 것도 조금쯤은 있으려나. 아무튼 나한테 해 안 끼치고 감춘 것들을 알아내고 싶다 하시니 한동안은 안심해도 될 것이다.

…어제 일을 떠올리니 또 기분 묘해지지만. 제안 자체야 조건이 너무 과해서 그렇지 본질은 단순한 투자. 내가 가진 정보를 노리고 자신에게 맘 편히 털어놓을 수 있도록 돌봐 주겠다는 거니까.

하지만 그걸 어린애 대하듯 아무것도 걱정할 필요 없어, 내가 다 해 줄게, 하고 있어서……. 지금 생각하면 좀 오글거리기도 하고. 제가 실제론 서른 살인데요. 저렇게 나보다 어른인 사람이 무조건적으로 다 감싸 줄게, 하는 거 어릴 때도 별로 없었는데. 진짜 애기 땐 돌봐지긴 했겠지만, 기억도 잘 안 난다.

아, 진짜 기분 이상해. 나쁜 건 아닌데 어색하다. 내가 그렇게까지 힘들어 보였나 싶기도 하고, 생각할수록 낯설고 이상하다고. …부모님도 안 해 준 말을, 정말.

그래도, 음, 덕분에 마음은 편해져서 제안한 것만으로도 효과는 확실히 있긴 하다만. 잘 짚긴 한다니까, 으으.

"…아마테라스 길드장 말입니다."

괜히 걸려 있는 사자 깃발로 시선을 돌리며 말했다.

"일본 방송 보니까 생각보다 평판이 좋더라고요. 물론 그걸 다 믿을 순 없겠지만요."

평판이 좋다, 라고 했지만 아예 찬양 수준인 방송도 많았다. 한국에서 온 헌터에 대해 실컷 떠들고 나자 시시오 님께서는 어쩌구 저쩌구를 시작했는데 마치 옛날 독재정권 찬양 방송을 보는 듯한 느낌이었다.

"아마테라스 길드 덕분에 일본은 구원받았다, 구세주다 소리까지 나오고요."

"아주 틀린 말은 아니라네."

성현제가 웃음기를 띠며 말했다.

"일본 정부는 선진국 중에서는 던전 쇼크 대처가 나쁜 편이었지. 특히 비각성자 자위대를 던전으로 대책 없이 마구 밀어 넣어 인력 소모가 심했다네."

그런 미친 짓을 했었다니. 우리나라도 초기엔 조사를 위한 특수부대를 들여보낸 적 있었지만 이내 각성자로 팀을 편성했는데.

"아니, 대체 왜 그랬대요?"

"일단 던전에 다수의 비각성자를 들여보내면 그중 몇은 각성해서 살아 나왔으니 말이야. 빠르게 각성자를 만들어 내 일본을 지킨다, 라는 발상이었다고 하더군. 심지어 민간인 지원자도 받았었고."

…와, 진짜 엄청난 발상이다. 불법 각성 브로커나 할 짓을 정부가 저질러 버렸다니. 자원해도 못 들어가게 막는 게 국가가 할 일 아니냐. 나도 브로커 찾아다니긴 했었다만 정말 어이가 없다.

"자연히 던전 브레이크와 그에 따른 관리는 제대로 되지 않았고, 그때 나타난 것이 아마테라스 길드였지."

"안 봐도 눈에 선하네요."

던전 터져 나가고 엉망인 와중에 S급 헌터가 나타나 해결해 줬다, 하면 구세주로 느껴질 만하다. 일본 정부가 힘을 잃은 것도 결국은 자업자득이라 이건가. 일반인 던전에 밀어 넣는 정부보다는 사자에 집착하며 왕 노릇하지만 던전 관리도 하는 S급 헌터가 더 낫긴 하지. 거만하게 횡포 부리는 거야 둘 다 똑같을 테고.

"아마테라스 길드장이 마음에 들어?"

가만히 듣고만 있던 유현이가 뜬금없이 물었다.

"응? 뭐, 첫인상보다는 괜찮은 정도? 재밌는 사람이잖아."

웃기기도 하고. 문제가 있다 해도 어차피 바다 건너 남의 나라 일이고 일본 정부보다야 낫다 하니. 뜯어먹을 거 많은 사람이라 또 플러스 1점쯤 되겠다. 천둥새의 예장은 마음 같아선 100점 만점에 99점이지만 사자왕 씨 상대라 5점 주마.

"…그럼 시비 걸지 말까?"

"아니, 왜?"

"형이 좋게 보는 거 같아서. 제대로 붙으면 아마 적당히 끝내긴 힘들 거야. 초기에 각성한 전투계 헌터고 일본 1위라고 하니까."

유현이가 내 눈치를 살피며 말했다. 최소 반죽음 낼 거라는 소린가. 노아 씨처럼 차이가 크면 적당히 제압할 수 있겠지만 사자왕 씨 상대로는 힘든 모양이었다. 하긴 랭킹전 성적 괜찮은 편이었지. 그래서 나도 얼굴 기억하고 있는 거고. 아이템에 더 관심이 많긴 했지만.

"신경 쓰지 마! 죽이지만 않으면 돼. 일본 던전 관리하게 해야 하니까."

"정말 괜찮아?"

"당연하지. 너 하고 싶은 대로 하라니까? 나한테 미리 말해 주면 다 괜찮아."

싸우고 싶어서 기대했던 주제에 뭘 또 참으려고 드냐. 하여간 애가 너무 착해서 문제다. 얼음은 무슨 얼음이야.

"이왕이면 일 다 끝나고, 집에 가기 전에 해. 그때면 딱 좋아."

예림이 대결 끝나고 스태미너 포션 재료 얻어서 귀국하기 직전에. 한번 제대로 밟아 놓으면 스태미너 포션에 대해 알려지고 나서도 덜 날뛰지 않을까.

응, 하고 얌전히 대답하는 동생이 너무 귀여워 히죽거리고 있는데 시선이 느껴졌다. 성현제가 우리를 빤하게 바라보고 있었다.

"뭘 그렇게 봅니까?"

"참 다정한 형제간이다 싶어서 말이네."

"사이좋은 가족 처음 보세요? TV만 틀어도 종종 나오는데."

진짜든 가짜든 말이다.

"두 사람 같은 사이는 없지. 이전에도, 이후로도. 설사 내가 몇백 년 더 살아간다 해도 볼 수 없지 싶으니 있을 때 봐 둬야 하지 않겠나."

오버긴 한데 또 사실이기도 했다. 멀쩡하게 살아남아서 사이좋게 지내는 태생 S급 각성자의 양육자는 없다고 했으니까. 태생 S급의 양육자 자체도 드물고. 성현제가 그 사실을 알 린 없지만 언제나처럼 쓸데없이 예리하구만.

"거참, 희귀한 거 좋아하시네요. 하긴 가질 거 다 가지면 진짜 드문 게 아니고서야 시시하겠지만."

그래도 유독 나나 송태원에게 신경 쓰는 건 회귀에 따른 기시감 때문일까. 근데 송 실장님한테 관심 가진 건 이전부터였던 거 같던데. 역시 단순히 희귀한 상대에게도 신경 쓰는 듯했다. 그것도 물건 같은 것보단 사람한테. 유현이한테도 그랬지. 특이하게 느껴져서 흥미 가지고 도움도 줬다고 했고. 양육자를 가진 태생 S급. 수많은 세계에서, 긴 세월 동안 아주 드물게 나온다는.

레어 콜렉터 같은 건가. 재벌들 취미라고는 하더라. …박제 같은 취향 없이 온전한 게 더 좋다 해서 다행이다.

저녁쯤에 돌아온 예림이가 경기장 겉모습은 그럴듯하다고 말해 줬다.

"근데 속은 텅 비었어요."

무슨 소린가 싶어 물었더니 가 보면 알 거라나. 아무튼 약속대로 바다 바로 옆이고 바닷물을 이용해도 된다며 만족스러워했다.

다음 날 이른 오후에 경기장으로 출발했다. 경기장은 사람이 별로 없는 곳이며 근처 민가는 모두 대피시켰다고 하였다. 혹시라도 휩쓸리면 아마 테라스 길드가 보상해 주겠지?

"상급 헌터를 동원해 암벽을 밀어 평지로 만들고 경기장을 세웠습니다!"

일본인 가이드가 자랑스럽게 말했다. 알고 보니 이 동네 나름 관광지로 알려진 거 같던데 그래도 되는 거냐. 원래는 자연 풍경이 꽤 좋았을 듯한 해변은 깔끔하게 밀려 있었다. 거기에 둥글게 세워진 콜로세움 같은 경기장은.

'목조구만.'

나무가 아니고서야 그 짧은 시간 안에 만들 수 없었겠지만. 경기 시작과 동시에 폭삭 무너지겠는데.

"나름 던전 부산물로 만들긴 했어."

경기장을 바라보며 명우가 말했다.

"그래도 관중석에 앉는 건 피하는 게 좋겠지만."

"역시 그렇겠지?"

방송 관계자들 외엔 일반인들이 없긴 했다. 차라리 한국 A급 랭킹전 때처럼 여기서부터 여기까지가 경기장입니다, 하는 편이 나았을 텐데. 그게 더 효율적이기도 하고.

경기 시작만이라도 그럴듯하게 하고 싶었던 건가. 예림이가 아니라 유현이가 나섰더라면 시작과 함께 경기장, 불타오릅니다! 이글거리는 불의 고리! 잘 타네요~ 했을 듯. 음, 괜찮은데? 구경할 맛은 나겠다.

한국에서 온 방송국 관계자들과 일본 방송국 관계자들이 준비를 마쳤다는 신호를 보내 왔다. 예림이와 가쿠토가 앞으로 나서고 각오와 소감을 말하는 간단한 인터뷰가 이어졌다. 이어 경기장으로 입장하라는 말에.

"나 먼저 간다~"

가쿠토를 두고서 예림이가 훌쩍 날아올랐다. 가볍게 경기장 외벽을 넘는 그녀의 모습에 작은 탄성이 흘러나왔다. 한국 쪽이 아니라 일본 쪽에서. 인상을 팍 찡그린 가쿠토가.

쿵!

거칠게 땅을 박찼다. 힘껏 뛰어오른 가쿠토 또한 벽을 넘어 다시금 요란한 소리를 내며 경기장 안쪽으로 착지했다.

"벌써부터 신경전이 치열합니다!"

신이 난 해설과 함께 우리도 경기장으로 들어갔다.

경기장의 안쪽 모양새도 그럴듯했다. 바닥에 둥글고 너른 돌판을 깔고 관중석도 제법 잘 만들어 놓았다. 시상대로 보이는 것도 있었다. 경기가 시작되자마자 부서질 텐데 왜 만들어 놨나 싶었지만. 돌판도 아까 가쿠토가 뛰어넘어 온 반동으로 벌써 한쪽에 금이 쩍 가 있었다.

하늘 위로 드론들이 날아오르고 카메라를 든 헌터들이 경기장 외벽 위에 올라섰다. 한국에서 온 헌터 한 명과 일본 헌터 두 명. 셋 다 비행 스킬을 가진 A급이었다.

[두 분 헌터께서는 경기장 중앙에 서 주십시오. 관중 여러분께서도 자리에 착석해 주십시오.]

안내 방송이 흘러나왔다. 일단은 관중석으로 올라가 특별석이랍시고 마련해 놓은 자리에 앉았다. 만약을 대비해 내 양옆으로 유현이와 성현제가, 명우 양옆으로 노아와 문현아가 앉았다.

"맥주랑 치킨이 있어야 하는 건데."

문현아가 아쉬워하며 말했다. 애가 싸우는데 너무 맘 편한 거 아닌가 싶긴 했지만, 나도 예림이가 질 거라곤 생각지 않았다. 혹시라도 위험한 상황이 벌어진다 해도 빠르게 구조해 줄 사람이 많으니까. 아마테라스 길드에서 A급 힐러도 대기시켜 놓았을 테고.

[좌측, 일본 아마테라스 길드 소속 S급 헌터 이와하타 가쿠토!]

장소도 일본이고 일본 사회자긴 하지만, 일본 놈 먼저 소개하는 꼴이 마음에 들지 않았다.

[우측, 한국 해연 길드 소속 S급 헌터 박예림!]

예림이가 인사를 한 뒤 카메라를 향해 웃으며 손을 흔들었다. 입고 있는 코트는 유현이 것이었다. S급으로 마력 위주 스탯 증가, 마나 회복력 상승에 방어 관련 옵션도 붙어 있었다. 천둥새의 예장을 주로 쓰게 될 것 같다면서 유현이가 나한테 주려고 했던 코트다.

하지만 비율 증가 스탯을 내가 쓰기엔 아깝잖아. 마력, 마나 옵션은 예장보다 더 좋으니 상황에 따라 갈아입으라며 거절했다.

'길드 소속 장비는 뭐든 쓸 수 있다고 했으니.'

그래서 오늘 예림이에게 빌려준 것이었다. 그 외에도 독 저항과 저주 저항에 기타 유현이 소유 S급 장비를 차고 있었다. 상대가 어떤 스킬을 가지고 있는지 알 수 없고, 장비가 아닌 회복용 아이템은 경기 도중에 사용 못 하니까.

[두 헌터분, 서로 인사해 주십시오.]

두 사람이 마주 보고 꾸벅 고개를 숙였다. 가쿠토는 호텔에서와 달리 제복 비슷한 차림이었다. 공항에서 본 것은 아니니 던전 아이템이지 싶었다.

나름 조사를 해 봤지만 그의 스킬에 대해서는 자세히 알아내지 못했다. 속도가 빠른 편에 칼을 쓰고 근접전에 강하다, 정도였다.

'예림이도 많이 감추고 있긴 하지만.'

물도 다룰 수 있지만 주력은 아직 얼음으로 알려져 있다. 크루즈 때의 활약은 성현제가 입단속을 잘했는지 그다지 퍼지진 않은 모양이었다. 그 밖의 스킬들도 일부분 감추고 있고.

구구궁.

그때 경기장 한쪽 문이 활짝 열렸다. 아래에 바퀴를 단 무대가 서서히 경기장 안으로 들어왔다. 음악 소리가 울려 퍼지며.

"으르릉!"

"커흥!"

…사자탈이, 중국 영화 같은 데 나오던 화려한 사자탈을 쓴 사람들이 우르르 등장했다. 갑자기 웬 사자춤이야.

아마테라스 길드 깃발을 앞세우고서 황금색과 붉은색, 검은색이 섞인 네 마리 사자가 펄떡펄떡 뛰었다. 안에 들어간 사람들이 중급 헌터쯤 되는지, 역동적으로 경기장을 맴돌며 온갖 재주를 선보였다. 볼 만은 하지만.

'사자왕 씨, 피스 한 번만 빌려 달라고 직접 와서 부탁하더니, 저기 내 세울 생각이었냐.'

어이가 없어, 정말. 이어 완전히 안으로 들어온 무대 위에는 지름이 사람 키만 한 거대한 징이 세워져 있었다. 무대 주위로 일본 전통 옷을 입은 사람들이 느린 춤 같은(?) 것을 추고, 징 옆에 시시오가 역시나 전통복 같은 걸 입고 서 있었는데.

'수염은 또 뭐냐.'

분명 오늘 아침까지만 해도 없었던 수염이 덥수룩하게 나 있었다. 저러니 머리카락과 이어져 더 사자 갈기 같긴 하다만, 백 퍼센트 가짜 수염이잖아. 모양새도 그렇고, 이런 자리에 일부러 저러고 나온 거 보니 수염 기르고 싶었던 모양인데, 잘 안 났나.

…탈모제 개발되면 하나 보내 줘야겠다. 턱에도 붙겠지.

[일본 제일의 길드, 아마테라스의 길드장 시시오- 님! 등장하셨습니다!]

사회자가 호들갑 떨며 소리쳤다. 폭죽도 펑펑 터졌다. 야, 주인공은 우리 애거든? 사자왕 씨가 징채를 들어 올리며 기차 화통 삶아 먹은 듯 크게 외쳤다.

"지금부터 제1회 일본 VS 한국 S급 헌터 개인전을 시작한다!"

2회는 얼음왕자 VS 사자왕으로 하자. 아니, 이게 아니고. 해연 길드장 VS 아마테라스 길드장이요. 이래서 TV 방송이 위험한 거다. 전파력이 너무 강해.

징을 두드리는 것을 신호로 바로 시작한다는 말에 얼른 유현이에게 선생님 스킬을 걸었다. 무대 근처의 사람들과 사자들이 먼저 경기장 밖으로 나가고 시시오가 징채를 휘둘렀다.

뎅-!

[경기가 시작되었습니다!]

징이 울리고 사회자가 소리쳤다. 약간의 거리를 두고 마주 선 두 사람은 곧장 움직이지 않았다. 예림이의 손에 마고스의 숄을 묶어 놓은 창이 들렸다. 가쿠토 또한 기다란 장검을 꺼내 들었다.

아직 어느 쪽도 스킬을 쓰진 않은 듯했다. 예림이는 근력이 약하다 보니 거리가 너무 가까운 게 신경 쓰였다. 그래도 순간이동 스킬이 있으니까, 생각한 순간.

탓!

가쿠토가 바닥을 박찼다. 들은 대로 빠른 속도로 순식간에 예림이의 앞으로 치달았으나 칼이 휘둘러지기도 전에 박예림의 모습이 사라졌다. 순간이동이었다.

갑작스럽게 상대를 놓쳤지만, S급 헌터답게 가쿠토는 당황하지 않고 그대로 스킬을 썼다.

검이 크게 반원을 그리며 상하좌우 할 것 없이 사방으로 날카로운 검격이 쏟아졌다. 기관총이라도 쏘듯 피하기 힘든 수백 개의 마력이 퍼져 나간다.

콰과광! 쿠궁!

경기장 여기저기가 박살 나며 나무 부러지는 소리가 우지끈 들려왔다. 공중으로 떠올라 있던 예림이의 발밑으로 얼음방패가 순식간에 만들어졌다가 검격을 맞아 콰장창, 산산조각 났다. 흩어지는 얼음조각 사이로 가쿠토가 뛰어올랐다.

"도망 못 친다!"

놈이 또다시 검격을 흩뿌렸고, 그와 동시에 하얀 안개가 예림이 주위로 퍼져 나가기 시작했다. 적의 발목을 잡는 안개가 휘감아 왔지만 가쿠토의 속도는 조금도 줄어들지 않았다. 그의 몸에 닿았던 안개가 힘없이 흩어졌다. 냉기 저항이구나. 하긴, 냉기 저항템 착용 안 했을 리가 없지.

'그림자 없는 낮은 왜 안 쓰지.'

그거면 저항 스킬 관계없이 가쿠토의 속도를 줄일 수 있을 텐데. 버프도 있고. 하지만 어째서인지 사용할 기미가 안 보였다. 버프까진 필요 없다는 걸까.

"잔재주밖에 못 부리는군!"

…저 새끼 입 좀 꿰매 버리면 안 되나. 놈이 순간이동을 사용해 이리저리 피하는 예림이를 무섭게 뒤쫓았다. 규칙상 경기장을 벗어나서는 안 되기에 순간이동 스킬이 있다 해도 완전히 떨쳐 버리기가 힘들었다.

쿵, 가쿠토가 힘껏 땅을 박차자 단단한 바닥에 또다시 놈의 발자국이 찍혔다.

숄의 자락이 흩날리고, 공기를 가르며 날아드는 검을 예림이가 아슬아슬하게 피했다. 휘잉, 스쳐 지나간 검이 교묘하게 꺾이며 다시금 예림이를 찔러 들었다. 동시에 가쿠토가 한쪽 발로 바닥을 강하게 내리쳤다.

콰광, 돌바닥이 부서지며 위로 솟구쳤다. 연이어 또 쾅쾅 허공에 벽을 세우듯 돌바닥을 띄워 올린다.

공간 자체를 넘는 공간이동과 달리 순간이동은 눈에 보이지 않는 속도로 움직이는 스킬이었다. 즉, 벽에 가로막히면 멈추거나 뚫고 지나가야만 했다. 저렇게 사방에 장애물이 생기면 속도도 느려지고 경로 파악도 쉬워진다.

박예림은 검을 순간이동으로 피하는 대신.

카강!

창으로 막아 냈다. 가쿠토의 힘을 버티지 못하고 예림이가 뒤로 쭉 밀려났다. 곱던 눈썹이 살짝 찡그려졌다. 동시에 하늘 가득 수십 개의 얼음창이 나타났다. 쏴아아, 시퍼런 한기를 품은 창날이 비처럼 쏟아져 내렸다. 경기장 바닥이 얼어붙고, 금이 가고, 결국 부서지며 파편이 폭탄 터지듯 튀어 올랐다. 그 사이로 얼음창을 막기 위한 가쿠토의 스킬이 쾅쾅 요란하게 사방을 두드리고.

"형."

 이미 반쯤 파괴된 경기장이 완전히 무너져 내리기 시작했다. 유현이가 나를 들고 푸른 버들잎을 사용하며 뛰어올랐다. 우리 쪽으로 날아드는 파편을 금빛 사슬이 길게 선을 그리며 막아 냈다. 노아가 날개를 펼쳤고, 명우와 문현이도 함께 자리를 피했다. 관중석을 채우고 있던 아마테라스 길드원들 또한 대피하고 있었다.

 [경기장, 무너집니다! 해연 길드장님께서 푸른 버들잎 스킬을 사용하고 있군요. VVIP석이에요!]

 카메라, 쓸데없이 이쪽은 왜 비추냐. 관심 꺼.
 쿠르릉, 경기장을 지탱하던 굵직한 기둥들까지 차례로 쓰러지고 먼지가 피어올랐다. 난장판이 된 경기장에 두 사람이 거리를 벌린 채 멈추어 섰다. 예림이가 창대를 어깨에 툭, 비스듬히 얹었다.
 "칼춤은 다 췄어?"
 "준비 운동이었지."
 가쿠토 놈이 씨익 웃었다.
 "내 진짜 힘을 보여 주마!"
 …진짜 누가 쟤 입 좀 막아라.
 "바닷가는 박예림, 너한테만 유리한 장소가 아니다! 이 충만한 습기가 모두 내 편이지!"
 자신만만해하며 가쿠토가 소리쳤다. 저놈도 물 관련 스킬을 가지고 있는 건가? 어쩐지 너무 쉽게 경기 장소를 바닷가로 해 주더니만.
 예림이가 눈을 가늘게 뜨며 가쿠토를 쳐다보았다. 정말 가소롭게 느껴질 소리다. 얼마나 대단한 스킬을 지녔는진 몰라도 물 관련이라면…….

"앗, 깜짝이야!"

예림이가 갑자기 놀라며 한쪽 손을 털듯 흔들었다. 유현이의 시력에 의지해 살펴보자 손등이 살짝 붉어져 있었다.

"공기가 뜨거워졌어."

유현이가 나직이 말했다. 확실히 조금 더워졌다. 경기장 쪽은 아지랑이라도 피어오른 듯 약간 일그러져 보이기까지 하였다. 수분을 끓어오르게 만드는 스킬인 건가?

[경기장의 온도, 점점 오르고 있습니다! 방금 들어온 아마테라스 길드 측 정보입니다. 이와하타 가쿠토 헌터의 스킬, 화산의 열기! 주위의 공기를 뜨겁게 끓어오르게 만드는 뜨거운 S급 스킬입니다!]

예림이가 탄식을 사용했다. 하지만 차가운 안개는 순식간에 증발해 버렸다.

"…예림이한테 화염 저항 아이템 있던가?"

"등급이 높진 않지만 덤으로 붙은 장비 하나 있어."

그나마 다행이긴 한데, 왜 아직 그림자 없는 낮 안 쓰지. 얼음이 열에 약하다 해도 속성 버프 추가하면 S급 스킬 정도야 감당 가능할 텐데.

"제아무리 상급 헌터라 해도 고열 속에서는 활동이 힘들어지지. 중급 이하라면 몸속의 수분까지 순식간에 끓어올라 죽고 만다!"

예림이를 향해 칼을 겨누며 가쿠토 놈이 다 이긴 듯한 얼굴을 했다.

"바닷가에 경기장이라는 한정된 공간! 내가 승리할 수밖에 없는 조건이다!"

유현이 상대였으면 순식간에 불타올랐을 놈이 입만 살았네. 하지만 일정 공간의 공기 전체를 데운다는 건 이런 경기장에서는 확실히 유리한 스킬이었다. 끓어오르는 공기 속에서 체온까지 오르게 만드는 격렬한 활동을 하는 건 S급 헌터라 해도 저항 스킬 없이는 힘드니까. 일단 체력 소모가 크다. 숨쉬기도 어려워질 테고.

심지어 예림이는 S급 헌터치곤 체력이 약한 편이었다. 지금도 벌써 이마에 땀방울이 맺혔다.

"움직이면 움직일수록 너만 힘들어질 거다. 슬슬 항복하시지!"

다 잡아 놓은 사냥감 대하듯 가쿠토 새끼가 여유롭게 말했다. 이마의 땀을 훔치며 예림이가 웃었다.

"야, 난 이제 준비 운동 끝났거든?"

"뭐?"

"이제 시작이라고."

그 말과 함께 우르릉, 땅이 흔들렸다. 지진이라도 일어난 것처럼 들썩거리는 대지에 가쿠토의 얼굴 가득 당황한 기색이 피어올랐다. 다른 일본인들 또한 놀란 표정이었다.

[지, 지진인가요? 갑자기 땅이 흔들리기 시작했습니다!]

엥? 지진이라니. 설마 지금?

"지진이 아니야, 저건."

유현이의 말이 끝나기가 무섭게, 땅이 갈라지기 시작했다. 그리고.

콰과과과-!

바닷물이 치솟았다. 그것도 한두 줄기가 아니었다. 굵직한 물줄기가 경기장 바닥을 뚫고 승천하는 용처럼 연이어 솟아올랐다. 그와 함께 공기가 식는다.

쏴아아, 물줄기가 비처럼 쏟아졌다. 엄청난 수량에 제아무리 S급 스킬이라 할지라도 버틸 수 있을 리가 없었다. 순식간에 사그라지는 열기 속에 가쿠토가 얼빠진 얼굴로 눈을 치떴다. 홀딱 젖어 물에 빠진 생쥐 꼴이 된

게 우습다.

"바닷가에 경기장이라는 한정된 공간."

예림이가 활짝 웃었다.

"아냐, 아냐. 바닷가라면 그 어디로 도망친다 해도 내가 승리할 수밖에 없는 조건이야."

바닷물이 끊임없이 밀려 들어오고, 젖은 땅이 더욱 크게 갈라지고 무너져 내렸다. 공중으로 떠오른 예림이가 가쿠토를 내려다보았다.

"야, 경기장 장소 페널티 바닷가로 넓혀 줄게. 열심히 도망쳐 봐."

"이, 이……."

"한 시간 내로 너 못 잡으면 내가 지는 거야. 어때? 와, 박예림 진짜 많이 봐줬다. 너무 관대하네."

가쿠토의 얼굴이 모멸감으로 벌겋게 달아오르고.

콰르릉, 쿠르르르. 경기장 바닥이 완전히 무너져 내리며 물이 차올랐다. 대피령 내려야겠네.

콰르르르- 대량의 물이 흙모래는 물론 나무까지 휘감으며 대지를 쓸었다.

아마테라스 길드장은 예림이의 선언을 듣고 재빠르게 추가 대피령을 내렸다. 해안가 집들 싹 비우고 피해 보상은 아마테라스 길드에서 해 준다는 말에 의외로 제법인데 싶었다. 이쯤에서 그냥 끝내자고 하지 않을까 했건만.

'하긴 전투계 S급 헌터라면 아무리 자기편이라도 이런 구경 놓치고 싶지 않겠지.'

가쿠토를 무척이나 아끼기라도 하지 않는 한은 말이다. 대피령 내리고 판 깔아 주는 거 보니 그냥 길드원 1인 모양이었다. 반대로 1시간 정도는 버틸 거라 믿어서일 수도 있고.

[아아, 또 터지네요, 물이 솟아오릅니다. 이와하타 가쿠토 헌터, 재빠르

게 피하고 있습니다. 과연 속도만큼은 대단합니다.]

일본 쪽 해설은 아무래도 가쿠토 편을 들고 있었다. 안타까워하는 티도 팍팍 나고 한탄도 섞여 있었다. 한국에도 방송 나가고 있을 텐데, 어디.
휴대폰으로 한국 쪽 인터넷 라이브 방송을 찾아보았다.

[쏟아지는 물세례! 박예림 헌터, 연이어 물기둥을 불러냅니다! 한 개, 두 개, 세 개! 용이에요! 수룡이죠!]
[가쿠토 헌터는 이제 잘 보이지도 않습니다! 그야말로 자연 VS 인간과도 같은 압도적인 스케일! 아무리 바닷가라 해도 저 정도로 물을 다룬다면 마나 소모가 클 것이라 짐작되는데요, 송태원 실장님께선 어떻게 보십니까?]

…응? 송태원 실장님이라고? 카메라가 옆으로 움직이며 열기 띤 두 해설자와 달리 침착 차분한 송태원의 모습이 나타났다. 아니, 어쩌다가 저기에…….

[박예림 헌터는 마력 스탯이 유독 높은 편이며 시간제한도 걸어 두었으니 큰 무리는 없을 것으로 보입니다.]

송태원이 사무적인 태도로 대답했다. 저번 A급 랭킹전 때도 송 실장님 해설을 원하는 낌새가 있긴 했지만, 경기장 사고 대비해야 한다고 거절했었는데. 이번엔 해외가 무대다 보니 결국 끌고 갔구나.
한국에서 해설 맡아 줄 다른 S급 헌터도 마땅치 않긴 했다. 리에트와 에블린은 외국인이고 김성한은 다들 자리 비웠는데 방송 나온답시고 길드

떠나 있을 성격이 아니고. 한신의 박민규는 거절했나?

그래도 그냥 A급 헌터한테 해설 맡기지 오랜만에 평화로울 분 굳이 끌어내고 그러냐. 너무하네.

[방금 솟은 물에서 김이 피어오르고 있습니다! 온천인가요?]
[온천이네요! 온천이 터졌어요! 박예림 헌터표 온천입니다!]

그 말에 고개를 들어 살펴보자 정말로 김이 뿌옇게 오르는 물줄기가 보였다. 일본에 온천이 많다는 소리는 들었지만 싸우다가도 터지네. 저거 설마 박예림 온천 되는 거 아니냐.

원래의 경기장은 커다란 물웅덩이가 되어 버리고 가쿠토는 해안가를 따라 도망치는 중이었다. 그 뒤를 예림이가 여유롭게, 하지만 무시무시한 기세로 뒤쫓았다.

주위에는 나와 명우를 제외하곤 스탯 A급 이상인 각성자들만 남았다. A급도 몇몇은 물에 휩쓸려 바다로 떠밀려 갔다가 돌아오길 반복했다. 나도 푸른 버들잎 스킬을 쓴 동생에게 의지해 공중 높이 떠 있음에도 물이 튀어 젖어 버렸을 정도였다.

"또 간다! 준비해!"

예림이의 친절한 예고와 함께 물줄기가 솟아올랐다. 단순한 수압 자체도 엄청났지만 가쿠토가 길을 막는 물의 벽을 향해 칼을 휘두르자.

펑!

폭발하듯 터져 나간 물이 순식간에 얼음조각으로 변했다. 수백 개의 얼음화살이 쏟아지는 꼴이었다. 그것도 가쿠토 자신이 내보낸 힘에 의해서.

치이익, 화산 열기 스킬을 최대한으로 썼는지 얼음화살이 녹고 가쿠토의 주위로 수증기가 피어올랐다. 하지만 단순히 주변 공기만이 아닌 끊임

없이 흘러나오는 물을 전부 끓여 없애기란 불가능했다.

결국 열기가 사그라지자, 이번에는 드높게 솟은 물의 벽이 통째로 얼어붙었다. 삐죽삐죽 무시무시한 가시 벽이 되어 가쿠토를 향해 덮쳐든다.

"젠장!"

저거 왠지 칙쇼였을 거 같은데.

쿠르릉, 육중한 얼음가시 벽이 덮쳐들고 피하기 힘든 크기 탓에 가쿠토는 도망치는 대신 벽을 꿰뚫었다. 열기를 집중해 얼음을 녹이고 S급 스탯에 따른 무시무시한 힘과 검격 스킬로 두꺼운 얼음을 단숨에 파괴한다.

비록 쫓기는 사냥감 신세라 해도 S급은 S급. 요란한 소리와 함께 얼음 벽이 반으로 쩍 갈라졌다. 파편이 눈부신 빛을 내며 사방으로 튀고 가쿠토의 몸이 벽 사이에서 위로 솟아오르자마자.

"컥!"

바닷가에서 해일이 밀려들었다. 거인이 손바닥으로 후려친 것처럼 가쿠토가 철썩, 파도에 맞아 나뒹굴었다.

[대단한 쓰나미, 쓰나미!]

일본은 물론 한국 방송에서도 엄청난 해일입니다, 저 높이! 난리를 떨었다. 그 사이에서 송 실장님만 침착했다.

쿠르르르, 물이 또다시 땅을 휩쓸었다. 나무가 뚝뚝 꺾이고 근처에 있던 운 나쁜 차가 뒤집어졌다. 가쿠토는 열기와 또 다른 스킬인지를 조합해 덮쳐드는 물을 막아 냈으나 겨우 제 몸 하나 건사하는 모양새가 초라할 지경이었다.

"차이가 너무 큰데."

"바닷가니까."

유현이가 당연하다는 듯 대답했다.

"반대로 사막 한가운데였으면 불리했을걸."

지금이야 물을 단순히 끌어오기만 하면 되지만 사막이면 만들어 내야 하니 마나 소모도 훨씬 크고 수량도 적었을 것이다. 하지만 여기는, 말하자면 포탄이 무한정 쌓여 있는 것이나 마찬가지였다. 그냥 마음껏 신나게 쾅쾅 쏴 대기만 하면 된다.

"한여름에 붙었어야 했는데, 아쉽다. 안 그래?"

시청자분들 속 시원하게 얼려 줬을 텐데, 하면서 예림이가 창을 치켜들었다. 마고스의 숄이 길게 펄럭이고 귀걸이 또한 찰랑거린다. 그녀의 주위로 물줄기가 솟아올랐다. 열 개쯤 되는 물줄기가 마치 히드라 머리들처럼 주인의 곁을 에워싸며 꿈틀거렸다.

[야마타노오로치! 흡사 야마타노오로치입니다!]

그건 또 뭐냐. 전봇대 다섯 개쯤 묶어 놓은 듯 굵직한 물줄기가 가쿠토를 향해 창처럼 날아들었다. 심지어 도중에.

쩌저적-

단단하게 얼어붙으며 말 그대로 거대한 얼음창이 되었다. 그대로 쾅! 쾅! 쾅! 땅을 내려찍었다. 끊임없이 쏟아지는 거창 공격에 가쿠토는 막을 엄두도 내지 못한 채 이리저리 피하기만 하였다.

고작 열기로 녹일 물량이 아니다. 검으로 맞서 부수기에는 수가 너무 많다. 튼튼해서 맞아도 끄떡없거나 광역 스킬로 단숨에 처리해 버리지 않는 이상은 도망치는 것 외엔 방법이 없었다.

일본 방송은 안타까움에 겨워 연신 탄식하고 한국 방송은 신나게 소리치고 있었다.

[박예림! 박예림! 박예리이임!]

거, 목쉬시겠네. 역시 나도 플래카드 하나 만들어 와서 흔들걸. 이따금 보여 주는 일반 관중들 또한 흥분 속 잔치 분위기였다. 북 치고 꽹과리 치고 난리 났다.

"지금 몇 분이나 지났지?"

1시간 내로 잡겠다고 했으니까. 시계가 없어서 휴대폰 시계로 확인해야만 했다. 시계……. 아직까지 아무 말 없는 게, 혹시 정말로 잊어버린 건가. 깜박할 수도 있긴 하지만. 살다 보면 잊어먹을 수도 있긴 하지만.

"왜?"

"아냐, 아무것도."

쳐다보는 눈길에 동생이 의아해했다. 왜기는. 그냥 대놓고 물어볼까.

아무튼 대략 삼십여 분쯤 지난 듯했다. 마침 방송에서도 시간을 알려 주었다.

[박예림 헌터의 1시간 예고 후 34분이 지났습니다! 이제는 26, 25분 남았는데요. 슬슬 잡아야 하지 않을까요?]

[마나 소모량도 클 테니 말이에요. 하지만 이 상황을 보고도 1시간 버텼다고 가쿠토 헌터의 승리라고 말하면 정~말 어이없겠죠!]

[사실상 현재로서도 박예림 헌터의 승리 아니겠습니까!]

원래라면 가쿠토가 경기장을 벗어나는 순간 패배다. 하지만 예림이가 먼저 조건을 내걸었으니까. 자신 있어 보이지만 상대가 워낙 빨라서 잡는 건 그리 쉽지 않을 텐데. 열기로 제 주위 정도는 막을 수 있다 보니 붙잡아 두기가 힘들 듯했다.

마지막에 그림자 없는 낮을 쓰려나. 속성에 마력 버프 추가하면 냉기 저항 있어도 S급쯤 되지 않고서야 얼어붙겠지.

"후우, 훅!"

땅에 박히며 부러진 얼음기둥을 뛰어넘으며 가쿠토가 거칠게 숨을 내쉬었다. 계속 피하고 공격을 막느라 지친 모양이었다. 그래도 아직 속도는 줄지 않았다. 쌓여 있는 물을 다루기만 하고 간간이 얼리는 정도인 예림이에 비해 마력 소모도 더 클 텐데도 제법 잘 버틴다.

그래도 포션으로 보충도 못 하니 오래 못 가지 싶은 그때.

"몇 분 남았어요?"

예림이가 주위를 두리번거리며 물었다.

"19분!"

한국 방송 상단에 뜬 타이머를 보고 얼른 외쳐 주었다. 예림이가 고맙다며 손가락으로 하트를 만들어 보였다.

"들었지? 아직 시간 좀 남아 있긴 한데, 실컷 놀았으니까 끝내자!"

"누구 마음대로! 잡을 수 있다면 잡아 봐라!"

19분 정도야 버틸 수 있다. 그렇게 생각했는지 가쿠토의 움직임이 더욱 빨라졌다. 저놈, 안 그런 척 여력을 남겨 두고 있었던 건가.

탓탓탓, 거리를 확실히 벌리기 위해 가쿠토가 달려 나가기 시작했다. 그의 모습이 순식간에 멀어져 간다. 그것을 빤히 쳐다보고 있던 예림이가 손가락 끝을 움직였다. 가쿠토가 향한 쪽의 바다가 일렁이고.

휙, 순식간에 예림이의 모습이 사라졌다가 가쿠토의 바로 위쪽에서 나타났다. 기다렸다는 듯이 가쿠토가 칼을 휘둘렀다. 좌아악, 물덩이와 검격이 맞부딪치고 물방울이 비산한다. 가쿠토가 다시금 거리를 벌리려는 그때 바다에서 거대한 물 덩어리가 솟아올랐다.

마치 고래가 육지로 뛰어오른 듯했다. 작은 동산과도 같은 엄청난 크기의 물이 가쿠토의 앞을 가로막았다. 경기장을 벗어나도 좋다고 하였으나 바닷가에 한정되어 있었기에 돌아갈 수도 없었다. 그렇다고 뚫거나 뛰어

넘기엔 적진에 몸을 던지는 것과 다름없었다.

저 어마어마한 물이 어떻게 공격해 올지 알 수 없으니까.

거의 동시에 반대쪽에서도 비슷한 크기의 물 덩어리가 길을 막았다. 이번만큼은 예림이도 힘겨웠던지 작게 숨을 몰아 내쉬었다.

물로 이루어진 두 개의 동산이 햇빛 아래 일렁거린다. 그 비현실적인 광경에 일본은 물론 한국 방송도 잠시간 조용해졌다.

"항복?"

"다, 단순히 길이 막혔을 뿐이다!"

가쿠토가 당황하면서도 끈질기게 소리쳤다. 솔직히 답이 없어 보이는데. 단순한 열기보다 훨씬 더 고온의 불길을 다루는 유현이도 저만한 양이라면 어떻게 못 한다. 물론 유현이는 버들잎 스킬로 빠져나가면 되지만.

하지만 저놈에게는 비행 스킬 비슷한 것도 없다.

큰소리는 쳤지만 오도 가도 못하게 된 가쿠토를 내려다보며 박예림이 미소 지었다.

"알았어, 그럼."

물덩이의 일부가 움직였다. 그리 빠르지 않은 속도로 가쿠토를 향해 덮쳐든다. 다시 열기가 이글거리고 수증기가 뿌옇게 흘러넘쳤다. 철벅철벅 물을 밀어내는 검격도 쏟아졌지만 그야말로 칼로 물 베기였다.

얼음도 아닌 물 그 자체를 대체 어떻게 상대할 수 있을까. 제아무리 힘이 세다고 해도 단순한 물리력으론 아주 잠깐 밀쳐 낼 뿐이었다. 그것도 물의 일부만을.

호수도 아닌 바다를 바로 옆에 끼고 있다. S급이 아니라 SS급 헌터쯤 된다 하더라도 바다를 말려 버리기란 불가능한 일이다.

"크억!"

결국 물덩이가 가쿠토를 삼켰다. 물의 산 또한 가쿠토를 중심으로 합쳐

지며 거대한 구를 이루었다. 그렇다고 해도 단순한 물이다, 헤엄쳐서 빠져나올 수 있겠지만.

쩌저적.

덩어리의 안쪽 일부가 얼어붙었다. 가쿠토를 가운데 두고 그 주위만 일부 겹을 이루며 얼음의 구체가 만들어진 것이었다. 외벽의 대부분은 여전히 물이었다.

터엉, 물 덩어리 안에서 얼음벽을 두드리는 소리가 희미하게 새어 나왔다. 하지만 얼음이 부서지면 이내 다시 물이 그 자리를 메우며 얼어붙었다. 빠져나올 틈 없이 빠른 속도로.

녹고 부서지고 다시 얼어붙고. 단순한 돌이나 철벽이면 부순 순간 끝이다. 다시 빠르게 복구시키기는 어려웠다. 하지만 물과 얼음은 끊임없이 반복할 수 있었다. 쉴 새 없이, 계속해서.

가쿠토의 움직임이 점차 둔해져 갔다. 물은 공기 또한 차단하고 있었다. 장소가 경기장으로 한정되어 얼마든지 증발시킬 수 있을 거라 생각했는지 수중 활동용 장비는 갖추지 않은 모양이었다.

제아무리 신체 능력이 인간의 범주를 벗어난 S급 헌터라 해도 산소 없이 오래 버틸 순 없다. 결국 가쿠토가 정신을 잃고, 박예림 헌터의 승리라는 방송이 급히 나간 직후 물덩어리가 터져 나갔다.

좌아악!

물이 빠져나간 가운데 가쿠토가 비틀거리며 일어나 앉았다. 콜록거리는 그의 앞으로 박예림이 내려섰다.

"수고하셨습니다. 재밌었어요. 진짜 실컷 다 휘둘러 봐서."

두통 오는 게 마나 바닥나기 직전인 거 같다며 예림이가 포션을 꺼내 마셨다. 가쿠토의 표정이 일그러졌지만 순순히 머리를 숙였다.

"패배를 인정하겠다, 박예림 헌터. 그대의 힘을 모두 끌어낸 것에 만족하며 향후 당당한 승부를 위해 더욱 실력을 갈고닦겠다."

…모두라기에는 그림자 없는 낮을 안 썼는데. 속성, 스탯 버프에 상대 발까지 묶고 추가 버프 들어가는 SS급 스킬 빼놓은 거라 사실상 예림이 본 실력의 3분의 2 정도였다. 가쿠토 저놈, 조금 불쌍해질 정도네.

가쿠토가 자리에서 일어서며 다시 한번 예림이를 향해 고개를 숙였다.

"물의 여신이라 해도 부족함이 없을 정도였다."

"여신은 무슨 여신이야."

예림이가 가까이 접근하는 카메라를 향해 말했다.

"물의 지배자! 그거 말곤 안 받아요!"

물의 지배자 스킬 보석이 박혀 있는 창을 흔들며 예림이가 활짝 웃었다.

한바탕 태풍이라도 휘몰아친 직후 같았다.

멀쩡한 사람은 단 한 명도 없었다. 비행 스킬을 가진 사람들도 마찬가지였다. 방송 장비에 확실하게 방수 처리를 했기에 망정이지, 하마터면 방송 중단될 뻔했다.

"아저씨, 저 확실하게 이기는 거 잘 보셨죠?"

땅에 내려선 우리 쪽으로 예림이가 날아오며 말했다.

"그래, 진짜 대단하더라! 스킬은 일부러 안 쓴 거야?"

뒤의 말은 작게 소리를 낮추었다. 예림이가 곧장 알아듣곤 고개를 끄덕였다.

"그것까지 쓰면 너무 쉽게 끝나잖아요. 바닷가에 S급 헌터 상대로 아까워서요."

예림이 또한 작게 말했다. 하긴 S급 헌터 상대로 마음껏 스킬 연습해 볼 기회가 많진 않지. 그것도 이렇게 날뛸 수 있는 무대 마련해 주면서 말이다. 던전 안에도 바다 환경이 있긴 하지만, 요즘 던전은 영… 안정성이 없어. 마나에 체력 소모 실컷 한 직후에 또 오류랍시고 상급 몬스터가 튀어나올 수도 있으니.

"물의 지배자님, 승리 축하해!"

문현아가 장난스럽게 말하고 예림이가 까르르 웃었다. 그녀는 물론이고 함께 다가온 성현제 또한 흠뻑 젖어 있었다. 명우와 노아도 마찬가지였다. 그나마 날이 더워서 다행이지, 늦가을쯤 되었더라면 감기… 는 나만 걸렸겠군. 다들 과하게 건강해서.

"시시오 님!"

그때 저쪽에서 가쿠토의 외침이 들려왔다. 뭔가 싶어 고개를 돌려보자 가쿠토가 사자왕 씨 앞에 무릎 꿇고 있었다. 사자왕도 홀딱 젖었네. 물에 휩쓸리기라도 했는지 수염이 사라졌다.

"이 이와하타 가쿠토, 시시오 님의 믿음을 저버린 죄! 죽음으로써 갚겠습니다!"

뭐래. 겨우 이깟 일로 미쳤다고 아까운 S급 헌터를 죽이겠냐. 비록 타국인일지라도 S급 헌터는 귀중하지.

"이와하타 가쿠토여."

사자왕 씨가 근엄하게 말했다. 연극이라도 보는 것 같았다.

"이기고 지는 것은 병가지상사다. 동료를 잃고 게이트석을 쓰더라도 살아만 나온다면 던전은 다시 공략할 수 있다고 말하지 않았던가. 목숨만 붙어 있다면 언제든 설욕의 기회는 주어진다. 그러니 패배에 슬퍼할 시간에 스스로를 갈고닦도록."

"감사합니다! 시시오 님!"

가쿠토가 머리를 땅에 처박으며 소리쳤다. 그, 틀린 말은 아닌데 닭살이 돋네. 살아 나오는 게 중요하다고 말하다니, 확실히 일본 정부보다는 사자왕 씨가 훨씬 낫구만.

주위의 아마테라스 길드원들이 감동 어린 표정을 짓고 있는 걸 보자 조용히 자리를 피해 주고 싶어졌다. 아니면 박수라도 쳐 줘야 하나.

"…얼른 돌아가서 씻죠."

바닷물이라 찝찝하다. 어째 일본에 온 이후로 하루의 반 정도는 물에 담겨 있는 기분이구만.

숙소로 돌아와 씻고 나와 양국 방송 분위기를 살펴보았다. 한국이야 아직도 축제 분위기였다. 전투 장면 재방송과 함께 국민들 반응을 보여 주고 있었다.

[예! 바로 저 장면이죠! 박예림 헌터의 손짓 한 번에 쓸려 나가는 이즈반도! 그야말로 물의 지배자라는 칭호에 걸맞은 모습이라 할 수 있겠습니다!]

[이야아, 정말 몇 번을 다시 봐도 감탄밖에 안 나오는군요! 아주 속이 시원~ 합니다!]

'예림이 한동안 바빠지겠네.'

온갖 요청 다 들어오겠지. 지금쯤 해연 홍보팀 전화에 불이 났을 것이다. 귀찮아도 이럴 때 잠깐 잘해 주면 두고두고 득이 되니까.

반면에 일본 방송은 패배에 따른 분석에 들어갔다. 바다라는 장소가 너무도 불리했으며 검은 소의 숲 던전은 몬스터 사육 스킬이 없는 한 별다른 가치가 없으니 큰 손해는 아니라고 몇 번이나 강조했다.

[최초의 국제적 S급 헌터 대결이 일본의 주도하에, 이 일본 땅에서 열린 것이야말로 의미 있는 결과입니다.]

[예, 예. 아마테라스 길드의 영향력과 능력을 확고하게 보여 주었다고 생각합니다.]

아, 네. 지금 잠깐만이라도 좋아하세요. 스태미너 포션 알려지고 나면 초상집 될 테니. 그때 뭐라고 정신승리할지 궁금해서라도 일본 방송 봐야겠다.

"한유현 헌터님, 한유진 소장님."

거실에서 피스 옆에 끼고 다과 까먹으며 TV 보고 있는데 아마테라스 길드원이 찾아왔다.

"시시오 님께서 검은 소의 숲 던전과 관련해 대화를 원하십니다."

아직은 내줘서 크게 아쉬울 거 없는 던전이니 인제 와서 무르자고 할 것 같진 않고, 아이템 때문인가. 던전보다는 천둥새의 예장이 몇 배는 더 아깝겠지. 옷 갈아입으러 방에 들어가려는데 길드원이 편하게 오셔도 괜찮다고 말했다.

유현이와 함께 아마테라스 길드원을 따라나섰다. 안내된 곳은 한쪽에 따로 마련된 별채 같은 건물이었다. 너른 응접실 소파에 시시오와 처음 보는 남자가 앉아 있었다.

"사토 키요시입니다."

아마테라스 길드장의 고문 역할이라며 그가 자신을 소개했다. 상담역이라기에는 꽤 젊어 보였다. 사십 대 초반 정도? 헌터 길드 쪽은 던전 관련으로도 잘 알아야 하고 이왕이면 공략 경험도 있는 편이 좋아서 대부분 젊긴 했지만.

"우선 박예림 헌터의 승리를 축하하겠다. 우리가 깔끔하게 졌어. 박예림 헌터의 능력이 무척이나 뛰어나더군."

시시오가 양손을 들어 보이며 말했다.

"던전 또한 미련 없이 넘겨주지. 문제는 천둥새의 예장이다."

"원래 계획은 이와하타 가쿠토 헌터의 승리 후 슬라임 던전을 받으면서 해연 길드 측에 위로를 표하며 선물하였다고 발표하는 것이었습니다."

키요시가 말했다. 슬라임 던전 가지면서 생색도 내고, 그거 빌미로 화염뿔사자 던전 관련 압박도 넣지 않았을까. 정당한 승부로 슬라임 던전을 차지했음에도 SS급 장비를 선물하였으니 화염뿔사자 새끼 정도는 호의로 답례해 주어야 하지 않겠느냐는 식으로 나왔겠지.

하지만 우리가 이겼다. 어차피 예장은 받았고 물밑 계약은 끝났으니 입 싹 씻어도 되긴 하겠지만. 그럼 예장을 대놓고 쓰기 조금 껄끄러워진단 말이지. 아마테라스 길드에 천둥새의 예장이 있다는 사실을 아는 사람들이 많으니까 일본이랑 무슨 관계냐, 식으로 나오면 귀찮잖아.

'역시 아마테라스 길드가 선물했다고 확실하게 밝히는 편이 낫지.'

던전도 주고 SS급 장비도 주고. 정말 호구 같아지겠지만.

"어차피 이렇게 된 거 그냥 호쾌하게 기념 선물로 주시죠? 일본 제일의 길드라면서요. 이만큼이나 통이 크다는 걸 전 세계적으로 알려 주는 겁니다. 말이 한일전이지 공식적으로 방송되는 최초의 S급 헌터전이니 모든 나라에서 다 주시하고 있을 게 아닙니까. 한국에 귀국하는 날 해연 길드장이 천둥새의 예장 걸치고 나타나고 아마테라스 길드장이 무려 SS급 장비를 선물했다, 하고 알리는 거죠. 얼마나 대단해 보이겠습니까. S급도 아니고 SS급을, 그냥 턱, 아낌없이 내어주는 그 엄청난 도량!"

엄청난 호구다.

"호오."

시시오가 혹하는 표정을 지었다. 그래, 댁 겉치레 되게 좋아하잖아.

"이렇게나 관대하다니, 역시 사자왕! 승부에서 져 던전을 넘기게 되었음에도 오히려 선물까지 더 안겨 주는 담대함은 그야말로 고대 영웅들의 위상이 느껴지는 모습, 아니겠습니까. 하나를 내어주게 되었음에도 속상해하기는커녕 되레 하나 더 준다, 크고 너른 마음가짐을 가히 만인이 우러러볼 만하죠."

아무 말을 막 던졌지만 사자왕은 흐뭇하게 웃고 있었다. 단순해서 좋다.

"물론 나는 넓은 아량과 씀씀이를 가지고 있지. SS급 장비가 아까워서 이 자리를 마련한 것은 절대 아니야!"

"당연하겠지요. 그럴 거라고 생각하고 있었습니다."

"하지만 SS급 장비를 아무런 대가 없이 넘겨줄 수는……."

키요시 놈이 눈치 없이 끼어들었다. 자기 할 일 한 거긴 하지만 나는 물론이고 시시오도 흥이 깨진 얼굴이었다. 그럼에도 키요시가 꿋꿋이 말을 이었다.

"최소한, 그러니까 물밑으로라도 약간의 대가나마 받아야 하지… 않겠습니까."

댁도 고생이 많구만. 여기서 너무 몰아붙이면 아무리 겉치레 좋아하는 사자 씨라도 거부감을 느낄 수 있으니까.

"뭐, 너무 공짜로 받아 가면 우리도 찝찝하긴 하죠. 해연 길드장님."

내 옆에 앉은 유현이를 돌아보며 말했다.

"아마테라스 길드장의 호의에 대한 답으로 향후 새로운 새끼 화염뿔사자를 얻게 된다면 우선권을 주는 것이 어떻겠습니까."

"우선권을, 요?"

유현이가 내 눈치를 살피며 어설프게 경어를 썼다. 말 놓아도 되는데.

"예. 정확히는 우선적으로 협상할 수 있는 권리입니다. S급 새끼 마수를 원하는 길드는 전 세계에 수많을 테고 경쟁 또한 치열하겠지요. 심지어 아마테라스 길드장은 화염 속성 스킬을 가진 것도 아니니 당위성도 부족해 단순 경쟁으로는 밀려날 가능성이 큽니다. 그러니 우선권이면 보답으로 적지 않을 겁니다."

어떠냐는 내 말에 유현이가 여전히 어색해하며 고개를 끄덕였다.

"한 소장님 말씀이, 맞겠지요."

그냥 사자왕 놈처럼 편하게 말해도 되건만. 어쨌든 해연 길드장님도 동의하셨겠다, 다시금 앞쪽으로 고개를 돌렸다.

"덤으로 사육소에서도 우선적으로 맡아 드리겠습니다. 해외 길드들이 줄 서 있는 거, 들어는 보셨겠죠? 아마테라스 길드에서 통 크게 나와 주니까 저도 이것저것 해 주고 싶고, 뭐 그러네요. 사람 마음이란 게 참."

우리가 엄청 잘해 주는 거야. 물론 대가는 다 받아먹을 거고 실상 생색이나 내는 거지만. 화염뿔사자 새끼가 언제 나올지, 또 나오긴 할지도 알 수 없는 일이고.

그럼에도 시시오는 무척이나 만족스러운 표정을 지었다. 그 옆의 키요시야 눈치가 좀 있는지 칙칙하게 그늘진 얼굴이었다.

"좋아! 그렇게 하지! 아예 곧장 발표하겠다!"

그럼 더 좋지.

"검은 소의 숲 던전에 확인차 내일 바로 들어가 보고 싶은데, 가능하겠습니까?"

시시오가 흔쾌히 준비해 주겠노라 말했다. 다만 리셋이 끝난 지 얼마 지나지 않아 제대로 공략이 되지 않을 수도 있다고 하였다.

던전 리셋 직후 들어가면 가끔 보스 몬스터가 등장하지 않아 공략 불가능한 경우도 있었다. 일반 몬스터를 다 잡으면 탈출 게이트가 나오긴 하는데 공략은 되지 않는 것이다. 그래서 괜한 헛수고 하지 않기 위해 A급 던전 기준 리셋 일주일 후부터 공략을 시작한다.

그렇게 자잘한 사항을 마무리 짓고 밖으로 나왔다. 객실로 돌아가며 유현이에게 작게 말했다.

"던전 다녀와서 너 하고 싶은 대로 해. 예장 선물 발표도 바로 해 준다니까 걸릴 거 하나 없어."

"그래도 선물 받고 바로 싸움 거는 셈인데, 괜찮을까?"

"사자왕 씨가 덥석 물도록 잘 찌르면 돼. 거절할 타입은 아니지 않냐. 비공개로 해도 되고. 이 동네 섬 많다며? 적당한 무인도 하나 써도 되지.

화염뿔사자 새끼 우선권이 아니라 아예 확정적으로 준다고 미끼 걸어. 그래, 예장만 받기 미안하니 대가로 걸고 가볍게 손 섞어 보자고 하자."

"응."

유현이가 대답하며 미소 지었다. 벌써 기대된다는 표정이었다. 이번엔 뭘 뜯어낼 수 있을까. S급 무기 놔나. 아니면 예림이에게 맞는 S급 겉옷 같은 거라거나.

7장 언젠가의 어느 세상

7장
언젠가의 어느 세상

"조심해서 잘 다녀와."

명우가 삐약이와 벨라레를 데리고서 말했다. A급 던전인 검은 소의 숲에는 명우를 제외한 나머지 일행들이 모두 함께 들어가기로 하였다. 처음에는 한둘 정도는 명우와 함께 호텔에 머물 예정이었는데 만약의 사태 시 오히려 방해된다며 명우가 거절했다.

어차피 자신에게 해 끼칠 리는 없고 언제든 대장간으로 피할 수 있으니 혼자가 더 마음 편하다나. 두 팀으로 나누면 일본 S급 헌터보다 우리 일행 수가 더 적어지니 다 같이 다니는 편이 낫긴 했다.

"벨라레 독 조심하고. 잘 부탁할게."

"독 저항 장비에 해독제도 있으니 걱정 마."

독은 불에 약해서 여차하면 이스무아르의 도움을 받으면 된다며 팔목에 감긴 벨라레를 들어 보였다. 삐약이가 삐약 하고 자기 날개도 같이 들었다.

검은 소의 숲 던전은 도쿄에서 헬기로 세 시간쯤 걸리는 거리였다. 아마테라스 길드원의 안내를 받아 던전 건물 안으로 들어섰다.

"중간에 따로 떨어진 숲에선 조심해 주세요. 유현이 너는 물론이고 성현제 씨도 스킬 쓰면 안 됩니다. 자칫하면 다 타 버리니까."

"알았어."

"명심해 두지."

던전 공략 자체야 금방 끝날 것이다. S급 헌터가 몇이냐. 내 근처론 파리 한 마리 접근 못 하지 싶지만 그래도 일단 은혜를 A급 수준으로 쓴 뒤 게이트 안으로 들어갔다.

짙은 풀 내음과 함께 숲이 펼쳐졌다. 피스가 타라는 듯 덩치를 키워 내 옆으로 붙는 그때.

공간이 일그러졌다. 반응할 틈도 없이 순식간에 주위가 녹아내리듯 변하며 눈앞이 까맣게 물들었다.

'뭐야, 이게!'

당황하며 어찌할 바를 모른 채 주위를 더듬거리기를 잠시, 다시 시야가 밝아졌다. 눈에 들어온 것은 빽빽한 숲이 아닌 너르고 텅 빈 방과 같은 공간이었다.

그곳에 나를 제외한 사람들이, 피스까지도 정신을 잃고 쓰러져 있었다. 순간 가슴이 철렁 내려앉았다. 공포 저항 메시지가 눈앞에 떴다.

"유현아!"

허둥지둥 달려가 쓰러지다시피 동생 옆에 주저앉았다. 다행히 숨은 쉬고 있었다. 가슴도 뛴다.

"유현아, 괜찮아? 정신 차려 봐!"

딱히 몸에 이상은 없는 듯했다. 그냥 잠든 것 같았지만 깨어날 기미는 보이지 않았다. 재차 확실하게 상태를 살펴본 뒤 다른 사람들도 확인했다. 예림이도 노아도 문현아도 피스도 모두 잠에 빠진 듯했다. 혈색도 그대로고 숨도 잘 쉬고 있었다.

그리고 성현제도.

"…되게 낯서네."

잠든 듯 늘어져 있는 모습이 어색하다. 진짜 정신 잃은 거 맞지?

"이봐요, 세성 길드장님."

슬쩍 뺨을 두드려 보았지만 꿈쩍도 않는다. 정말 재수 없게 잘생기긴 했어. 볼을 잡고 당겨 보아도 미동 하나 없었다.

"어이, 현제 씨, 현제 형, 현제야, 현제 놈아."

진짜 의식 없는 거 맞나 보다. 이젠 어떻게 해야 하나. 포션이라도 써 볼까, 깨어나길 그냥 기다릴까. 고민하고 있는데.

"허니!"

어린 티가 나는 낯선 목소리가 들려왔다.

반사적으로 무기를 꺼내 들었다. 그래 봐야 등급이 높지도 않은 짧은 칼이었다. 설사 S급 무기를 손에 쥐었다고 해도 내 스탯으로는 제대로 쓸 수 없다.

그나마 이어링에 방어막 스킬이 있었지만 등급은 고작 B. 범위도 넓지 않아 기껏해야 한두 명 끌어안으면 끝일 것이다. 은혜는, 내 몸뚱이로 막아서 봐야 얼마나 가려질까.

우리를 이렇게 끌고 온 상대라면 방법이 없다는 걸 알면서도 일단 유현이와 예림이 사이에 섰다.

"허니!"

재차 목소리가 들려왔다. 허니라면 패륜아 쪽일 가능성이 크긴 한데. 그럼 다행이지만.

"괜찮아요! 일단은 막았어요!"

허공에서 스르륵, 작은 인간의 형체가 나타났다. 가장 먼저 눈에 들어온 것은 베이지색 곱슬거리는 머리카락이었다. 머리 양옆으로는 귀가 늘어져 있었다. 길고 하늘거리듯 팔락대는… 마치 강아지 같았다. 그, 코커 스패니얼. 딱 그 강아지다.

눈은 흰자위 없이 동그랗고 빨개서 늘어진 귀를 가진 토끼처럼도 보였다. 동그란 얼굴에 작은 키는 열너덧 살쯤 되었을까. 몸은 겹겹의 백합을 뒤집어 놓은 듯했다. 옷으로 보이는 둥근 꽃잎 같은 지느러미가 여럿 길게 흐느적대며 공중에 살짝 뜬 채 움직이고 있었다. 다리는 보이지 않았지만 팔은 평범하게 두 개인 듯했다. 역시나 길게 지느러미 같은 소매가 늘어져 손을 감추었다.

아무튼, 평범한 인간은 아니다.

긴장을 늦추지 않으며 상대를 향해 떡잎 스킬을 사용했다. 여기서도 창이 뜨는 대신 머릿속에 직접적으로 전해져 왔다.

탑에 갇힌 왕.

읽어 낼 수 있는 것은 그뿐이었다. 왕이라. 인어여왕과 무해의 왕이 떠올랐다. 패륜아와 효도중독자, 역시 그쪽 무리인 듯했다. 탑에 갇혔다는 수식어가 특이하긴 했지만.

"허니!"

"용건부터 말해."

"네?"

강아지가 고개를 갸웃하더니 아, 하고 입을 동그랗게 벌렸다. 쓸데없이 귀여워서 긴장이 풀려 버릴 것만 같다.

"저 신입이에요! 윌슨! 배구공!"

"…뭐? 신입이라고?"

"네! 저예요!"

밝게 대답하며 한쪽 팔을 들어 흔든다. 지느러미가 팔랑팔랑 춤추듯 움직였다. 신입이라니, 진짠가. 내가 의심을 버리지 못하자 강아지가 시무룩해하며 말했다.

"허니를 위한 던전, 제가 만들었잖아요. 장난감 병정의 주인이고요, 제일 처음 허니를 찾아내서 오류 일으킨 것도 저고요."

장난감 병정. 계약자 이름이, 분명 다섯 칸이었지. 탑에 갇힌 왕. 처음 찾아내서 오류 낸 것도 맞고. 그 밖에도 여태까지의 일을 열심히 떠들어 대었다. 틀린 부분은 없었다.

"…내 동생은, 다른 사람들은 어떻게 된 거지? 무사한 건가?"

"무사해요! 제가 빠르게 대처했거든요!"

"제대로 설명해."

연이은 냉정한 대꾸에 신입이 잔뜩 풀이 죽었다. 그 모습을 보자 아주 약간 미안해졌다. 신입이 우물거리다가 한결 차분해진 어조로 입을 열었다.

"효도 애들이 간섭해 왔어요. 허니가 들어간 던전에요."

"괜찮을 거라더니."

"저, 정말로 해파리에게는 이럴 능력이 없어요! 아마도 다른 효도자가 합류한 것 같은데, 보통은 이런 일 잘 없거든요."

"생겼잖아."

그렇죠, 하고 신입이 어깨를 축 늘어뜨렸다. 그래도 막았다고는 했으니.

"그래서 이제 어떻게 되는 건데?"

굳어졌던 표정을 풀며 묻자 신입이 반색하며 대답했다.

"효도 애들이 던전에 간섭해서 시스템을 장악하려고 했어요. 시스템을 다룰 줄 아는 효도자인 모양인데, 그게 가능한 사람은 몇 없거든요. 그중에서도 해파리와 가까운 효도자는 딱 한 명뿐이니까 이런 일이 두 번 벌어지지는 않을 거예요. 힘이 많이 필요해서 허니 세계 시간으로 사오 년쯤은 휴식을 취해야 할 테니까요."

사오 년 후면 망했든 멸망에서 벗어났든 둘 중 하나일 거니 말이다. 신입 말대로 두 번 벌어질 일은 없겠지.

"아무튼 검은 소의 숲 던전 시스템을 가로채서 허니 일행에게 해를 끼칠 생각이었던 모양인데, 제가 재빠르게 준비해 뒀던 시스템을 밀어 넣었죠! 검은 소의 숲 던전을 아예 다른 던전 시스템으로 바꿔 버린 거예요."

대충 바이러스 걸린 파일을 통째로 버리고 새 파일로 바꿨다는 건가.

"대응 빠르네."

"이런 걸 막는 게 저희 일인걸요. 게다가 마침 허니를 위해 준비해 둔 던전이 있어서 쉬웠어요. 아이템과 스킬을 얻을 수 있는 던전 시스템이요."

"그게 여기야? 그런데 왜 다들 깨어나지 않는 거지?"

주위를 살펴보며 물었다. 텅 빈 방으로밖엔 안 보이는데.

"준비한 그 시스템이요, 가상현실 시스템이었거든요."

"가상현실?"

"네! 말하자면 가상현실 게임이요. 허니 세계보다 좀 더 미래에서 흔한 시스템인데, 육체는 두고 정신만 게임, 던전에 들어가는 거예요. 허니 세계의 던전과는 다르게 사람들, npc도 있고 상호작용도 가능하죠. 컴퓨터 게임은 아시죠? 게임에 직접 들어가는 거예요! 거기서 퀘스트를 통해 포인트를 얻어서 원하는 아이템과 스킬을 교환하는 시스템을 만들었죠. 정신만 들어가니 안전하기도 안전하고요!"

들어 보니 상당히 좋아 보였다. 무엇보다 안전하다는 점이 매력적이었다.

"우리도 던전 말고 가상현실 시스템으로 해 주면 안 되었냐."

"어, 허니 세계는 문명 발전도가 떨어져서요. 그리고 인간들이 만든 가상현실 게임을 바탕으로 시스템을 적용하는 거라 제가 만든 것보다는 안전도가 훨씬 낮아요. 던전 시스템보다 더 위험한 부분도 있고요. 아무튼 허니의 일행은 지금 가상현실 던전에 들어가 있어요. 그 세계의 사람이 되어서요. 몸은 여기 있으니까, 일종의 빙의죠."

그런데, 하고 신입이 곤란한 얼굴을 했다.

"허니는 정신만 시스템에 넣을 수가 없었어요."

"왜? …혹시 스탯이 너무 낮아서인가."

"아뇨, 반대예요. 허니의 그 마석이요."

신입의 지느러미 소매가 내 가슴을 가리켰다.

"강해요. 예상 이상으로요. 도마뱀의 마석이 들어갔다고 해도 불완전한 거니까 SS급일 가능성이 크고 최대로 해도 SSS급일 거라고 생각했거든요. 그런데 최소 L급으로 느껴져요, 지금은."

"L급?"

"…최소로요. 잘 모르겠어요. 태어나면 확실히 확인 가능할 거 같은데, 완전히 예상 밖이에요, 허니. 그래서 제가 허니에게 제대로 손댈 수가 없었어요. 허니의 정신만 분리하려는 것을 그 마석의 마수가 막아 버렸어요."

최소 L급이라니. 무심코 손을 가슴의 상처에 대었다. 그렇게 강하면, 괜찮은 건가. 내가 제어 가능할까. 양육자 칭호 등급을 넘어서 버린다면 제어 불가능해지는 게 아닌가 하는 걱정이 들었지만, 지금으로선 아무런 방법이 없었다.

"그래서요, 허니는 직접 그 세계에 들어가야 해요."

"직접? 그냥 바로 던전을 빠져나갈 수는 없는 건가?"

"아직 완전히 만들지 않은 시스템을 급히 바꾸느라 저도 시스템 제어권을 잃어버리고 말았거든요! 그래서, 어, 공략을 해야 해요!"

"…약속한 시간은 지난 거 같은데, 다 못 만들었다고?"

"그, 그때 더 늦어질 거라고 말씀드렸잖아요! 허니가 원한 거잖아요!"

그건 그랬지만. 예림이가 들어간 던전을 살펴보는 대신이었지. 그때 일이 이렇게 돌아올 줄이야.

"원래라면 적당히 평화로운 중세시대로 배경을 넣을 예정이었어요. 하지만 지금은 어떤 세계인지 저도 알 수 없어요. 던전 속 세상이니까……."

"이미 멸망한 세상 중 하나, 인가."

"네. 사라진 세상과 그곳에서 살았던 사람들의 옛 정보를 바탕으로 한 세계예요."

가슴이 약간 두근거렸다. 흔적만 남은 던전이 아니다. 사람들과, 그때의 상황까지 고스란히 남은 세계다. 우리보다 앞서 멸망한 세상.

늘어진 소매를 걷으며 신입이 손을 꺼내었다. 평범한 손이었다. 그 손등과 손목에서 수십 가닥의 가느다란 촉수가, 윽.

"…웬 촉수냐."

"이거 엄청 편해요. 허니네 대장장이에게도 추천해 주세요. 제작자라면 필수나 다름없다니까요. 섬세한 작업을 동시에 진행 가능하거든요."

추천은 무슨 추천이냐. 한때 촉수 써 본 사람으로서 편하다는 데는 동의하지만 보기가 좀 그렇잖아.

촉수들이 허공을 빠르게 더듬었다. 내 눈에는 아무것도 보이지 않았지만 무언가 조작하고 있는 모양이었다. 점점 더 움직임이 빨라지더니 눈으로 따라잡을 수 없는 속도가 되었다. 그리고 잠시 후.

툭, 투둑.

동그랗고 납작한 원반들이 허공에서 나타나 떨어졌다. 지름 5~6센티쯤 되어 보이는 작고 검은 금속성 원반이었다. 촉수가 그것들을 주워 내게 내밀었다.

"던전 내 특정 지역에 이걸 설치해 주세요. 그럼 제가 간섭할 수 있어져요. 설치 지역은 퀘스트창을 통해 알려 드릴게요. 중간 부분을 꾹 누르기만 하면 돼요."

"던전 공략 방법은?"

"던전에 따라 달라서요. 설치를 끝내면 던전 정보를 확인 후 메시지를 보내 드릴게요. 그리고 허니, 허니에게 줄 수 있는 생명은 다섯 개예요."

"생명?"

"네. 허니의 일행도 들어가 있겠지만 언제 만날 수 있을지 알 수 없잖아요. 상황에 따라 합류하기 힘들지도 모르고요. 사실 위험할 거 같아서 허니를 들여보내고 싶지 않은데, 그런데……."

신입이 고개를 돌려 쓰러져 있는 사람들을 바라보았다.

"다른 사람들에게는 이걸 전해 줄 수가 없어요. 허니의 시스템창은 이미 몇 번이나 연결한 적 있어서 손대기 쉽거든요. 하지만 다른 사람들은 아니니까요. 상황 메시지를 보내는 게 고작이었어요. 허니도 안전하게 정신만 들여보낼 수 있었다면 좋았을 텐데."

신입이 머뭇거리며 다시 내게로 시선을 옮겼다.

"허니 한 명만이라면, 공략하지 않고도 밖으로 빼내는 게 가능해요. 하지만 혼자는 안 나가시겠죠."

"당연한 소릴. 절대 안 가."

고민할 필요도 없이 곧장 대답했다. 심지어 나 아니면 공략 정보를 전달도 못 한다는데 어떻게 혼자 빠져나가겠냐.

"다섯 번 죽기 전에 다른 사람들과 합류하면 되겠지. 죽고 나서 바로 살아나는 건 아니지?"

"네? 바로 살아나는데요?"

"야, 그럼 안 되잖아. 내 능력치로 또 죽기밖에 더 하겠냐. 시간을 두고 부활해야 날 죽인 상대와 바로 마주치는 걸 피할 수 있다고."

"아, 그러네요! 그럼……."

촉수들이 또다시 바쁘게 움직였다. 빨간 눈동자도 데굴데굴 구른다.

"한 시간요. 최대 한 시간까지 대기할 수 있어요. 죽은 상태로 상황을 살필 수도 있고요."

"좋아, 고마워. 그 정도면 해 볼 만하겠지. 은혜도 있고."

내 말에 신입이 곤란한 표정을 지었다. 이번엔 또 뭐냐.

"아이템 말인데요, 저쪽 세계에 없는 건 사용할 수 없어요."

"뭐?"

"비슷한 능력의 아이템이라도 있다면 변경해 드릴 텐데 은혜 같은 건 확실하게 없을 거예요. 또 스킬도 저쪽 세계에 맞춰서 약간 변형되지 싶어요."

"스킬은 그렇다 쳐도 은혜를 못 쓰면 곤란해!"

내 스탯은 F급이다. 지금 가지고 있는 장비를 덕지덕지 발라 봤자 C급 1레벨쯤, 실질적으론 숙련된 E급 헌터 수준이다. 우리 세상처럼 던전이 있는 곳이라면 안 들어가면 그만이지만 던전이 없고 몬스터가 그냥 돌아다니는 세상이면 비명횡사하기 딱 좋다.

어떻게든 해 보라는 내 눈빛에 신입이 촉수 끝으로 은혜를 툭툭 건드리다가 입을 열었다.

"어, 음, 같은 능력은 역시 불가능해요. 대신 스탯이나 다른 능력의 장비로 임시 변환 해 드릴게요."

"등급은?"

"스탯은 아마 C급까지 가능할 거예요. 대략 30레벨 수준으로요. 장비는 S급 무기나 방어구요."

스탯과 장비라. S급 무기와 방어구라고 해 봤자 스탯이 받쳐 줘야 쓸 만하지.

"스탯으로 줘. 그리고 장비는 대여해 주고."

"네?"

"대여 말이야, 대여. 장비 가지고 있을 거 아니냐. 빌려주는 건 가능하지 않아? 얌전히 돌려줄게."

"하지만."

"솔직히 이럴 줄 몰라서 변변한 무기 안 가지고 들어온 거지, S급 장비 정도야 얼마든지 구할 수 있다고. 내가 대장장이랑 친한 거 잘 알잖아. 많이도 말고 S급 무기, 딱 하나만 빌려주라. 이왕이면 방어구도. 은혜만 믿고 안 챙겼거든."

머뭇거리던 신입이 허공에서 무기와 롱카디건 같은 걸 꺼내 주었다. 무기는 일단 검이긴 한데.

"망고슈네."

방어용 가드가 붙은 짧은 단검이다. 단검은 쓰기 애매한데. 게다가 둘 다 옵션을 확인할 수 없었다.

"던전에 들어가면 그 세계에 맞춰서 변형될 거예요. 그때 옵션도 볼 수 있을 거고요. 둘 다 S급이에요."

"고마워. 혹시 시간제한 같은 거 있어?"

"시간은 넉넉해요! 가상현실 게임은 5배속 정도는 기본이거든요. 그건 밖에서도 조절할 수 있어요."

그럼 다행이고. 이 정도 준비면 아무나 한 명 찾을 때까지 버틸 수 있겠지. 던전에 들여보내 달라고 말하기 직전, 한 가지를 더 물었다.

"양육자 키워드 적용자 50명을 모으라는 거, 정확한 이유를 듣고 싶어."

신입이 입을 꾹 다물었다가 고개를 저었다.

"아직은 말해 드릴 수 없어요."

"이유도 방법도 모른 채 무조건 따를 수는 없어. 솔직히 말해 나는 너희를 완전히 믿지 않아."

빨간색 두 눈이 크게 깜박였다. 조금 놀란 듯도 보였다. 믿지 않는다는 것 때문인가. 하지만 어떻게 믿을까. 속이고 숨기는데.

"허니의 세상을 구하기 위해서예요. 정말이에요!"

"그러니까 어떻게? 그 50명을 가지고, 대체 어떻게. 만에 하나 키워드 적용자들에게 일말의 피해라도 간다면-"

"키워드 적용자들에게는 아무런 피해도 가지 않아요! 확실해요! 제 이름을 걸고 맹세할 수 있어요!"

신입이 펄쩍 뛰며 말했다. 키워드 적용자들에게는, 이라.

"확실하게?"

"확실하게요! 절대로요!"

"그럼 내게는."

"허니는."

신입의 늘어진 귀가 살짝 들렸다가 다시 하늘하게 처졌다.

"허니에게도 최대한 피해가 없도록 할 거예요. 그러려고 준비하고 있어요. 일 년에서 이 년, 그 정도면 준비가 다 될 거예요. 그때 알려 줄게요, 허니."

최대한 피해가 없도록 할 거다, 라. 확신이 없기에 오히려 더 안심되었다. 키워드 적용자는 정말로 괜찮은 모양이니까.

"뭐냐, 결국 준비도 다 안 해 놓고 50명 모으라고 한 거잖아."

"그래서 천천히 모아도 된다고 했잖아요. 자세히 말 못 하는 건 허니의 안전을 위해서이기도 해요. 믿어 주세요. 진짜예요. 그리고 때가 되어도 허니의 결정에 따를 거예요. 우리가 억지로 시키지는 않아요. 그럴 수도 없고요."

덥석 믿기에는 여전히 불안했지만, 신입의 표정과 목소리는 진솔하게 느껴졌다. 그래도 이 녀석은, 여러 가지로 많이 도와주긴 했었지. 간절한 눈빛을 바라보다가 무심코 손을 뻗어 신입의 머리를 쓰다듬었다.

…뭐랄까, 눈빛까지 저러니 진짜 강아지 같잖아. 신입이 눈을 동그랗게 떴다가 내 손을 덥석 잡았다.

"어, 불쾌했다면 미안."

"아뇨, 허니는……."

신입이 내 손을 만지작거렸다. 체온이 꽤 높다. 따스하다. 털도 부드러웠지.

"조심하세요, 허니."

손이 놓였다. 미미하게 남아 있던 온기가 흩어진다. 이곳으로 올 때처럼 눈앞이 까맣게 물들고 잠시 후, 시야가 밝아졌다. 아니, 여전히 어둑어둑하기는 했다. 어두운 골목이었다. 높은 건물이 세워진 틈새.

'…현대 같은데?'

어두워서 잘 보이지 않았지만 분명 페인트칠이 된 빌딩이었다. 신입에게 받아 입은 롱카디건은 어느새 가죽 재질의 재킷으로 변해 있었다. 옵션을 살펴보려는 그때.

- 그르르.

위협적인 그르렁거림이 들려왔다. 소리가 들린 쪽으로 재빠르게 시선을 돌렸다. 골목 끝에서 모습을 드러낸 표범과 비슷하게 생긴 몬스터의 머리 위에.

'…엥?'

C급 가모에아
생명력 1,370/1,370
마나 155/155

상대의 등급과 이름, 그리고 생명력과 마나가 표시되었다. 뭐야 저게. 설마 가상현실 게임 시스템이라고 저런 게 뜨는 건가. 아니면 혹시.

'떡잎 스킬.'

분명 스킬도 이곳 세상에 맞춰 변형될 거라고 했었다. 재빨리 떡잎 스킬을 썼지만 아무것도 떠오르지 않았다. 그럼 역시 저렇게 상태창이 자동으로 뜨는 게 변형된 떡잎 스킬의 효과인가?

- 커헝!

길게 고민할 틈도 없이 몬스터가 덤벼들었다. 스탯 C급으로 준다고 했었지. 같은 C급이면 해 볼 만하지. 심지어 이쪽은 S급 무기도 있다! 인벤토리에서 얼른 신입이 준 S급 망고슈를 꺼내 들었…….
"총이잖아?"
활도 아니고 총이냐! 잠깐만, 이거 권총인 거 같은데. 모양은 글록 비슷하지만, 안전장치 따로 있나? 그냥 당기면 되나? 총알은 장전되어 있고? 미친 뭐야, 이게?
당황하는 사이에 푸른빛 도는 표범이 순식간에 코앞까지 치달았다. 날카로운 송곳니가 지근거리에서 섬뜩하게 빛난다.
텅, 땅을 박차고 몬스터가 뛰어들었다. 내 머리를 정확히 노리는 위치였다. 바닥에 반쯤 드러눕듯 재빠르게 무릎을 굽히고 상체를 뒤로 젖혔다. 놈이 내 위를 스침과 동시에 총부리를 표범의 드러난 아래턱을 향해 겨누었다. 이어 힘껏 방아쇠를 당겼다. 마나가 훅, 빨려 들어가는 것이 느껴졌다.
퍽.
소음기라도 달린 듯 조용하게 탄환이 발사되었다. 하지만 그 고요함과 달리 표범의 머리통이 단숨에 터져 나가다 못해 몸뚱이까지 멀리 밀려 나뒹굴었다. 나 또한 반동을 이기지 못하고 땅에 처박혔다.
"…으윽, 허리야."
이 동네 대체 뭐냐. 총이 튀어나오는 거 보니까 현대에 가까운 거 같긴 한데.

그때 메시지창이 눈앞에서 깜박거렸다. 퀘스트였다.

메인 퀘스트

서브 퀘스트

…서브 퀘스트는 또 뭐야. 일단 메인 퀘스트를 열어 보았다. 그러자 주르륵 퀘스트 목록이 나타났다.

허니를 위한 메인 퀘스트 ▼

던전의 공략 정보를 얻기 위해 각 지역에 원반을 설치해 주세요! 모든 퀘스트를 완료할 시 던전 공략 정보가 업데이트되며 도우미 '신입'과 연락이 가능해집니다.

원반 1

원반 2 ← 가장 가까워요!

원반 3

원반 4

원반 5

친절하게 화살표가 반짝거리는 원반 2를 눌렀다.

원반 2

원반 2번의 설치 지역은

'소르고네 중앙 7번 도로의 골드버그 공원 분수대'

입니다.

※ 원반의 설치 시 외부 간섭으로 인한 반응으로 몬스터가 등장할
   가능성이 큽니다! 주의해 주세요!

외부 간섭으로 인한 반응이라면 던전 오류를 말하는 건가. 여태까지 매번 A급 이상의 몬스터가 나타났었다. 삐약이 때 빼고.

역시 원반은 일행 중 한 명 이상과 합류한 뒤에 설치하는 편이 나을 듯했다. 목숨 걸고 설치해도 되긴 하지만. 죽고 나서 한 시간 기다리면 몬스터가 다른 곳으로 이동할 테니까.

'그런데 골드버그 공원이라니. 여기가 어디야?'

내가 게임을 별로 해 보진 못했지만 보통 이런 장소 지정 메인 퀘스트는 방향 표시되는 지도 같은 거 주지 않나. 길가는 사람 붙잡고 실례합니다만 길 좀 묻겠습니다, 골드버그 공원에는 어떻게 가야 하나요? 탐문해 가며 찾아가야 하는 건가. 지하철 있을까. 몬스터가 돌아다니는 꼴 보니 버스는 없을 듯한데.

그 전에 차비도 없다. 템만 좋은 거 낀 중간 레벨 초보자쯤 되려나. 튜토리얼이라도 하게 해 줘.

도움이 될까 싶어서 서브 퀘스트창을 열었다.

```
서브 퀘스트
첫 퀘스트 클리어
상점에서의 첫 구입
초보의 몬스터 사냥(완료)
여기 사람 있어요
```

정말로 게임하는 기분이 들었다. 마지막으로 해 본 게… 사장님 하던 게임 이벤트 도와 달래서 신규 캐릭터 50레벨 찍은 거였지. 십 년 가까이 전이던가. 지금 나이로는 5년쯤? 헌터 시스템도 게임과 비슷하지만 이건 더 본격적이네.

일단 완료된 초보의 몬스터 사냥 퀘스트를 눌렀다.

```
┌─────────────────────────────────────────────┐
│ 초보의 몬스터 사냥(완료)                        │
│ 도시를 지키는 가드를 희망하시는 초보님. 첫 사냥을 무사히 끝마치 │
│ 길 기원하겠습니다!                              │
│ 몬스터 한 마리 사냥 1/1                         │
│ 보상: 500P, 500L                             │
│ 퀘스트 보상을 받으시겠습니까? YES/NO             │
└─────────────────────────────────────────────┘
```

500P는 포인트 같은데 L은 뭐지. 보상을 수락하자 허공에서 툭, 카드가 떨어졌다. 신용카드와 비슷하게 생겼다. 한쪽 표면에는 칩이 박혀 있고 다른 쪽 표면에 익스먼트 뱅크, 캐시카드라고 적혀 있었다.

500L이 이 동네 돈이었나. 그래서 얼마냐? 설마 오백 원은 아니겠지. 오천 원만 되어도 지하철은 탈 수 있을 텐데. 지하철이 있다면 말이다.

몬스터 사냥 퀘스트 보상을 받자 첫 퀘스트 클리어 퀘스트가 완료되었다. 이번에 받은 보상은 신분증이었다.

```
┌─────────────────────────────────────────────┐
│ 한유진                                        │
│ 메드상 시 소속 - 일반 시민                      │
│ 시민번호 1559079-1130-02                     │
└─────────────────────────────────────────────┘
```

칩과 함께 사진도 들어가 있었다. 일반 시민이라, 사진 잘 나왔네. 이 동네도 증명사진 보정해 주나.

완료된 퀘스트 두 개가 사라지고 이번에는 새로운 퀘스트가 나타났다.

```
┌─────────────────────────────────────────────┐
│ 가드로의 첫걸음                                │
│ 가까운 도시 방위청에 방문하여 각성자로서 인증을 받으세요.  │
│ 보상: 1,000P, 단검                           │
└─────────────────────────────────────────────┘
```

이 동네 헌터가 가드인 모양이었다. 서브 퀘스트가 튜토리얼이나 마찬가지구나. 하지만 각성자 인증을 받는 건 좀 거리꼈다. 만에 하나 내 스킬을 다 확인 가능하다면 귀찮아질 수도 있었기 때문이었다.

참, 스킬이 변형될 수도 있다고 했는데. 얼른 내 상태창을 열어 보았다. 상태창 자체는 맨 아래에 500P 표시가 생긴 것 외엔 별 차이가 없었다. 다만.

완벽한 양육자(L) - 현재 세계에 속한 상대에게 키워드 적용이 불가능합니다.

이 세계에서는 새롭게 키워드 적용을 할 수 없었다. 실제 살아 있는 인간도 아니니 당연한 일이지만. 또한 떡잎 스킬은.

꿰뚫어 보는 눈(S) - 동체시력 향상, S급 이하 상대의 등급과 생명력, 마나를 확인 가능.
항시 적용

이렇게 변해 있었다. 지금은 이게 더 유용할 것 같기도 하고. 등급 확인이야 똑같고 최적화 스킬 대신 생명력과 마나로 바뀌었다. 덤으로 동체시력도 올려 주고.

떡잎은 최적화 스킬만 보이는 것이라 상대가 가진 스킬을 다 알 수도 없거니와 스킬명만 보고 그 능력을 추측하기도 힘들다. 심지어 다른 동네니 내가 아는 스킬이 없어 떡잎 스킬은 더더욱 무용지물에 가까웠다. 능력좋은 비각성자 찾아낼 일도 없으니 여기선 적의 상태를 바로 알아볼 수 있는 지금의 스킬이 더 낫다. S급 이하만 볼 수 있다는 건 아쉽지만.

그 밖에 살벌한 병아리반 선생님 또한 이곳 사람 대상으로는 사용 불가능했다. 심지어 드래곤 슬레이어 칭호는.

'등급이 떨어졌잖아…….'

기존의 L급에서 SS급으로 두 단계나 내려가 버렸다. 칭호에 속한 스킬들 또한 무사하지 못했다.

```
독 저항(S)
저주 저항(S)
공포 저항(S)
라우치타스의 천적(SS)
```

라우치타스의 천적을 제외하곤 죄다 S급이었다. S급으로도 충분하긴 하겠지만 L급 저항들이 한순간에 S급으로 추락해 버리다니. 너무하네 정말. 이 세계 빠져나가면 바로 복구되겠지?

그 밖의 정신력과 민첩 업, 숨은그림찾기, 덤으로 하나 더는 그대로였다. 베테랑 F급과 미라클 루키 칭호 또한 마찬가지였다. 그리고 새 장비 옵션인지 못 보던 스킬이 하나 생겨나 있었다.

상태창을 닫고 이번에는 무기를 확인해 보았다. 고풍스러운 문양이 새겨진 티 한 점 없이 새하얀 색의 권총. 투박하고 단순한 편인 글록과 비슷하게 생겼지만, 슬라이드 부분이 구분되지 않은 통짜에 훨씬 더 매끄럽다. 마치 장식용 가짜 총 같다.

```
하얀 살쾡이의 마탄총 - S급
조용하게 상대를 파고들어 부수는 마력의 총
탄환 소요 마나: 50~500
※ 한유진 대여 귀속
```

별다른 옵션은… 없는 듯한데. 시험 삼아 마나를 주입해 보니 최저치인

50이 아까 내가 사용한 수준의 위력인 모양이었다. 최대 10배의 파괴력을 낸다는 건가. 괜찮은 거 같은데?

최저치로 C급 몬스터를 한 방에 죽인 걸로 봐선 사용자의 능력치와 관계없는 무기인 듯했다. 등급 낮은 나로서는 대환영이다.

다만 문제는 소요 마나였다. C급 몬스터의 마나가 155였다. 내 기본 마나도 그와 비슷할 테고 이어링을 비롯한 장비로 마력 스탯을 높였다고 해도 많아야 500 안팎이겠지. 최대치론 한 발도 아슬아슬하다는 뜻이었다. 최저치도 열 발 내외다.

'다행히 마나 포션은 넉넉하지만 혹 모르니 아껴 써야겠네.'

인벤토리 내의 아이템에는 큰 변화가 없었다. 말린 과일 병도 그대로 남아 있었다. 마지막으로 재킷을 확인해 보았다.

```
검은 살쾡이의 재킷 - S급
가벼운 가죽 소재의 재킷. 소리 없이 빠르게 움직이는 동물의 힘이 깃들어 있다.
※ 한유진 대여 귀속
```

살쾡이 템 세트냐. 세트 다 모으면 세트 효과 생기나? 방어구라고 해 놓고선 민첩 옵션이 가장 높았다. 하긴 피하는 것도 좋은 방어법이지. 상태창에 새로 생긴 스킬이 바로 이 재킷의 옵션 스킬인 모양이었다.

```
고양이 발걸음(A) - 조용하고 빠르게 움직일 수 있으며 은신 스킬의 효과 상승
상시 적용
```

보조계 A급 스킬로 꽤 쓸모가 많아 보였다. 무엇보다 내게는 A급 은신

스킬이 있으니까. 효과를 더욱 상승시켜 준다면 S급 상대로도 그럭저럭 숨을 수 있지 않을까. 이거면 나 혼자서도 원반을 설치할 만할지도.

물론 눈먼 공격에 맞을 수도 있으니 가능하면 일행부터 찾아야겠지만. 아이템 확인을 마치고 창을 닫는데.

쨔라랑~!

┌───┐
│ ◐▼◑어서 오세요! 포인트 상점!◐△◑ │
└───┘

음악 소리와 함께 메시지창이 불쑥 떴다. 깜짝이야. 포인트 상점이라니, 퀘스트 포인트를 여기서 쓸 수 있는 건가.

상점에 들어가자 각종 아이템이 무기, 방어구, 소모품 등에 다시 소분류 활, 창, 칼 등으로 나뉘어 등록되어 있었다. 정말 별의별 게 다 갖추어져 있음은 물론이요.

'와, 진짜 SS급 무기도 있잖아.'

신입이 자신 있게 말했던 것처럼 SS급 장비들도 더러 보였다. 다만 필요 포인트가 어마어마했다. 거기에 스킬도 눈에 띄었다. 스킬은 최대 S급까지였다. 그리고 게이트석에… 엘릭서까지 있었다. 소원석은 역시 없네. 500포인트 가지고는 하급 생명력 포션밖에 살 수 없었다. 비싸.

그야말로 그림의 떡이다.

그래도 포인트 잘 쌓아 두면 급할 때 쓸 만하겠지. 자리를 떠나기 전 마지막으로 몬스터 사체 근처로 다가갔다. 늘어진 몸뚱이 위로 숫자가 떠 있는 것이 보였다.

┌───┐
│ 750P │
└───┘

어, 이거 설마. 손을 대자 숫자가 사라졌다. 이어 상태창을 확인해 보왔다. 500P가 1,250P로 변했다. 몬스터를 잡아서 포인트 획득이 가능하구나. 부지런히 모으면 아이템과 스킬을 골라 얻을 수 있다니, 좋잖아 이거.

이런 좋은 기회가 패륜아 놈들 방해로 날아가다니. 신입아, 한 번 더 이런 던전 만들어 주면 안 되겠냐. 나야 연 단위로 노가다 뛰어도 S급 템 하나 못 얻겠지만 애들은 몬스터쯤은 쓸고 다닐 텐데. 아깝다, 아까워.

'별문제 없으면 여기서 포인트 좀 쌓으라고 할까.'

일단 만나야 말을 하든 말든 하겠지만. 조심스럽게 천천히 걸음을 옮겨갔다. 주위를 두리번거리며 골목을 빠져나가자 너른 도로가 나타났다. 익숙한 아스팔트 포장이다. 텅 빈 도롯가에 가로등이 드문드문 서 있었다.

'인기척은 없군.'

높은 건물들도 죄다 불이 꺼진 채였다. 가게도 전부 닫혀 있다. 건물 입구며 창문은 두꺼운 차단막으로 막혔다. 가로등 불빛만 흔들릴 뿐 그저 조용하기만 하였다.

'사람이 있어야 길을 물어보지.'

경찰서도 없나. 해가 뜰 때까지 기다려야 하나.

- 키익!

머리 위쪽에서 날카로운 울음소리가 들려왔다. 가로등을 타고 긴팔원숭이 같은 몬스터가 재빠르게 달려든다.

┌──────────────────────┐
│ E급 모리 원숭이 │
└──────────────────────┘

생명력과 마나도 표시되었다. E급이면 뭐, 쉽겠네. 지금의 나는 C급이다. 총 대신 군용 단검을 꺼내 들었다.

물론 생긴 게 그렇다는 거고 던전표 아이템이다.

- 캭!

원숭이가 나를 향해 뛰어내렸다. 가볍게 옆으로 피하며 단검의 날을 몬스터의 목덜미에 박아 넣었다. 순식간에 몬스터의 숨통이 끊어지며 79P가 떠올랐다. E급과 C급 차이가 많이 나네.

- 캬악!
- 킥!

"이런, 너 동료가 많구나."

열댓 마리쯤 되겠다. 인벤토리에서 헌터용 와이어 로프를 꺼내 한쪽 손에 감아쥐었다. 송 실장님 쓰는 거 보고 유용해 보여 사 놨는데 원래의 내 몸뚱이론 감당이 안 되어서 썩혀 두고 있던 것이다.

이제는 가볍게 휘두를 만하네. 와이어를 흔들어 보다가 키익거리며 가로등을 뛰어 타고 몰려드는 몬스터 무리를 향해 쏘듯이 던졌다. 콰득, 와이어 끝이 한 놈을 꿰뚫으며 건물 벽에 들이박혔다. 갑자기 생겨난 선에 원숭이들이 돌진하던 기세를 이기지 못하고 후드득 걸려 떨어졌다.

겹쳐 떨어지는 놈들을 향해 총을 꺼내 쏘았다. 퍼억, 가벼운 소리와 함께 수 마리의 몬스터가 한 번에 박살 났다. 편하긴 진짜 편해.

멈추지 않고 뛰어가며 동시에 와이어를 거두어 남은 몬스터들을 향해 날렸다. 이번에도 한 마리는 잡았지만 걸려 떨어지는 놈은 없었다. 나도 원거리 공격 스킬 하나 있었으면 좋겠다.

총을 넣고 정글도를 꺼내 들었다. 이어 원숭이들이 매달린 가로등을 향해 도를 휘둘렀다.

카가각, 금속이 긁히는 소리도 잠시. 가로등이 반쯤 잘려 나갔다. 비스듬히 기울어지는 가로등을 발로 강하게 걷어차 건물에 걸치도록 넘어뜨렸다. 쿵, 원숭이들이 넘어지는 가로등 맨 위쪽으로 우르르 몰려간다. 건물로 넘어가 도망칠 심산인 모양이다.

땅을 박차고 기울어진 가로등을 타고 올라갔다. 발 디딜 곳 마땅찮은 매끄러운 재질에 경사도 꽤 커 원래라면 엄두도 못 낼 재주다. 하지만 지금은 높아진 스탯에 스킬의 도움까지 받아 마치 평지를 달리듯 순식간에 가로등을 따라 내달릴 수 있었다.

"역시 스탯이 최고네. 안 그러냐."

- 키이익!

미처 건물로 넘어가지 못한 몬스터를 정글도로 후려 패 날렸다. 휙, 공중으로 치솟은 몬스터가 바닥에 떨어져 데굴데굴 구르다 늘어진다. 건물 옥상으로 피한 나머지도 순식간에 따라잡았다. 너무 일방적인 전투라 괜히 옛날 생각이 났다.

회귀 전에는 제일 상태 좋을 때도 이 정도의 E급 몬스터 무리와 혼자 마주치면 목숨 걱정해야 했었는데. 아 물론 일대일은 어렵잖게 이길 수 있었지. 레벨과 경험과 장비발의 합작이다.

탁.

70에서 80 사이의 포인트들을 수거하고 다시 도로 위로 뛰어내렸다. 중하급 몬스터만 나와서 다행이긴 한데, 상급 몬스터가 튀어나올 수도 있으니.

'지금이라도 은신 스킬 쓰고 돌아다닐까.'

마나 아깝지만 이 동네도 마나 포션 팔겠지. 포인트 상점은… 비싸서.

하급 마나 포션이 만 포인트라니, 너무하잖아.

부와앙-

일단 주위를 좀 더 살펴보자 싶어 길을 따라 걸어가는데 익숙한 엔진 소리가 들려왔다. 기계로 된 몬스터가 아니라면 사람이겠지. 이어 도로 저편에서 불빛이 비춰 들며 요란한 소음과 함께 바이크 다섯 대가 우르르 몰려들었다.

사람이다, 잘됐다.

"안녕하세요!"

반가움에 일단 인사부터 던졌다. 실례지만 길 좀 물어봅시다, 제가 여기 초행이라서. 가장 앞쪽 바이크에 탄, 험상궂은 얼굴이 나를 빤히 내려다보았다.

B급 하나 C급 넷 F급 둘. 사람들 머리 위에도 몬스터처럼 이름과 함께 등급, 생명력, 마나가 떴다. 의외인 것은.

F급 마위렌
생명력 141/141
마나 1,523/1,523

F급의 마나양이 엄청났다. 다른 헌터, 아니 가드던가. 가드 뒤에 타고 있는 또 다른 F급 또한 2천에 가까운 마나를 가지고 있었다. 반면에.

B급 제수민
생명력 3,055/3,055
마나 591/591

하나 있는 B급은 생명력은 높았지만 마나는 등급 대비 낮은 편이었다.

장비 효과도 더해졌을 테니 몬스터와 비교해 봤을 때 B급이 보편적인 능력치인 거 같은데. 남은 C급들 중 하나는 F급들처럼 마나만 높고 다른 셋은 생명력이 높고 마나가 낮았다.

근접계와 원거리 및 보조로 나뉜 건가 싶었지만 그래도 차이가 너무 컸다. 마나양 장난 아니잖아. 저 정도면 마력 스탯 A급은 될 거 같은데.

역시 이상하다.

"오늘 날씨가 참 좋네요. 춥지도 않고 덥지도 않고. 밤 산책 하기 딱이에요."

일부러 두 손을 올려 보이며 말했다. 아무것도 안 들었습니다.

"소속이 어디냐."

제수민이 말했다. 이 아저씨는 은근 우리나라 사람 같은 이름이네. 생긴 건 외국인이지만.

"메드상 시의 평범한 일반 시민입니다. 혹시 길 좀 가르쳐 주실 수 있을까요?"

이왕이면 정보도 좀 얻고 싶은데. 원래 이쯤에서 묻지 않아도 배경 설명 줄줄 늘어놓아 주는 NPC 등장해야 하는 거 아니냐. 새로운 모험가여, 우리 A도시는 지금 B도시와 전투 중이라네. 싸움의 시작은 십수 년 전 어쩌고저쩌고.

"일반 시민이라고?"

"팀장, 각성자고 C급입니다."

C급이 B급에게 일러바쳤다. 타인의 등급 확이이 가능한 놈인 모양이다. 제수민이 바이크에서 가볍게 내려섰다.

"연료냐 보조냐."

…뭔 소리야. 불친절한 NPC로구만.

"죄송하지만 제가 이 동네 초행이라서요. 친절하고 상냥하고 자세하게 설명 부탁드리겠습니다. 키워드 선택지 띄워 주시면 더욱 감사하고요."

[가드란?][골드버그 공원][메드상 시][도시 방위청] 이런 거. 혹시나 싶어 기대해 봤지만 역시나 선택지가 뜨진 않았다. 대신 원래 있던 서브 퀘스트가 반짝 나타났다.

> 여기 사람 있어요
> 사람들과의 대화를 통해 정보를 얻어 봅시다!
> 획득 정보 0/5
> 보상: 500L, 500P, 3급 도시 통행증

예, 예. 알겠습니다. 시키시니 해야죠. 나를 이상하게 쳐다보는 제수민 씨에게 공손히 재차 물었다.

"풍채 훌륭하신 선생님, 여기가 어디인가요. 가르쳐만 주신다면 삼대를 이어 그 은혜를 깊이 새겨 기억하도록 하겠습니다."

제수민 씨가 더더욱 이상한 놈 대하듯 나를 쳐다보았다.

"…소르고네 중앙 구역이다."

대답과 함께 획득 정보가 1 올라갔다. 공원 있는 곳이 분명 소르고네 중앙 7번 도로라고 했었지.

"그럼 여기 도로 번호가요."

"너, 설마 미등록자냐?"

"아, 네. 제가 막 각성을 했거든요. 도시 방위청의 위치도 알려 주신다면 감사하겠습니다."

내 대답에 제수민 씨가 픽 웃었다. 다른 C급 셋도 비웃는 얼굴이었다. 반대로 F급들과 마나 수치 높은 C급은 묘하게 안타까워하는 표정을 지었다.

"C급 연료통이라니, 횡재했네. 야, 오늘 일찍 퇴근해도 되겠다."

제수민이 제 주먹을 매만지며 말했다. C급 둘이 바이크에서 내려섰다.

뭐랄까 이거, 아무래도 평화로운 대화 따위 글러 먹은 분위기지?

뭐, 입은 많으니까.

"순순히-"

퍽, B급의 머리통이 날아갔다. 인벤토리에서 총을 꺼내 쏘는 것은 순식간이었다. 마나 50짜리 탄환은 충전에 시간도 걸리지 않았고 바로 코앞의, 무방비한 B급의 머리를 부수기에 충분한 위력을 지니고 있었다.

반동으로 몸이 밀려 나갔다. 이번에는 대비를 하고 있기에 발이 지익, 약간 끌렸을 뿐 넘어지진 않았다.

휘청이는 몸을 재빨리 추스르며 단검을 C급에게 던졌다. 예상치 못한 상황에 멍하니 서 있던 C급이 억, 소리와 함께 칼날 박힌 다리를 붙잡으며 주저앉았다. 이어 총구가 또 다른 C급에게 겨누어지고 나서야.

털썩.

머리를 잃은 B급의 몸뚱이가 무너져 내렸다.

"미, 미친 새끼가 갑자기!"

"평소엔 안 이러니까 너무 탓하지는 마. 기본적으로 평화주의자라고."

몬스터라면 모를까 사람 죽이는 거 안 좋아한다. 다만 이들은 이미 죽은 사람들이다. 그냥 가상현실이고 정보의 일부일 뿐이다.

…너무 실감 나서 찝찝해지긴 하지만. 15세 모드 없냐. 그나마 총을 쏠 때 반동만 주어질 뿐 그 여파는 자동으로 방어막 같은 게 생겨 막아 주는 건지 표범 잡았을 때와 마찬가지로 내게는 피와 살점이 튀지 않았다.

"이거 A급 총이에요, 여러분. B급도 한 방입니다."

원래는 S급이지만 C급이 S급 무기 들고 다니는 거 밝혀져서 좋을 거 없다. A급 정도면 일부러 노릴 가치까지는 아니니, 적당하지.

"순순히 질문에 답해 주면 더 이상 공격하진 않겠습니다."

"우리는 그냥 연료통일 뿐입니다!"

마나치 높은 C급이 외쳤다. F급들도 얼른 고개를 끄덕였다.

"연료통이 뭐죠?"

아까부터 연료, 연료 하는데 그게 대체 뭐냐. 멀쩡한 C급들의 눈치를 살피며 F급 중 하나가 입을 열었다.

"마나 보충을 위한 각성자를 말하는 겁니다. 소속 가드의 마나가 부족할 때 보충해 주는 연료통이요."

"…그러니까, 마나 포션 대용이라는 건가요? 아니, 왜 마나 포션을 쓰질 않고."

"그야 마나 포션은 엄청나게 귀하니까요. 상급 가드들이나 비상용으로 가지고 다닐 수 있잖습니까."

F급이 당연하다는 듯 말했다. 마나 포션이 그렇게나 귀하다고? 이 동네는 포션 못 만들어 내는 건가? 그래서 포인트 상점의 마나 포션이 이상하게 비쌌던 거구나. 아껴 써야겠네.

"그럼 마나 수치가 유독 높은 각성자가… 아니."

잠깐만. 아까 분명 B급이 나더러 C급 연료통이라며 횡재했다고 했었지. 미등록자라고 말한 직후에.

"…설마 각성자 등록을 하면서 연료통이란 걸 결정짓는 겁니까?"

"예. C급 이하는 특수하고 유용한 스킬이 없는 한 무조건 마나각인 시술을 받습니다. 각성자의 능력을 전부 마나통 크기에 밀어 넣는 거죠. 그럼 레벨이 올라가도 스탯도, 스킬도 성장하지 못하고 마나통만 커집니다."

와, 살아 있는 마나 포션인 셈이네. 이 동네도 막장이구나. 분위기를 보아하니 연료통이라는 각성자들은 취급도 좋지 못한 모양이었다.

"C급이면 그래도 쓸 만할 텐데 너무하네요."

"진짜 가드는 B급부터잖습니까."

이번에는 마나통 큰 C급이 울적한 표정으로 말했다.

"C급은 잘해야 보조죠. 저 세 명도 보조입니다. 공격 능력은 약하니 크게 경계하실 필요 없습니다."

연료냐 보조냐는 물음이 그 뜻이었나. B급부터 가드, 헌터 취급을 한다니 빡빡한 동네다. 난 C급만 되어도 감지덕진데. 인력 낭비 너무 심한 거 아니냐.

대화하는 사이 퀘스트창의 획득 정보 숫자가 띠링띠링 올라갔다. 각성자 등록을 해야 하나 말아야 하나 고민되네. 자칫하면 소속 없는 연료통이라며 마나각인인지를 받게 될 수도 있으니. 방위청에는 이 동네 분위기를 좀 더 살펴본 뒤 가 봐야겠다.

이어 골드버그 공원과 방위청 위치도 물어봤다. 둘 다 여기서 그리 멀진 않았다. 걸어서 갈 거리는 아니라지만.

"혹시 대중교통 있습니까?"

"당연히 있지요."

뭐 그런 걸 물어보냐는 표정이다. 내가 생각해도 정말 이상하게 느껴지긴 하겠군. 자칭 이 동네 시민이라면서 완전 다른 세상에서 뚝 떨어진 것처럼 굴고 있으니.

그사이 퀘스트가 완료되었다. 도시 통행증이 공중에서 툭 떨어지면 더 이상하게 볼 테니 보상은 받지 않은 채 질문을 이어 가려는데.

콰르릉!

멀리서 천둥이 쳤다. 반사적으로 하늘을 올려다보았다. 어두운 하늘에 커다랗고 둥근 달이 떠 있었다. 달 크기 빼면 우리 동네와 큰 차이 없는 하늘이다. 구름도 적고 비 내릴 기미도 전혀 없고.

마른하늘에 날벼락이라. 찾아가기 쉽게 신호 보내 주시네, 파트너 씨.

연이어 공기를 찢는 소리가 들리고 저만치 빛이 번뜩이는 것이 보였다. 네네, 갑니다 가요. 주인 잃은 바이크에 얼른 올라탔다. …타긴 했는데.

"…이거 어떻게 조종하는 겁니까?"

다르잖아. 당연하겠지만. 외형과 손잡이는 비슷하고 손잡이의 브레이크까지도 같았는데 계기판이며 버튼들은 낯설었다. 마나통 큰 C급이 다가와 설명해 주었다.

"이게 시동 켜는 거고요. 앞뒤 라이트, 좌우 깜빡이, 전투 모드 전환입니다. 속도는 우측 손잡이를 돌려서 조절 가능합니다."

"전투 모드요?"

"충전된 마나 소모해서 일시적으로 강화시켜 주는 거예요. C급 몬스터까진 들이받을 수 있죠."

오, 좋다. 여기는 기계와 마나 결합이 일상적인 모양이구나. 무기로 총도 있고. 내 총을 보고 놀라지 않는 걸로 봐선 마나를 쓰는 총이 더러 있는 듯싶었다.

"실례가 많았습니다, 좋은 밤 되십쇼~"

성현제가 다른 곳으로 이동할세라 얼른 시동을 걸었다. B급이 썼던 것인 만큼 순식간에 속도가 올라간다. 번개가 친 곳을 향해 빠르게 도로를 내달렸다. 코너를 꺾어 돌며 아까부터 반짝거리던 알림창을 켰다. 무슨 메시지지.

!주의!
적의가 없는 상대를 급습하여 살해하였습니다.
다수의 무고한 시민을 살해 시 페널티 적용 및 범죄자로 수배될 수 있으니 조심하세요!
현재 살인 횟수: 1

…아니, 적의가 왜 없어. 억울하다. 먼저 한 방 맞고 공격하라 이건가? 아니면 나 쏜다 경고하고 쏴? 뭔 서부 시대에 원투쓰리 탕! 이딴 걸 원하

는 거냐. 시스템, 똑바로 처리해라! 그 새끼가 먼저 날 잡아다가 연료통으로 쓰려고 했다고!

'고객센터 없냐, 항의할 테다.'

그래도 칼 박은 건 괜찮은 모양이니 앞으로는 급습할 땐 팔다리를 날려야 하려나. 물론 위험하다 싶으면 살인 횟수고 뭐고 바로 머리통 날리고 봐야겠지만.

거리는 여전히 침묵에 잠겨 있었다. 이따금 몬스터의 으르렁거림이 들려왔지만, 하급인지 바이크의 속도를 쫓아오진 못했다.

스쳐 지나가는 건물들은 별다른 손상이 없었고 몬스터가 돌아다니는 것치고는 도로 상태 또한 꽤 좋았다. 부서진 곳이 드문드문 있긴 해도 대부분은 멀쩡했다.

하지만 성현제가 있는 근처는 만만치 않겠지.

'저렇게 요란하게 스킬을 쓸 정도면 중하급 몬스터는 아닐 테고.'

마나 포션을 꺼내 마신 뒤 은신 스킬을 썼다. 혹 몬스터가 나타난다면 혼자 움직이는 바이크를 공격할 테니 튕겨 나갈 때를 대비해 속도를 조금 줄였다.

9번 도로
버마딜 대도서관 5JU
5-B 거주구역 11JU

도로가 한쪽에 붙은 표지판이 눈에 들어왔다. JU가 거리 단위인 거 같은데 짐작이 전혀 안 가네.

조금 더 달려가자 드디어 전투의 흔적들이 보이기 시작했다. 부서진 도로와 쓰러진 가로등에 이어 크게 뜯겨 나간 듯 한쪽이 부서진 빌딩이 나타났다. 갈수록 길이 엉망이 되어 가고 중간중간 장애물도 튀어나왔다. 결국 완전히 무너진 건물 앞에서 바이크를 세워야만 했다.

쿠르릉, 어디선가 돌덩이 구르는 소리가 들려왔다. 은신 스킬을 유지한 채 무너진 건물 잔해 위로 뛰어올랐다. 탁, 탁 튀어나온 잔해를 밟으며 가장 위쪽으로 올라서자.

'워어.'

거대한 몬스터의 사체가 눈에 들어왔다. 몸의 절반 가까이가 날아가고 나머지 부위도 시커멓게 그을린 상태라 좋은커녕 형체도 제대로 알아볼 수 없었다. 그 남은 흔적만으로도 사오 층짜리 건물 크기쯤 되어 보였다.

최소 S급이겠네. 저런 게 던전이 아니라 도시에 직접 튀어나오다니, 이 동네 사람들 괜찮은 거냐.

놀람도 잠시, 몬스터 사체 근처에 반가운 얼굴이 서 있었다. 성현제다. 빙의 같은 거라고 하기에 겉모습도 달라지지 않을까 싶었는데 별 차이 없었다.

아주 약간 머리 색이 짙어진 정도? 밤이라서 그렇게 보이는 걸 수도 있고. 복장도 평소와는 달랐다. 몸에 딱 맞는 검은색 특수부대 제복 같은 걸 입고 있었다. 방탄조끼나 기타 보호대는 없이 그냥 천 옷만 걸쳤지만, 저것도 등급 높은 장비겠지.

그리고 또…….

'…묘하게 흐릿하네.'

거리가 멀어서 그런가 평소의 눈에 확 들어오는 존재감이 옅게 느껴졌다. 어쨌든 하나 찾았다. 마음 같아서는 유현이부터 찾고 싶었지만, 성현제와 합류하면 도움은 크게 되겠지. 여기 떨어진 사람들 중에 적응도 제일 빨리 했지 싶고.

아는 척하려고 은신을 풀려는데 성현제가 이쪽을 바라봐 왔다. 정확하게 내 눈과 시선을 마주쳤다. …은신 스킬 버프 받아서 S급이라 해도 알아차리기 힘들 텐데. 당혹감 속에 한발 늦게 그의 상태창이 눈에 들어왔다.

> SS급

그뿐이었다. 잠깐만, 왜 SS급이냐. 등급이 높아서인지 생명력과 마나는 물론 이름도 뜨지 않았다. 설마 다른 사람, 일 리는 없고. 외모도 스킬도 똑같은데.

물어보면 되지 싶어 은신 스킬부터 풀었다. 직후.

퍽!

복부에 강한 충격이 가해지며 내 몸뚱이가 바닥을 나뒹굴었다.

아슬아슬했다.

꿰뚫어 보는 눈 스킬 덕분인지 성현제가 나를 만만하게 본 덕분인지, 혹은 둘 다인지. 그가 접근해 오는 움직임은 간신히 인식할 수 있었다. 하지만 설마 내게 공격을 가해 올 줄은 몰랐다.

이어링의 방어막 스킬을 쓴 것은 거의 본능적인 행동이었다. 머리로는 예상할 수 없었지만 몸이 감지했다고 해야 할까. 5년간 쌓인 경험에 C급으로 오른 스탯이 더해져 간신히 공격을 맞기 전에 방어막을 쳤다. 하지만.

콰득, 찌르는 듯한 발길질은 가볍게 방어막을 깨부쉈다. 이어 컴뱃 부츠가 내 복부를 강타했다. 억눌린 신음과 함께 그대로 바닥을 굴렀다. 틀림없이 멍이 짙게 들지 싶었지만 못 버틸 정도는 아니었다. 방어막을 쓰지 않았더라면 최소 기절이었겠지만.

그래도 죽일 생각은 없었나 보구만.

'젠장, 대체 무슨……!'

걷어차이긴 했는데, 머릿속에는 여전히 물음표가 떠다녔다. 뭐지, 성현제 맞잖아. 아닌가? 하지만 내 눈이 삐었다고 해도 저 얼굴을 잘못 볼 리는 없다. 대체 왜.

"윽!"

몸을 일으키려는데 그보다 먼저 머리채를 우악스럽게 붙잡혔다. 머리가 당기듯 숙여지고 뒷덜미에 시선이 닿았다. 이어 나직한 목소리가 들려왔다.

"마나각인도, 보호각인도 없군."

분명 귀에 익은 목소리다. 하나 동시에 낯설게 느껴졌다. 마나각인은 알지만 보호각인은 또 뭔지. 머리채를 잡은 손을 뿌리쳤다. 그가 순순히 손을 놓아주었다. 비틀거리며 일어나 성현제로 추정되는 인간을 마주 쳐다보았다.

"…다짜고짜 뭡니까."

한 걸음 뒤로 물러섰다. 재빠르게 주위를 살펴보고, 다시 눈앞의 남자에게로 시선을 향했다. 분명 겉모습은 낯익은데, 그런데 분위기가 다르다. 뭐라고 해야 하나.

메말랐다. 생기가 없다. 지루해 보인다. 회귀로 인한 반복되는 감각을 느낄 때보다도 더욱더. 마치 세상에 흥미로울 것이 아무것도 없다는 듯한, 그런 무감정한 얼굴이었다.

…지겹다 지겹다 노래를 불렀어도 저렇게까지 퇴색되어 보인 적은 없었는데.

"은신에 방어막. 그것도 대략 S급과 B급인가. 스탯은 C급 정도로 보이건만 특이하군."

그가 나를 평가했다. 관심은 보였지만 아주 희미한 호기심 정도만 느껴졌다. 역시 이상하다. 내가 알던 그 인간이 아닌 듯했다.

한 걸음 더 뒤로 물러났다.

"혹시 그쪽 이름이 성현제, 아닙니까."

"나를 모르는 건가?"

"얼굴은 많이 봤는데 이름은 잘 기억이 안 나네요."

내 목소리 끝이 약간 떨렸다. 저 소린 결국 자기 이름이 성현제가 아니라는 뜻이잖아. 진짜 다른 사람인 건가, 아니면 여기 들어오면서 뒤통수라도 잘못 맞았나.

하지만 그의 태도는 기억을 잃은 사람의 것이 절대 아니었다. 내게 각인이 있는지 확인하는 행동은 이곳에, 이 세계에 익숙한 사람의 것이었다.

"…전 그냥 지나가던 중이었습니다만, 이대로 계속 지나가도 되겠죠? 난데없이 얻어맞은 게 쪼끔 열 받기는 하지만 등급 낮은 쪽이 알아서 기어야지 별수 있겠습니까. 그럼 이만."

"미등록 각성자가 돌아다니기엔 위험한 시간이야."

한 발, 그가 다가왔다. 느릿하게 압박감이 밀려들었다. 지금 내 공포 저항은 S급, 저 새끼 등급은 SS다. 그나마 기본 스탯이, 정신력 스탯이 올라갔으니 실질적인 공포 저항력은 S급보단 약간 더 높겠지만 SS급에는 못 미치는 듯했다.

등골이 저릿해지고 마른침이 삼켜졌다. 내가 제법 잘 버티자 놈이 눈썹 끝을 살짝 올렸다. 동시에 표정에 약간이나마 활기가 깃들었다. 사람 같잖더니 조금은 낫네.

"공포 저항도 있는 건가."

"그래 봐야 흔해 빠진 C급입니다. 관심 거두시죠."

일이 술술 잘 풀린다고 잠깐 좋아했었는데, 젠장. 함정이었어. 신입이 분명 메시지도 보내 놨다고 했건만 눈앞의 놈은 그런 거 전혀 모르는 눈치였다. 애초에 날 알아보지도 못하잖아.

진짜 다른 사람인 건가. 그렇다면 여기서 튀어야 한다. 하지만 어떻게.

'목숨 하나 날리긴 아깝고.'

탓, 뒤로 뛰어 물러나며 총을 꺼내 들었다. 자신에게 겨누어지는 총구에 금빛 눈이 가늘어진다.

"좋지 못한 선택이로군. 소용없는 행동이기도 하고."

"고작 C급이라도 자존심은 있어서요. SS급님께서 한 방 정도는 관대히 맞아 주시지요. 어차피 제 능력으론 간지럽지도 않을 거 아닙니까."

새하얀 총이 내 마나를 빨아들이기 시작했다. 성현제 닮은 놈이 고개를 약간 기울였다. 저 새끼가 내 파트너와 성격이 비슷하다면, C급의 돌발 행동을 지켜봐 주겠지.

"관대히 맞아 준다면, 대가는?"

"글쎄요, 순순히 따라가 드리는 걸로 할까요? 제 몸뚱이 멀쩡한 채로 말입니다."

"그건 지금도 가능한데."

"제 이빨이 댁 목에는 긁히지도 않겠지만 제 목에는 잘 들이박힙니다."

날 발로 쳐 날린 상대한테 계속해서 덤벼든다면 내가 먼저 나를 해치겠다, 하는 꼴이라니. 웃기지도 않았지만 성현제 닮은 놈은 더 이상 접근하지 않았다. …저러는 거 보면 같은 놈인데, 또 꽤 다르게 느껴지기도 하고.

총에 최대한도로 마나를 밀어 넣었다. 급속도로 소모되는 마나에 머리가 지끈거려 왔지만 딱 기절하지 않을 만큼, 바닥나기 직전까지 퍼부었다.

저놈도 전투 예지가 있을까. 지금의 내 행동도 예지가 가능한가. 모르겠지만 일단은 질러 봐야지.

"참을성 많은 신사분께 감사를 표하며."

방아쇠를 당겼다. 동시에 반동을 버티는 대신 땅을 박차고 뛰어올랐다.

권총. 작은 크기만큼이나 보통은 위력도 약하다. 하지만 하얀 총구에서 터져 나온 것은 마력의 폭풍우라 해도 과언이 아니었다.

탄환이라고 말하기 무색한 거대한 에너지가 휘몰아치며 발사되었다. 그 반대편에 선, 반발은커녕 허공에 띄워지기까지 한 내 몸이 말 그대로 날아올랐다. 강하게 쏘아진 화살처럼.

콰과과-!

휘몰아치는 새하얀 빛무리와 부서지고 튀어 오르는 건물 잔해들의 거친 춤사위가 순식간에 눈앞에서 멀어져 갔다. 공중에서 몸을 돌려 방향을 틀자, 저만치 멀리 서 있던 5층짜리 건물이 빠르게 가까워지는 것이 보였다. 미리 봐 뒀던 곳이다.

단검을 꺼내 건물을 향해 던졌다. 콱, 단검이 외벽에 박히고 거의 직후, 튀어나온 손잡이를 밟고 위로 뛰어올랐다. 카가각, 짓밟는 힘을 못 이긴 단검이 외벽을 길게 긋다가 바닥으로 떨어진다.

떨어진 단검과 다르게 위로 솟은 내 손이 아슬아슬하게 옥상 난간을 붙잡았다. 몸을 끌어올려 난간을 넘어 옥상에 내려섰다.

'…윽.'

거친 움직임 탓에 걷어차인 복부가 욱신거려 왔다. 이를 악물며 내가 서 있었던, 성현제 짝퉁이 서 있는 자리를 돌아보았다.

주위는 거대한 맹수가 할퀴기라도 한 것처럼 엉망이 되어 있었지만 성현제는 멀쩡했다. 아니, 한쪽 팔의 옷 일부가 찢겨 나갔다. 상처까지 입었는지는 너덜거리는 옷자락에 가려져 잘 모르겠다.

놈은 태연하게 미소 짓고 있었다. 거리는 멀었지만, 마음만 먹으면 순식간에 쫓아올 것이다. 그러니 얼른 도망쳐야 하지만.

"이 개새끼야."

억울하고 분해서 가운뎃손가락을 올려 주었다. 여기서도 뜻이 같을진 모르겠지만. 그리고 곧장 몸을 돌렸다. 옥상을 가로질러 반대편 난간에 다다라 와이어를 난간 살에 묶고 그대로 밖으로 뛰어내렸다.

탁, 탁- 와이어를 잡은 채 건물 외벽을 디디며 빠르게 아래로 내려섰다. 늘어진 와이어를 힘주어 당기자 난간 일부를 부러뜨리며 아래로 딸려 내려온다. 얼른 거두어 인벤토리에 챙긴 뒤 마나 포션을 마시며 은신 스킬을 썼다.

바이크 완전 반대편에 세워 뒀는데, 젠장.

'성현제 이 망할 자식!'

진짠지 아닌지 모르겠지만, 세상에 똑같이 생긴 사람이 셋은 있다니까 그냥 우연히 닮은 놈일 수도 있지만.

'…시발, 행동 패턴도 비슷하구만 딴 놈 맞긴 한 거냐. 스킬도 같고. 아니면 이 동넨 마른하늘에 날벼락이 치고 그러나? 아무튼 딴 놈이라고 해도 성현제가 잘못한 거다.

SS급인 놈한테는 은신 스킬도 별 소용이 없기에 지친 몸을 움직여 억지로 뛰었다.

배는 계속 아프고 머리도 어지러웠다. 마나 포션을 먹었다 해도 급격한 마나 소비의 후유증이 바로 사라지는 건 아니라.

'털끝 하나 안 다치게 보호해 주겠다느니 지껄인 게 얼마나 됐다고! 심지어 발로 걷어차냐!'

제안은 내가 거절하긴 했다만 분통이 절로 터져 나왔다. 망할 놈. 만에 하나 같은 놈이라면 무슨 변명을 대든 내가 진짜… 젠장, 내 힘으론 어떻게 할 수 없으니 더 짜증 나네!

간간이 하급 몬스터가 눈에 띄었지만, 놈들은 날 발견하지 못했다. 길을 따라 한참을 뛰다가 건물 틈새의 좁은 골목으로 들어갔다. 밖에선 보이지 않을 굽어진 안쪽 구석에서 벽에 등을 기대며 앉았다.

포션을 꺼내며 상의를 올리자 역시나 퍼렇게 멍이 든 것이 보였다. 생명력 포션을 멍 위에 뿌린 뒤 혹시나 있을지 모를 내상을 대비해 약간 마시기도 했다.

"…맛없어."

음용하는 마나 포션과 달리 생명력 포션은 부상에 직접 바르는 일이 더 많기에 첨가물이 없었다. 마시는 용으로 먹기 좋게 만든 것도 있긴 하지만 지금은 가지고 있질 않았다.

찝찝한 입을 물로 헹구고 말린 과일을 하나 머금었다. 단맛이 느껴지자 기분이 조금 나아졌다.

'역시 유현이 먼저 찾아볼걸.'

동생 보고 싶다. 예림이도, 피스도, 노아 씨도, 현아 씨도. 떨어진 지 하루도 채 지나지 않았건만 벌써부터 그리웠다. 전부 다 잘 있겠지. 내가 아는 성현제 놈은 여기 있긴 한 거냐.

'…설마 다른 사람들도 저러는 건 아니겠지.'

신입아, 일 처리 제대로 한 거 맞긴 하냐? 메시지 제대로 보낸 거 맞아? 연락할 방법도 없고. 고객센터 만들어 줘. 버그 난 거 같은데 신고 좀 받아라.

등 기대고 앉아 있자니 졸음이 슬금슬금 밀려들었다. 어질하기도 계속 어질해서 눈 감고 눕고 싶다. 바닥은 차갑지만 S급들 우르르 몰고 들어가는 A급짜리 던전이라 하루 만에 나오지 싶어 텐트 같은 것도 안 가지고 왔고.

내내 온천물로 씻고 푹신한 침대에서 자다가 이게 웬 노숙자 신세냐. 던전에서 노숙하는 거야 흔한 일이지만 풍경이 현대와 비슷하다 보니 조금 슬퍼졌다. 회귀 전에도 작게나마 내 집은 있었는데.

심지어 돈도 없잖아. 여기 사람 있어요 퀘스트 보상 더해 봤자 1,000L이다. 설마 천 원은 아니겠지. 만 원이어도 숙박비도 못 된다.

'…신규 가입자 서비스 같은 것도 없냐. 완전 망게임이네.'

보통 초기 자금 정도는 주잖아. 그사이 서브 퀘스트가 더 생겨났지만 살펴볼 힘도 없어 그냥 눈을 감았다. 잠깐 자고 일어나서 다른 사람들을 어떻게든 찾아봐야지.

…성현제 이 개새끼야, 진짜.

그는 낯선 C급이 사라진 옥상을 바라보았다. C급은 흔하다. 다만 저렇게 혼자 돌아다니는 C급은 드물었다. 보통은 가드 소속의 보조 혹은 연료였으니까. C급 각성자가 소속도 없이 혼자 돌아다닌다는 것은 나를 잡아가 주세요, 하는 꼴이나 다름없었다.

그러나 조금 전의 C급은 특이했다.

제 스탯보다 등급 높은 스킬들에 역시나 고등급의 무기. 그리고.

'신인의 대처가 아니었지.'

고등급 은신 스킬은 유용하다. 그렇기에 단숨에 사로잡을 생각이었다. 확실하게 기절시킬 수 있을 정도의 공격을 가하였고 반격은 물론 회피나 방어도 제대로 하지 못하리라 짐작했다.

하지만 C급은 늦지 않게 방어막을 펼쳤다. 전투 예지 스킬을 끈 상태로 방심하고 있었다 해도 고작 C급 상대로 기절시키는 데 실패했다. SS급 가드가.

이어 주눅 들지도 않고 총을 겨누어 오고, 총의 반동을 이용해 도망쳤다.

C급이 저 정도의 행동력을 보이려면 적어도 이삼 년쯤은 가드들 사이에서 굴렀을 것이다. 동시에 입소문을 타지 않았을 리 없건만 분명 처음 보는 얼굴이요, 스킬이요, 무기였다.

그 모든 것이 특이했지만 그중 유독 의아한 것은.

'내게 실망… 했나?'

당황하고 놀라는 것이야 당연한 반응이었다. 억울하고 분한 것도 자연스러운 감정이다. 하지만 실망은 뭘까. 대체 무엇을 기대했던 것일까. C급이 SS급에게.

"마스터! 5-B 거주구역 정리 끝났습니다. 3-A 역시 조금 전 마무리 지었다고 합니다."

한 무리의 사람들이 나타났다. 무리 중 가장 앞장선 남녀가 그에게로 다가갔다. 둘 다 S급 가드였다.

"무슨 일 있으셨습니까?"

"특이한 것과 마주쳤지."

여자가 눈을 동그랗게 뜨며 옆에 선 남자의 옆구리를 팔꿈치로 쿡 찔렀다. 놀랍지 않냐고 묻는 듯한 표정과 태도였다. 뭐든 쉽게 익히고 질려 하던 사람이 특이한 것을 봤다니. 심지어 드물게도 즐거운 기색이 약간이나마 느껴졌다.

의무적인 몬스터 사냥 외에는 주위 대부분의 것에 흥미를 잃고 하루하루 빛바래 가던 남자가.

"잘되셨네요. 그 특이한 것은 어디 있습니까?"

"도망쳤어."

"잡아 올까요?"

대답은 돌아오지 않았다. 대신 이번에는 남녀 중 남자 쪽이 입을 열었다.

"며칠 전 아카테스 시의 알파가 폭주했었다고 합니다. 2번 상업지역이 전부 불타 버렸다더군요. 지금은 진정한 모양이지만 해당 도시 방위청에서 제압 요청 대기를 부탁해 왔습니다."

"제압은 거절해. 사살이라면 받아들이지."

"사실상 거절이군요. 그렇게 전하도록 하겠습니다."

도시에 피해를 입혔다고 해서 귀한 SS급 가드를 처분하려 들 방위청은 없다. 완전히 미쳐 SS급 몬스터와 다를 바 없어지지 않는 한은.

"상급 몬스터 경보는 이제 더 없으니 들어가시죠."

"진짜 잡으러 안 가도 됩니까? 뭔지는 모르겠지만."

그는 대답 대신 옥상 쪽을 한 번 더 바라보곤 몸을 돌렸다.

너른 공간 중앙에 흑발의 청년이 잠들어 있었다. 청년을 중심으로 바닥에 새겨진 마나 흡수 각문(刻文)이 그의 마나를 계속해서 빨아들였다.

각문이 효과를 발휘하는 구역 밖에 선 사람들이 걱정스러운 표정으로 청년을 바라보았다.

"솔렘니스의 시그마는 요청을 거부했습니다."

"그나마 란체아의 람다는 SS급 몬스터 발생 시 지원해 주겠다고 하였습니다만, 동시 발생 시에는 란체아 시가 우선시되겠지요."

SS급 몬스터는 달에 한두 번 정도의 주기로 나타난다. 잦은 발생률은 아니었지만 주기가 정확한 것이 아니라 지원 약속을 받았다 해도 안심할 수 없었다.

또한 S급 이하 몬스터에 의한 피해를 줄이기 위해서라도 도시 소속 SS급 가드는 반드시 필요했다.

"아무 대책 없이 알파를 깨우는 건 역시 위험하겠지요. 여기는 마나 홀과 가까우니까요."

강력한 능력을 지닌 SS급 각성자라 하더라도 마나가 바닥나면 의식을 잃게 된다. 폭주한 알파의 제압 역시 마나 보충 경로를 차단하고 스킬로 인해 마나가 소모되길 기다린 후 상대의 마나를 흡수하는 스킬 및 아이템의 사용으로 이루어졌다.

마나 포션은 SS급 가드라 해도 극소량만 지니고 있으며 각성자의 자체 마나 회복력이 극히 낮기에 가능한 방법이었다.

"정신 착란 증세가 보였다고 하니 다른 SS급 가드의 도움을 받을 수 있게 되기 전까지는 기다리는 편이 좋을 겁니다. 일단 솔렘니스 시에 재차 부탁해 보도록 하죠."

"알파의 현재 상태가 새어 나가지 않도록 입조심들 하시고요."

사람들의 입에서 낮은 한숨 소리가 동시에 새어 나왔다. 그나마 SS급 몬스터의 마지막 발생이 한 주도 채 지나지 않은 시기라 다행이었다. 적어도 일주일 정도는 안전할 테니 그 전에 알파를 안정시킬 방법을 찾아내야만 하였다.

[외전] 수영장

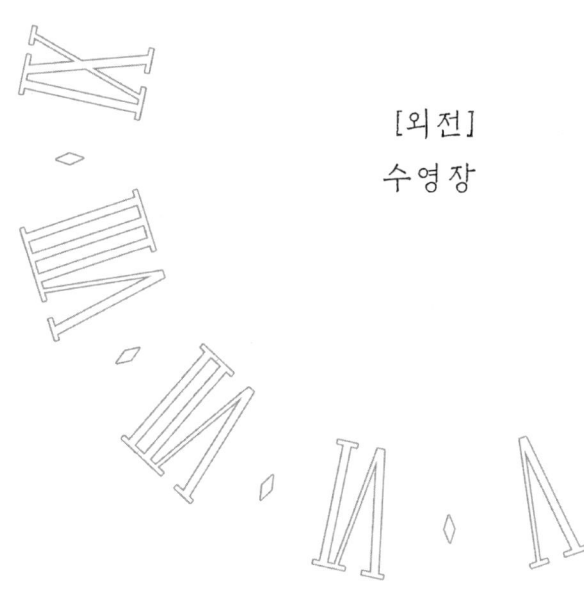

[외전]
수영장

'수영장이라니, 대체 얼마 만이냐.'

홍콩에서는 삐약이만 물에 들어갔으니까. 회귀 전 수영 배우러 갔을 때 이후로 처음이다. 그 밖엔 어릴 때 단체로 물놀이 간 적 있긴 했지. 개인적으로는 갈 여유가 없었고. 시간적으로든 금전적으로든 좀 더 넉넉했더라면, 어릴 때 동생이랑 이것저것 많이 해 볼 수 있었더라면 좋았을 텐데. 새삼스럽게 아쉬웠다.

"아저씨! 준비 다 됐어요?"

문밖에서 우렁찬 목소리가 들려왔다. 급하기도 하지.

"잠시만 기다려!"

수영장에도 탈의실이 있지만 방에서 갈아입고 가도 된다고 했다. 탈의실보다야 객실이 편하지. 캐리어에서 새로 산 수영복을 꺼내 들었다.

'완전 평범한 옷이네.'

마음에 든다. 래시가드는 딱 달라붙는 것만 있는 줄 알았는데 의외로 다

양했다. 그중에서도 제일 흡족한 것은 헐렁한 티 같은 수영복이었다. 안 달라붙으니 편하기도 하고 몸도 가려 주고.

'흉터는 감추는 게 낫지.'

유현이에겐 이미 들켰고 다른 사람들에겐 어릴 적에 난 흉터라고 하면 되지만, 괜히 걱정 끼칠 필요 있겠냐. 흉터 제거하려 들면 어떡해. 게다가 상처 위치도 애매하고.

"형, 그거 입게?"

상의부터 벗는데 어느새 다가온 동생이 섭섭한 티를 내며 말했다.

"어… 다른 거 입을까?"

"응. 이게 더 어울려."

유현이가 집업 스타일 래쉬가드를 꺼내 들며 말했다. 툭하면 형이랑 같은 거, 라고 말하는 동생 녀석은 수영복 사러 갔을 때도 똑같은 소리를 했다. 하지만 그 매장에는 헐렁한 티 수영복은 유현이에게 맞는 것이 없었다.

몸통이야 괜찮았지만 어깨가 짧았기 때문이었다. 그래서 대신 산 것이 집업 래쉬가드였다. 티보단 못해도 이것도 꽤 널널하고 무엇보다 지퍼가 있어 입기 편했으니까. 옷은 편한 게 최고다.

"그래, 뭐."

유현이가 꺼내 든 후드집업 래쉬가드를 받아 들었다.

"너도 빨리 갈아입어. 예림이가 문 부술라."

하의는 무릎 약간 위에 오는 길이였다. 긴 건 갑갑하고 입고 벗기도 불편하니까.

그냥 후드집업에 반바지로 보이는 게 역시 마음에 든다. 수영복 안 같군.

"얘들아, 이리 와."

벨라레가 내 팔에 감기고 삐약이도 안겨 왔다. 하지만 피스는 따라는 왔지만 평소와 달리 안길 생각을 하지 않았다. 수영장 가는 걸 눈치챈 건가.

"내가 널 물에 빠뜨리겠냐."

- 끄앙.

"같이 수영하면 좋긴 하겠지만."

눈치 빠른 녀석. 하지만 피스가 수영하고 삐약이와 벨라레가 타고 있는 모습 찍고 싶었는데. 휴대폰 방수 케이스도 준비해 왔다고.

"방수 케이스 어디 넣어 놨더라."

"여기."

유현이가 휴대폰 방수 케이스를 내밀었다. 한쪽 팔로 삐약이를 안고 있는 내 모습을 보고는 내 폰을 케이스에 넣어 준다. 케이스에 달린 목걸이를 목에 걸었다.

"넌 갑갑하긴 하겠다."

동생도 나와 같은 집업 래쉬가드였지만 나와는 달리 지퍼를 올리지 않았다. 사이즈 맞는 걸로 사긴 했는데, 좀 조일 거 같아 보였다. 그러게 그냥 하의만 입지.

'내가 안고 다닐 때도 있었는데.'

저렇게 큰 거 보니 가끔 기분이 묘해진다. 애가 쑥쑥 잘 커 봤자 그래도 애니까 옛날엔 나보다 더 커질 거라곤 상상하기 힘들었지. 초등학생 때만 해도 이렇게 클 줄은 몰랐는데.

중학생 땐 발육이 꽤 좋긴 했었다. 고1 들어가고도 여전히 키가 빠르게 자라고 있었으니 각성 안 했어도 180은 넘겼을 거 같고.

챙겨 먹인 거 생각하니 뿌듯하긴 하네. 잘 컸어.

"아~ 저~ 씨~"

"지금 나간다, 나가."

노래를 불러라, 노래를.

"날씨도 좋네요!"

예림이가 신나 하며 두 팔을 기지개 켜듯 쭉 올렸다. 예림이도 래쉬가드를 입고 있었다. 요샌 예전 수영복 같은 건 잘 안 입나? 활달해 보이는 반팔 티와 짧은 바지 세트였다. 그대로 달려가더니.

첨벙.

물속으로 들어간다. 흔들리는 수면 아래의 형체가 인어처럼 부드럽게 움직이다가 물 위로 솟구쳤다. 물도 같이 솟구쳐서는.

"아, 기분 좋아."

예림이를 휘감아 받쳐 올렸다. 주위의 물방울들이 햇살을 반사시키며 눈부시게 춤춘다.

"형님, 왜 그렇게 꽁꽁 싸맸어?"

문현아의 목소리였다. 고개를 돌리자 브라탑 래쉬가드에 역시나 짧은 바지를 입고 있는 문현아가 보였다. 와, 근육 좀 봐. 예림이처럼 티 입기엔 갑갑하겠구나. 특히 어깨와 팔이 장난이 아니었다. 거창 쓰는 거 생각하면 당연한 일이지만.

…좀 부럽다.

"언니, 시합해요!"

"오냐!"

문현아가 웃으며 수영장에 첨벙 뛰어들었다.

수영장은 중앙의 커다란 풀과 테두리를 둥글게 잇는 긴 풀로 구성되어 있었다. 수영장 자체가 넓은 만큼 테두리의 풀의 길이가 상당했다. 예림이와 문현아가 긴 풀의 끝으로 갔다.

"아저씨, 신호 주세요."

"응. 스킬 쓰면 반칙이다."

자칫하면 수영장 터져 나갈 수도 있고. 조심해야지. 신호와 함께 두 사람이 출발했다. 예림이도 빠르긴 했지만 역시 스킬 없이는 문현아를 이기기 힘들었다. 키에 근육 차이도 크니까. 그래도 거리가 많이 벌어지진 않고 잘 따라붙었다.

"유진 씨!"

"유진아."

수영 시합을 구경하는 사이 노아와 명우도 수영장으로 내려왔다. 둘은 수영 팬츠만 입고 있었다. 명우야 두말할 것도 없었고 노아도 보조계 S급도 S급이라 뭐… 역시 싸매길 잘했다.

"푹 쉬어서 그런가 얼굴 좋아 보인다."

"역시 휴식도 필요하다 싶더라. 이스무아르는 조금 불만스러운 듯했지만."

명우가 웃으며 말했다. 휴가인 만큼 한국에 돌아가기 전까지는 일 안 하기로 했다. 여기 사우나 물 좋았다면서 성큼 수영장으로 들어간다. 명우도 수영 잘하네.

"자, 삐약아, 벨라레. 너무 깊으려나?"

걱정되었지만 삐약이가 먼저 물에 뛰어내렸다. 비행 아이템 있으니 괜찮겠지. 동동 물에 뜬 삐약이 옆으로 벨라레도 헤엄치기 시작했다. 원래도 물을 좋아해서인지 부드럽게 잘도 수영한다.

그 모습을 얼른 촬영하고 동영상도 찍었다. 귀엽기도 하지.

"피스… 는 역시 싫구나."

- 끼양.

어느새 선베드에 올라앉은 피스가 평소보다 더 가늘게 울었다. 그래, 싫다니 어쩌겠냐. 별이나 쬐렴.

"유현이 넌 물에 안 들어가?"

내 옆에 서 있는 동생에게 물었다. 왜 구경만 하고 있나.

"수영할 줄 몰라."

"그래? 바다에선 잘 떠 있기에 할 줄 아는 줄 알았는데."

"뜨는 거야 쉬우니까."

그런가. 하긴 나도 뜰 줄이나 알지. 일단 내가 먼저 물에 들어갔다. 뒤쪽 바깥으로 갈수록 깊어져서 앞쪽은 허리 조금 위까지 오는 정도였다.

"뜰 줄 알면 금방 배운다더라. 들어와, 어서. 손잡아 줄게."

"응, 고마워."

유현이가 방긋 웃으며 물에 들어오는데 근처에 서 있던 노아가 부끄러워하며 말했다.

"저, 저도 수영할 줄… 몰라요."

"노아 씨도요? 뜰 줄은 아세요?"

"어, 안 해 봐서 잘 모르겠어요."

저런, 수영장 한 번도 안 가 봤구나.

"잠시만요. 유현이 먼저 도와주고요."

유현이의 손을 잡는데 갑자기 옆에서 물이 튀어 올랐다. 물보라와 함께 등장한 예림이가 소리쳤다.

"아저씨, 속지 마요! S급이 수영 못한단 소릴 하다니."

"맞아, 형님. S급이 아니라 스탯 B급만 돼도 물에 던져 놓고 3분 이내에 술술 헤엄친다니까."

문현아까지 같이 나타나 거들었다.

"이제 보니 도련님 완전 불여우네. 형님 앞에서 내숭이 장난이 아니야~"

"맞아요, 언니! 보고 있으면 진짜 웃기지도 않는다니까요. 야, 불여우! 여우짓 그만하고 시합이나 하자!"

여우라니. 예림이의 시비에도 유현이는 눈 하나 깜박하지 않았다. 귀 막은 듯 태연했다. 얼굴이 붉어진 것은 엉뚱하게도 노아였다.

"저, 저기, 전, 그냥……."

귀까지 새빨개진 노아가 말도 제대로 못 하고 우물거리다가 물속으로 들어갔다. 헤엄이 아니라 그대로 스르륵, 가라앉듯 깊은 곳으로 사라져 버렸다. S급 헌터니 빠질 일은 없지만.

'모를 수도 있지, 괜찮은데.'

뭘 창피해하고 그러냐. 근데 역시 내가 손잡아 주는 것보단 바로 시도해 보라고 하는 게 빠르려나.

"유현아."

"응, 형."

동생이 나만 믿는다는 듯 해맑게 바라봐 왔다. 그래, 천천히 배워도 되지. 당장 수영 대회 같은 걸 나갈 것도 아니고. 그때였다.

촤아악, 물소리와 함께 내 몸을 물이 휘감았다. 그러곤 순식간에 뒤로 당겨졌다.

"어, 어?"

"박예림!"

내가 다칠세라 손을 잡아당기지 못하고 놓아준 유현이가 사납게 소리쳤다. 나를 감싼 채 뒤로 한참 물러난 물이 의자처럼 변했다. 보통의 물이라면 그대로 빠지겠지만 어떻게 조정했는지 물컹하게 내 몸을 받쳐 주었다. 안에 물 집어넣은 튜브 같네.

"덤벼라, 불여우!"

예림이가 내 앞에 서서, 가 아니라 물에 둥둥 떠서 당당하게 외쳤다.

"수영 못하는 거 거짓말이지? 다 알아!"

"……."

유현이가 머뭇거리며 나를 바라보았다. 그러곤 대답했다.

"못해."

"와, 역시 한유현! 하지만 아저씨를 되찾기 위해서는 헤엄쳐야만 할 거다!"

거 웃지만 말고 애들 좀 말리시죠, 현아 씨.

"여기서 싸우진 마라."

라고 말해 봤지만 둘 다 들을 생각이 없어 보였다. 평화롭게, 음, 비치발리볼… 도 평화와는 거리가 멀 듯한데. 누가 모래 좀 퍼다 줘라. 모래성 쌓기 대결이나 시키게.

"유진이 너도 고생이다."

내 옆쪽으로 다가온 명우가 말했다.

"그래도 귀엽긴 하잖아. 혹시 휘말릴지 모르니 삐약이와 벨라레 좀 데려다줄래?"

명우가 동동 떠다니고 있던 삐약이와 벨라레를 데려다주고 잠수했던 노아도 다가왔다. 수영장 밖에 선 노아가 내게 물었다.

"음료수 가져다드릴까요?"

"아, 네. 그럼 카페라떼로 부탁해요."

"명우 형은요?"

"난 자몽에이드."

명우가 대답하자마자 예림이도 번쩍 손을 들었다.

"전 자바칩프라푸치노 자바칩 추가, 휘핑도 추가요! 없으면 파르페나, 없으면 카라멜마끼아또에 에스프레소 휘핑이요!"

"아이스 아메리카노 부탁합니다."

"맥주에 안주! 이왕이면 기름진 걸로!"

노아가 움찔 굳었다. 주문이 너무 많은 거 아니냐. 특히 예림이 넌 다 기억도 못 하겠다. 당황하는 노아를 본 명우가 수영장 밖으로 나갔다. 사다리도 없는 곳을 가볍게 팔 힘으로 올라선다. 역시 스탯이 높아지니 좋구나. 부럽다.

"같이 가 줄게."

친절하다니까. 명우도 가만 보면 사람 돌보기 좋아하는 듯했다. 대장간 사람들도 자기 시간 줄여 가며 신경 써서 가르쳐 주고. 갑자기 처음 만났을 때가 떠오르네. 정말 많이 변했지. 좋은 쪽으로, 많이.

명우와 노아가 바 쪽으로 가고 유현이와 예림이가 또다시 서로 노려보기 시작했다.

"이왕이면 맥주 오거든 시작해라."

문현아가 말릴 생각은 조금도 없이 낄낄대며 말했다.

"내가 특별히 속아 준다! 5분 줄 테니 수영 배워."

"형이 가르쳐 주기로 했으니 돌려줘."

"아저씨도 뜰 줄만 아신대잖아. 양심 챙기시지, 길드장님아."

"즐거워 보이는군."

목소리 하나가 더 끼어들었다. 성현제였다. 어느새 나타난 그가 풀 쪽으로 다가왔다. 뭐야, 저 비치로브 카디건은. 몸 가리기 좋아 보여서 나도 살까 고민했던 거긴 하지만. 다만 성현제는 걸치기만 했다.

아무튼, 음… 몸 좋구나. 저쯤 되면 딴 세상이라 질투도 안 난다. …솔직히 부럽기는 했다. 좋겠네, 정말. 내가 왜 수영장엘 와서. 그나마 송 실장님이나 김성한 씨는 없어서 다행인가.

유현이와 예림이는 성현제가 나타나든 말든 눈길 한번 안 주고 자기들끼리 신경전에 빠져 있었다. 문현아도 같이 구경하자는 한마디만 던지고 말았다. 그것을 본 성현제가 내게로 시선을 돌렸다.

미소 짓는 게 살짝 불길했다. 나와 눈이 마주치자 성현제가 자신의 손끝을 들어 보였다. 파직, 아주 작게 빛이 튀었다. 설마.

"잠깐, 야!"

얼른 삐약이와 벨라레를 품 안 바싹 안으며 은혜를 사용했다. 내 행동을 확인하자마자 곧장.

파지지직!

전기가 튀었다. 눈이 부실 정도로 빛을 발하며, 풀 전체에. 아, 저 망할 인간이 진짜!

"아야!"

"읏!"

"저 개새끼가!"

요란하게 전기가 흘렀지만 S급 헌터들에겐 그냥 아프고 마는 수준인 모양이었다. 하하 웃는 성현제를 유현이와 예림이가 노려보기 시작했다. 문현아 또한 으르렁거렸다.

"한유현, 잠깐 휴전이다."

"받아들이지."

그 목소리가 희미하게 들려왔다. 얘들아 잠깐만. 여기 깊잖아. 뜰 수는 있었는데, 갑자기 빠져선가. 예림아, 너 스킬 전기 맞고 풀렸다. 삐약이와 벨라레는 상황을 모르는 거 같고.

"저런, 한유진 군이 더 급할 듯한데."

"뭐, 악! 아저씨!"

"형!"

- 캉!

가라앉아 가고 있던 몸이 위로 훅 들렸다. 원래 가만히 있으면 뜨는 거였는데 왜 가라앉은 거지. 유현이와 예림이가 나를 얕은 곳으로 끌어냈다.

"형, 괜찮아?"

"왜 소리도 안 쳐요?"

"아니, 쿨럭. 보통은 힘 빼면 뜨니까. 물속에서 소리치면 물 먹고 더 못 떠."

그래도 너무 얌전했나. 공포 저항 영향도 있었던 모양이다. 완전히 가라앉으면 바닥을 박차고 잠깐이나마 올라올 수도 있고.

- 끄앙.

"그래, 피스야. 물에 들어오는 거 싫어하더니."

다 젖어 버렸네. 내가 무사한 것을 확인한 피스가 얼른 물 밖으로 뛰어나갔다. 그러곤 내 눈치를 살피며 화단 뒤로 스윽 숨어들어 갔다가 보송해져서는 다시 썬베드에 올라앉았다. 정말로 직접 말릴 수 있었구나.

"역시 수영을 제대로 배워 두는 편이 좋지 않겠나."

원흉이 다가와서 태연히 지껄였다. 댁 아니었으면 빠지지도 않았다고.

내 파트너의 안전을 위해 어쩌구 하며 가르쳐 주겠다는 소리에 됐다고 거절하려는데 예림이가 끼어들었다.

"제가 가르쳐 드릴게요! 저 수영 잘해요."

그러면서 보란 듯이 유현이를 향해 입꼬리를 올린다. 유현이가 미간을 확 좁혔다.

"방금도 스킬 제어 못 해서 형을 물에 빠뜨리지 않았나. 형, 나랑 같이 천천히 배우자."

"아니면 내가 가르쳐 줄까, 형님?"

…그냥 튜브 타고 놀고 싶다. 던전 부산물로 구명조끼 못 만드나. 항상 가지고 다니면 되잖아.

"일단 좀 쉬었다가."

물 밖으로 나가 벤치에 앉았다. 바 쪽에서 명우와 노아가 주문받은 음료를 들고 돌아왔다.

배달 온 음료가 각각의 손에 쥐였다. 길게 놓인 벤치의 양옆을 유현이와 예림이가 차지했다. 유현이가 커다란 수건을 내게 덮어 주고 물기를 대충 닦아 내기 무섭게 피스가 다가와 내 무릎 위로 올라왔다.

그렇게 양옆과 앞까지 다 차 버리고.

'…노아 씨.'

눈치를 살피던 노아가 예림이 옆으로 가 앉았다. 내 몸뚱이가 하나뿐이라는 사실이 미안해질 정도였다. 명우는 어디에 있나 살펴보자 문현아와 대화 중이었다. 손짓해 가며 열성적으로, 특히나 문현아의 눈빛이 반짝거리는 걸로 보아 거창 혹은 기승수 장비 관련 내용인 모양이었다. 맥주가 쭉쭉 단숨에 줄어드네.

두 사람도 꽤나 잘 맞는 눈치였다.

'이왕이면 내가 저쪽으로 가고 애들끼리 놀면 좋을 텐데.'

소영 씨도 왔으면 좀 나았으려나. 스무 살 이하 상급 헌터 모임 같은 거라도 만들어 볼까. 만 20세까지 해서 전국, 이왕이면 전 세계 규모로. 유현이와 잘 맞는 또래가 세상 다 뒤지면 한 열 명 이상은 나오겠지. 많이도 말고 두엇 정도라도 괜찮은데.

노아에게 커피 고맙다고 말하며 빨대를 입에 물었다. 카페라떼인데 휘핑이 없었다. 추가해야 하는 건가. 없으면 약간 덜 달…….

'윽, 뭐야 이거.'

커피 맛이 이상했다. 아니, 커피 맛은 커피 맛 맞는데… 한국에서 마신 것과는 상당히 달랐다. 쓴맛이 강하잖아. 심심하기도 하고. 뭐지, 휘핑이 빠져서인가. 하지만 한국에서 휘핑 안 섞고 바로 마셨을 때도 지금 이 카페라떼 맛은 아니었다.

…아무래도 나라의 차이인 모양이었다. 하긴 한국과 일본이니 음식 맛이 다를 만도 하지. 자장면 같은 것만 해도 한국식으로 바뀐 것과 중국 전통은 완전히 다르다니까. 역시 난 한국 게 좋은 거 같다. 한국 커피가 맛있네.

'성현제 저 인간은 왜 또 날 쳐다보며 웃고 있는 거지.'

그래, 댁이 사다 준 것보다 맛없기는 합니다. 그래도 먹을 만은 하거든. 나름 고소하다.

"선크림 다시 바르는 게 좋지 않을까?"

"이거 물에 잘 안 지워지는 거라던데."

"그래도 수시로 덧발라 주는 게 좋대요. 아직은 괜찮을 거 같지만, 여기 수영장 물도 온천으로 채운다잖아요. 더 잘 지워질지도 모르죠."

물 좋은 거 같긴 하더라. 삐약이와 벨라레는 여전히 헤엄치며 놀고 있었다. 빠르게 물살을 가르는 벨라레의 꼬리를 삐약이가 붙잡고 끌려간다. 재밌어 보이네. 사진 찍자.

커피를 마시며 어떻게 해야 애들이 싸우지 않고 사이좋게 놀지 고민했다. 가위바위보로 순서를 정할까. 하지만 그건 유현이한테 유리하겠지. 나이 순으로 할까. 유현이 녀석 아메리카노 안 쓰나. 그냥 커피 행군 물 맛이던데. 혹시 그래서 저거 마시는 걸까. 라떼 같은 것보다 불순물 섞이면 티가 더 잘 날 거 같기도 하고.

반쯤 빈 커피잔을 내려놓으며 자리에서 일어났다. 일단 셋을 잘 달래 보자. 다 같이 놀 수 있으면 최고지.

쿵!

그때 갑자기 묵직한 것이 떨어지는 소리가 들려왔다. 뭔가 싶어 돌아보자 어디서 뛰어내렸는지 모를 사자왕 씨가… 악, 잠깐만.

"미친. 예림아, 눈 감아!"

아 저 미친놈이! 수영장 오면서 수영복 입는 건 당연한 일이지만, 삼각도 개인 취향이긴 하지만, 시발 면적이, 와 씨 진짜 눈은 물론이고 마음까지 더러워지는 기분이다.

"노아 씨도 얼른 고개 돌려요! 유현이 너도 보지 마, 더러운 거 보는 거 아니야!"

아슬아슬하게 가려지긴 했다만 모자이크도 저것보단 성의 있겠다. 19금 딱지 붙여야 하는 거 아니냐, 망할 사자 새끼야. 여기 미성년자도 있다고! 소속 국가 법적 성인이라고 해도 노아 씨는 물론이고 유현이도 아직 어려!

"아 진짜, 미쳤지 진짜!"

뭐냐고 저 유해한 광경은! 욕을 하며 얼른 수건을 들고 달려갔다. 젠장, 가까이서 보니까 더 짜증 나!

"왜 그렇게 당황해하는 거냐. 역시 내가 너무-"

"닥치고 가려요! 나이 먹을 만큼 먹어선 애들 앞에서 뭐 하는 짓입니까!"

수건을 내밀었지만 사자 새끼는 가릴 생각도 않고 멀뚱히 날 쳐다보기만 했다. 가리라고, 미친놈아. 내가 직접 허리에 묶어 줘야 하겠냐. 네놈 뒤처리 하러 물 건너온 줄 아나.

"형."

"유현이 넌 보지 말라니까 왜 왔냐."

유현이가 나를 뒤로 끌어당기고 성현제가 내 앞쪽으로 나섰다.

"우리 한 소장님께서 애들 걱정이 유독 많으셔서."

내가 남의 나라 S급 헌터한테 막 덤벼들었다고 보호하러 온 건가, 둘 다. 하지만 고작 이런 일로 다 보는 앞에서 나한테 손댈 만큼 멍청이는 아닐 거 잖아, 저 사자. ⋯명청이인가? 애초에 화났다기보단 그냥 얼떨떨한 얼굴이 기도 하고.

⋯상체만 보면 몸은 좋네.

"아마테라스 길드장님이 너무 자극적으로 느껴진 모양이야."

자극적보다는 더러운 쪽이다. 검열이 필요하다. 사자 새끼가 잠깐 의아해 하더니 푸하하 웃었다.

"자극적이라, 인정합니다. 이거 실례했군. 이 몸이 나서기에는 너무 이른 시간이긴 하지!"

뭐라는 거야, 저 새끼가. 한밤중이라도 마주치기 싫다. 제대로 가리고 다녀. 사자 놈이 호탕한 척 돌아섰다. 앞쪽 안 보이니까 좀 낫네. 쩌억 갈라진 등판이 아주 잠깐 부러웠다. 저딴 것도 S급이라고, 젠장.

사자 놈은 순순히 사라졌다. 아, 한 것도 없이 피곤해. 정신적으로 지친다. 그래도 애들이랑 놀아는 줘야지. 수영…….

유현이와 같이 물속으로 다시 들어갔다. 예림이가 얼른 쫓아와 유현이와 나란히 섰다. 머뭇거리는 노아에게도 오라고 손짓했다. 노아까지 예림이 옆에 자리하자 셋이 내 앞에 줄줄이 선 모양새가 되었다.

이대로 서로 손잡고 놀렴, 하면 안 되겠지.

"그럼… 다 같이 수영하자고 하고 싶지만 내가 아직 잘 못하니까."

"제가 가르쳐 드린다니까요~"

"나랑 같이해. 초보끼리."

"저도, 유진 씨 도와드릴 수 있어요."

"다들 고맙지만 내 몸이 하나라서. 한 명만 남고 다른 두 명은 같이 놀면 안 될까."

안 되나. 분위기는 영 아니다만 안 될까.

"음, 일단 예림이가 제일 어리고 수영장도 먼저 오고 싶어 했으니."

"맞아요! 제가 계속 수영하러 가자고 했잖아요!"

"하지만 형에게 수영을 가르쳐 달라고 한 건 내가 먼저야."

"나이 먹을 만큼 먹었으니 연장자로서 양보라는 것 좀 해 보시지, 한유현."

"연장자 취급한 적이나 있는지 가슴에 손을 얹고 대답해 봐라, 박예림."

"야, 그래도 길드장 대접은 해 줬잖아!"

"위치가 반대였으면 나도 똑같이 했다."

그야 뭐, 유현이도 공적으로는 예림이한테 꼬박꼬박 존대했지. 잘 배웠다니까. 예림이가 물속에서 발을 쿵 구르더니 비장한 표정을 지었다. 그러곤 나를 똑바로 바라보았다.

"아저씨."

"응?"

"예림이한테는 아저씨밖에 없어요. 예림이랑 놀아 주세요!"

애교 어린 목소리에 푸핫, 하고 문현아의 웃음소리가 들려왔다. 예림이의 얼굴이 살짝 붉어졌지만 꿋꿋하게 나는 어리니까, 를 주장했다. 어린 건 맞지. 그래도 중학생이면 보통 저렇게 말하지는……. 하지만 귀엽긴 하네. 열다섯 살이면 어리고, 아직 애고. 사정상 힘들게 지내 왔는데 뒤늦은 어리광 좀 부리면 어떠냐. 괜찮아, 귀여워.

역시 어린애부터 챙겨야.

"형."

이번에는 동생이 나를 불렀다. 고개를 돌려 바라보자 배시시 웃는다.

"유현이한테는 정말로 형밖에 없어. 유현이랑 먼저 놀아 줘."

"악! 한유현! 미쳤어! 아악! 악! 내가 잘못했다! 아아악!"

예림이가 비명을 지르고 문현아가 숨넘어가게 웃어 댔다. 그, 유현아. 그거 따라 하기에 넌, 나이가 좀……. 하지만 동시에 어릴 적 동생의 모습이 눈앞에 생생히 떠올랐다. 귀여웠지, 정말로. 그래, 어릴 때 이런 데 한번 못 데려왔는데 지금이라도 먼저 챙겨 줘야 하는 거 아닐까. 내 동생 내가 안 챙기면 누가 챙기겠냐.

"노, 노아도……."

마지막으로 노아도 지지 않겠다는 듯 새빨개진 얼굴로 말했다.

"노아도 유진 씨밖에 없어요! 노아랑도… 어…….."

저런, 노아가 또다시 침몰하고 말았다. 아니 그거 꼭 따라 할 필요 없는데. 그리고 노아 씨도 귀엽고, 은근 잘 어울리기도 했는데……. 그런데 이건 또 뭐냐.

"…댁은 왜 거기 서 있습니까."

어느새 성현제가 노아의 옆자리를 차지하고 있었다. 태연하게, 당연하다는 것처럼, 마치 순서를 기다리기라도 하듯이. 아니, 잠깐만. 설마 아니겠지.

댁 나이가 몇인데 설마. 기다려라, 이 아저씨야. 얼굴이 두꺼워도 정도가 있다. 설마, 설마.

성현제가 방… 긋, 해맑… 게 웃더니.

"현제도 내 파트너밖에 없다네. 현제랑도 놀아 주게."

…뻔뻔하기 그지없는 주둥아리를 놀렸다. 미친. 귀를 막았어야 하는 건데. 내가 왜 저걸 고스란히 들어 버렸지.

"크하하핫, 미친놈이!"

문현아의 커다란 웃음소리 직후 풍덩, 물에 빠지는 소리가 들려왔다. 웃다가 빠졌나 보다. 썬베드에 걸터앉아 있던 명우도 의자 등받이에 얼굴을 묻은 채 끅끅대고 있었다.

반면에 유현이와 예림이는 못 들을 거 들은 얼굴로 정색했다. 둘 다 눈빛이 살벌하다 못해 욕을 하는 수준이었다. 아마 나도 비슷한 표정이지 싶었다. 노아는 넋 나간 얼굴로 조용히 자리를 떠나 유현이 옆쪽으로 피했다.

"푸핫! 형님! 현아도 형님밖에 없어! 현아랑도 놀아 줘!"

"유진아! 명우도 유진이 너밖에, 푸흐흡."

문현아와 명우까지 합세하고 영문 모른 채 귀를 쫑긋 세운 피스도 나름 끼어들었다.

- 끼앙, 끄아앙.

뭐라고 하는지는 모르겠지만.

- 삐약! 빡!
- 시잇, 싯!

응, 그래. 안 그래도 돼. 도 닦는 기분으로 미소 지었다.

"그냥 가위바위보로 정하자. 20세 초과는 사절합니다. 알아서 빠져 주세요."

"너무하는군."

"그러게. 매정하네, 형님! 마음은 십 대야!"

어른님들아, 좀. 제일 어린 명우가 제일 어른스럽게 굴고 있잖아. 안 부끄럽냐. …단순히 웃느라 못 끼어드는 걸 수도 있지만.

"이번에야말로 그때의 굴욕을 갚아 주마."

예림이가 기세등등하게 팔을 들어 올리고 유현이가 조용히 주먹을 꽉 쥐었다. 노아 또한 긴장 어린 표정으로 마른침을 삼켰다.

"싸우는 거 아니다, 얘들아. 단순한 가위바위보야. 손만 내밀렴."

일단은 말해 보았지만 역시나 별 소용은 없었다.

삼세번의 가위바위보에 수영장 물의 절반이 사라졌다. 삐약이와 벨라레가 휩쓸려 추락하는 사고가 벌어질 뻔했지만 문현아가 재빠르게 낚아챘다. 다행히 시설이 좋아 수영장 물은 금방 다시금 차올랐다.

승리자의 미소를 머금은 유현이에게 예림이가 사기 친 거라고 항의했지만 씨알도 먹히지 않았다. 노아는 세 번째라도 좋아요, 하고 울먹이는 눈빛을 보내왔다.

'…물놀이가 이렇게나 힘들 일인가.'

다음번에는 웬만하면 한 명씩만 데리고 놀러 가야겠다. 내 체력이… 감당이 안 되네.

덧붙여서 예림이의 방해 속에 유현이는 빠르게 수영을 배웠고 나는 여전히 뜰 줄만 알았다.

앞으로는 그냥 튜브나 챙겨 와서 평화롭게 떠다녀야지. 정말로.

[외전] 햄스터 쳇바퀴

[외전]
햄스터 쳇바퀴

햄스터의 수명은 짧다. 건강한 개체를 정성을 다해 잘 키운다고 해도 3년 남짓이며 보통은 그보다 더 빨리 무지개다리를 건너갔다. 그렇기에 도하민은 이별에 익숙한 편이었다. 귀여워하며 정을 쏟은 대상을 떠나보낸 것이 세 자릿수를 훌쩍 넘어 버렸기 때문이었다.

비어 버린 케이지는 깨끗이 씻기고 새 베딩이 포근하게 깔려 이내 새 주인을 맞이했다. 던전이 나타나고 그 수가 점점 늘어나고 또 강해져 가면서 세상은 팍팍해졌지만 그럼에도 햄스터는 여전히 흔하고 쉬운 애완동물이었기 때문이었다.

강아지나 고양이를 키우는 사람은 많이 줄어들었다. 특히 개는 몬스터의 기척을 느끼고 짖어 주인과 가족까지 들킬 가능성이 큰 탓에 헌터협회에서 던전 브레이크의 위험이 높은 지역에서는 키우는 것을 자제하라는 권고까지 내렸다.

반면에 햄스터는 작고 조용해서일까, 많이들 키우고 많이들 버렸다. 햄스터는 보호소에서도 잘 받아 주질 않으니 도하민으로서는 눈에 띄면 데리고 올 수밖에 없었다.

"그래도 이 이상은 안 늘릴 거야."

아빠도 힘들어, 하며 도하민은 햄스터 먹이통을 열었다. 빈자리가 생기면 딱 그만큼만 다시 데려온다. 그 자리가 채워지지 않을 일은 없었다. 그렇기에 계속되는 이별도 적응할 만하였다. 허전함을 느낄 새도 없이 다시 채우고 또 채우고.

물론 개중 유독 정이 간 녀석들은 오래 기억에 남았지만 그래도 산 녀석들의 따스함이 우선이었다.

사람도 대충 비슷했다. 사라지고 또 새로 들어온다.

"연전 길드 딱 한 명 살아남았어."

오후 5시, 가게 오픈 시간부터 찾아온 손님이 말했다.

"길드 건물 근처에서 B급 던전이 터져서. 도망치는 대신 대피를 도왔다더라."

이미 알고 있는 이야기였지만 도하민은 모른 척 고개를 끄덕였다. 정보상은 잘 들을 줄도 알아야 했다.

"괜찮은 녀석들이 일찍 죽는다니까."

"꼭 그렇지도 않아."

냉장고에 있는 캔 맥주를 꺼내 주며 도하민이 말했다. 정보가게의 로망으로 나름 바처럼 꾸며 놓았지만 인간들 술 챙겨 줄 기력도 마음도 없었다. 칵테일은커녕 생맥주 한 잔도 안 파는 가게였다. 캔 음료, 병 음료 그리고 봉지 과자와 전자레인지에 데워 먹는 안주. 물론 전자레인지 사용은 셀프였다.

"괜찮지 않은 놈들은 갑자기 소식이 끊겨도 궁금하질 않으니까. 관심이 없어서 말도 안 나오니 죽은 줄도 모르는 거지."

그래서 덜 죽는 것처럼 느껴지는 것이다.

도하민의 말에 손님이 헛웃음을 터뜨렸다.

저녁이 되자 텅 비었던 자리들이 반쯤 찼다. 가게는 길쭉한 바와 가운데 둥근 테이블 네 개를 제외하면 전부 간이 룸이었다. 안에 들어가 커튼을 내리면 아이템이 작동하며 그럭저럭 방음이 되는 룸이다. 손님들은 도하민에게 정보를 사거나 팔러 오기도 하였지만 손님들끼리의 거래를 위해 방문하는 경우도 많았다.

손님들 간의 거래는 룸에서 촬영되어 그 영상을 일정 기간 도하민이 보관하게 된다. 일종의 증인 역할이었다. 그런 손님들은 하급까지만 받았다. 가진 스킬이 유용하여 나름 상급 헌터까지 줄이 있긴 하나 도하민은 자신의 능력을 넘어서는 일까지 맡을 생각은 조금도 없었다.

내가 잘못되면 우리 애들은 어쩌라고. 험난한 세상 가늘고 길게 살기도 힘들다.

그렇기에 거물과는 엮이기 싫었고 그렇기에 도하민은 지금 자신의 앞에 앉아 있는 녀석이 좀 거슬렸다.

한유진. 해연 길드장의 형. 그 자신은 F급 헌터고 동생과의 연은 끊었다 하지만 그럼에도 찜찜한 느낌이 드는 녀석이었다. 정보상으로서의 직감이 엮이면 귀찮은 놈이다, 라고 알려 왔지만 쫓아내기에는 또 불쌍하기도 하고 사람은 착하긴 해서…….

"넌 또 왜 그런 눈알로 쳐다보냐."

미지근해져 가는 맥주 캔을 만지작거리며 한유진이 말했다.

"내가 뭐."

"얼마 전에 나타난 생쥐 쳐다보듯 하고 있잖아. 잡아 죽이기엔 불쌍하고 거두기엔 징그럽고. 솔직히 생쥐나 햄스타나."

"완전히 다르거든?"

예리한 놈. 도하민은 한유진에게 땅콩과자를 던져 줬다. 한유진은 공짜냐고 물으며 냉큼 받아 들었다.

"볼일 없으면 꺼져라."

"왜."

"왜긴 왜야, 볼일 없으면 꺼지라고. 아니면 용건 있냐?"

"술 마시러 왔잖아."

"네놈 집 주변 술집은 죄다 던브로 터지기라도 했냐."

투덜거리긴 했지만 도하민은 한유진이 자기 집에서 먼 이곳까지 별다른 용무 없이 이따금 찾아오는 이유를 잘 알고 있었다. 여기서는 시비 거는 놈이 별로 없으니까. 정보를 거래하는 장소의 특성상 아는 얼굴도 모르는 척하는 게 매너인 곳이다.

그러니 이따금 기분전환 삼아 방문하는 것이었다.

"멍청한 놈."

"왜 또 욕이야."

"왜 그렇게 사나 싶어서."

"내가 뭐 어때서."

도하민은 혀를 쯧쯧 차며 황태버터구이 과자를 한유진에게 던졌다. 헌터 일 그만두면 훨씬 멀쩡하게 살 놈인데. 딸린 식구 없이 제 몸뚱이 하나 건사하는 것쯤이야 거뜬할 녀석이다.

"우리 점박이11세가 너보다 더 똑똑할 거다."

"안주만 주지 말고 맥주도 좀 줘."

"돈 내고 사 먹어."

"너무 비싸잖아. 아무리 물가가 올랐다지만 캔 맥주 하나에 오만 원이 뭐냐."

"이제부터 너한테는 십만 원이다."

"와, 사기꾼."

작은 종소리와 함께 가게 문이 여닫혔다. 새로 들어온 손님이 바로 다가오자 한유진이 끝자리로 비켰다. 도하민은 그런 한유진을 속 시끄러운 표정으로 쳐다보다가 손님 앞에 소리 차단 아이템을 놓았다. 이어 입술의 움직임이 보이지 않도록 바 양옆으로 작은 가림막을 세웠다.

"삽니까, 팝니까."

"사러 왔습니다."

손님이 누군가의 인상착의와 이름, 숫자 여섯 자리를 적은 종이를 내밀었다. 사람을 찾는 의뢰였다. 도하민은 종이를 들고 휴대폰 지도 앱을 켠 채 스킬을 사용하고는 짧게 고개 숙였다.

"서울 중랑구 면목동의 면목체육공원. 이곳이 마지막 장소로, 던전에 들어갔습니다."

던전에 들어간 사람을 스킬로 추적하면 던전 입구가 있는 장소가 나타난다. 해당 던전은 E급, 흔적의 기운은 남겨진 지 사흘 이상. 다시 말해.

"…감사합니다."

손님이 찾는 사람은 사망했다. 도하민은 종이를 촛불에 태워 없애고는 입을 열었다.

"사흘 전 해당 던전을 공략한 팀을 찾으시겠습니까?"

"네. 부탁드리겠습니다. 여기 제 연락처입니다."

손님은 정보료와 착수금으로 마석을 놓고 떠나갔다. 도하민은 소리차단 아이템과 가림막을 치우곤 거래하는 또 다른 정보상에게 문자를 넣었다. 하급 던전은 공략 가능한 팀이 많기에 수색 범위를 좁히기 힘들다. 요즘은 길거리 CCTV도 줄어들었고 자동차 또한 적어져 블랙박스를 뒤지기도 어려워졌지만 그래도 보는 눈은 어디에든 있기 마련이다.

도하민은 캔 맥주를 꺼내 한유진에게 던졌다. 맥주를 받아 든 한유진이 그를 빤히 쳐다보았다.

"살아 있을 때 많이 먹어라."

"난 오래 살 거야."

"그래, F급 놈아."

하급 헌터는 언제 어디서 증발해 버릴지 모를 세상이다. 던전 생긴 지 10년, 20년이 된 것도 아니고 고작 수년 사이에 죽어 사라진 놈이 한둘이 아니었다. 햄스터 수명도 짧다지만 걔들은 그래도 늙고 병들어서 죽기라도 하지, 헌터는 죄다 팔팔한 놈들이 뒈진다.

햄스터보다 못한 것들이라고 생각하자 도하민은 조금 더 관대해졌다. 초콜릿 막대과자가 한유진에게 던져졌다.

"난 단건 별론데."

"단걸 먹어야 머리가 돌아가고 그럼 살 확률이 햄스터 꼬리만큼 올라가겠지."

"뭐라는 거야. 난 최소한 한유현 놈보다는 오래 살 거거든."

그 녀석보단 먼저 안 죽어, 하는 말에 도하민이 한심한 눈빛을 했다.

"어, 그래. 내가 봐도 해연 길드장이 너보단 수명이 짧을 거 같다."

"……."

"넌 욕 많이 먹으면서 오래오래 살 거고."

"……."

울적해지는 한유진의 얼굴에 도하민은 속으로 고개를 절레절레 흔들었다. 진짜 멍청한 놈. 입으로만 제 동생 욕하면 뭐 해 표정에 다 나타나는데. 속으로 무언가를 꾹꾹 눌러 삼키던 한유진이 하아 긴 한숨을 내뱉었다.

"어차피 S급은 수명도 훨씬 길다던데 뭐."

"그래, 그렇다더라."

"S급이 죽을 일이 뭐 있긴 한가."

"보통은 없지."

도하민이 적당히 맞장구를 쳐 주자 한유진의 얼굴이 다시금 밝아졌다. 실상 해연 길드장이 F급 헌터보다 먼저 죽을 확률은 0에 가까웠다. 해연 길드장이 사망할 정도라면 세상 인구가 절반 이상, 아니 9할 이상 줄어들지 않았을까.

그러니 한유진의 걱정은 기우일 따름이었지만.

'한유진 저놈이 묘하게 더 오래 살 거 같단 말이지.'

도하민은 속으로만 중얼거렸다. 사라지고 채워지는 인간들을 한자리에 앉아 계속해서 보다 보니 그러한 감 같은 것이 약하게나마 있었다. 하지만 이런 소리를 입 밖으로 내뱉었다간 한유진은 완전히 토라져서 한동안 얼굴을 비치지 않을 것이다.

…아니, 오지 않으면 좋은 거 아닌가. 제대로 된 손님도 아닌 귀찮은 놈이니.

하지만 도하민은 네 동생 일찍 죽을 거 같다, 라는 소리 대신 한입육포를 한유진에게 던졌다.

"오늘따라 후한데?"

"어, 너 내일 죽을 거 같아서. 잘 먹여야 귀신 되어서 안 나타나지."

"내가 뭐 하러 너한테 나타나냐? 유현이 놈한테 들러붙어야지. 아무튼 고맙다."

"고마우면 성공해서 갚아."

"그래, 그래. 배로 갚는다."

기분이 좋아졌는지 술기운이 도는 건지 한유진이 웃었다. 도하민은 장식용에 가까운 와인 잔을 꺼내어 포도주스를 따랐다. 구석에 놓인 무음 TV 화면에 세성 길드가 비춰진다. TV에 나오는 건 9할이 상급 헌터라 도하민의 일과는 멀었다.

어차피 마지막에 살아남는 건 저런 자들이겠지. 햄스터는 죽고 다시 채워지고 죽고 다시 채워져도 별다른 티가 나질 않는다. 그래도 덩치 큰 것들보다야 훨씬 사랑스럽지만. 열심히 쳇바퀴를 돌리다가 사라져 가는 작은 온기.

"역시 햄스터가 최고야. 사랑의 형상화 그 자체 아니겠냐."

"포도주스 마시고 취했냐."

"슬슬 출출하네. 라면이나 끓여 먹을까."

"내 것도 하나만. 천 원 줄게."

"꺼져."

말은 그렇게 했지만 도하민은 저놈이 오늘따라 더 불쌍해서 라면에 계란도 넣어 주었다. 세상 돌아가는 꼴을 보면 자신도 편하게 늙어 죽기는 글렀고 착한 일을 해 둬야 다음 생에 복을 받겠지, 하면서.

돌돌돌 쳇바퀴 구르는 소리가 흘러나왔다. 좋은 소식은 갈수록 줄어들었다. 각성자 관리실장이 죽었고 세성 길드장은 실종되었다. 그나마 해연 길드가 잘 버텨 주고 있었기에 서울은 비교적 안전한 편이었지만 그게 얼마나 갈지는 알 수 없었다.

한유진은 갈수록 우울해졌고 도하민의 가게에 찾아오는 일도 뜸해졌다. 도하민은 빈 케이지를 깨끗이 청소했다. 점박이12세가 어제 죽었다.

"세상이 서서히 망해 가는 거 꽤 무섭네."

커다란 운석 충돌이라도 해서 한 방에 몰살되는 게 차라리 마음 편하지 않을까. 지구 반대편 어느 작은 나라는 사람보다 몬스터가 더 많다고도 하였다. 바다에 대형 몬스터가 점점 늘어나면서 뱃길이 끊길 위험이 있다는 소리도 들려왔다. 도하민은 수입산 햄스터 용품을 최대한 많이 쌓아 놓았다.

그래도 이젠 버려지는 햄스터마저 드물어졌다. 데리고 있는 햄스터를 번식시킬 생각은 없으니 조금씩 빈 케이지가 늘어나게 될 것이다.

케이지가 전부 텅 비게 되면, 그럼 뭘 하지. 장사 접고 긴 휴가나 떠날까.

"마음은 편하겠어."

세상이 정말로 폭삭 망한다 해도 애들 걱정은 안 해도 될 테니. 한유진이 내일도 안 오면 죽었나 살았나 연락이라도 한번 해 볼까. 소식 끊긴 다른 녀석들도 조금씩 찾아볼까. 거래하던 동업자들도 하나둘씩 사라져 가서 선도 많이 끊어졌다.

도하민은 좁은 침대로 기어들어가 이불을 덮고 눈을 감았다. 그리고 날이 밝았다. 그리고 얼마간의 시간이 더 흐르고, 전화벨이 울리고.

"안녕하세요, 햄스터 흥신소입니다!"

[도하민 씨 맞으십니까?]

전화기 너머로 낯선 목소리가 들려왔다. 젊은 남자인 듯했다. 녀석은 사람 찾는 의뢰를 맡기며 카드 결제를 요구했다. 수수료 10퍼센트를 더 붙이긴 했지만 도하민은 카드 결제를 싫어하지 않았다. 카드로 돈을 지불하는 사람은 구린 구석이 덜하다는 뜻이었으니까.

그렇게 의뢰 하나 잘 해결하고 애들 밥값 버나 싶었는데.

"안녕, 도하민 씨."

그놈이 불쑥 도하민을 찾아왔다. 멀쩡한 얼굴에 얌전하게 생겨 가지고는 앞으로 네 목숨이 위험할 거라며 협박질을 해 댔다. 내가 미친놈에게 잘못 걸렸구나! 카드 결제 한다고 다 정상인은 아니었구나!

망했다 싶었지만 한유진이라는 놈은 의외로 꽤 괜찮은, 솔직히 무척 좋은 제안을 해 왔다. 역시 카드 결제하는 사람은 최소한 범죄자는 아니라고 도하민은 생각했다.

"한유진 저놈이 제정신은 아니지만 아주 나쁜 녀석도 아니긴 해."

"정상과는 거리감이 사알짝 있으시긴 하죠. 주님이 길드장님 대하시는 거 보면 가끔 무서워요. 어떻게 그러시지?"

김민의가 햄스터 장난감 포장을 뜯으며 말했다.
"아무리 친동생이라지만 F급과 S급인데!"
"내가 봐도 미친 건가 싶긴 하지만."
새로 산 케이지를 설치하며 도하민이 말을 이었다.
"형제끼리 사이좋은 거야 나쁘진 않으니까."
"그야 그렇죠. 길드장님도 주님이랑 같이 살게 된 후로는 분위기 많이 좋아지신 거 같고요."
김민의가 고개를 끄덕끄덕거렸다. 아무튼 나쁠 건 없었다. 사실 다 좋았다. 도하민은 전보다 훨씬 넓어진 햄스터 사육실을 만족스럽게 바라보았다. 한유진은 이상한 놈이지만 씀씀이는 넉넉했다. 전생에 자신에게 빚진 거라도 있나 싶을 정도로 많이 퍼주었다.
"역시 착하게 살면 복이 와."
"착하게 사셨어요?"
"버려진 애들 거둬서 열심히 키웠잖아. 우리 복덩이들, 이쁜 것들, 귀여운 것들."
도하민은 예뻐 죽겠다는 눈빛으로 햄스터들을 바라보았다. 점박이10세가 돌돌돌 쳇바퀴를 열심히 굴렸다.

7권에서 계속.

초판 1쇄 발행 2025년 07월 10일
초판 2쇄 인쇄 2025년 09월 17일
초판 2쇄 발행 2025년 10월 13일

지은이 근서
펴낸이 김주형
마케팅 한재혁

펴낸곳 제이플미디어(주) | **이메일** jplusmedia@hanmail.net
출판등록 2017년 5월 25일 제25100-2022-000077호

주소 서울특별시 구로구 디지털로 288, 2층 204호 (구로동, 대륭포스트타워 1차)
전화번호 02-322-6076 | **팩스번호** 02-332-6076

ISBN 979-11-396-4976-5 (04810)
ISBN 979-11-396-3514-0 (set)

정가 13,000원

*저자와 협의하여 인지는 붙이지 않습니다.
*이 책은 제이플미디어(주)가 저작권자와의 계약에 따라 발행한 것으로
본사와 저자의 허락 없이 어떠한 형태나 수단으로도 내용을 이용할 수 없습니다.